grafit

Aus der PEGASUS-Reihe außerdem lieferbar:
Das Ekel von Datteln, ISBN 978-3-89425-426-1
Das Ekel schlägt zurück, ISBN 978-3-89425-010-2
Der Witwenschüttler, ISBN 978-3-89425-044-7
Totes Kreuz, ISBN 978-3-89425-070-6
Straßenfest, ISBN 978-3-89425-213-7
Glatzenschnitt, ISBN 978-3-89425-257-1

Chemnitzer Str. 31, 44139 Dortmund
Internet: http://www.grafit.de
E-Mail: info@grafit.de

Umschlagfoto: PhotoTaker / photocase.com
Druck und Bindearbeiten: CPI – Clausen & Bosse, Leck
ISBN 978-3-89425-354-7
2. korrigierte Auflage 2013

Reinhard Junge

Achsenbruch

Kriminalroman

grafit

Der Autor

Reinhard Junge wurde 1946 in Dortmund geboren, Studium und diverse Wohnungen in Bochum, trotz anfänglichen Berufsverbots Lehrer in Wattenscheid, wo er jetzt auch als Rentner wohnt.

Kein Haus, kein Benz, kein Hund, aber drei wunderbare Kinder und jetzt elf Kriminalromane, davon sechs zusammen mit Leo P. Ard.

Außerdem Fan aller Fußballteams, die den FC Bayern schlagen – es sei denn, diese müssten gegen die Bewachermannschaft von Guantanamo antreten.

www.reinhard-junge.de

Statt eines Vorworts

Namen und Handlungen sind wie immer frei erfunden und an den angegebenen Orten ist das, was ich erzähle, nie passiert. Wer etwas anderes glaubt, hat entweder nicht genau genug gelesen – oder eine ebenso schmutzige Phantasie wie der Autor.

Dank an
Rutger Booß, Ulrike Rodi und viele PEGASUS-Fans für ihre Geduld, das Rentenrecht für die Zeit zum Schreiben, Ulrich J. und Klaus H. für die guten Experten-Tipps.

Besonders lieben Dank an
Chrissie – für alles!

Die Hauptpersonen

Lukas Beißner, 57 .... verpasst seinen Zahnarzttermin
Notar

Irmhild Sonnenschein, 54 .... steht plötzlich im Schatten
Oberbürgermeisterin

Lina Tenberge, 38 .... wittert ihre Chance
Bürgermeisterin

Dieter Flessek, 55 .... jagt Pöstchen und Frauen
Fraktionschef

Hartmut Potthoff, 61 .... leitet das Bauamt wie geschmiert
Baurat

Knut Bleifinger, 45 .... weiß, was Amtsleiter lieben
Unternehmer

Carlo Uebermuth, 60 .... dreht den Geldhahn auf und zu
Graue Eminenz

Erich Angel, 52 .... kennt alle und weiß nichts
Mitglied im Stadtrat

Elmar Flenner, 56 .... muss dringend zur Beichte
Polizeipräsident

Anna-Lena Dorn, 34 .... arbeitet nicht fürs Sozialamt
Bundesanwältin

Jürgen Lurich, 54 .... sprengt die halbe DDR
Abbruchspezialist

sowie die Kriminalpolizisten:

Horst Lohkamp, 61 .... will noch seinen letzten Fall

Kathrin Klemm, 34 .... ermittelt auch in der Freizeit

Ewald Hardenberg, 35 .... schrottet einen Dienstwagen

und das Fernsehteam PEGASUS:

Klaus-Ulrich Mager, 54 .... hadert mit seinem Sohn

Susanne Ledig, 50 .... hat Mager voll im Griff

Karin Jacobmayer, 40 .... will einen anderen Job

Kalle Mager, 30 .... macht sich dienstlich nackt

Simone Olsok, 30 .... zu jedem Abenteuer bereit

Montag

1

Wie der Wagen dorthin gekommen war, wusste im Nachhinein niemand. Aber als der Morgen dämmerte, stand er plötzlich im Wendehammer am Ende des Charlottenwegs. Keine zwei Meter von der Garageneinfahrt entfernt geparkt, verdeckte er für Besucher die Sicht auf den gepflasterten Weg zur Haustür – und für die Bewohner verschandelte er den Ausblick auf die idyllischen Pferdekoppeln, die von dichten Baumreihen begrenzt wurden. Auf dem kleinen Hügel rechts erhob sich hinter den Pappeln ein klotziges Mietshaus, das schon zur Nachbarstraße gehörte, und links dämmte der Grünstreifen den Lärm der nahen Königsallee, auf der schon der Berufsverkehr eingesetzt hatte.

»Was ist das für eine Kiste?«, fragte Irmhild Sonnenschein mit einem Nicken in Richtung Fenster, als sie in die Küche trat.

Ihr Lebensgefährte, der gerade den Kaffee eingoss, zog die Schultern hoch. »Stand schon da, als ich die Rollläden hochgezogen habe.«

Während die kleine Frau im Stehen ein wenig von der heißen Brühe abtrank, schielte sie über den Rand der Tasse zu dem blauen Kleinlaster hinaus. Auf der verschrammten Seitenwand stand die verblasste Reklameschrift eines Malerbetriebs, dessen Namen sie noch nie gehört hatte. Führerhaus und Ladefläche waren leer.

»Hast du Anstreicher bestellt?«, wollte sie wissen.

Der Mann schüttelte den Kopf: »Wir haben uns ja noch nicht mal auf eine Farbe geeinigt …«

Sie stellte die Tasse ab, küsste ihren Gatten kurz auf den Mund und trat in den Korridor, um eine ihrer gediegenen Kostümjacken überzustreifen und sich den Aktenkoffer zu greifen.

Dann steckte sie noch einmal ihre leicht ergrauten Locken durch die Tür: »Sorgst du dafür, dass dieses Monster verschwindet? Da ist nicht mal ein Nummernschild dran.«

Kennzeichen heißt das, dachte er.

»Vielleicht kannst du den Abschleppdienst noch anrufen, bevor du zum Zahnarzt fährst. Ich muss jetzt leider los. Aber mach dir keinen Stress. Reicht ja schon, dass du gleich eine Sitzung beim Doc hast, du Armer.«

Seine Wurzelbehandlung – unangenehme Sache, an die er nur ungern erinnert wurde. Er blickte auf die große Bahnhofsuhr an der Küchenwand und nickte. Ihm blieb noch genug Zeit bis zu seinem Termin. »Ich kümmere mich darum.«

Eine Minute später erschien Irmhild Sonnenscheins Dienstwagen im Wendehammer. Sie winkte noch einmal, setzte sich nach vorne zum Fahrer in den Benz und entschwand seinen Blicken.

Beißner aß in aller Ruhe seine Käseschnitte auf, putzte die gleichmäßigen Reihen seiner Zähne und zog sich das Telefon heran. Ein Blick durchs Fenster, dann wählte er die Telefonnummer, die auf der Seitenwand des Pritschenwagens stand.

Nach sieben oder acht Klingelzeichen hob jemand ab: »Hallo?«

Der Stimme nach musste die Frau am anderen Ende schon über siebzig sein. Beißner schluckte seinen Ärger herunter und erklärte freundlich, um was es ging.

»Tut mir leid«, sagte die Frau. »Vor zehn Jahren ist mein Mann gestorben und da habe ich die Firma aufgelöst und den Wagen verkauft.«

»Wissen Sie noch, an wen?«

»Das waren zwei junge Männer aus Litauen oder Lettland. Aber wie sie hießen? Vergessen. Und die Unterlagen habe ich mittlerweile alle entsorgt.«

»Trotzdem Dank für die Auskunft. Und entschuldigen Sie die Störung.« Er legte auf und holte das gelbe Branchenbuch aus dem Flur. Staunte darüber, wie viele Abschleppunternehmen es in Bochum gab. Er wählte jenes, das für die Stadtverwaltung die Falschparker aus der Innenstadt entfernte.

»Beißner. Irgendjemand hat ein Schrottauto vor dem Haus der Oberbürgermeisterin geparkt. Charlottenweg 37. Ich möchte, dass Sie das Teil so schnell wie möglich entfernen.«

»Moment: Steht der Wagen auf einer öffentlichen …«

»Das ist hier eine Anliegerstraße. Die einzigen Anlieger auf dreihundert Meter Entfernung sind wir. Das Auto steht zum Teil auf unserem Boden, hat kein Kennzeichen und ein Fahrer ist nicht zu sehen. Es muss weg.«

»Aber …«

»Wollen Sie der Oberbürgermeisterin etwa diese Bitte abschlagen?«

»Schon gut. Wir kommen und sehen, was sich machen lässt.«

Beißner lächelte, als er den Hörer weglegte. Kaum eine Kommune im Umkreis ließ so rigide abschleppen wie Bochum. Wenn die Stadt dem Unternehmen ihre Gunst entzog, konnte die Firmenleitung das Handtuch werfen.

Beißner räumte das Geschirr in die Spülmaschine und beseitigte alle weiteren Spuren des Frühstücks. Dann rief er in seiner Kanzlei in Hattingen an: »Anke, wann habe ich heute den ersten Termin?«

»Um drei.«

»Das Haus in der Königsteiner Straße?«

»Genau.«

»Der Vertrag ist fertig?«

»Chef!«

»Schon gut. Sie sind …«

»Eine Perle, ich weiß.«

Zufrieden drückte Beißner die Verbindung weg. Er mochte seine schlagfertige Sekretärin. Sie hielt ihm alle nervigen Arbeiten vom Hals.

Nach einem Blick auf seinen Junkers-Chronografen stellte er fest, dass er sich sputen musste.

Vor dem Spiegel korrigierte er noch schnell den Sitz seiner Krawatte, zog das Jackett an und legte den leichten Mantel über den Arm. Dann schaltete er die Alarmanlage scharf und trat vor die Haustür. Gönnte dem Schrotthaufen, wie Irmhild ihn genannt hatte, noch einen Blick: Na, so alt war die Kiste doch noch nicht.

Dann ließ er das Garagentor hochfahren. Seinen Mantel warf er auf den Beifahrersitz seines roten Mercedes Cabrio, ließ die 245 Pferde kurz aufheulen und den Wagen rückwärts aus der Garage gleiten. Sobald er das Tor passiert hatte, fuhr er die Außenspiegel aus und schnallte sich ordnungsgemäß an.

Zeitgleich kurvte ein gelber Abschleppwagen quietschend auf den Wendehammer. Der Fahrer, ein untersetzter Mittdreißiger, sah zunächst den unrechtmäßig parkenden Kleinlaster und beobachtete dann das glänzende Cabrio, das sacht aus der Garage rollte. Angeberschlitten, dachte er. Brauchen diese alten Säcke doch nur als Dosenöffner.

Keiner der beiden Männer bemerkte das schwarze Kabel. Es führte von dem abgestellten Lieferwagen durch die Gosse an der Garageneinfahrt vorbei und verschwand in dem Buschwerk, das den Wendehammer begrenzte.

Langsam näherten sich die Hinterräder des Cabrios dem Kabel und glitten fast zärtlich darüber. In derselben Sekunde explodierte die glatte Front des Magirus-Deutz. Der Luftdruck war so stark, dass er den Sportwagen aus dem Weg fegte und noch im Nussbaumweg etliche Fensterscheiben zerfetzte. Der folgende Splitterregen aus geschrotetem Metall verwandelte die rechte Seite des Benz in ein Sieb. Beißners Zahnarzt würde heute vergeblich auf diesen Patienten warten.

2

»Theo, mach endlich!«

»Gleich, Papa, ich muss nur noch …«

Mager seufzte und bemühte sich, sein jüngstes Kind nicht anzuschreien: »Hör mal, dein Raumschiff kannst du heute Nachmittag noch fertig bauen. Aber Mama und ich müssen arbeiten. Und du musst in die Kita! Und vorher gibt es Frühstück. Mit leerem Magen …«

»Aber ich hab keinen Hunger. Und ihr frühstückt doch lieber im Büro, weil Kalle immer Brötchen mitbringt. Die sind nämlich viel leckerer als Mamas Biobrot. Ich will auch mit euch Brötchen …«

»Das geht nicht, weil wir beim Frühstück schon über die Arbeit reden. Und weil in der Kita um neun Uhr die Tür abgeschlossen wird und Mama erst drei Vaterunser beten muss, bis man euch doch noch reinlässt.«

»Wer ist dieser Vater Unsel?«

»Vaterunser heißt das. Das ist der Anfang eines Zauberspruchs, den die Christen gerne aufsagen, wenn sie nicht mehr weiterwissen. Also, lass jetzt die Legosteine liegen!«

»Aber …«

Mein Gott, dachte der bärtige Atheist unwillkürlich, wer hat dem Kind bloß dieses Wort beigebracht?

»Wo bleibt ihr denn?«, rief Karin Jacobmayer aus der Küche. »Theo, deine Milch wird kalt! Und Klaus muss noch …«

Kurz entschlossen packte Mager seinen Sprössling unter den Armen und hob ihn hoch. Theo reagierte mit lautem

Geschrei und heftigem Strampeln und versuchte, sich am Türpfosten festzuhalten. Mühsam zog Mager ihn weiter und stolperte die Treppe ins Erdgeschoss hinunter. Konnte das Blag nicht ein einziges Mal gehorchen?

Als er mit seiner Last unten ankam, war er schweißgebadet. Nur noch drei Schritte bis zur Küche, doch an der Garderobe passierte es. Theo erwischte Magers Lederjacke und testete ihre Qualitäten als Notbremse. Schon stimmte er ein lautes Freudengeheul an, als man durch das Gebrüll hindurch ein heftiges Ratschen hörte.

Mager ließ das Kind los und blickte entsetzt auf das nagelneue Kleidungsstück. Vom Kragen bis zum Saum klaffte in dem sonnengelben Futter ein Riss.

»Mensch, Kalle, du Knallkopf!«

»Ich bin nicht Kalle, ich bin Theo!«

»Daran musst du dich gewöhnen«, meldete sich die Kindsmutter aus der Küche. »Dein Vater ist jetzt in einem Alter ...«

Mager schubste Theo beiseite, packte die ruinierte Jacke und stürmte los, um sie Karin unter die Nase zu halten: »Ich bin vor allem in einem Alter, in dem ich mal ordentliche Klamotten tragen sollte!«

»Finde ich auch«, meinte Karin und ließ ihre rote Mähne auf und ab wippen. Demonstrativ musterte sie das T-Shirt und die ausgefransten Jeans ihres Mannes. Beide waren einmal tiefschwarz gewesen, hatten sich aber inzwischen den grauen Strähnen in Magers Bart und Haupthaar angepasst.

»Lenk nicht ab! Das Teil war nagelneu. Bis vor einer halben Minute, als dein Sohn ...«

»... unser Sohn ...«

»... dieses Blag da die Jacke von der Garderobe gerissen hat!«

Karin zog die Schultern hoch: »Wer kauft auch schon eine Lederjacke, wenn der Aufhänger am Futter befestigt ist statt am Kragen!«

»Ja, klar, ich bin wieder schuld. Und warum kommst du nicht wie jede gute Hausfrau mit, wenn ihr Mann neue Klamotten braucht? Und was ist mit dem Theater, das Theo immer …«

»Wie hast du mich genannt? Hausfrau? Bei dir piept es wohl!« Karin warf das Messer auf den Tisch, mit dem sie gerade fettarmen Quark auf Theos Dinkelbrot strich: »Hier, mach du deinem Sohn das Frühstück! Hättest die Jacke eben vernünftig auf einen Bügel hängen sollen.«

»Verstehst du nicht? Die ist im …«

Mager fing einen warnenden Blick seiner zweiten Ehefrau auf und ließ seinen Satz anders enden. »Die ist hinüber! Zweihundertfünfzig Euronen sind futsch.«

»Unsinn. Die kannst du umtauschen.«

»Bestimmt nicht«, jammerte Mager. »Diese Sondergrößen sind immer zuerst weg.«

»Sondergrößen?«, fragte Karin erstaunt. »Ach ja, die Ärmel. Von Größe kann man dabei aber nicht reden. Auch nicht von Länge. Eher von extra kurz. Damit du nicht darin ertrinkst. Und dafür hast du fünfhundert Mark …«

Mager gab es auf und goss sich, noch immer stehend, eine Tasse Kaffee ein. Dabei fiel ihm auf, dass der Sohn sich verdünnisiert hatte.

Eilig stellte er den Becher ab und walzte los. Schon halb auf der Treppe, fiel ihm auf, dass die Toilettentür weit offen stand. Ihr Sohn saß mit heruntergelassenen Hosen auf dem Thron und versuchte, aus einem Stück Toilettenpapier eine flugfähige Schwalbe zu basteln.

»Wieso sitzt du hier herum?«

»Papa«, sagte Theo tadelnd. »Wenn ihr euch schon am frühen Morgen streitet, bekomme ich Durchfall.«

Einen Augenblick schwankte der Erzeuger zwischen Lachanfall und Kindsmord. Kurz bevor die zweite Reaktion siegen konnte, klingelte das Telefon. Immer noch kochend drückte Mager die grüne Taste: »Ja?«

»Guten Morgen, Väterchen!«, meldete sich Kalle. »Was ist? Wir warten!«

»Dein Bruder hat gerade ...«

»Uninteressant«, unterbrach ihn sein Erstgeborener. »In Bochum ist gerade eine Bombe explodiert. Vor dem Haus der Oberbürgermeisterin!«

»Woher weißt du das schon wieder?«

»Woher wohl? Atze!«

Atze war ein Freak, der von morgens bis nachts den Äther über dem Ruhrgebiet abhörte und Wichtiges gegen Geld weitergab. Wenn die Polizei ihre Nachrichtenwege wie geplant digitalisierte und verschlüsselte, musste er sich einen anderen Zusatzverdienst zu Hartz IV suchen.

»Ich bin schon unterwegs!«, versicherte Mager und atmete erleichtert auf: Jetzt musste sich Karin darum kümmern, den widerspenstigen Sohn pünktlich in die Tagesstätte zu bringen.

Eilig räumte der Bärtige seine ruinierte Lederjacke aus und stopfte alles, was er fand, in die Taschen ihrer Vorgängerin. Hätte er auf seine Ehefrau gehört, wäre das abgeschabte Stück schon vor Monaten in der Kleiderkammer der Obdachlosenhilfe gelandet. Aber jetzt zeigte sich, dass sich Sturheit auch mal auszahlte.

»Gesegnete Mahlzeit«, knurrte er, trank noch einen Schluck Kaffee und warf einen wütenden Blick auf den Sohn, der jetzt brav am Tisch saß und sein Biobrot mampfte. Verräter, dachte er und verschwand im Treppenhaus.

3

»Morgen, Hiltrud. Was liegt an?«

»Wird voll heute, Frau Sonnenschein.«

Die Oberbürgermeisterin beugte sich über den Terminkalender, den die Sekretärin ihr auf den Schreibtisch gelegt hatte: Zuerst war die Steuergruppe angesagt, dann gab es bis mittags Einzelgespräche im Fünfzehn-Minuten-Takt, anschließend hatte sie einen Kindergarten und eine eiserne Hochzeit zu besuchen, bevor sie sich zur Montagsrunde mit dem Personalrat traf.

Die Sekretärin wartete geduldig ab und musterte – zum wievielten Mal eigentlich – die gestochen scharfen Reptilienfotos, die gerahmt an der Wand hinter dem Schreibtisch hingen. Am besten gefiel ihr das mittlere Bild, ein Chamäleon. Ob die Sonnenschein sich manchmal wünschte, sie wäre Fotografin geworden?

»In Ordnung, Hiltrud. Haben Sie noch mal den Catering-Service kontaktiert? Ich möchte sicher sein …«

»Alles erledigt. Die Leute kommen um Punkt achtzehn Uhr zu Ihnen ins Haus.«

»Und die Putzkolonne ist bis dahin fertig?«

»Selbstverständlich.«

»Okay. Ich möchte, dass unsere jüdischen Gäste bestens bewirtet werden. Zur Steuergruppe: Haben die Herren noch Themenwünsche angemeldet?«

»Bis jetzt nicht.«

»Gut.«

»Nur …«

»Ja?«

Hiltrud Ehlers deutete auf einen dünnen roten Schnellhefter, der unter der Postmappe lag: »Sie wollten doch diese Bauamtssache zur Sprache bringen!«

Ja, Potthoff, dieser Idiot, dachte die Oberbürgermeisterin. Wurde Zeit, Klartext zu reden. Aber ausgerechnet heute?

»Das passt zeitlich nicht mehr. Das machen wir nächste Woche in aller Ruhe.«

Die Sekretärin nickte und ließ ihre Chefin allein in deren Büro. Sonnenschein setzte sich und öffnete die Mappe mit den Unterlagen für die Runde mit den Wahlbeamten und Amtsleitern. Eigentlich war diese Truppe ihr Generalstab, ohne den nichts lief – aber der neumodische Begriff Steuergruppe hörte sich gleich viel demokratischer an.

Die Telefonanlage blinkte auf und die OB drückte die Sprechtaste: »Ja?«

»Frau Sonnenschein, die Vorsitzende des Personalrats. Es sei dringend.«

Sonnenschein blickte auf die Uhr. Wenn Otters mit dem Hinweis ›dringend‹ kam, gab es Probleme. Und die Frau war zäh.

»Fünf Minuten. Mehr kann ich ihr jetzt nicht geben.«

Eine Frau Mitte vierzig kam herein, bunte Bluse, Jeans, Ledersandalen, ein wenig abgehetzt. Als Hausmeisterin eines Gymnasiums hatte sie längst alle falsche Ehrfurcht vor echten oder eingebildeten Autoritäten verloren. Dementsprechend forsch trat sie auf.

»Morgen, Frau Otters. Wo brennt's?«

»Morgen!« Die Personalratsfrau legte als Antwort ein paar Blatt Papier auf den Tisch, eng beschrieben, mit dem Kopiervermerk der Stadt versehen. »Die Personalabteilung will jetzt doch die letzten Reinigungsdienste privatisieren. Hier das neueste Rechenmodell.«

Sonnenschein nahm die Blätter, überflog sie, prüfte das Datum, hob fragend beide Augenbrauen. »Wie sind Sie denn daran gekommen?«

»Dienstgeheimnis«, erwiderte Otters und lächelte. »Aber Fakt ist: Die Sache ist echt. Und Sie haben dem Personalrat versprochen, diese Pläne zu stoppen!«

Die OB nickte zustimmend. Solange die Bezirksregierung der Stadt keine neue Einsparung befahl, wollten Rat und Verwaltung auf weitere Privatisierungen verzichten.

»Ich weiß gar nicht, warum Herr Vandrey schon wieder rechnet«, überlegte Sonnenschein laut.

»Kann ich Ihnen sagen«, kam es prompt zurück. »Eine der vier großen Reinigungsfirmen gehört seinem Schwager, eine zweite seiner Cousine. Muss ich noch mehr erläutern?«

Verdammter Filz. Unausrottbar. Und in einer Großstadt wie Bochum konnte sie nicht alles selbst kontrollieren. »Verstehe. Ich gehe der Sache nach. Und solange Arnsberg uns nicht dazu zwingt …«

»Danke.«

Die Tür hatte sich noch nicht hinter der Personalratsvorsitzenden geschlossen, da vertiefte sich die OB wieder in die Akten und nahm sich das Rechtsgutachten zum Anschluss der Stadtautobahn an die A 40 vor. Das Projekt war älter als die Hälfte der Bochumer Bürger, aber ein einziger findiger Rechtsanwalt hatte jeden Fehler der Verwaltung gnadenlos ausgenutzt und den Verkehrsplanern immer wieder in die Suppe gespuckt. Als sie noch nicht OB war, hatte ihr der Typ in gewissem Sinne sogar imponiert – aber inzwischen zeugten endlose Staus am Ende des Donezk-Rings davon, dass man das Teil fertig bauen musste. Leider saßen im Planungsamt noch dieselben Vierer-Juristen wie damals.

Zehn Minuten später hatten sich die Dezernenten und Amtschefs – allesamt Männer – sowie Sonnenscheins Stellvertreterin versammelt. Lina Tenberge war mit achtunddreißig die jüngste der drei Bürgermeisterinnen. Kühl und entschlossen, aber nicht ohne Reize. Mit ihrem faltenlosen Antlitz und der makellosen Figur wäre sie all den jungen Hühnern, die sich um den Titel *Germany's Next Topmodel* bewarben, eine heiße Konkurrentin gewesen und zog nicht nur im Rathaus so manch neidischen oder sehnsüchtigen Blick auf sich.

Tenberge gehörte zu den drei Frauen, die der OB zur Seite stehen sollten, und war die einzige aus derselben Partei wie die First Lady. Nach alter Bochumer Sitte wurde nämlich auch die schwarze Opposition stets mit einem Bürgermeisteramt bedacht, und seit die Bunten als Koalitionspartner gebraucht wurden, bekamen auch sie einen dieser Posten.

Dieses ›Bochumer Modell‹ hatte sich über Jahrzehnte bewährt. Die Auserwählten fühlten sich gebauchpinselt, weil sie ein hohes Amt erhalten hatten, und ihre Fraktionen waren damit im Streitfall bereits halb entwaffnet: Weil sie ja offiziell zur Stadtspitze gehörten, verbot sich jedes ernsthafte Aufbegehren von selbst. Auch die diversen Oberbürgermeister profitierten von diesem Verfahren, denn sie konnten Repräsentationspflichten zweiter und dritter Güte an ihre dankbaren Hilfskeulen weiterreichen. Zu sagen hatten diese Möchtegern-Stellvertreterinnen im Grunde genommen aber nichts.

»Alle da?«

Sonnenschein sah in die Runde. Wer noch fehlte, war wie immer Hartmut Potthoff, der schwergewichtige Boss des Bauamtes. Anfangs hatte der Mann stets seine Verspätungen damit entschuldigt, der altersschwache Paternoster würde wegen seines Gewichts nur zentimeterweise vorankommen – aber dieser altertümliche Endlosaufzug war schon seit Jahren außer Betrieb. Wurde wirklich höchste Zeit, diesem selbstherrlichen Fettkloß einen Denkzettel zu verpassen, dachte die OB.

Sie räusperte sich: »Also gut. Frau Bürgermeisterin, meine Herren!«

Es klopfte kurz an der Tür und ohne eine Antwort abzuwarten, steckte Sonnenscheins Sekretärin ihren Kopf durch den Türspalt.

»Bitte entschuldigen Sie die Störung. Aber da ist ein äußerst wichtiger Anruf für Sie, Frau Sonnenschein.«

Die OB atmete übertrieben seufzend aus. »Kann das nicht warten? Wer ist es denn?«

»Die Polizei. Man wollte mir nicht sagen, worum es geht. Aber es sei sehr dringend.«

Die kleine Frau mit dem hohen Amt erhob sich mit einer Geste der Entschuldigung und ging direkt an den Apparat im Vorzimmer, um das Gespräch entgegenzunehmen.

In diesem Moment traf Potthoff ein. Er atmete schwer, weil er offensichtlich die Treppe genommen hatte, und auf seiner Glatze glänzte ein leichter Schweißfilm.

Als er Sonnenschein noch im Vorzimmer sah, stutzte er. Und gemeinsam mit der Sekretärin wurde er Zeuge, wie die Augen der Oberbürgermeisterin sich plötzlich weiteten. Ihr Gesicht entfärbte sich und sie stammelte: »Wie bitte? Lukas? Tot?«

Dann sank sie, die rechte Hand vor den Mund gepresst, auf einen Stuhl und schluchzte los.

4

Auf dem Hof galt Magers erster Blick dem Zustand seines Dienstwagens, der hinter dem Nachbarhaus stand. Auf den Scheiben des silbergrauen Skodas perlte der Tau des Sommermorgens und die Hecktür war noch geschlossen – Kalle hatte noch nicht einmal begonnen, die Ausrüstung zu verladen. Offenbar hatte der Bursche inzwischen völlig vergessen, was mit dem Begriff ›Tempo‹ gemeint war.

Der Bärtige eilte an der Durchfahrt zur Straße vorbei und enterte die kleine Treppe, die zum zweiten der beiden Vorderhäuser führte. Als er die Tür aufstieß, prallte er mit seinem Erstgeborenen zusammen, der mit Kamera und Gerätekoffer beladen war.

»Wo bleibst du denn?«, fuhr ihn der Sohn an. »Wir müssen als Erste in Bochum sein.«

»Und warum ist der Wagen noch nicht startklar?«

»Soll ich alles …«

»Sollst du, Kalle. Genau das ist dein Job. Du bist hier nur Assistent! Und wenn hier einer herummeckern darf, dann bin ich das. Verstanden? Ist wenigstens mein Kaffee fertig?«

Kalle fehlten die Worte. Was war bloß los mit dem Alten? War in letzter Zeit nur noch auf Konfrontationskurs.

»Und was ist mit Susanne?«

»Die telefoniert gerade mit dem WDR.«

»Wunderbar. Dann ist ja doch noch Zeit für einen Kaffee. Sieh zu, dass du inzwischen den Wagen fit bekommst.«

Mager schob sich an seinem Sohn vorbei in die Firma. Sie bestand noch immer aus einer Nasszelle und drei Arbeitsräumen, von denen der größte sein Filmarchiv und das inzwischen veraltete Mischpult barg: Videosequenzen wurden längst am Computer geschnitten.

Die Luft war so stickig, dass er in seiner Lederjacke sofort einen Schweißausbruch bekam. Überhaupt war die Kutte bei diesem Wetter völlig ungeeignet. Zum Glück hing noch seine Jeansjacke über der Stuhllehne.

Während er Geldbörse, Handy und Zigaretten zum zweiten Mal an diesem Morgen umpackte, warf er einen Blick in das Büro der Chefin.

Susanne schwebte, die Füße auf der Tischkante und einen Telefonhörer am Ohr, in ihrem Kippsessel und legte warnend einen Finger auf die Lippen.

Der Kameramann verstand. Beim Sender gab es seit zwei Jahren eine Chefin vom Dienst, deren Durchsetzungsvermögen sich gewaschen hatte. Und wenn sie am Telefon ihre Anweisungen durchgab, hatten die Auftragnehmer – egal ob Männlein oder Weiblein – zu schweigen.

»Maria?«, flüsterte Mager.

Susanne nickte und legte ihre freie Hand über das Mikro: »Das Dossier von der Sonnenschein!«

»Ausdrucken?«

»Mach!«

Mager nickte, goss sich einen Kaffee ein und verzog sich in sein Archiv.

Hier saß er immer noch am liebsten: Erstens schätzte er diesen Raum, weil er dort noch rauchen durfte, zweitens lagerten hier sämtliche Filmrollen aus der 16-mm-Zeit und drittens ging das Fenster zum Hof hinaus.

Von da aus hatte er einen guten Blick auf das Hinterhaus, das in seinem privaten Wertesystem das Reich des Bösen war.

Während sein Computer hochfuhr und Kalle draußen die Scheiben des Skoda polierte, zündete Klaus-Ulrich Mager sich die erste Zigarette des Tages an und schaute hinaus. Dieser Hinterhof tief im Westen Dortmunds symbolisierte beruflich die letzten fünfundzwanzig Jahre, also fast die Hälfte seines Lebens – und privat noch viel mehr. Denn durch eine bizarre Verknüpfung von Lebensentscheidungen und Zufällen wohnten hier auch jene drei Frauen auf engstem Raum zusammen, mit denen er insgesamt über dreißig Jahre seines Lebens geteilt hatte.

Sein unbestreitbarer Lebensmittelpunkt war das Vorderhaus, in dem er gerade saß. Hier residierte die PEGASUS FILM UND VIDEO GbR, die er einst mit seiner Jugendliebe Susanne Ledig gegründet hatte. Gemeinsam wollten sie mit sozialkritischen Reportagen die Macht der Herrschenden erschüttern – und mussten oftmals froh sein, für irgendeine Baumarktkette eines dieser Endlos-Videos über die Vorzüge einer neuen Schleifmaschine drehen zu dürfen. Und es war verdammt lang her, dass sie mit ihrem roten Lada-Kombi durchs Ruhrgebiet gezogen waren, um der Polizei bei Ermittlungen gegen den blühenden Rathausfilz und machtgeile Politiker zu helfen. Natürlich auf die ihnen eigene Art und Weise.

Inzwischen war Susanne Alleininhaberin der Firma und zudem in jener Partei gelandet, die es nach Magers Meinung schon seit neunzig Jahren nicht mehr verdiente, in den Medien als ›rot‹ bezeichnet zu werden. Dieser Schritt hatte PEGASUS manchen lukrativen Auftrag verschafft, Susanne aber zu Kompromissen veranlasst, die ihren Kameramann bisweilen an den Rand der Alkoholsucht trieben. Umso mehr schätzte Mager es, dass die Chefin trotz des Aufschwungs bescheiden über den Büros im ersten Stock des

PEGASUS-Hauptquartiers wohnte – in dessen Dachgeschoss er selbst ein paar Jahre gehaust hatte.

Während Karins Schwangerschaft wäre Mager am liebsten ins Hinterhaus gezogen. Dort hatten sich einst die entscheidenden Dramen seiner gescheiterten Ehe mit Kalles Mutter Mechthild abgespielt. Aber diese weigerte sich beharrlich, ihre Zwingburg zu verlassen, und terrorisierte nun dort ihren zweiten Ehemann, einen berufsmüden Lehrer, der zu spät gemerkt hatte, dass es noch schlimmere Menschen gab als seine Schüler.

Kurz vor Theos Geburt aber wurde das rechte Vorderhaus frei: Die türkische Familie, die dort viele Jahre gewohnt hatte, bezog ein schickes Eigenheim am Ende der Steinhammerstraße und bot ihre alte Hütte zum Verkauf an. Bevor Mechthild und ihr neuer Ehemann davon Wind bekommen konnten, renovierten Mager und Karin den Bau und verfügten dort über mehr Platz, als ihnen das Hinterhaus geboten hätte. Zudem war Magers zweite Gattin heilfroh darüber, nicht in Räumen leben zu müssen, in denen auf ewig der Ungeist ihrer Vorgängerin herumspuken würde. Es reichte schon, dass Mechthild und die Bewohner der beiden Vorderhäuser dieselbe Hofeinfahrt benutzen mussten. Dadurch waren Konflikte geradezu vorprogrammiert.

»Klaus!«

Susanne stand im Flur, Ungeduld in den Augen. »Fertig?«

»Gleich …« Hektisch klickte er sich durch mehrere Verzeichnisse und suchte den Ordner, in dem Artikel und Notizen über Ruhrgebietspolitiker gespeichert waren. Die Datei mit dem Namen *Sonnenschein* suchte er vergeblich.

»Mach schon!«

»Ja doch. Bin gleich soweit!«

Susanne war weniger zuversichtlich. Energisch schob sie seinen Schreibtischstuhl zur Seite: »Weg da, ich mach's schon. Sonst kommt noch eine Neuauflage des Kommunistischen Manifests aus dem Drucker.«

Minuten später saßen sie zu dritt im Wagen. Kalle steuerte das Fahrzeug geschickt durch die enge Ausfahrt, zog den Octavia dann nach rechts und raste viel zu schnell die enge Steinhammerstraße entlang in Richtung A 40, die in Dortmund immer noch B 1 hieß.

»Und was sagt der Sender?«, wollte Mager wissen.

»Maria meinte, mit etwas Glück kommen wir heute in die *Tagesschau!*«

»Beachtlich«, konstatierte Mager, ohne wirklich daran zu glauben. Sie hatten es in roter Vorzeit zwar mehrfach in die *Aktuelle Kamera* des DDR-Fernsehens geschafft, aber in die *Tagesschau* erst ein einziges Mal – und das nur für Sekunden. Vielleicht nehmen die ja jetzt einen ganzen Bericht? Wäre richtig gut, dachte er und versuchte auszurechnen, wie sich das auf die Firmenkonten auswirken würde. »Auch wenn's nicht klappt: Von mir aus können die Bochumer jede Woche einen von ihren Promis in die Luft jagen.«

5

Kriminalhauptkommissar Horst Lohkamp begann auch diesen Montag mit einer Kulthandlung, die er seit dem Frühjahr jeden Morgen mit wachsendem Genuss vollzog: Noch im Schlafanzug trat er an den großen Kalender, der in der Küche hing, und ergänzte seinen persönlichen Countdown um eine weitere Zahl. Begonnen hatte er mit vierhundertvierundzwanzig, aber jetzt …

»Zweihundertzwanzig«, verkündete er seiner Gattin, während er sich ein Tässchen koffeinfreien Kaffee einschüttete. »Wenn man die Wochenenden, den Urlaub und den Freizeitausgleich abzieht, habe ich allerhöchstens noch hundert Tage zu arbeiten.«

»Freie Wochenenden? Urlaubsausgleich? Und wovon träumst du nachts?«

»Von dir, Liebste«, versicherte er und begab sich auf den Balkon seiner Eigentumswohnung, die in einem der schöneren Viertel von Recklinghausen lag.

»Zieh dir doch wenigstens den Morgenmantel über«, empfahl ihm die Gattin. »Muss doch nicht jeder sehen, dass du noch im Schlafanzug deinen Kaffee trinkst.«

»Ach Gabi«, sagte er und ließ sich ächzend in einem der bequemen Liegestühle nieder.

»Erstens wohnen wir im zweiten Stock, da sieht mich sowieso keiner. Zweitens habe ich Urlaub. Und was die Leute an der Nordseestraße über mich denken, ist mir schon seit vielen Jahren egal.«

»Aber mir ist nicht egal, was sie über mich denken!«

»Häng doch ein Plakat ans Fenster«, grinste er und hob die Kaffeetasse. »*Horst soll sich anziehen, hört aber nicht auf mich.* Dann bist du aus dem Schneider.«

Er kicherte, legte die Beine hoch und schlug die Zeitung auf, um sich den Vorberichten über die neue Bundesligasaison zu widmen. Doch er kam nicht über die Überschriften hinaus. Drinnen schlug das Telefon an, und Sekunden später erschien Gabi, um ihm den Hörer zu reichen.

»Bochum. Der Präsident will dich sprechen«, raunte sie. »Bist du da?«

»Wo soll ich sonst sein?«

»Ich könnte sagen, du bist gerade mit dem Hund raus.«

»Aber wir haben doch ...«

»Das weiß Flenner doch nicht!«

Lohkamp sah seine Frau einen Augenblick sprachlos an. Dann sagte er: »Ach Gabi, jetzt weiß ich wieder, warum ich dich geheiratet habe. Nein, gib ruhig her!«

Er setzte die Stummschaltung außer Funktion und meldete sich.

»Kunkol hier, guten Morgen!«, flötete die Vorzimmerdame. »Der Herr Polizeipräsident möchte Sie sprechen. Momeeentchen, ich stelle duarch!« Drei Takte des Bochumer

Jungenliedes ertönten, dann war der Chef selbst dran: »Morgen, Herr Lohkamp. Die WM gut überstanden?«

»Danke, ja. Der Objektschutz an den WM-Hotels war wunderbar. Und meine Enkelin freut sich über die vielen Autogramme.«

»Sehen Sie, so schön kann unsere Arbeit sein. Hat ja auch alles geklappt, unsere Polizei kann sich sehen lassen.«

Komm, dachte Lohkamp, erzähl mir, was du wirklich willst! Und Flenner tat ihm den Gefallen: »Aber jetzt ist die Kacke am Dampfen, wie man hier im Ruhrpott sagt.«

Angeber, dachte Lohkamp. Er selbst stammte aus Wanne-Eickel, aber der Präses war irgendwo im wilden Ostwestfalen geboren, wo es noch Dorfmeisterschaften im Baumstammsägen gab.

Doch dann hörte er genau zu, was Flenner ihm von der Explosion im Bochumer Süden zu erzählen hatte.

»Schlimm«, sagte Lohkamp. »Aber was habe ich damit zu tun?«

»Ich brauche Sie für die Sonderkommission.«

Der Hauptkommissar schluckte. Die letzte Dienststelle, an die ihn Flenner geschickt hatte, war die Polizeiinspektion in Bochum-Wattenscheid gewesen – ein Ort, an dem gescheiterte Karrieren endeten. Sollte er nun, auf seine alten Tage, noch nach Bagdad?

»Wie Sie sich vielleicht erinnern«, wandte Lohkamp ein, »haben Sie mich vor zwei Jahren zur besonderen Verfügung des Innenministeriums freigestellt.«

»Ich weiß, ich weiß. Sie haben da ja auch ein paar aufsehenerregende Erfolge erzielt. Aber ich habe mich schon mit Düsseldorf verständigt. Man gibt Sie für diese Aufgabe frei.«

Die wissen ja selbst nicht, was sie mit mir noch anfangen sollen, dachte Lohkamp. Laut sagte er: »Außerdem habe ich noch Urlaub.«

»Den haben Sie doch seit dem Ende der WM!«

»Stimmt. Aber seit heute feiere ich meine hundertsechsunddreißig Überstunden ab. Das sind fast vier Wochen. Und in zweihundertzwanzig Kalendertagen werde ich pensioniert.«

»Glückwunsch. Aber mit Leuten wie Ihnen wird der Fall rechtzeitig gelöst, sodass Sie die Überstunden noch vor Ihrer Pensionierung absitzen können.«

Schleimbeutel, dachte Lohkamp. Und von Polizeiarbeit hat der noch immer keine Ahnung.

Es war Zeit für das finale Argument: »Außerdem: Bei Sprengstoffgeschichten ermitteln nicht wir, sondern der Generalbundesanwalt.«

»Genau das ist es doch«, versicherte der Präses und senkte die Stimme, als ob er damit unerwünschte Lauscher ausschalten könnte. »Was wird passieren? Der GBA schickt uns einen Oberaufseher, BKA und LKA stellen ihm noch ein paar Kofferträger zur Seite – aber die eigentliche Arbeit müssen doch wieder unsere Leute leisten.«

So respektlos hatte sich der Präses vor dem Regierungswechsel in Berlin und Düsseldorf noch nie über das Bundes- und Landeskriminalamt geäußert – zumindest nicht in seiner Gegenwart.

»Bitte, Herr Flenner. Das war doch immer so. Was ist daran neu? Wozu brauchen Sie ausgerechnet mich?«

Das Schweigen in der Leitung sprach Bände: Flenner hatte Schiss, am Telefon etwas gegen die neuen Herren dieser Dienste zu sagen. Dann flüsterte er: »Die jetzige Landesregierung hat doch alles umgekrempelt. In Düsseldorf sitzen lauter neue Leute, alle regierungstreu, aber nicht unbedingt echte Spitzenkräfte. Von Karlsruhe wollen wir erst gar nicht reden. Und deshalb brauche ich für die Soko ein paar unserer eigenen Leute, die einen klaren Blick und Mut zum eigenen Urteil haben.«

Jetzt war Lohkamp wirklich verblüfft. Zum ersten Mal traute dieser Polizeichef ihm so etwas wie Sachverstand zu –

und verlangte als Qualitätsmaßstab den Mut zum Widerspruch. Flenner musste einen äußerst delikaten Tathintergrund wittern. Die Frage war, ob die Soko diesen Hintergrund aufklären oder vertuschen sollte.

Wie auch immer, einerseits reizte ihn der Fall, andererseits gefiel es ihm auf seinem Balkon viel besser.

»Herr Flenner, ich glaube, ich feiere lieber meine Überstunden ab.«

Kleine Pause, dann drang ein resigniertes Seufzen aus der Leitung: »Verstehe. Offenbar haben diese Leute ja doch Recht.«

»Welche Leute? Womit?«, hakte der Mann im Schlafanzug reflexartig nach.

»Na ja.« Flenner legte noch eine Pause ein. »Was ich Ihnen jetzt sage, entspricht nicht meiner eigenen Meinung. Aber es gibt etliche jüngere Kolleginnen und Kollegen, die den KHK Lohkamp schon abgehakt haben. Da kursieren Begriffe wie ›Burn-out‹, ›amtsmüde‹, ›reif fürs Archiv‹.«

Flenners Stimme triefte von geheucheltem Mitleid.

»Aber ich kann Sie gut verstehen. So kurz vor der Pension möchte man sich nicht zum Gespött machen.«

Lohkamp spürte, wie sein Magen rebellierte. Diese Arschgeigen! Kriegen es selbst nicht gebacken, aber reißen das Maul auf.

»Wer ist denn noch in der Soko?«, hörte er sich fragen.

»Hoffmann, Thalbach, Eilig …«

»Was ist mit Hardenberg? Ein guter Mann. Und wenn ich Ihnen einen Tipp geben darf: Frau Langer aus Hagen – wenn Sie die kriegen könnten.«

»Ihre frühere Assistentin?«

»Ja. Sie erinnern sich: Sie hat die Geschichte mit dem türkischen Mädchen sauber gelöst!«

Jetzt musste der Präses schlucken: Bei den Ermittlungen gegen eine Nazi-Truppe war sein eigenes Ziehkind aus dem Polizeibüro II, der politischen Polizei, gewaltig abgestürzt.

»Die Langer kann ich Ihnen nicht versprechen. Da muss ich mit der Präsidentin in Hagen reden. Aber Hardenberg geht klar.«

»Und was ist mit meinem alten Büro? Zusammen mit …«

»Das Türschild mit Ihrem Namen hängt schon!«

Lohkamp zögerte eine weitere Sekunde. Noch konnte er Nein sagen. Aber mit Hardenberg zusammen – das machte Spaß. Der Junge kam aus der mittleren Beamtenlaufbahn und hatte mit Bestnote seinen Kommissar gemacht. Mit ihm im Team würde er die Burn-out-Schwätzer schon zum Schweigen bringen.

»Gut, ich bin dabei. Aber höchstens dreißig Tage. Ich will nicht erst im Winter an die Nordsee.«

»Versprochen.«

»Wo soll ich mich melden?«

»Am Tatort.« Flenner gab die Adresse durch. »Vorerst leitet dort der Chef des 11. Kommissariats.«

»In Ordnung. Ich bin in anderthalb Stunden da.«

»Prima, Herr Lohkamp. Und: danke.«

Meine Güte, dachte der Hauptkommissar. In Bochum geht einigen Leuten der Arsch auf Grundeis.

Aber er selbst hatte vorher noch ein anderes Problem zu lösen: »Gabi?«

Seine Frau erschien, ein Stück Tapete in der Hand. Mit einem dicken Filzstift geschrieben stand da: *Ich will ans Meer. Aber Horst …*

Er stand auf und nahm sie in den Arm: »Schreib: … braucht noch einen letzten guten Fall.«

»Idiot!«, sagte sie und boxte ihm gegen die Brust. »Überleg doch! Du hast ihm mindestens doppelt so oft widersprochen wie mir. Also eigentlich immer. Du hast Ergebnisse geliefert, die er nicht gewollt hat. Und du hast nie vor ihm auf dem Teppich gelegen, um seine Schuhe zu küssen. Darum hasst er dich.«

»Und was soll mir passieren?«

»Überleg doch: Es gibt immer noch Polizisten, die dir deine Ermittlungen in dem Punkermord nicht verziehen haben. Seit den Vernehmungen in der Polizeikaserne bist du Nestbeschmutzer und Kameradenschwein. Und jetzt zieht er dich wieder in eine Sache hinein, an der du dir nur die Finger verbrennen kannst. Du musst allen auf die Füße treten, die in Bochum was zu sagen haben.«

»Und wenn schon«, wiegelte Lohkamp ab und nahm seine Frau in den Arm. »Meine Pension wird es schon nicht kosten.«

6

PEGASUS verließ den Sheffield-Ring genau unter der Königsallee und folgte der Abbiegespur in Richtung Süden. Charlottenweg, dachte Mager und blickte auf das Display des Navigationsgerätes. Er erinnerte sich, dass sie hin und wieder hier spazieren gegangen waren, als Karin noch in dieser Gegend wohnte.

Etwas an der Topografie dieser Straße war nun zu kompliziert für das schlichte Gemüt der Navi-Tante namens Marlene, wenn sie eine Zielangabe ohne Hausnummer bekam.

Als sie am höchsten Punkt der Königsallee die Markstraße überquerten, fiel es Mager ein: »Die Straße besteht aus zwei Teilen. Und man kommt von dem einen nicht direkt in den anderen, weil irgendein Großbauer oder Lottokönig …«

»Wir sind richtig, Vadda!«, unterbrach ihn Kalle und deutete auf die dunkle Rauchsäule, die links von ihnen aus einer Talsenke aufstieg.

Mager reagierte sofort: »Rechts ran! Ich will den Qualm haben!«

Nach einem Blick in den Rückspiegel stoppte Kalle und setzte den Wagen auf dem Radweg einige Dutzend Meter zurück. »Okay?«

Der Alte stand schon neben dem Wagen und peilte die Lage: »Wo ist die Trittleiter?«

»Im Büro. Du hast sie doch gebraucht, als ...«

»Und du hast sie wieder einzupacken!«

Kalle warf einen flehenden Blick zum Himmel, aber außer dem satten Blau des Sommermorgens gab es kein hilfreiches Zeichen.

»Hühnerleiter!«, kommandierte der Kameramann.

Der Sohn hielt ihm die ineinander verschränkten Hände hin. Ächzend kletterte Mager auf das Wagendach und versuchte, sich aufzurichten. Dabei schwankte er ein wenig und Kalle sah seinen Erzeuger schon stürzen. »Soll ich nicht doch lieber ...«

»Klappe«, knurrte Mager und streckte die Hand aus: »Kamera!«

Während der Bärtige die angewinkelte Kamerahand unter dem Ellenbogen abstützte, stand Kalle bereit, um ihn notfalls aufzufangen. Doch Mager stand jetzt wie ein Denkmal auf dem Octavia, nahm die Rauchsäule ins Visier und zoomte sich an das Geschehen heran. Aber mehr als das rote Dach eines Löschfahrzeugs bekam er nicht in den Sucher.

Eine Minute später saßen alle drei wieder im Wagen und düsten Richtung Süden.

»Demnächst wenden!«, empfahl die geduldige Stimme der Navigation. Mager schaute schon jetzt zur anderen Straßenseite hinüber, aber der dicht bewachsene Mittelstreifen verbarg die Einfahrt zum Charlottenweg.

Bis zur nächsten Kreuzung dauerte es noch eine halbe Minute, dann lenkte Kalle den Skoda mit einem engen Halbkreis in die Gegenrichtung. Marlene reagierte einen Augenblick später: »In dreihundert Metern rechts abbiegen. Dann haben Sie Ihr Ziel erreicht.«

Kalle drosselte die Geschwindigkeit, setzte den Blinker und bog rechts ab, aber nach nur zehn Metern war die Fahrt zu Ende: Ein Streifenwagen blockierte die Einfahrt.

»WDR!«, rief Susanne, doch die Polizisten schüttelten einträchtig die Köpfe: »Sie können hier nicht durch.«

Als die Chefin die Tür öffnen wollte, meldete sich Mager: »Lass es. Ich weiß was Besseres. Wir nehmen den Hintereingang!«

Er dirigierte Kalle in den Nussbaumweg. Die Straße wurde auf beiden Seiten von Einfamilienhäusern in Reih und Glied gesäumt, bis sie endlich eine weite Rechtskurve nahm. In ihrem Scheitelpunkt erhob sich ein weiß-blaues, verklinkertes Monster, drei Etagen rechts, zwei Etagen links, umgeben von einer großen Rasenfläche – und ohne einen Zaun, der den Weg auf die Rückseite versperrte. Mager strich sich zufrieden über das bärtige Kinn: »Genau dahinter müsste Sonnenscheins Haus liegen!«

Hinter dem Klinkerbau hatte sich eine Horde Schaulustiger versammelt, deren Zahl noch wuchs. Es schien nur eine Frage der Zeit, bis der Eigentümer Eintritt nahm und eine Pommesbude aufstellte. In diesem Gewimmel hatte PEGASUS Mühe, eine halbwegs gute Schussposition zu finden: Mal standen ein paar Johannisbeerbüsche im Weg, mal eine Brombeerhecke, dann wieder versperrte ein zu groß gewachsener Zuschauer Mager den Blick.

»Du bist für diesen Job einfach zu klein, Vadda«, konstatierte Kalle.

»Aber nicht zu blöd!«, konterte der Kameramann und schob eine grauhaarige Dame sacht zur Seite: »Junge Frau, wir sind vom WDR. Wenn Sie so freundlich wären …«

Susanne drängte sich ebenfalls in die Lücke und prüfte über Magers Schulter hinweg die Aussicht: »Zuerst einen Schwenk über das Tal. Dann das Haus, den Abschleppwagen und den Schrotthaufen dahinter. Anschließend Feuerwehr und Polizisten. Da unten auf der Wiese.«

»Ja, Mama«, maulte Mager. »Ich weiß, dass Polizisten nicht auf den Wolken reiten!«

Die Arbeit des Fernsehteams fand nicht nur Zustimmung. Es vergingen keine zwei Minuten, da stapfte ein kleiner Mann mit spärlichen Locken und Lodenjacke heran. Als er den Mund öffnete, hielt Susanne Ledig ihm das Mikrofon vor die Nase und fing den bemerkenswerten Satz ein: »Das ist Privatgelände!«

Susanne nickte dem informationsfreudigen Bürger freundlich zu: »Stimmt. Und wir sind das öffentlich-rechtliche Fernsehen. Wo ist das Problem?«

Einem Augenblick lang stockte dem Gelockten der Atem. Dann fand er seinen Text wieder: »Sie dürfen hier nicht einfach eindringen!«

»Wir sind nicht eingedrungen. Es gibt weder einen Zaun noch ein Tor.«

»Trotzdem ist es privat.«

»Gut. Und Sie sind der Eigentümer?«

»Nein, aber ...«

»Dann mache ich Ihnen einen Vorschlag: Sie rufen den Eigentümer an und informieren ihn – und wir tun weiter unsere Arbeit und informieren Deutschland. Okay?«

Während Kalle ein Taxi heranrief und die erste Kassette mit Aufnahmen vom Tatort zum Sender schickte, ließ Mager sich auf dem Rasen nieder und zündete sich eine Kippe an. Normalerweise konnte man diese Ecke Bochums beinahe als idyllisch ansehen und die Grundstückspreise und Mieten waren entsprechend hoch. Viel Grün und wenig Lärm wurden hier geboten – etwas anderes als gebrauchte Pommesschalen im Rinnstein vor dem Haus und die S-Bahn nach hinten raus.

Mehr als fünf oder sechs Lungenzüge waren Mager nicht vergönnt. Susanne führte die erste Interviewpartnerin heran: jene Dame, an der sie sich vorbeigedrängelt hatten, um eine bessere Sicht auf den Tatort zu haben.

»Frau Hahn, was haben Sie von den Ereignissen mitbekommen?«

»Es war schrecklich«, sagte sie. »Mein Mann und ich saßen wie jeden Morgen, wenn das Wetter schön ist, auf dem Balkon und frühstückten in aller Ruhe und unterhielten uns über …«

Komm schon, Alte, dachte Mager. Tante Theas achtzigster Geburtstag interessiert hier nicht! Er versuchte, das Blabla der Dame auszublenden.

»Als mein Mann gerade vorschlug, im nächsten Jahr eine Kreuzfahrt durch die Karibik zu machen …«

Susannes Gesicht blieb freundlich, während sie geduldig abwartete, dass die gute Frau zum Thema kam.

»Also, nein, so erschrocken war ich das letzte Mal, als bei unserer Silberhochzeit plötzlich jemand den Tisch mit dem Dessert umkippte. Das schöne Tiramisu und all die leckeren Puddingsoßen, von dem Geschirr mal ganz zu schweigen.«

»Danke für Ihren Kommentar«, sagte Susanne.

Dann drehte sie sich um und suchte nach einem brauchbaren Augen- und Ohrenzeugen. Erst beim vierten Versuch fand sie einen älteren Herrn, der sich an etwas Konkretes erinnern konnte: Er war nachts gegen drei Uhr aufgewacht, weil er seine Blase leeren musste, und konnte danach nicht wieder einschlafen.

»Senile Bettflucht, sagt meine Tochter. Schließlich bin ich auf den Balkon gegangen, um mir noch eine zu rauchen.«

Guter Mann, dachte Mager erfreut, du bist der lebende Beweis dafür, dass man durchs Rauchen nicht automatisch mit sechzig in der Urne landet.

»Ich habe aber nur noch gehört«, fuhr der Weißhaarige fort, »dass da unten ein Wagen wegfuhr.«

»Da unten – das ist vor Frau Sonnenscheins Haus?«

»Genau. Also, da ist ein Pkw weggefahren. Ich habe ihn gehört und die Scheinwerfer gesehen. Aber vor Sonnenscheins Haus stand, glaube ich, ein Lkw.«

»Wieso glauben Sie das?«

»Na ja, da glänzte ein Autodach im Mondlicht. Genaueres

konnte ich nicht erkennen, aber Pkws sind zu flach. Die kann ich von meinem Balkon aus nicht sehen ...«

»Danke schön, Herr Körner.«

Als Mager wieder vorne stand, um das Geschehen im Charlottenweg zu verfolgen, kam plötzlich Bewegung in die dort versammelten Polizisten.

Ein schwarzer Benz fuhr an den Wendehammer heran, eine kleine Frau sprang heraus und wurde von einem Mann in Zivil davon abgehalten, zu dem beschädigten Haus zu rennen.

Mager ließ die Kamera laufen und schielte über das Display hinweg. Kein Zweifel, das war Lohkamp. Und die aufgeregte Frau musste Bochums OB sein.

»Zeig mal«, forderte Susanne, als er die Kamera absetzte. Zufrieden nickte sie die Sequenz ab. Dann musterte sie die Umgebung. Noch immer war kein anderes Aufnahmeteam in Sicht.

»Also gut. Kalle kann gleich das nächste Taxi rufen. Und wenn Lohkamp mit der Dame fertig ist, rufst du ihn an!«

7

Rauch – beißender, stinkender Rauch. Das war das Erste, was Lohkamp wahrnahm, als er in der Nähe des Tatortes seinen Ford Focus abstellte.

Unter seinen Füßen knirschte Fensterglas. Die Wucht der Detonation hatte nicht allein Beißners Cabrio zerlegt, sondern auch die gesamte Vorderfront des Pritschenwagens. Von der Fahrerkabine war so gut wie nichts mehr übrig – nur die Lenksäule ragte aus dem Schrott heraus. Im Dach des Wohnhauses klafften Löcher, hinter denen geschwärzte Balken zu sehen waren, die Fensterhöhlen im Erdgeschoss waren leer, die Fassade von Rauchspuren überzogen.

Der Attentäter hatte beim Sprengstoff nicht geknausert.

»Morgen, Horst!«

»Katharina!«

Lohkamp drückte der Oberkommissarin die Hand. Thalbach gehörte in seiner Werteskala zu den erfreulicheren Menschen in dem karrierebesessenen Kriminalkommissariat 11, das sich mit Mord und Totschlag beschäftigte.

»Da ist jemand auf Nummer sicher gegangen«, sagte sie. »Es hat sogar noch den Fahrer des Abschleppwagens erwischt.«

Der Wagen stand gut fünfzehn Meter von der Explosionsstelle entfernt. Das Blech des Führerhauses war auf der linken Seite mit Metallsplittern gespickt, das Fenster auf der Fahrerseite gesprungen.

»Wo ist der Mann?«

»Hat Schwein gehabt: Ein paar Splitter in Gesicht und Schulter. Die Sanis haben ihn in die Landesklinik gebracht. Die Seelenklempner werden mehr Arbeit mit ihm haben.«

Lohkamp holte tief Luft. Gegenüber den direkt Beteiligten hatte er bei fast allen Verbrechen eine Art Barriere vor sich aufgebaut, die ihn vor störenden Gefühlen schützte. Aber die unbeteiligten Opfer dauerten ihn von Jahr zu Jahr mehr.

»Tote?«

»Ein Mann. Nicht besonders erfreulich. Der Kopf hing in den Bäumen und war noch zu identifizieren. Der Rest liegt in der Gegend herum. Brettschneider hat seine Freude daran.« Sie deutete auf den beleibten Rechtsmediziner, den einst die Macht der Liebe aus München in den Ruhrpott gelockt hatte – auch wenn er immer behauptete, er sei nur gekommen, weil er lieber tote Preußen als tote Bayern auf dem Tisch hatte.

»Wer ist … war der Tote?«

»Lukas Beißner. Lebensgefährte der OB. Rechtsanwalt in Hattingen.«

Lohkamp ging ein paar Schritte auf den Abschleppwagen zu. Die Wucht der Explosion hatte ihn offenbar erwischt, als er gerade einen großen Bogen im Wendehammer ziehen wollte.

Lohkamp blickte den Weg zurück, den er zu Fuß gegangen war. Das nächste Haus lag rund dreihundert Meter entfernt in der Talsohle. »Wer wohnt dort?«

»Der Bauer, dem das ganze Land hier mal gehört hat oder noch gehört. Frau, zwei Töchter und drei Gestalten, die da Schwarzarbeit machen.«

»Und dort oben?«

Der Hauptkommissar deutete den Hang hinauf, der von einer Reihe Pappeln gesäumt war. Durch die Bäume schimmerte die weiß-blaue Klinkerfassade eines größeren Wohnhauses und hinter Zaun und Hecke reckten ein paar Dutzend Menschen die Hälse.

»Darum kümmern wir uns später. Wenn Hardenberg und die anderen kommen.«

Lohkamp nickte und kramte nach seinen Zigaretten: »Ist dir an dem blauen Wagen etwas aufgefallen?«

»Klar. Hat keine Kennzeichen«, lächelte sie und wurde ernst: »Horst?«

»Ja?«

Thalbach sah ihn durchdringend an: »Warum hat Flenner dich zum Chef der Soko gemacht?«

Er sah ihr in das blasse Gesicht und fühlte sich für einen Moment wie ein Kameradenschwein. Katharina war Mitte dreißig und hätte seiner Meinung nach längst Hauptkommissarin werden müssen, aber ihre Karriere war auf schwer erklärbare Weise ins Stocken geraten: Geburt ihres Sohnes, Trennung von dem Vater des Kindes, Gemunkel über eine Änderung ihrer sexuellen Orientierung – der übliche Mist, den die Neidhammel in der Behörde gern als Waffe benutzten.

»Wärst du dran gewesen?«

»Sagen wir so: Ich warte darauf.«

»Habe ich nicht gewusst«, sagte er und sah ihr direkt in die Augen. »Und tut mir leid. Eigentlich habe ich sogar noch Urlaub. Meine Frau meint deshalb, dass der Präses hier etwas besonders Dreckiges vermutet und mich in Teufels Küche bringen will.«

Thalbachs Stirn lag noch immer in Falten: »Und was meinst du?«

Lohkamp zündete seine Zigarette an und zuckte dann mit den Schultern. »Ich habe keinen Schimmer, Katharina. Aber wenn hier jemand gegrillt werden soll, dann bin ich das.«

Die Unterhaltung wurde unterbrochen. Über den schmalen Feldweg rauschte ein dicker Mercedes heran und stoppte dicht vor der Absperrung. Ehe der Fahrer aussteigen und den Schlag öffnen konnte, sprang eine Frau um die fünfzig heraus und rannte auf die Explosionsstelle zu.

»Halt!«, schrie Lohkamp. »Bleiben Sie hier!«

Die Frau schien ihn gar nicht wahrzunehmen und wollte sich an ihm vorbeidrängen. Aber der Hauptkommissar war stärker: »Frau Sonnenschein! Sie können da nicht hin.«

»Lukas«, schluchzte sie, »wo ist er? Ich muss zu ihm!«

Katharina Thalbach fasste sie an den Armen: »Frau Sonnenschein, es tut mir so leid.«

»Bitte, ich muss ...«

»Nein. Glauben Sie mir«, redete die Polizistin ihr zu und blickte ihr fest in die Augen. »Es ist wirklich besser so. Behalten Sie ihn im Gedächtnis, wie Sie ihn zuletzt gesehen haben.«

Sonnenschein gab nur noch einen gequälten, halb erstickten Laut von sich und sackte merklich in sich zusammen. Thalbach ahnte, dass sie jetzt keine verwertbaren Informationen von ihr erhalten würde. Sanft führte sie die Frau zu einem Notarztwagen.

Lohkamp ging derweil auf den Fahrer der OB zu, der rauchend an der Limousine lehnte. »Haben Sie eine Ahnung?«, fragte Lohkamp und deutete zum Explosionsort hinüber.

Dabei kramte er in seinen Taschen nach seinem Dienstausweis.

»Lassen Sie stecken. Ich habe Sie schon mal im Präsidium gesehen«, sagte der Fahrer und schaute ebenfalls zu dem Platz hinüber, an dem Beißner gestorben war. »Sie meinen, wer das getan hat? Und warum?«

»Ja. Als Fahrer bekommen Sie doch eine Menge mit, Herr ...«

»Harnisch. Wie die Ritterrüstung. Klar, ich weiß mehr als mancher andere. Aber nix, was für einen Bombenanschlag reicht.«

Er dachte ein paar Sekunden lang nach und schüttelte den Kopf: »Hat's hier im Ruhrpott noch nie gegeben. Oberbürgermeister werden vielleicht hintenrum abgesägt. Und merken es erst, wenn ihnen auf dem Parteitag plötzlich ein paar Stimmen fehlen. Aber umgebracht?«

»Wenn Ihre Chefin nicht gemeint war, muss Herr Beißner das Ziel gewesen sein.«

»Beißner?« Der Fahrer warf achtlos den Rest seines Zigarillos auf den Boden. »Glaube ich nicht. Der schiebt ... Der hat eine ruhige Kugel geschoben. Notar in Hattingen. Die Kanzlei liegt ganz nah bei seinem Lieblingsitaliener. Hat ab und zu sein Siegel unter einen Kaufvertrag gesetzt und einen Ehevertrag unterschrieben. Ansonsten schlug er die Zeit wohl damit tot, sein Geld zu zählen. Der war doch aus allem raus.«

»Kann sein. Aber was war heute? Wann haben Sie Ihre Chefin abgeholt?«

»Kurz vor acht.« Er sah noch einmal zu Sonnenscheins Haus hinüber. »Der blaue Lastwagen stand dort schon. War die Bombe da drin?«

Lohkamp nickte: »Wie's aussieht vor dem Motorblock.«

»Und was ist mit dem Kabel vor der Einfahrt?«

Der Blick des Polizisten wurde starr: »Was für ein Kabel?«

»Als sie einstieg ...«

»Wie stieg sie ein? Wo?«

»Normalerweise fahre ich vorwärts in die Garageneinfahrt. Aber heute kam mir meine Chefin schon auf der Straße entgegen, als ich ankam. Dann stieg sie vorne bei mir ein.«

»Moment. Müssen Sie ihr nicht die Tür aufhalten?«

Harnisch zeigte seine vom Nikotin verfärbten Zähne: »Sie mag das nicht. Wir ziehen diese Show nur ab, wenn wir offiziell irgendwo vorfahren. Sonst mach ich ihr nur von innen die Tür auf.«

»Aktenkoffer?«

»Wirft sie manchmal nach hinten, heute hat sie ihn vorne in den Fußraum gestellt.«

»Und jetzt das Kabel!«

Harnisch dachte noch eine Sekunde nach und erklärte: »Als ich ihr die Tür aufdrückte, hab ich es gesehen. Direkt in der Rinne vor dem abgesenkten Bordstein da drüben.« Er wies mit seinem Zeigefinger – leicht gelb wie die Zähne – in die entsprechende Richtung. »Ich wollte sie eigentlich noch danach fragen, aber sie fragte mich direkt nach meiner Meinung zu den Neuverpflichtungen des VfL. Und dabei habe ich das Kabel völlig vergessen.«

Lohkamp sah ihm fest in die Augen und Harnisch hielt seinem Blick stand.

»War das etwa der Zünder?«

»Vermutlich. Irgendwo in dem Gebüsch muss ein Akku stehen, der den Strom lieferte. Unsere Experten untersuchen das noch.«

»Au Backe!«, sagte Harnisch und steckte sich den nächsten braunen Lungentorpedo an. »Mit anderen Worten: Wenn ich nicht vergessen hätte, nach dem Kabel zu fragen …«

Lohkamp legte die Hand auf seine Schulter: »Lassen Sie's sein. Das Grübeln ändert nichts. Sie sind Chauffeur, kein Bodyguard!«

8

Zufrieden registrierte Mager, dass Lohkamp sein Gespräch beendet hatte, und wandte sich seinem Ältesten zu: »Handy!«

Kalle ruhte betont lässig auf einer der Campingliegen, die ihnen in ihrem Ausguck zur Verfügung standen. Dieser befand sich auf einem Balkon im dritten Stockwerk des Klinkerbaus am Nussbaumweg. Von hier aus hatten die PEGASUS-Leute in zwei Richtungen gute Sicht: auf den Wendehammer vor dem Haus der OB und zu dem Bauernhof in der Talsenke.

Auch die Konkurrenz war inzwischen aufgetaucht. Mager hatte schon zwei andere Kamerateams und ein paar Hörfunkreporter ausgemacht, die unten auf der Wiese oder im Garten des Nachbarbungalows standen und von dort aus den Tatort beglotzten. Im Vergleich zu denen, die am Boden arbeiteten, besaß PEGASUS einen Platz in der Königsloge.

»Mach schon«, knurrte Mager und ließ sich das Mobiltelefon anreichen, als hätte er im Stadtparkrestaurant frische Austern geordert. Dann wählte er Lohkamps private Handynummer. Amüsiert sah er von oben aus zu, wie der Hauptkommissar plötzlich begann, in seinen Taschen zu kramen.

»Ja.«

»Klaus-Ulrich hier.«

»Sehe ich auf dem Display. Mach's kurz. Bin im Dienst.«

»Weiß ich.«

»Woher das denn?«

»Ich bin keine fünfzig Meter entfernt. Zwanzig Meter höher als du. Hinter den Pappeln.«

»Ich guck jetzt nicht hoch«, brummte Lohkamp. »Habe heute schon genug Schreckliches gesehen.«

»Beleidige meine Chefin nicht, die ist auch hier. Was ist passiert?«

»Autobombe.«

»Tote?«

»Lukas Beißner, der Lebensgefährte der OB.«

»Alter? Beruf?«

»Ende fünfzig. Anwalt.«

»Galt der Anschlag ihm?«

»Woher soll ich das wissen? Und glaubst du etwa, die Schwarzen im Rat würden jetzt schon Bomben schmeißen?«

Mager stöhnte genervt auf. So klischeehaft, wie der Polizist ihn einschätzte, dachte er auch wieder nicht. Glaubte er jedenfalls.

»Weitere Geschädigte?«

»Fahrer Abschleppwagen. Leichte Schnittwunden.«

»Auslöser Explosion?«

»Vermutlich Kontaktschleife. Mehr jetzt nicht. Wartet auf die Pressekonferenz. Irgendwann am Nachmittag. Ende.«

Mager trennte die Verbindung und gab die Daten an Susanne Ledig weiter, die an einem Campingtisch saß und bereits ihren Nachrichtentext in den Laptop tippte. Dann scheuchte er seinen Sohn aus dem Liegestuhl: »Los, hoch! Ablösung! Jetzt passt du mal auf, was da unten passiert!«

Unwillig stemmte sich Kalle hoch und nahm seinen Platz an der Balkonbrüstung ein, während Mager dem Wohnungsinhaber eine leere Kaffeetasse entgegenstreckte: »Herr Ruhmann – wären Sie so nett, noch ein Kännchen zu kochen?«

Der Mann mit dem Pferdeschwanz nickte und verschwand in der Küche. Mager grinste zufrieden. Immerhin kassierte der Wohnungsinhaber für den Platz auf dem Balkon fünfzig Euro pro Stunde, hatte sich aber von dem Kameramann breitschlagen lassen, zusätzlich seine DSL-Leitung und seine Kaffeevorräte zur Verfügung zu stellen. Wenn Magers Kreislauf nicht nur die Hitze, sondern auch den exzessiven Koffeinmissbrauch aushielt, würde sich der Nettoverdienst des Mannes mit dem Schwanzkopf in engen Grenzen halten.

Während Kalle gelangweilt auf den Tatort hinabblickte, an dem es im Moment absolut nichts Spannendes zu sehen gab, fläzte sich Mager in der Mittagssonne: »Meine Herren, ist dieser Job schön! Kalle, du Faulpelz, tu doch mal was für dein Geld und berichte uns, was sich da unten so tut.«

Einen Augenblick lang herrschte eine gefährliche Stille, und Susanne, die noch an ihrem Campingtisch saß, blickte beunruhigt von ihrer Arbeit auf. Die Art und Weise, wie Mager an diesem Tag seinen Sohn herumkommandierte, hätte ihm in einer normalen Firma eine Abmahnung wegen Mobbings eingetragen.

Doch Kalle war die Ruhe selbst. Immerhin hatte er in den letzten Jahren mit dem PEGASUS-Job sein komplettes Studium an der Uni Bochum finanziert. Sein Pech bestand darin, dass der Bedarf an Lehrern mit der Fächerkombination Geschichte und Philosophie derzeit äußerst gering war. Hinzu kam, dass Kalles Forschungen ein recht einseitiges Interesse verrieten: Er hatte sich vor allem um die Historie und die Gedankenwelt von Rebellen, Ketzern und Anarchisten gekümmert.

Den Prüfern im ersten Staatsexamen war dieses Schmalspurwissen gerade mal ein knappes Befriedigend wert gewesen, sodass Kalles Chancen, in den Schuldienst berufen zu werden, gegen null tendierten. Zum Ausgleich hatte er nach langer Suche einen Doktorvater für eine Arbeit über die volkstümlichen Räuberbewegungen des achtzehnten und neunzehnten Jahrhunderts gefunden. Die Arbeit an seiner Dissertation über Leute wie den Schinderhannes und den Stülpner Karl finanzierte er damit, dass er weiterhin die Drecksarbeit bei PEGASUS erledigte.

»Kalle!«, quengelte Mager. »Ich höre nichts!«

»Pardon, Väterchen«, hörte Susanne ihren jüngsten Mitarbeiter säuseln. »Ich musste erst meine Eindrücke ordnen …«

Mager richtete sich auf und sah seinen Sohn alarmiert an.

Fesselnde Unterhaltung

»Als Polizeireporterin unseres Blattes würde ich gern nach Norditalien reisen. Eine Riesengeschichte: eine vierköpfige Familie aus Bierstadt einfach so niedergemetzelt!«
»Genau, Grappa«, stimmte mir Bärchen zu. »Und das Wetter in Italien ist gerade sehr gut. Blaues Wasser, Palmen, *Vino* und *dolce far niente.*«
»Ans Nichtstun hatte ich eigentlich nicht gedacht, du kleiner Schleimer«, gab ich ihm eins drüber.

Gabriella Wollenhaupt:
Grappa und die Toten im See
ISBN 978-3-89425-418-6

»Ich sehe«, reportierte Kalle ungerührt, »eine wunderschöne Sommerlandschaft am Rande einer westfälischen Großstadt: Hochhäuser am Horizont, satte Baumwipfel in Augenhöhe und tief unter mir eine saftige Wiese.«

Kalle grinste, pflückte aus Magers Brusttasche Zigaretten und Feuerzeug und gönnte sich eine von den Harten, die sein Vater seit beinahe vierzig Jahren rauchte.

»Außerdem«, fügte er hinzu, »habe ich im Moment eine faszinierende Vision.« Sein Blick glitt senkrecht vom Balkon an der Hauswand hinab.

»Tief unter mir«, schilderte er in geradezu schwärmerischem Tonfall, »in dem satten Grün der Wiese, die dieses von Schimmel durchsetzte Haus umgibt, erkenne ich eine Einbuchtung. Insgesamt etwa eins siebzig lang, nicht ganz einen halben Meter breit, dreißig bis vierzig Zentimeter tief.«

Grinsend drehte er sich jetzt zu seinem Erzeuger um, der gespannt lauschte.

»Und in dieser Grube, da liegt ein alternder dicker Mann, die wässrigen Augen starr in den Himmel gerichtet, Bart, Brille und seine wenigen Tröpfchen Gehirnmasse ringsum auf dem Rasen verstreut. Und auf dem Bauch des Mannes liegt ein Schild mit der Aufschrift: *Ich Blödmann habe meinen Sohn ein einziges Mal zu oft schikaniert.*«

Mager schwieg schockiert, aber Kalle war noch nicht fertig: »Väterchen, hast du vielleicht eine Idee, wie ein derart friedlicher Mensch wie ich zu solchen Visionen kommt?«

9

Nur mühsam gelang es Oberkommissarin Thalbach, die Oberbürgermeisterin vom Tatort wegzuführen. Sonnenschein wurde erst ein wenig ruhiger, als die Injektion wirkte, die ihr der Notarzt verpasst hatte.

»Wissen Sie, wo Sie vorübergehend unterkommen können?«, startete Thalbach einen vorsichtigen Versuch, Sonnenscheins Trauernebel zu durchdringen. »Haben Sie Verwandte oder gute Freunde in der Nähe?«

Die Lockenfrau blickte sie einen Augenblick so leer an, als wären diese Fragen völlig belanglos. Dann aber glitt ihr Blick an der Polizistin vorbei auf ihr ruiniertes Haus und erst langsam schien sie es zu realisieren: Sie hatte – zumindest für Wochen und Monate – kein Zuhause mehr. Ihre Mundwinkel zuckten.

Mein Gott, dachte Thalbach, die ist voll hinüber. Und sie überlegte, ob sie nicht doch die Polizeipsychologin heranholen sollte, die schon so manchem Menschen über schlimme Erfahrungen hinweggeholfen hatte.

Aber je länger die kleine Frau zu dem hinübersah, das mal ihr Zuhause gewesen war, desto mehr schien sie wieder in der Wirklichkeit anzukommen.

Ihre Schultern bebten: »Was soll ich nur machen? Wo … wo soll ich denn jetzt wohnen?«

Die Beantwortung der Frage wurde der Polizistin abgenommen: Ein nagelneuer kleiner Volvo mit zivilem Kennzeichen preschte heran und hielt dicht vor den beiden Frauen an. Heraus sprang Lina Tenberge, perfekt gestylt und energisch. Ohne Thalbach zu beachten, legte sie Sonnenschein den Arm um die Schulter: »Irmhild, Liebes, es ist ja so traurig!«

Die Polizistin hatte plötzlich die Vision, als Statistin in einer Seifenoper zu stehen. Wenn das echtes Mitgefühl sein sollte …

Die OB sah im ersten Moment so aus, als wollte sie wirklich in Tränen ausbrechen, doch dann fasste sie sich: »Danke, Lina. Gut, dass du kommst.«

»Das ist doch selbstverständlich! Wie schrecklich das alles ist! Ich helfe dir, wo ich nur kann. Deine offenen Termine habe ich fast alle abgesagt. Den verbliebenen Rest übernehme ich. Du brauchst dir, was das betrifft, um nichts Sorgen machen.«

Sonnenschein nickte und wirkte dabei wie ein verlorenes Kind. »Danke. Weißt du, wo … wo ich im Moment wohnen kann?«

»In einem Gästehaus der Uni. Habe ich schon arrangiert. Du bekommst da vorerst ein kleines Appartement. Eine vernünftige Telefonleitung wird bereits installiert. Soll ich dich rüberfahren?«

»Moment«, schaltete Thalbach sich ein. »So einfach geht das nicht!«

Die Blondine, schon halb zum Gehen gewandt, sah die Polizistin an, als musterte sie einen lästigen Bettler. Sie war es nicht gewohnt, dass jemand ihre Pläne umwarf. »Und weshalb nicht, wenn ich fragen darf?«

Thalbach blieb unbeeindruckt und wies mit dem Kopf zum Explosionsort hinüber: »Frau … äh, wie war Ihr Name?«

»Lina Tenberge. Ich bin die Stellvertreterin der Oberbürgermeisterin.«

»Frau Tenberge, wir wissen bis dato nicht mal, wem der Anschlag galt. Falls Frau Sonnenschein das Ziel war und die Täter merken, dass sie lebt, werden sie einen neuen Versuch starten. Es ist unsere Aufgabe, das zu verhindern! Das werden Sie doch sicher verstehen. Warten Sie kurz hier.«

Sie lief zu Lohkamp hinüber und zog ihn aus dem Gespräch mit dem Rechtsmediziner heraus: »'tschuldigung. Aber es eilt.«

Lohkamp hörte ihr zu und nickte: »In Ordnung. Darum kümmern wir uns am besten sofort.« Er schaute sich suchend um.

»Lass Hardenberg und Klemm mit den beiden Frauen fahren. Die sind ein eingespieltes Team. Sie sollen sofort melden, wo Sonnenschein untergekommen ist. Die können ihr auch helfen, sich einzurichten. Gegen Abend werden sie abgelöst. Noch was: Was weißt du über Beißner?«

»Nix!«

»Dann geht's dir wie mir. Der Fahrer konnte mir auch nicht viel sagen. Tu mir den Gefallen und fahr ins Präsidium. Ich will alles über ihn wissen. Fang bei Google an und geh dann in unsere elektronischen Archive. Und vergiss die Straftäterdatei nicht.«

»In Ordnung. Bis später.«

Lohkamp lächelte. Hier oben hatte er alles im Griff. Schaun wir mal, was das Bäuerchen da unten weiß. Und er setzte sich in Bewegung.

Das eintönige Rauschen, das von der Königsallee herüberdrang, wurde von dem dumpfen Knattern eines Motors unterbrochen. Direkt über den Baumreihen tauchte ein Transporthubschrauber der Bundespolizei auf und kreiste über dem Tal.

Dann hatte sich der Pilot entschieden und setzte auf der größten Wiesenfläche zur Landung an.

Noch bevor der EC 155 den Boden berührte, stoben sieben oder acht Pferde aus dem Baumschatten in der Nähe des lärmenden Fluginstruments hervor. Angeführt von einer schlanken schwarz-braunen Stute rannten sie in wildem Galopp den Weidezaun entlang auf die Straße zu.

»Ach du liebe Scheiße«, murmelte einer der Polizisten, die an der rot-weißen Polizeiabsperrung neben dem Bauernhaus standen.

In diesem Augenblick hob das Leittier ab. Die Stute hatte den Moment verpasst, in dem sie noch hätte abbiegen können. Mit lautem Wiehern versuchte sie, über das Gatter zu springen, das den Weg auf die Straße versperrte. Während die anderen Pferde scheuten und nach rechts flüchteten, blieb die Schwarz-Braune mit den Hinterhufen am obersten Querbalken der Sperre hängen. Die vorderen Kniegelenke schlugen hart aufs Pflaster, das Tier überschlug sich und prallte auf die Straße vor dem Bauernhaus.

Lohkamp, die beiden Polizisten und die Zuschauer hinter der Absperrung standen wie gelähmt, während der französische Eurocopter ein halbes Dutzend in weiße Kittel gehüllte Gestalten ausspuckte.

»Sind die Leute denn des Wahnsinns?«

Ein kleiner dicker Mann mit rot angelaufenem Gesicht stürzte aus dem Bauernhaus auf die Straße und näherte sich vorsichtig dem Pferd, das mit gebrochenen Vorderläufen auf der Seite lag.

»Kacke, verfluchte! Ausgerechnet Flöhchen!« Er näherte sich dem Widerrist der Stute und tätschelte vorsichtig ihren Hals, den Blick auf die geschundenen Läufe gerichtet. Dann rief er dem jüngeren der beiden Polizisten zu: »Gib mal deine Knarre!«

Der Beamte wich erschrocken zurück. Der kapiert es nicht, dachte Lohkamp und streckte die Hand aus. »Gib sie mir. Ich nehm's auf meine Kappe.«

»Haben Sie keine eigene Waffe?«

»Liegt im Büro. Mach schon. Du siehst doch, wie das Tier leidet!«

Zögernd reichte der Kollege seine Dienstpistole herüber. Lohkamp nahm sie, lud durch und blickte den Bauern an: »Wo muss ich ansetzen?«

Der kleine dicke Mann schluchzte und zeigte auf eine Stelle gleich hinter dem Ohr: »Hier!«

Lohkamp presste die Mündung in das Fell des Tieres und blickte den Bauern an. Dann drückte er ab.

10

PEGASUS hätte das Drama vor dem Bauernhaus beinahe verpasst. Sie hatten die Sequenz mit der Oberbürgermeisterin und der unbekannten Trösterin im Kasten und schickten sich an, ihre Zelte abzubrechen, als der Hubschrauber über der Königsallee heranschwirrte. Während der ersten Runde, die der Pilot über dem Tal drehte, wurde Mager munter: In seinem Kopf lief plötzlich der Film ab, der den spektakulären Absturz einer Concorde in Paris zeigte und das Ende der zivilen Überschall-Fliegerei eingeläutet hatte. Instinktiv riss er seine Kamera wieder hoch, zoomte den Helikopter heran und ließ seine Sony durchlaufen, solange der Akku noch hielt. Aber als das Pferd sich am Boden wälzte, machte die Kamera schlapp.

»Mensch, was ist dieser Pilot bescheuert!«, keuchte Mager, als der dumpfe Knall des Schusses zu ihnen herüberwehte. »Und die Bundespolizei wird für den Gaul eine schöne Stange Geld hinlegen müssen.«

Einige Sekunden war es still auf dem Balkon und Mager beugte sich über die Balkonbrüstung: »Und diese Idioten von der Konkurrenz standen wieder mal an der falschen Stelle!«

Während Susanne mit dem Balkonbesitzer über den Mietpreis feilschte, packten Vater und Sohn in seltener Eintracht ihre Arbeitsgeräte zusammen. Der Alte war mit der Aufarbeitung ihres Dreherfolges noch nicht fertig: »Aber diese Bochumer sind auch nicht bei Trost. Wie war das noch? Vor dreißig Jahren – vierundsiebzig oder fünfundsiebzig – während der Jagd auf Baader-Meinhof …«

Kalle holte tief Luft und verdrehte die Augen, aber der Kameramann war dadurch nicht zu stoppen.

»Damals haben sich zwei Streifenwagenbesatzungen gegenseitig beschossen. In einem Wäldchen an der Unistraße. Ein Anwohner hatte eine verdächtige Person ausgemacht und rief sofort die 110 an. Kurz darauf trafen zwei Streifenwagen ein – der eine auf der Unistraße und der andere in der Siedlung hinter dem Wäldchen. Beide Besatzungen stürmten in die Büsche, genau aufeinander zu. Und als sie im Gestrüpp Schritte hörten, eröffneten sie das Feuer. Auf die eigenen Kollegen.«

Susanne hatte sich mit dem Gastgeber inzwischen geeinigt und ließ sich eine Quittung über hundertfünfzig Euro unterschreiben. Ihre Angestellten schnappten sich die silberfarbenen Metallkoffer und steuerten das Treppenhaus an.

»Und wie ging die Schießerei aus?«, wollte der Sohn wissen.

»Wie alles in Bochum. Fünfzig Schüsse und kein Treffer. Schade um die Munition.«

Auf dem Weg in die Bochumer Innenstadt planten sie die Schnittbilder – kurze Filmsequenzen, die zur Untermalung des Berichttextes dienten. Mager fiel sofort das hässliche Rathaus ein, unter dessen Balkon einst halb Bochum dem letzten deutschen Reichskanzler zugejubelt hatte. Dann die große Glocke, mit der Krupp auf der Weltausstellung in Paris seinen friedlichen Charakter hatte demonstrieren wollen. Und der versteckte Platz hinter dem Anbau, den Bochum erst nach langem Zögern nach einer von den Nazis ermordeten Zigeunerin benannt hatte.

»Ist mal wieder typisch!«, grollte Mager. »Für solche Namen sucht man in Bochum immer Orte aus, an denen keine Häuser stehen.«

»Hä?«, machte Kalle.

»Genau wie der Donezk-Ring. Der Name steht zwar auf dem Stadtplan, aber kein Bochumer muss die russische Stadt als Adresse erdulden. Tolle Vergangenheitsbewältigung.«

»Deine ständige Meckerei kann ich auch nicht ewig erdulden!«, fauchte Susanne.

»Verstehe ich«, heuchelte Mager. »Mit einem Parteibuch wie deinem hätte ich auch ein schlechtes Gewissen!«

»Und du hast schlechtes Wissen«, warf der Sohn ein. »Donezk ist ukrainisch!«

Bald glitt der PEGASUS-Skoda in die Tiefgarage unter dem Rathaus. Der Bau war schlecht ausgeleuchtet und so verwinkelt, dass Kalle schon nach zwei Kurven das Gefühl hatte, nie wieder ans Tageslicht zurückzufinden. Auf der fünften Sohle fanden sie endlich einen freien Parkplatz und quetschten sich samt ihrer Ausrüstung in den nächsten Aufzug. Die Kabine beförderte sie ins Foyer des Erweiterungsbaus hinter dem Rathaus, in dem nicht nur ein paar Ämter untergebracht waren, sondern auch Stadtbibliothek und Volkshochschule.

»Die Ratsfraktionen?«, echote die Pförtnerin nach Magers Frage. »Die finden sie drüben. Im Altbau. Aber ob sie jemanden in der Mittagspause antreffen …«

Durch den Hintereingang betraten sie das Rathaus und suchten die Büros der Ratsfraktionen. Bei der Sonnenschein-Partei tippte eine einsame Sekretärin auf einer PC-Tastatur herum – ihre verheulten Augen ersparten jede weitere Nachfrage. Ein Ratsherr der Radwegepartei, seit Kurzem Sonnenscheins Koalitionspartner, äußerte sich vor der Kamera entsetzt über die Zunahme der Gewalt in der Politik, war aber nicht bereit, konkreter zu werden. Mager hätte ihn gern an die Bomben auf Belgrad erinnert, aber die Fragen stellte seine Chefin.

Die Schwarzen zeigten sich zutiefst entsetzt und forderten eine schnelle Aufklärung der Hintergründe. Die Linken befanden sich schon in der Mittagspause – aber an der verschlossenen Tür hing immerhin ein Trauerflor.

»Diesen Schwachsinn hätten wir uns schenken können!«, konstatierte Kalle.

»Bochum ist eben Provinz«, konstatierte Mager. »Wohin gehen wir: Grieche oder Chinese?«

Bevor Susanne und Kalle ihm antworten konnten, klopfte dem Kameramann plötzlich jemand auf die Schulter. Mager drehte sich um und sah ein von wildem Bartwuchs umwuchertes Gesicht, das mindestens so alt war wie sein eigenes.

»Mann«, staunte er, »wie viele Jahre ist das her?«

»Mindestens fünfundzwanzig.«

Susanne schaute Mager fragend an und der stellte den Mann vor: »Erich Angel, einst für *Spartakus* im Studentenparlament.«

»Und jetzt für die Demokratische Liste im Rat der Stadt.«
»So etwas gibt es hier?«
»Gibt es. Und was treibst du in meinem Revier?«
Mager stellte das Team und ihr Anliegen vor. Sein Exgenosse kraulte sich ratlos den Bart: »Wenn ihr ein Statement haben wollt, könnt ihr eins hören. Aber ich weiß auch nicht mehr als die meisten in diesem Haus. Bin gerade dabei, meine Fühler auszustrecken. Und warte die Pressekonferenz der Polizei ab.«
»Verstehe.« Susanne lächelte ihn an. »Aber die Bochumer Innereien sind uns nicht allzu geläufig. Wie wäre es mit ein paar Hintergrundinformationen?«
»Gern – aber nicht jetzt. Habt ihr morgen Mittag Zeit? Auf ein Salätchen vorm *Konkret* oder *Orlando?«*
»*Orlando*«, entschied Mager und fing sich einen Blick seiner Chefin ein.
»Wartet!« Der Ratsherr zückte eine Visitenkarte: »Falls euch was dazwischenkommt ...«
Winkend zog er davon.
Mager nahm seine Kamera wieder auf und meinte nicht ohne Stolz: »Ist doch gut, wenn man so viele Leute kennt.«
»Ja«, antwortete Susanne. »Nur schade, dass du im falschen Verein warst. Meine Leute sitzen im Bundestag.«
»Stimmt. Aber die haben vergessen, wo das Ruhrgebiet überhaupt liegt.«

11

Kurz nach ein Uhr flog ein zweiter Hubschrauber nach Bochum ein. An Bord befanden sich eine Vertreterin des Generalbundesanwalts und eine kleine Gruppe von Ermittlern, die sich auf einer Wiese am Polizeipräsidium absetzen ließen. Sprengstoffdelikte gehörten automatisch zum Ermittlungsbereich von Bundesanwaltschaft und BKA, wo man ohnehin stets glaubte, den Bochumer Provinzbullen auf die Sprünge helfen zu müssen. Kaum eingetroffen, verlangten die Damen und Herren eine ausführliche Zwischenbilanz – was bedeutete, dass Lohkamp und ein paar seiner Leute vorzeitig vom Tatort in die Backsteinfestung hinter dem Bergbaumuseum zurückkehren mussten.

Die spinnen doch komplett, dachte Lohkamp, als ihn der Ruf ins Präsidium erreichte. Missmutig ließ er sich bergab treiben und näherte sich wieder dem Bauernhaus.

Das tote Pferd war weggeschafft worden, die Blutflecken auf dem Boden mit Sägemehl getarnt, das sich langsam rot färbte. Statt des Bauern lag nun seine korpulente Frau im Wohnzimmerfenster und beobachtete das Treiben auf den Weiden. Dort war zum zweiten Mal eine Einsatzhundertschaft damit beschäftigt, jeden Quadratzentimeter nach Tatspuren abzusuchen.

Unter Lohkamps Leitung hatten die Leute morgens bereits zweihundertachtundsiebzig verdächtige Objekte ausgemacht. Aber die BKA-Leute aus dem ersten Hubschrauber erbeuteten dicht am Haus noch zwei Radmuttern und eine kurze Metallstange, die mit einer grauen Masse befleckt war. Diese Fundstücke hielten sie nun dem Hauptkommissar triumphierend unter die Nase.

»So 'n Quatsch!«, meldete sich die Bäuerin von ihrem Logenplatz aus. »Die Schrauben stammen von unserem alten Trecker, den mein Mann vor ein paar Wochen ausgeschlachtet hat. Und das andere Teil? Sieht aus wie die Gebissstange aus einem Pferdegeschirr. Und das graue Zeug da drauf ist kein Gehirn, sondern Taubenkacke!«

Bevor Lohkamp im Präsidium den Sitzungssaal aufsuchte, steuerte er die Räume des KK 11 an, wo Thalbach noch am Computer saß: »Was gefunden?«

Katharina nickte: »Beißner, Lukas Paul, 15.11.48 in Gütersloh. Studium in Bonn, Abschluss 1977 mit Gut.«

Lohkamp stieß einen anerkennenden Pfiff aus: Eine glatte Zwei war bei Juristen so selten wie ein Schalke-Sieg über Bayern. Aber wieso versauerte solch ein Mensch in Hattingen?

»Habe ich mich auch gefragt«, meinte Thalbach, »zumal er schon als junger Kerl ein paar richtig gute Stellen hatte, Rechtsdezernent in Duisburg und Bielefeld, Stadtdirektor in Gütersloh …«

»Und?«

»Nix ›und‹. Fehlanzeige. Vor acht Jahren hat er den öffentlichen Dienst verlassen und wurde in Hattingen Partner eines alteingesessenen Notars, dessen Kanzlei er jetzt allein weiterführt.«

»Und wieso ist er so weit weg vom Ruhm gelandet?«

Thalbach lächelte: »Erstens hat er in Hattingen nicht schlecht verdient. Und zweitens ist er wohl Romantiker gewesen. Vielleicht wollte er ja nur in Sonnenscheins Nähe sein.«

»Vielleicht reicht nicht«, murrte Lohkamp und kramte in seinen Jackentaschen nach einer Zigarette, die er sich in den Mundwinkel schob.

»Horst!«, mahnte Thalbach. »Wir haben …«

»Ich weiß. Aber trocken rauchen ist noch nicht verboten.«

Er zog einen Stuhl heran und setzte sich rittlings darauf: »Und was sagen die Archive des BKA und der Landeskriminalämter zu Beißner?«

»Nichts!«

Drei Minuten später hatte sich im Sitzungssaal eine illustre Runde versammelt. Polizeipräsident Flenner übernahm höchstpersönlich den Vorsitz, obwohl er von Ermittlungsarbeit keine Ahnung hatte und auch nicht ansatzweise damit befasst war. Aber er wollte sich mit dem Verweis auf die reichlich aufgefahrenen Getränke als perfekter Gastgeber erweisen und gleichzeitig darüber wachen, dass der ›gute Ruf

Bochums‹ nicht ruiniert wurde. Dabei ging es vor allem darum, die Führung der Bochumer Polizei, die regionalen Unternehmer sowie die lokalen Möchtegernpolitiker vor jedem Schuldvorwurf in Schutz zu nehmen.

Mit blumigen Worten begrüßte Flenner die Bundesanwältin Dorn und »die anderen Gäste aus Karlsruhe« und erteilte dann seinem neuen Lieblingsbeamten das Wort.

Lohkamp, der ausnahmsweise direkt zur Rechten des Präsidenten sitzen durfte, brauchte keine zehn Minuten, um die bis zu diesem Zeitpunkt rekonstruierten Geschehnisse und die eingeleiteten Ermittlungen zu referieren.

Die Bundesanwältin meldete sich. Im Sitzen größer als fast alle anderen Kerle am Tisch, thronte sie wie eine Sphinx dem Präses gegenüber, sehr beherrscht, mit durchgedrücktem Kreuz: »Wenn ich das richtig verstanden habe, dann suchen Sie ein Tatmotiv im Umfeld Ihrer Oberbürgermeisterin.«

Wie beiläufig pflückte sie sich beim Reden eine unsichtbare Fluse von ihrer Nadelstreifenjacke.

»Danach suchen wir noch gar nicht, Frau Dorn. Wir rekonstruieren, was passiert ist, und suchen zu diesem Zweck nach möglichen Zeugen.«

»Dabei helfen wir Ihnen gerne«, versicherte sie. »Aber was ist mit den Hintergrundermittlungen?«

»Woran denken Sie dabei?«

»Sprengstoffdelikte sind ja nicht allzu häufig. Und haben nur selten einen privaten Hintergrund ...«

Sie ließ das Ende des Satzes in der Luft hängen und Lohkamp spürte, wie sich sein Magen zusammenzog. Kam jetzt die Besserwissernummer, die er schon einige Male erlebt hatte? Die meisten Karlsruher, die hier dienstlich eingefallen waren, hatten sich so aufgeführt, als wäre das Land zwischen Ruhr und Lippe plötzlich eine badisch besetzte Zone geworden.

»Aller Erfahrung nach werden solche Attentate meist aus

politischen Motiven oder von kriminellen Organisationen begangen.«

»Frau Bundesanwältin, diese Rede können Sie sich für die Pressekonferenz sparen«, hörte Lohkamp sich sagen. »Wir sind zwar hier in Bochum, aber deswegen noch lange nicht blöd.«

Die Runde schwieg. Flenner rutschte unbehaglich auf seinem Stuhl hin und her, die BKA-Leute spannten ihre Rückenmuskeln. Lediglich die Bundesanwältin lächelte, den Kopf mit dem langen Blondhaar ein wenig nach vorn geneigt, und sah Lohkamp geduldig an. Offenbar liebte sie es, sich mit Männern zu streiten, die kleiner waren als sie.

»Aber bisher«, fuhr Lohkamp ruhig fort, »haben wir weder ein Bekennerschreiben noch ein politisches Manifest zu dieser Tat erhalten.«

»So etwas kommt heutzutage nicht unbedingt mit der Post, sondern taucht oft zuerst im Internet auf. Aber überlegen Sie selbst: Wer könnte Ihre OB im Visier haben?«

»Gute Frage. Parallel dazu müssen wir jedoch herausfinden, ob der Anschlag der OB galt oder doch Beißner treffen sollte.«

»Der Mann ist sauber!«, unterbrach ihn die Nadelstreifenfrau.

»Wie schön, dass Sie das schon zu Beginn der Ermittlungen wissen. Ich meine …«

»Herr Lohkamp, wenn der Generalbundesanwalt ermitteln lässt, dann liegt die Leitung der Arbeit nicht bei Ihnen«, deutete Dorn dezent an. »Wir glauben, dass man Bochum endlich aus dem Dornröschenschlaf wecken muss.«

»Wie sollen wir das denn verstehen?«, platzte es aus Flenner heraus.

»Zum Beispiel so: Der Bundesinnenminister hat vor zwei Tagen eine neue Warnung vor islamistischen Terroristen herausgegeben.«

»Was hat Bochum damit zu tun?«

Von oben herab, die manikürten schlanken Hände vor sich auf der Tischplatte gefaltet, sah Dorn den Polizeipräsidenten beinahe geringschätzig an: »Haben Sie vergessen, dass einer der Terrorpiloten vom 11. September mehrere Jahre in Bochum gewohnt hat? Und dass Ihre Staatsschützer den Mann nicht mal auf dem Schirm hatten?«

Trotz der Sommerhitze überkam Lohkamp ein Frösteln.

»Die Arbeit des Polizeibüros II kann sich sehen lassen«, bockte Flenner.

»Ach ja? Sprechen wir gerade von der Mordserie unter den Neonazis Anfang 2000? Von den Ermittlungspannen? Kein Ruhmesblatt für Ihre Leute. Und erst recht nicht für den hiesigen Staatsschutz.«

»Wir haben mittlerweile 2006.«

»Danke für den Hinweis.« Sie sah kurz auf ihre Hände, als hätte sie dort einen Spickzettel versteckt. »Wie ist das mit den Protesten gegen den Neubau einer Synagoge? Waren das nur Rechtsradikale? Sie haben viel mehr Muslime in Bochum als Juden, aber eine richtige Moschee dürfen diese Leute nicht bauen, sondern müssen sich mit alten Wirtshäusern und Lagerhallen begnügen. Meinen Sie nicht, dass das für Unmut sorgt?«

Alle in der Runde saßen wie erstarrt.

»Haben Sie die Arbeit der Salafisten im Blick? In zwei dieser Hilfsmoscheen predigen diese Voll-Konservativen und werben Nachwuchs an.«

Verdammt, dachte Lohkamp. Die Frau wusste mehr über Bochum, als er ihr zugetraut hatte. Er beugte sich vor: »Haben Sie denn einen konkreten Anhaltspunkt dafür, dass ein solcher Tatzusammenhang bestehen könnte?«

»Ja, Herr Lohkamp. Den habe ich in der Tat. Wen wollte Frau Sonnenschein heute Abend in ihrem Haus empfangen und bewirten?«

»Sagen Sie es mir. Ich lese nur den Lokalteil von Recklinghausen.«

»Das ist ein Fehler, Herr Kriminalhauptkommissar. Auch die täglichen Hausmitteilungen an alle Bochumer Polizisten haben es nicht für nötig befunden, eine besondere Sicherheitslage anzukündigen.«

Deutliche Unruhe im Saal – das war eine Frontalattacke gegen den Präsidenten und seine Nachrichtentruppe.

»Dann will ich sie mal aufklären. Frau OB Sonnenschein hat eine Gruppe alter Leute eingeladen, die 1937 und 38 als Kinder mit ihren Eltern nach Palästina und in die USA ausgewandert sind. Von den Nationalsozialisten vertrieben und ausgeplündert. Weil sie Juden sind. Sehen Sie da wirklich keinen Zusammenhang?«

Flenner hatte noch nie so wehrlos ausgesehen wie in diesem Moment. Er würde Mühe haben, bis zur öffentlichen Pressekonferenz seine Fassung zurückzugewinnen.

Acht Kameras und fast zwei Dutzend Mikrofone waren auf den Pressesprecher des Polizeipräsidenten gerichtet, als er ans Rednerpult trat. Mit einem leichten Lächeln schaute er auf die rund fünfzig Anwesenden hinab, die sich im Saal versammelt hatten. Solch ein Andrang herrschte in Bochum nur selten, aber als Spezialist im Lächeln und Lügen war Gaius Stahl routiniert genug, um die Situation zu meistern. Zunächst harrte er etliche stumme Sekunden am Mikrofon aus, ohne auf das Stimmengewirr im Publikum zu reagieren. Dann merkte man, dass er in diesem Tumult nichts sagen würde, und langsam ebbte der Lärm ab.

»Danke schön, meine Damen und Herren!«, tönte er sogleich in die Mikrofone. »Zuerst zu den Fakten: Heute Morgen gegen 8.37 Uhr erreichte uns die Meldung, dass sich vor dem Haus der Oberbürgermeisterin eine Explosion ereignet habe. Dabei wurden, wie sich später herausstellte, Frau Sonnenscheins Lebensgefährte, der Rechtsanwalt und Notar Lukas Beißner, getötet und der Fahrer eines Abschleppwagens schwer verletzt. Die Oberbürgermeisterin blieb unversehrt – sie befand sich zu diesem Zeitpunkt bereits im Rathaus.«

Einige Presseleute meldeten sich mit Zwischenrufen zu Wort, aber Stahl schüttelte nur den Kopf und wartete, bis man ihn weiterreden ließ.

»Wie bei anderen Sprengstoffdelikten hat zunächst der Herr Generalbundesanwalt die Ermittlungen übernommen und uns seine Mitarbeiterin Frau Bundesanwältin Dorn geschickt. Eine Gruppe von Spezialisten des BKA und des LKA arbeitet bereits am Tatort. Unterstützt wird sie von einer Sonderkommission der Bochumer Polizei unter Leitung des Ersten Kriminalhauptkommissars Lohkamp.«

Leichtes Raunen unter den wenigen ortsansässigen Journalisten, und einer von ihnen sagte halblaut und voller Erstaunen: »Wieso haben die den denn wieder ausgegraben?«

Ein paar Auswärtige sahen ihn verständnislos an, aber das war nicht die Stunde, ihnen die Geschichte einer verpfuschten Karriere zu erzählen.

Immerhin war Lohkamp einst einer der Shootingstars für Terrorbekämpfung im Bundeskriminalamt gewesen, bevor er über Recklinghausen in Bochum-Wattenscheid gelandet war – und jetzt ohne festen Zuständigkeitsbereich mal hierhin und dorthin abgeordnet wurde.

Auch der Betroffene hatte das Gemurmel gehört und kniff, scheinbar amüsiert, die Augen zusammen. Doch in seiner Magengegend brodelte es. Er saß zusammen mit der Bundesanwältin, dem Polizeichef, zwei Leuten vom BKA und Sonnenscheins Stellvertreterin im Podium – aber so weit vom Rednerpult entfernt, dass jedem deutlich wurde, welche Rolle man ihm zugewiesen hatte.

Warum habe ich heute Morgen nicht Nein gesagt?, wurmte es Lohkamp.

»Sie werden verstehen«, sagte Stahl, »dass wir zu diesem frühen Zeitpunkt die meisten Geheimnisse dieses Verbrechens noch nicht aufklären konnten. Aber einiges haben wir bereits erreicht. Und dazu übergebe ich nun an die Vertreterin des Generalbundesanwalts …«

Dorn stand auf – lang, schlank, perfekt: »Meine Damen und Herren, Sprengstoffe gehören zu jenem exklusiven Kreis von Waffen, die am schwersten zu beschaffen und zu handhaben, aber zugleich am wirkungsvollsten sind. Schon deshalb sind Delikte, bei denen sie eingesetzt werden, zweifellos zu den besonders schweren Straftaten zu zählen.«

Blabla, dachte Lohkamp und wartete auf den Moment, an dem sie die Bombe mit den Islamisten zünden würde. Zugleich dachte er über Beißner nach. Wieso nur war er so unzufrieden damit, dass der Mann als sauber galt? War er schon so weit, dass er jeden Menschen für schuldig hielt, solange ihm nicht das Gegenteil bewiesen wurde? Dann wurde es wirklich Zeit für ihn.

»Welche Motivation für die heutige Tat vorliegt oder welcher Täterkreis in Betracht kommt, können wir gegenwärtig noch nicht sagen. Denn wir wissen nicht einmal, ob der Anschlag der Oberbürgermeisterin gegolten hat oder Herrn Beißner, dessen Tod wir sehr bedauern.«

Erstauntes Raunen im Auditorium und einige Journalisten sahen sich verblüfft an.

»Wir können allerdings auch einen terroristischen Hintergrund nicht ganz ausschließen.«

Dieser Satz riss selbst altgediente Presseleute aus dem Halbschlaf. Begeistert schrieben sie mit, was die Bundesanwältin an Indizien aufzählte. Das Sommerloch nach der Fußball-WM ließ sich mit diesen Hinweisen bestens füllen.

»Über den genauen Tathergang wird Sie nun der Leiter des BKA-Teams informieren.«

Einer der glatt rasierten Jungs aus Karlsruhe nahm nun ihren Platz ein und erzählte haargenau das, was Lohkamp intern berichtet hatte. Aber den Leuten im Saal war das zu wenig und der Mann von BLUT eröffnete die Fragerunde: »War die Explosion das Werk eines Selbstmordattentäters?«

»Nein.«

Eine Sekunde blitzte Bedauern darüber im Gesicht des Mannes auf, dass ihm soeben die beste Schlagzeile seiner Karriere entgangen war.

Doch er gab noch nicht auf: »Wurde die Explosion durch Fernzündung ausgelöst?«

»Nein.«

»Wie dann?«

»Durch ein Kontaktkabel.«

Vor Verblüffung blieb es im Saal einen Moment still. Der Glattrasierte lächelte jetzt: »Diese Technik findet man heute noch manchmal an Nachttankstellen: Ein Wagen fährt über ein Kabel, an dessen einem Ende ein Akku hängt, der den Strom liefert, und am anderen Ende wird der Tankwart aus dem Halbschlaf geweckt.«

»Also eine vorsintflutliche Methode?«

»Würde ich so nicht sagen. Soweit ich die Bibel kenne, waren damals noch keine Kontaktkabel im Einsatz.«

Überrascht sah Lohkamp auf. Dass diese BKA-Fritzen Sinn für Humor hatten, war ihm neu.

»Aber eine ungenaue Methode.«

»Das ist korrekt«, bestätigte der Jungspund und erläuterte den Zuschauern, warum es Beißner und nicht Sonnenschein erwischt hatte. Anschließend verteilte er Fotos eines fabrikneuen Magirus-Pluto, also genau des Lastwagentyps, der vor dem Haus der OB gestanden hatte.

Minuten später löste Stahl den Karlsruher ab, um die Pressekonferenz zu beenden: Die Leute hatten genug Futter für einen Sensationsartikel bekommen. »Wenn Sie keine Fragen mehr haben …«

Doch eine Hand hob sich. Der Ruhrgebietsreporter einer alternativen Tageszeitung aus Berlin hatte offenbar das Signal zum Abmarsch überhört: »Herr Polizeipräsident, Zeugen haben uns auf einen seltsamen Vorfall aufmerksam gemacht: Einer Ihrer Beamten soll lange nach der Explosion in der Nähe des Tatortes ein Pferd erschossen haben. Ist das ein neues Ritual der Bochumer Polizei?«

Raunen im Saal – und deutliche Irritation bei Flenner und Stahl. Ungefragt ergriff Lohkamp das Wort: »Ihre Information ist korrekt, Ihre Interpretation aber ganz und gar absurd.«

»Können Sie mir …«

»Gern«, unterbrach der Hauptkommissar den Frager. »Ein Hubschrauber musste auf einer Pferdekoppel landen. Die Tiere gerieten in Panik und eines hat sich dabei so sehr verletzt …«

»Das kann und darf nur ein Tierarzt feststellen.«

»Der Besitzer des Tieres, ein erfahrener Landwirt und Pferdezüchter, stand daneben. Und das Tier hatte, wie wir inzwischen wissen, beide Vorderbeine gebrochen. In solchen Fällen wäre es Tierquälerei …«

»Und dann hat einer der Beamten dem Bauern seine Dienstpistole geliehen?«

»Nicht dem Bauern, sondern mir.«

Erneuter Lärm im Saal.

»Haben Sie keine eigene Waffe?«

»Doch. Aber die liegt in meinem Schreibtisch. Weil ich sie gewöhnlich nicht brauche.«

Gelächter, aber es war noch nicht klar, auf wessen Kosten das ging.

»Haben Sie denn kein Mitleid mit dem Tier?«

Die Bundesanwältin griff plötzlich zum Mikrofon: »Wenn Sie erlauben, Herr Lohkamp?« Und dann versprühte sie geheuchelten Charme an den alternativ schreibenden Menschen: »Es ist Ihr gutes Recht, diesen Vorgang empörend zu finden. Aber veröffentlichen Sie den Artikel besser nicht unter Ihrem richtigen Namen«

»Wieso?«, fuhr der Bursche auf.

»Nun, wenn Sie sich wegen der Ermittlungen mit den Polizisten oder der Bundesanwaltschaft anlegen wollen – nur zu! Wir erleben das jeden Tag und halten das ganz locker aus. Aber wenn Sie ernsthaft fordern wollen, dass wir ein Pferd unnötig lange leiden lassen – dann steigen Ihnen sowohl Millionen Tierschützer als auch Ihr Chefredakteur aufs Dach.«

Gelächter im Saal, die Sache war ausgestanden. Lohkamp atmete auf. Während die Journalisten ihre Sachen packten und zum Hauptausgang strebten, kramte Lohkamp nach seinen Zigaretten. Jemand berührte leicht seinen Arm: »Herr Lohkamp?« Er wandte sich um und sah der Nadelstreifenfrau auf die silberne Brosche, die den Kragen ihrer weißen Bluse verschloss.

»Nehmen Sie mich mit?«

Wortlos ging er voran. Damit die wenigen überlebenden Raucher nicht für jede Zigarette durch die Eingangsschleuse mussten, hatte der PP es den »Paffern«, wie er sich neuerdings ausdrückte, erlaubt, zu diesem Zweck den Innenhof des Präsidiums aufzusuchen.

»Ich dachte, Sie rauchen nicht?«

»Gelegentlich doch. Ist heute erst meine Dritte.«

»Warum sind Sie dagegen, dass wir auch Beißner scannen?«, fragte Lohkamp, während er ihr Feuer reichte.

»Bin ich doch gar nicht. Aber der Mann sieht wirklich harmlos aus. Und die Suche nach einem politischen oder terroristischen Motiv erscheint mir zurzeit vordringlicher. Im Übrigen, Herr Lohkamp: Wollen Sie sich nicht bei mir bedanken?«

»Wofür?«

»Ich habe Sie rausgehauen.«

»Wegen der Tötung des Pferdes? Doch, das war sehr freundlich. Aber wo ist *Ihr* Dankeschön?«

»Wofür das denn?«

»Ich habe Ihren ungeschickten Piloten herausgehalten. Bei uns dürfte der Mann nicht mal den Vorhang für den Polizeikasper aufziehen!«

12

Klaus-Ulrich Mager fühlte sich an diesem Abend prächtig. Während Karin im Badezimmer darum kämpfte, dass Theo zumindest die wichtigsten Grundregeln der Körperpflege anwendete, saß der Kindsvater mit hochgelegten Füßen auf seinem Lieblingssessel. In der einen Hand hielt er ein Glas Rotwein, die andere umklammerte die Fernbedienung. Zur Stunde war das Dritte sein Favorit: Da gab es die *Aktuelle Stunde* und dann die vom Ersten übernommene *Tagesschau*. So viel PEGASUS-Präsenz hatte es auf dem Bildschirm schon lange nicht mehr gegeben.

Als die Wettervorhersage begann, tauchte auch die erschöpfte Mutter wieder auf: »Du bist dran. Heute musst du wieder nach Ägypten ...«

Mager nickte. Zumindest politisch war auch der kleine Sohn auf dem besten Weg. Denn in Ägypten ging es um die Abenteuer eines sagenhaften Krokodils namens Riesenzahn, das sich durch eine Laune der Natur zum Vegetarier entwickelt hatte und zudem entflohene Sklaven und verschuldete Bauern vor den Häschern des Pharaos und der Hohepriester schützte. Die Guten trug es auf seinem Rücken über den Nil in Sicherheit und die Bösen stoppte und verjagte es meist allein dadurch, dass es den weit geöffneten Rachen und die makellos geputzten Zähne zeigte. Und hin und wieder, wenn die Abenteuerlust des Sohnes mit dem gewaltlosen Widerstand nicht mehr zufriedengestellt werden konnte, biss Riesenzahn die Bösen auch schon mal kräftig in den fetten Hintern.

Mager zog los und dachte sich auf der Treppe ein weiteres Abenteuer des Krokodils aus, das an diesem Abend einen klugen Handwerkersohn retten musste.

»Die sind blöd, diese hohen ...«

»Hohepriester. Du kannst aber auch einfach Pfaffen sagen.«

Theo nickte – diesen Ausdruck kannte er. Doch nach einem Augenblick des Nachdenkens wurde er wissenschaftlich: »Was ich einfach nicht verstehe ist, dass Riesenzahn kein Fleisch isst. Wie kann es denn zu einer solchen Mution kommen?«

»Mutation heißt das. Kommt von dem lateinischen Wort mutari – sich ändern.«

»Ja – aber wie konnte Riesenzahn …«

»Schwere Frage. Darüber zerbrechen sich sogar weltberühmte Wissenschaftler den Kopf. Einige vermuten, das könnte mit der seit Jahrtausenden erhöhten Radioaktivität im Niltal und im Tanganjika-Graben zusammenhängen.«

»Und warum weißt *du* das nicht?«

»Woher soll ich etwas wissen, das noch nicht einmal die Experten herausgefunden haben?«

»Weil du mein Papa bist.«

»Aber um Papa zu werden, muss man nichts über Radioaktivität wissen.«

»Sondern?«

»Man muss eine nette, kluge und zärtliche Frau finden.«

»So eine wie Mama?«

»Genau.«

»Und dann?«

»Dann muss man Kinder wie dich rechtzeitig ins Bett bringen.«

Beschwingt eilte Mager ins Wohnzimmer zurück. Theos Fragenkette hatte ihn an jene angenehme Seite des Ehelebens erinnert, die in den letzten Wochen – stressbedingt – in der Familie Mager entschieden zu kurz gekommen war.

»Na, wie geht's dir?«, säuselte er, als er das Wohnzimmer erreichte.

Karin saß auf der Couch, hatte sich der Fernbedienung bemächtigt und starrte fasziniert auf den Bildschirm. Dort linste die Kamera eines Gourmet-Kanals einem Chinesen über die Schulter, der einige Streifen Rindfleisch in einem Wok angebraten hatte und sie gerade mit einer gelbliche Soße ablöschte. Und Karin hielt dem Gatten statt einer Antwort ein leeres Weinglas hin.

»Sofort!«

Hoffnungsfroh schüttete er ihr und sich ein Schlückchen ein und rückte um zwei Handbreiten näher. Der Geruch ihres Körpers faszinierte ihn noch immer und als er mit seiner freien Tatze ihren Nacken berührte, schien neues Leben durch seinen alten Leib zu strömen. Sanft streichelte er mit den Fingerkuppen die verwundbare Stelle unter ihrem rechten Ohr.

»Wie wär's …«, setzte er an, doch sie hob abwehrend ihre linke Hand: »Scht!«

Fasziniert sah sie zu, wie der Glatzköpfige ein Schneidebrett an den Kochtopf heranbalancierte. Er ließ ein buntes Ensemble exotischer Gemüseschnipsel in die Öffnung rieseln und verrührte alles sanft miteinander.

»Genial! Jetzt fehlt nur noch ein Hauch von frischem Ingwer.«

Mager seufzte unhörbar: Ingwer fand er überhaupt nicht genial. Stattdessen ließ er seine Finger ein Stück tiefer gleiten und schob sie sanft unter den Kragen von Karins T-Shirt.

»Ist was?«, fragte sein Weib.

»Nun ja«, setzte Klaus-Ulrich an und überlegte, wie deutlich er seine Vorstellungen von einem befriedigenden Programmwechsel erläutern sollte.

»Ich weiß was …«

»Und was?«

Ein Déjà-vu-Erlebnis verklebte Mager den Mund: Vor vielen Jahren hatte er selbst, auf einer anderen Couch, dieselbe Frage gestellt. Und zur Antwort ein verheißungsvolles »Sagen – oder tun?« kassiert. Also entschloss er sich, nicht zu reden, sondern zu handeln. Seine rechte Hand setzte ihren Vormarsch fort.

»Mann, Klaus!«, fuhr Karin auf und schüttelte seine Finger ab. »Wir haben doch erst Montag!«

13

»Wer von euch war's?«

Die heftigen Diskussionen im *Montagsclub* brachen ab, als hätte jemand den Stecker herausgezogen. Alle blickten den Mann an, der gerade das Hinterzimmer der *Friedenseiche* betreten hatte. Und dem schien die Wirkung seiner Frage zu gefallen. Er lächelte leicht, hängte seinen Schlapphut an den Garderobenständer und schüttelte die langen weißen Locken, in deren Mitte eine helle Lichtung glänzte. Dann ließ er sich auf dem Armsessel vor Kopf des langen Eichentisches nieder. Dieser Platz gehörte nur ihm, Carlo Uebermuth, dem Vorsitzenden des Clubs.

»Wie – wie meinst du das?«, fragte Dieter Flessek, der die Ratsfraktion jener Partei leitete, die seit 1946 in Bochum die Pöstchen vergab.

Er hatte in den letzten Jahrzehnten neben seinem Job als Schulleiter so viele Ämter an sich gezogen, dass ein normaler Mensch keine Zeit mehr gefunden hätte, zwischendurch auch noch vier Kinder zu zeugen.

»Du verstehst schon, was ich meine, Dieter. Wer von euch wollte Irmhild in die Luft jagen?«

Der Expädagoge blies die Backen auf: »Diese Frage enthält eine Unterstellung, die ich energisch zurückweisen muss!«

Uebermuth lächelte nur.

»Außerdem: Wer sollte daran schon Interesse haben?«

»Du selbst zum Beispiel!«, mischte sich Lina Tenberge ein. »Du hast doch bei der letzten Kandidatenwahl lange gezögert, weil du lieber in den Landtag wolltest.«

Schadenfrohes Gekicher lief um den Tisch. Als Flessek vor ein paar Jahren gemerkt hatte, dass ihn niemand nach

Düsseldorf schicken wollte, war Sonnenschein als OB schon durch – und er noch immer Fraktionschef.

»Und was ist mit dir?«, fragte Flessek zurück und zwang sich, Tenberge in die Augen zu sehen. Viel Haut hatte sie in dieser Runde noch nie gezeigt, aber er gab die Hoffnung nicht auf, dass sie eines Tages einen Blusenknopf mehr öffnete.

»Ich kann in Ruhe abwarten«, sagte Tenberge und lehnte sich, Gelassenheit demonstrierend, zurück. Die Bluse spannte sich über ihren Brüsten und Flessek musste schlucken. Körbchengröße B, dachte er, schön handlich und straff. Was anderes als die Hängetitten von …

»Ich bin erst achtunddreißig«, fügte Lina hinzu und sah ihm spöttisch in die Augen. »Siebzehn Jahre jünger als du. *Mir* läuft die Zeit nicht davon.«

»Ihr tut so, als wären wir hier bei der Mafia!« Hartmut Potthoff tippte sich mit seinem fleischigen Zeigefinger gegen die Stirn. »Dabei geht es hier nicht um unser persönliches Wohl, sondern um die Zukunft der Stadt!«

Mehrere Leute in der Runde verzogen das Gesicht. Potthoff war als Leiter des Bauamtes mindestens so korrupt wie alle seine Vorgänger zusammen. Und Uebermuth fand den Hinweis auf die Mafia gar nicht so unpassend.

»Moment mal!« Auf der anderen Seite des Tisches klopfte jemand mit der Spitze seines Kugelschreibers gegen ein leeres Bierglas – und alle merkten auf.

Dort saßen nämlich die Vertreter der Stadtbank, zwei Vorstandsmitglieder und einer von den leitenden Angestellten, alle drei treue Parteisoldaten. Ihr Einfluss war enorm. Wie alle kommunalen Kassen musste auch die Stadtbank gemeinnützige Projekte fördern. Ohne diese Zuschüsse waren die Glanzstücke der Bochumer Kulturpolitik, das Schauspielhaus und die Symphoniker, in Gefahr – und wer das riskierte, wurde geteert und gefedert.

»Mit Irmhild«, begann der Hagerste des Finanztrios, der

lange Zeit den Unterbezirk der Partei geleitet hatte, »haben wir sicher keinen genialen Griff getan.«

»Sie war ja auch nur dritte Wahl«, warf Flessek ein und goss sich ein weiteres Glas auf seine gepeinigte Leber.

»Und du nur die vierte«, grinste Tenberge. Vor Zorn wechselte Flesseks zerknittertes Gesicht die Farbe.

»Bitte, beherrscht euch, Genossen!«, mahnte Uebermuth, konnte aber selbst ein schadenfrohes Lächeln nicht unterdrücken. Säufer wie Flessek mochte er nicht. Politik musste man mit Verstand angehen und nicht mit der Leber. »Sonnenschein hat auch ihre starken Seiten. Mit ihr haben wir die Stimmenverluste bei den Kommunalwahlen gestoppt. Weil sie bei unserer Stammwählerschaft gut ankommt.«

»Aber dafür verärgert sie auch die Vertreter der Wirtschaft. Bochum ist ein sensibler Standort«, wandte der Hagere ein.

Alle nickten. Der Mann hatte Recht. Sonnenschein verletzte eine Menge Tabus. Uebermuth selbst hatte, bevor er für seine Verdienste in den Aufsichtsrat der Bank berufen worden war, jahrelang das Stadtarchiv im Sinne der konservativen Mafia gelenkt. Für eine Dokumentation über die Folgen der alliierten Bombenangriffe gab es jede Menge Lob. Dafür verschwanden Unterlagen über die Enteignung, Verfolgung und Vertreibung der Bochumer Juden im Keller des Archivs. Auch eine Geschichte über die Verfolgung von Widerstandskämpfern stand nie zur Debatte. Die Unterlagen über die in Bochum umgekommenen Zwangsarbeiter und Kriegsgefangenen hatten seine Vorgänger bereits in den Sechzigerjahren entsorgt. Aber was tat Irmhild Sonnenschein, kaum dass sie im Amt war?

»War das nicht peinlich«, warf jemand in die Debatte, »unser bestes Modehaus so zu blamieren? Mein Gott, wen interessiert es heute noch, ob ein Kaufhaus 1936 per Zeitungsannonce verkündet hat, dass sein Laden endlich judenfrei war.«

»Viel schlimmer«, schaltete sich Potthoff ein. »Denkt daran, dass sie Bochum als Standort des Zentrallagers für das größte Möbelhaus der Welt verhindert hat. Das hat uns mehrere Hundert Arbeitsplätze gekostet.«

Und dir ist ein saftiges Schmiergeld entgangen, dachte Lina Tenberge.

Laut sagte sie: »Die Elche hätten ja auf einer der alten Zechenbrachen bauen können, statt ein paar ertragreiche Äcker zu betonieren. Damit wären uns auch wichtige Prozente bei der Kommunalwahl verloren gegangen.«

Uebermuth hob den Kopf: Dass Tenberge die amtierende OB verteidigte, kam selten vor.

»Aber«, sagte der ehemalige Vorsitzende des Unterbezirks, »wir sind hier nicht im Wilden Westen. Mit Methoden wie dem Bombenbau können wir uns nicht anfreunden. Wer so etwas tut, beschmutzt den Ruf der Stadt und schadet dem Wirtschaftsstandort Bochum.«

Er legte eine Pause ein und ließ seinen Blick über die anwesenden Vertreter der Politik gleiten, ehe er fortfuhr: »Wenn sich also herausstellt, dass wirklich jemand aus diesem Kreis dahintersteckt, dann ist unsere schöne Achse zwischen Parteiarbeit und Kulturförderung zerbrochen. Wir lassen euch dann mit eurem kaputten Haushalt vor die Hunde gehen.«

Beifall bei Uebermuth und auf der Stadtbankseite, Schweigen und tiefe Sorgenfalten bei den Amtsträgern.

Schließlich begehrte Flessek offen auf: »Ihr vergesst wohl, wer euch diese tollen Posten zugeschanzt hat? Ohne uns …«

»Wenn's um Posten geht, Dieter, solltest du den Mund halten. Du bist in vier Aufsichtsräten.«

»Das steht mir auch zu.«

»Wenn du das Geld an die Partei abführtest, das du laut Statuten zahlen musst.«

»Ich zahle …«

»Hör auf. Du zahlst nicht mal die Hälfte. Sonst könntest

du deine ganzen Saufereien und Weibergeschichten gar nicht finanzieren.«

Im nächsten Augenblick sprang alles auf und schrie wütend durcheinander.

Von dem Lärm alarmiert, rannte der Wirt herbei: »Was ist denn bei euch los?«

Jähes Schweigen.

Dann sagte Uebermuth lächelnd: »Wir streiten uns, wer die nächste Runde bezahlt. Am besten, du setzt sie auf meinen Deckel.«

Während der Wirt die leeren Gläser einsammelte, herrschte verbissenes Schweigen. Potthoff trommelte mit den Kuppen seiner fleischigen Finger auf den Tisch und Flesseks Stirnglatze lief so rot an, als liefe darunter ein Atomreaktor heiß.

Und kaum war der Mann mit der Schürze verschwunden, sprangen Potthoff und Flessek wieder auf. Da hob auf der Parteiseite ein Mann die Hand, der den ganzen Abend noch nichts gesagt hatte: »Schluss!«

Alle sahen ihn an. Klotzek war nicht nur Vorsitzender des vorörtlichen Fußballvereins, sondern auch Boss des Abschleppunternehmens, das am Morgen das Sprengstoffauto vor Sonnenscheins Grundstück entfernen sollte. »Ihr benehmt euch wie kleine Kinder!«

Widerwillig setzten sich alle wieder hin – die Gesichter noch vom Zorn gezeichnet.

»Denkt doch mal nach: Wer die Bombe gelegt oder auch nur bestellt hat, hat Scheiße gebaut. Aber ob man denjenigen findet, ist eine andere Sache.«

»Verdammt noch mal, irgendjemand wollte unsere OB in die Luft jagen!«

»Und einer meiner Fahrer ist wegen des Attentats reif für die Klapse!«, gab der Fuhrunternehmer zurück. »Aber überlassen wir die Ermittlung der Polizei. Ich bete zu Gott, dass keiner aus dieser Runde damit zu tun hat.«

»Ich wusste gar nicht, dass du fromm bist«, murmelte jemand. Ein leichtes Glucksen in der Runde zeigte, dass sich die aggressive Stimmung entspannte.

»Ach, komm, spar dir die Witze. Lasst uns lieber überlegen, wie Bochum aus dieser Scheiße rauskommt.«

»Das können wir doch erst, wenn wir wissen, wer es war«, wandte Lina Tenberge ein.

»Stimmt«, sagte eine tiefe Stimme. Sie gehörte Otto Trübes, dem Ältesten der Runde und Vorgänger auf Sonnenscheins Sessel. »Außerdem ist noch gar nicht klar, ob der Anschlag gegen Irmhild oder Lukas gerichtet war – kann ja sein, dass die Bombe vor dem falschen Haus explodiert ist!«

»Bitte?«, fragte einer der Herren von der Stadtbank.

»Ja. Woran die meisten hier gar nicht denken: Der Charlottenweg ist zweigeteilt. Irmhilds Haus liegt am Ende des alten Teils. Dahinter dann Felder. Altes Bauernland. In den Siebzigern hat man begonnen, von der Baumhofstraße aus einen neuen Abschnitt zu bauen, der auf das alte Straßenstück zuwachsen und mit ihm verbunden werden sollte.«

»Ach du Scheiße«, entfuhr es Potthoff.

Otto Trübes lächelte: »Hartmut hat's kapiert. Das Verbindungsstück zwischen den beiden Enden der Straße konnte nie gebaut werden, weil der dickköpfige Bauer nicht verkaufen wollte. Und dann hat jemand es gewagt, quer hinter das Ende des neuen Teils und ganz ohne Genehmigung ein wunderschönes …«

»Von wegen – ohne Genehmigung!«, protestierte Potthoff. »Ich habe eine.«

»Ja, ich weiß.« Trübes winkte ab. »Die hast du dir dann rückwirkend erteilt, als du Baurat wurdest.«

Mit einem Mal war es peinlich still im Raum. Jeder starrte vor sich.

Meine Güte, dachte Tenberge, so haben auch alle auf der goldenen Hochzeit von Oma und Opa geschwiegen – als jemand die vier unehelichen Kinder erwähnte, die der treue Gatte in diesen fünfzig Jahren nebenbei gezeugt hatte.

»Eigentlich«, sagte Trübes in diese Stille hinein, »hättest du den Knall heute Morgen doch hören müssen, Hartmut!«

Potthoff seufzte: »Ich musste früh weg. Ich habe es auch erst im Rathaus erfahren.«

Trübes lächelte verhalten und kraulte genüsslich seinen grauen Kinnbart. Aber die anderen kamen von selbst drauf und Flessek meldete sich als Erster: »Meinst du, Otto, es ging gar nicht um Irmhild? Sondern dass jemand den Hartmut wegpusten wollte?«

»Das weiß zurzeit nur der liebe Gott«, behauptete der Alt-OB. »Aber es gibt bestimmt ein Dutzend Leute mit einem brauchbaren Motiv!«

»Wenn's danach ginge«, schoss Potthoff zurück, »müsstest du schon zwanzig Jahre tot sein!«

Die nächste Runde ging an ihn.

14

Gegen halb zehn am Abend saßen Hardenberg und Klemm noch immer im *Haus der Nationen* an der Ruhr-Uni fest und hofften auf Ablösung. Seit sie im zweiten Stock vor dem Notquartier der Oberbürgermeisterin Platz genommen hatten, waren mehr als zehn Stunden vergangen. Sonnenschein selbst hatten sie nicht mehr zu Gesicht bekommen. Statt ihrer war nur zwei Mal ihre Lieblingsärztin aufgetaucht. Neben der unvermeidlichen Instrumententasche hatte sie beim ersten Mal eine Pizzaschachtel mitgebracht und beim zweiten eine Papiertüte mit dem Werbeaufdruck von Bochums bekanntester Bäckerei. Und beim Weggehen hatte die Medizinerin den Polizisten eingeschärft, niemanden in das Dreizimmerappartement zu lassen: »Ganz egal, wer kommt!«

Aber nichts passierte. Die anderen Appartements auf diesem Flur waren während der Semesterferien unbewohnt und verschlossen.

Nicht einmal die Presseleute hatten bislang herausgefunden, wo sich die OB aufhielt. Und der Hausmeister, ein treuer Sonnenschein-Wähler, hatte geschworen, sie unter keinen Umständen zu verraten.

Langeweile machte sich breit und daran konnte auch der Ausblick nichts ändern. Ein etwa zehn Meter langer Korridor mit hellgrauen Wänden, von dem auf jeder Seite zwei blaue Türen abgingen. Am einen Ende gab es eine Glastür, die zur Feuertreppe führte und ansonsten nur einen Blick auf die Betonkolosse des Uni-Centers bot. Am anderen Ende sahen die Polizisten auf eine gläserne Schwingtür, durch die man den Aufzug und das Treppenhaus erreichte. Weder die Leuchtröhren an der Decke noch der blaugraue Teppichboden zeugten von gestalterischer Phantasie. Einen gewissen historischen Wert besaßen lediglich die sechs gerahmten Radierungen, die zwischen den Türen hingen: Ein Bochumer Kunstlehrer hatte darauf die Silhouetten von Zechen und Werkshallen verewigt, bevor diese im Zuge der ›Modernisierung‹ der Stadt abgerissen und durch Einkaufszentren ersetzt worden waren.

»Wahrscheinlich völlig überflüssig, hier zu sitzen«, hatte Hardenberg gesagt, als sie die ersten Stunden überstanden hatten.

»Weiß nicht. Aber wer's ein Mal versucht, der tut's auch ein zweites Mal.«

»Wenn nicht doch dieser Notar das Ziel war«, meinte er.

Da auch aus dem Präsidium keine neuen Informationen herüberkamen, saßen sie die meiste Zeit auf ihren Sesseln und entsafteten die Akkus ihrer Handys: Klemm textete mindestens zwanzig Kurznachrichten an ihren Freund und Hardenberg spielte Tetris, bis die Balken und Klötzchen auch ohne Display vor seinen Augen schwebten. Ab und zu traten sie mit ein paar Schritten zwischen den Glastüren die Spurrillen in der Auslegeware etwas tiefer, aber dadurch wurde die Lage auch nicht besser. Nach vier Stunden zog Hardenberg los, um im Uni-Center Coffee to go und zwei Döner zu besorgen, vier Stunden später war Kathrin Klemm mit der Versorgung an der Reihe. Dabei konnten sie noch von Glück sagen, dass der aufmerksame Hausmeister ihnen das Appartement neben der Unterkunft Sonnenscheins aufgeschlossen hatte, damit sie nicht die Toiletten im Kellergeschoss aufsuchen mussten.

»Wie spät?«, fragte Hardenberg irgendwann.

»Ist deine Uhr stehen geblieben?«

»Nein. Ich bin nur zu faul, den Arm zu heben und nachzusehen.«

»Idiot«, grinste Kathrin Klemm und zückte dann ihr Diensthandy, um im Büro der Soko ›Sonnenschein‹ anzurufen.

»Lohkamp!«

»Chef«, sagte Klemm. »Da Sie auch noch arbeiten, will ich mich ja nicht beschweren. Aber wir sitzen noch immer …«

»Au, verflucht!«, unterbrach sie der Hauptkommissar. »Alles klar, ich regele das. In einer halben Stunde werdet ihr abgelöst.«

Die Polizistin steckte das Handy ein und kassierte das fällige Lob ihres Kollegen: »Gut, dass du angerufen hast. Sonst säßen wir morgen früh noch hier.«

»Na ja«, wiegelte sie ab, »er hat sicher ’ne Menge am Hals.«

»Trotzdem!«, widersprach Hardenberg. »Früher wäre ihm das nicht passiert. Er geht eben auf die Rente zu.«

In der nächsten halben Stunde schwiegen sich die beiden wieder an. Ein paar Jahre zuvor hatte es mal so ausgesehen, als könnten sie das schönste Polizistenehepaar von Bochum werden. Aber auf die Dauer hatte es nicht funktioniert: Dass sie in Beruf und Privatleben dicht auf dicht zusammenhockten, war deutlich zu viel Nähe gewesen und hatte ihnen kaum Freiräume für unterschiedliche Interessen gelassen.

Dann hatte er in der Disco die Leiterin einer Kindertagesstätte kennengelernt und sie beim Joggen einen Nokia-Programmierer – und sie hatten das scheinbar Unmögliche geschafft, ihre Beziehung wieder auf das kollegiale Verhältnis zurückzuschrauben.

Dabei war Klemm trotz des Trennungsschmerzes im Nachhinein froh, dass er zuerst abgesprungen war – es gab genügend Beispiele dafür, dass Polizisten ihre Eifersuchtsattacken mit der Dienstpistole bewältigen wollten.

Endlich hörten sie aus dem Treppenhaus das leichte Fauchen des Aufzugs und zwei uniformierte Kollegen betraten den Korridor. Der eine hatte zwei Colaflaschen unter den Arm geklemmt, der andere balancierte eine Tragetasche mit der Aufschrift *Uni-Grill*. Sofort war der kleine Korridor vom Geruch frischer Pommes frites erfüllt: »Sind wir hier richtig bei der Sonnenschein?«

»Ja«, sagte Hardenberg und musterte die beiden. »Wo kommt ihr denn her? Hab euch noch nie in Bochum gesehen!«

»Herne«, sagte der Dickere von beiden. Er schnallte seinen Gürtel mit dem Pistolenholster ab und ließ beide Teile auf den Boden poltern, ehe er sich setzte. »Zeitweilig zu euch abgeordnet. Weiß auch nicht, wieso.«

Während die beiden schmatzend ihre Abendmahlzeit in Angriff nahmen, teilte Hardenberg ihnen das Nötigste mit. Die beiden nickten so eifrig, als wüssten sie schon alles, hatten aber nur Augen für die von Fett triefenden Keulen und Flügel.

»Boah«, seufzte Hardenberg, als sie im Aufzug standen. »Dieser Hähnchenduft …«

»Zu viel Cholesterin«, sagte Klemm. »Und garantiert Massentierhaltung, vollgepumpt mit Antibiotika und Fischmehl. Du solltest ein wenig besser auf deine Gesundheit achten.«

Der Parkplatz vor dem Haus war nur schwach beleuchtet und angesichts der Semesterferien beinahe verwaist. Ein Peugeot aus Frankreich und ein polnischer Opel, dazu der Streifenwagen ihrer Ablösung, ihr eigenes zivil aussehendes Fahrzeug, ein Moped – und ein VW-Scirocco mit Dortmunder Kennzeichen. Hinter den leicht verdunkelten Fensterscheiben glühten zwei Zigaretten auf.

»Presse?«, fragte Klemm.

»Glaube ich nicht«, meinte Hardenberg, als er den Vectra startete. »Dann wären die zu uns hochgekommen. Wahrscheinlich nur zwei Typen, die ein paar Studentinnen aufreißen wollen.«

»Studentinnen? Warte mal! Die Eingänge zu den Studentenheimen liegen doch da drüben.«

Seufzend stellte Hardenberg den Motor wieder ab, als Klemm auf den roten Sportwagen zulief und an die Scheibe klopfte.

Hardenberg sah noch, dass sie ihren Dienstausweis ans Fenster hielt – und dann schoss der Scirocco plötzlich davon und jagte auf die Ausfahrt zu.

Hardenberg drehte sofort wieder den Zündschlüssel, fuhr näher an die Kollegin heran und startete durch, noch bevor sie die Tür geschlossen hatte.

»Kennzeichen?«

»Dortmund Ida eins acht eins!«

An der Ausfahrt wandte sich der Verfolgte nach links, den Auffahrten der Universitätsstraße zu, die hier wie eine Autobahn ausgebaut war. An der ersten Kreuzung stand die Ampel auf Rot, aber der Scirocco ignorierte das Signal und flüchtete in Richtung Innenstadt.

»Blaulicht!«, kommandierte Hardenberg. »Und dann Fahndung!«

Der Scirocco war verdammt schnell, aber ihr Dienstwagen hatte auch einiges unter der Haube. Hardenberg begann bereits abzuschätzen, wann sie den Flitzer eingeholt hatten, da bog dieser mit kreischenden Reifen in Richtung Markstraße ab.

»Hacke!«, schrie Hardenberg und trat eine Sekunde zu spät auf die Bremse. Die Ausfahrt rauschte an ihnen vorbei, doch mit einem eleganten Powerslide kamen sie, den Kühler gegen die Fahrtrichtung gerichtet, vor der Zufahrt zum Stehen.

»Aufpassen!«, schrie Klemm, aber Hardenberg gab Gas und spielte für fünfzig Meter Geisterfahrer, um die Flüchtenden nicht aus den Augen zu verlieren.

Die Hecklichter des Scirocco verschwanden gerade nach rechts, tauchten unter der Unistraße durch und fuhren auf der anderen Seite wieder hoch – zurück in Richtung Universität. Zwei scharfe Kurven, in denen Klemm Mühe hatte, sich aufrecht in ihrem Sitz zu halten. Dann erst konnte sie ihren Spruch zur Leitstelle abgeben: »Zielfahrzeug fährt jetzt in Richtung Langendreer. Kann jemand die Autobahnauffahrt sperren?«

Als hätte der Pilot des Scirocco die Durchsage gehört, schlug er einen weiteren Haken. Die Hecklichter des Roten verschwanden in dem Tunnel, der unter die Ruhr-Uni führte.

»Jetzt kriegen wir ihn!«, brüllte Hardenberg und setzte nach.

Hier wurde die Strecke gespenstisch: ein langes Betonflöz mit Abfahrten nach links und rechts, immer wieder ebene Abschnitte, die als Sprungschanze dienten, bevor der Wagen auf die nächste Senke krachte. Für zehn oder zwanzig Sekunden fühlte sich Klemm an Steve McQueen's berühmte Raserei durch Frisco erinnert, aber der Ami hatte zweifellos die schönere Aussicht gehabt.

»Aufpassen!«, schrie Klemm Hardenberg zu, als das Ende des Tunnels auf sie zuraste. »Da unten wird es eng!«

Der Fahrer des Scirocco kannte sich jedenfalls aus: Kurzer, harter Stopp mit rauchenden Reifen, und eine Sekunde später zischte er schon auf der Gegenfahrbahn bergauf.

Klemm war einen Moment lang versucht, die Pistole zu ziehen, musste sich aber am Armaturenbrett abstützen: Hardenberg bremste, der Vectra schlingerte, rutschte rückwärts gegen einen Bordstein, wurde von den gequälten Reifen hochgeworfen und krachte mit dem Heck gegen einen Betonpfeiler.

»Scheiße, verdammte!«, schrie der Polizist und gab wieder Gas. Das geschundene Gummi heulte auf, irgendwo hinten ratschte es heftig, etwas Blechernes schepperte auf die Fahrbahn. Kaum hatte der Wagen sich von seiner hinteren Stoßstange getrennt, schleuderte er nach rechts. Erneutes Krachen, die ganze Kiste wankte, kam scheinbar wieder auf die Beine, sie senkte sich dann endgültig schräg nach hinten, wo soeben noch das rechte Hinterrad gesessen hatte.

Fluchend sprangen sie aus dem Wagen und starrten dem Scirocco hinterher.

Dienstag

15

»Gut geschlafen?«, fragte Karin, als Mager endlich in der Küche erschien und sich grußlos einen Pott Kaffee eingoss.

»Wie meinst du das?«, fragte er misstrauisch. Er war ungewaschen und ungekämmt und steckte noch in demselben durchgeschwitzten T-Shirt, das er am Tag zuvor getragen hatte. Nach Karins Zurückweisung am Abend hatte er die Nacht aus Protest auf der Wohnzimmercouch verbracht.

Eingeschlafen war er aber erst, als die ARD um kurz nach vier auf *Die schönsten Bahnstrecken* der Welt zurückgriff und eine Führerstandsmitfahrt durch Südindien anbot. Die Kameraperspektive eines Lokführers erinnerte Klaus-Ulrich

Mager regelmäßig an einen seiner schönsten Kindheitsträume.

»Weil dein Sohn heute Nacht sein Bett vollgekotzt hat. Und wer hat wieder nichts gehört?«

»Ich?«, vermutete Mager.

»Genau. Und wer hat wieder alles sauber gemacht?«

»Du«, sagte er. »Ich weiß, dass du eine gute Mutter bist.«

Die Rote ließ das Messer fallen, mit dem sie Theo gerade eine Schnitte Brot bestrich. »Arsch! Kannst du dir vorstellen, dass ich es langsam satthabe, hier Aschenputtel zu spielen?«

Mager atmete durch und richtete den Blick zum Himmel: »Das Thema hatten wir doch schon – oder? Du arbeitest halbtags drüben im Büro. Bis du Theo um fünf aus der Kita holst, sitzt neben der Hausarbeit immer noch so 'n Stündchen Mittagsschlaf drin. Ich aber …«

»Ich weiß, was jetzt kommt!«, fauchte sie. »Ich mache zu Hause Urlaub, während du dir den ganzen Tag für die Firma den fetten Arsch aufreißt!«

»Karin, leise – wenn Theo dich hört!«

»Theo sitzt oben auf dem Klo und hört gar nichts. Auf jeden Fall geht das nicht so weiter!«

Demonstrativ kramte Mager seine Zigaretten aus der Hosentasche: Es war Sommer, die Sonne schien und er freute sich darauf, Kaffee und Morgenjoint vor der Tür auf dem Hof zu genießen.

»Qualmen geht jetzt nicht«, protestierte seine Frau. »Ich muss sofort zu Susanne. Kündigen. Und dann besorge ich mir einen Vollzeitjob. Bei einer richtigen Firma. Und wir teilen die Arbeit in unserer privaten Firma namens Familie ganz neu auf.«

Geht das schon wieder los, dachte er, bemühte sich aber, nicht erneut göttlichen Beistand zu suchen. Fakten waren überzeugender.

»Schöner Vorsatz. Als ich fünfzehn war, hättest du sofort

einen Job bekommen. Aber jetzt bin ich vierundfünfzig und wir haben vier Millionen offizielle Arbeitslose – von den zwei Millionen einmal ganz zu schweigen, die sie mit mathematischem Hokuspokus aus der Statistik entfernt haben. Meinst du, irgendjemand da draußen wartet auf dich und gibt dir einen Job? Einer Ungelernten?«

»Ungelernt? Seit zwanzig Jahren mache ich für PEGASUS die Drecksarbeit!«

»Stimmt. Aber die Einzige von uns, die ihren Job gelernt hat, ist Susanne. Wir anderen sind Studienabbrecher. Genauer gesagt: Hilfskeulen, die in freier Wildbahn keine Chance haben. Überschlaf deinen Plan lieber noch mal! Und jetzt muss ich rüber.«

Sie hielt ihn am Arm fest: »So kannst du mich nicht stehen lassen.«

»Doch«, blaffte er und riss sich los.

»Wenn du jetzt gehst, sind wir geschiedene Leute!«

»Auch das solltest du dir noch mal überlegen«, empfahl Mager und schmiss, die Verzweiflung in ihren Augen ignorierend, die Tür hinter sich zu.

»Wie siehst du denn aus?«, fragte Susanne, als er grußlos ins Büro stapfte und sich Kaffee eingoss.

»So wie immer!«, raunzte er und rückte seinen Stuhl zurecht. »Sag mir lieber, was die Zeitungen über das Attentat schreiben.«

Susanne musterte ihn, seufzte bekümmert und zog die Schultern hoch: »Kaum einer glaubt, dass Beißner gemeint war.«

»Wieso?«

»Beißner ist für sie der harmlose Romantiker, der aus Liebe zu Sonnenschein auf eine Karriere als Wahlbeamter verzichtet hat. Ansonsten: Alle sind von der Islamisten-Legende begeistert, die Frau Dorn verzapft hat.«

»Na klasse!«, sagte Mager. »Wenn man den Leuten richtig

Angst vor Terroristen macht, bekommt man die Vorratsdatenspeicherung leichter durch.«

Kalle, der gerade die Kaffeemaschine füllte, nickte, aber Susanne verzog das Gesicht. Mager machte es sich für ihren Geschmack zu einfach: »Immerhin gibt die *Rundschau* zu bedenken, dass Sonnenschein auch bei den Faschos nicht geliebt wird. Die *Nachrichten* erwähnen in einem Nebensatz, dass die OB den Mittelstand vergrault. Und BLUT deutet an, dass sie bei der alten Parteigarde in Bochum verschissen hat.«

Mager nickte: »Das Übliche. So hat jeder seine Stammleser bedient.«

Die einst sozialdemokratische *Rundschau* war zwar längst von dem größten Medienkonzern des Ruhrgebietes geschluckt worden, aber respektierte hin und wieder die heiligsten Gefühle jener Leser, die man durch feindliche Übernahme geerbt hatte. Die *Nachrichten* hingegen gehörten einer konservativen Dortmunder Druckerfamilie und deckten auch schon mal in den rot regierten Städten einen Skandal auf, den die größte Zeitung gerne noch ein Weilchen ignoriert hätte.

»Und was meinst du?«, fragte Susanne, während sie in einen Handspiegel spähte und ihren Lidstrich nachzog.

Mager grinste: »Wie kommt es nur, dass ich heute einer Meinung mit BLUT bin? Den Bochumer Sozis traue ich alles zu, aber Dorns Story nimmt sie aus der Schusslinie. Bin gespannt, was Erich uns heute erzählt.«

»Der Typ von dieser roten Liste?«

»Genau. Aber den treffen wir erst um eins. Was tun wir bis dahin?«

»Beißner«, meinte Susanne.

Kalle und sein Vater blickten überrascht auf.

»Sonnenschein sitzt in Quarantäne, an die kommen wir nicht ran. Die Konkurrenz setzt voll auf die Angst vor den Muslimen. Also nehmen wir Beißner. Wie sieht es in seiner

Kanzlei aus? Wie geht das mit seinen offenen Akten weiter? Was sagt die Sekretärin? Was wird aus ihr?«

»Mensch, das ist wieder so eine ›Das Leben ist so hart‹-Geschichte«, grollte Mager.

Susanne seufzte. Dieser Streit war so alt wie PEGASUS. Der Kameramann sah die Firma noch immer als aufrechte Kämpferin für ›soziale Gerechtigkeit‹, wie er sein politisches Traumziel mittlerweile nannte. Aber beim Sender kamen die Human-Touch-Reportagen am besten an. Und mit diesem Konzept hatte Susanne Ledig PEGASUS all die Jahre über Wasser gehalten.

»Vielleicht steckt aber doch mehr dahinter«, sagte Kalle.

Die anderen sahen ihn aufmerksam an.

»Ich habe heute Morgen mal ein wenig im Internet gestöbert.«

Sein Vater hätte in einer solchen Situation erst eine lange Kunstpause eingelegt, um die anderen auf die Folter zu spannen. Aber Kalle setzte auf den direkten Weg.

»Immerhin hat es Beißner erwischt und nicht die OB.«

»Der Mann war harmlos gewesen«, warf Mager ein. »So ein Kleinstadtnotar lebt doch von Verträgen, Testamenten und allen möglichen anderen Urkunden.«

»Ja. Aber er war nicht immer Kleinstadt-Notar.«

»Ich weiß«, erklärte Susanne. »Vorher war er Rechtsdezernent in zwei oder drei größeren Städten.«

»Das ist aber nicht der Anfang.«

»Sondern?«

»Er hat in Essen eine eigene Kanzlei gehabt. Hat ein paar Prozesse für Bürgerinitiativen gewonnen. Den Weiterbau der A 52 verhindert. Einen Korruptionsskandal im Rathaus aufgedeckt.«

Mager erinnerte sich – da waren tatsächlich einige Köpfe gerollt. Aber Kalles Theorie passte nicht: »Und zum Dank dafür haben die Spezialdemokraten ihm die gut dotierten Dezernenten-Posten verschafft?«

»Nicht zum Dank, sondern aus Vorsicht.«

»Wieso?«

»Mensch, Vadda. Sie haben ihn auf ihre Seite geholt. Er hat dann keine Prozesse mehr für die Bürgerinitiativen geführt, sondern gegen sie. Wäre spannend herauszufinden, wer das eingefädelt hat.«

Susanne signalisierte Zustimmung, aber der Kameramann grübelte noch, während sein Blick durch die ungeputzten Fenster auf die grauen Fassaden der anderen Straßenseite gerichtet war. Früher wäre er sofort auf diese Idee angesprungen, aber vor mühsamen Recherchen wie dieser überkam ihn immer öfter der reinste Horror. War er reif für die Rente?

»Überleg doch: Wenn wir fündig werden«, legte sein Sohn nach, »dann könnten wir einen echten Knüller landen, anstatt den Einheitsbrei der anderen wieder aufzuwärmen. PEGASUS hat schließlich einen Ruf zu verteidigen.«

Endlich nickte der Alte und Susanne warf dem jungen Mager einen Luftkuss zu.

Zumindest bis zum Mittag ist das Betriebsklima gerettet, dachte sie.

Doch dann kam Karin ins Büro. Sie hatte Theo in die Kita gebracht und setzte sich jetzt wortlos an ihren Schreibtisch, um den Computer hochzufahren. Ihr Gesicht zu einer Maske erstarrt, die Augen schmal und dunkel gerändert und die lustigen Grübchen in ihren Wangen hatten sich in tiefe Falten verwandelt.

Au Backe, dachte Susanne und wartete ab, bis Kalle und sein Vater verschwunden waren. Dann legte sie der Rothaarigen die Hand auf die Schulter und beugte sich zu ihr hinunter: »He, kleine Karin, Kummer?«

Die Rote reagierte nicht, sondern blickte starr auf ihre Tastatur.

»Komm, stell den Anrufbeantworter an und leg dich noch mal zwei Stunden auf die Couch. Wir sind bis zum Nachmittag unterwegs und der Kram hier auf dem Schreibtisch kann warten. In Ordnung?«

Karin nickte, ohne Susanne anzusehen.

16

»Was ist denn hier los?«, fragte Lohkamp, als er am Dienstag im Präsidium erschien. Kathrin Klemm saß vor ihrem Rechner und ließ eifrig die Tastatur klappern, Hardenberg hockte im Nebenraum an einem Laptop und tat das Gleiche – und in der geöffneten Tür zwischen ihnen lehnte eine männliche Gestalt, die ihren Oberkörper hinter der BLUT-Zeitung versteckt hatte. *Terroristen in Bochum?*, hatte das Blatt getitelt.

Idioten, dachte Lohkamp, die hätten wohl lieber ein Ausrufungszeichen hinter die Schlagzeile gesetzt. Laut fragte er: »Was ist denn hier los? Müsst ihr jetzt Diktate schreiben?«

»Ruhe!«, raunzte der Mann am Türpfosten. »Die beiden dürfen jetzt nicht reden.«

»Wie bitte?«

»Ich habe mich doch wohl klar ausgedrückt!«

»Tinnef!«, sagte Lohkamp, trat hinter Klemm und sah ihr über die Schulter: »Was ist los?«

»Wir müssen ...«

»Nicht reden!«, meckerte der BLUT-Leser und ließ seinen täglichen Intelligenztest sinken. Ein glattes Gesicht, das von einer Halbglatze und einem perfekt gebundenen Schlips umrahmt wurde, kam zum Vorschein – irgendein Verwaltungsmensch, den Lohkamp schon mal in der Kantine gesehen hatte.

»Die beiden haben ein nagelneues Dienstfahrzeug geschreddert und müssen darüber jetzt getrennt Berichte abliefern.«

»Getrennt? Jeder einen?«

»Genau. Seit der Fahrzeugpark Düsseldorf untersteht, ist das so. Dort werden die Schadensmeldungen ausgewertet.«

Lohkamp seufzte. Die neue Regierung in der Landeshauptstadt war von einer Datensammelwut beherrscht, wie er sie in über vierzig Dienstjahren noch nicht erlebt hatte. Darüber hinaus trieb der Zentralismus die tollsten Blüten. War früher eines der Aufnahmegeräte, die man bei Vernehmungen brauchte, defekt, wurde ein neues angeschafft. Jetzt musste man die Apparate in Düsseldorf bestellen lassen. Aber die Krämerseelen im Ministerium warteten, bis sie fünfzig Stück ordern und dabei einen günstigen Rabatt aushandeln konnten – während man in den Städten wegen fehlender Geräte nur noch nach festen Terminplänen vernehmen konnte.

»Die spinnen doch!«, sagte Lohkamp. »Demnächst müssen wir noch eine Statistik darüber anlegen, wer auf dem Klo am meisten Spülwasser verbraucht. Sind die neuen Messgeräte schon da?«

Der Mann mit der Halbglatze sah ihn verständnislos an und deutete dann auf seine Armbanduhr: »Noch genau neun Minuten. Und Sie verlassen besser …«

»Ich verlasse gar nichts. Aber Sie gehen besser mal vor die Tür und studieren die Namensschilder«, unterbrach ihn der Hauptkommissar. »Dann wissen Sie, wer hier rausschmeißen darf und wer nicht!«

Er setzte sich neben Klemm und überflog den Text, den sie bisher getippt hatte.

»Habt ihr wenigstens den Halter des Scirocco identifiziert?«

»Das Kennzeichen gibt es nicht«, sagte Klemm. »Die müssen irgendwas überklebt haben. Oder haben Buchstaben oder Zahlen ergänzt. Ewald und ich wollten ein bisschen puzzeln, um herauszufinden, welche Kombinationen aus Buchstaben und Zahlen leicht abzuändern sind. Aber der freundliche Kollege da …«

»Noch acht Minuten«, meldete der Hirnlose. »Und ich

schreibe selbstverständlich eine Aktennotiz über Ihre Insubordination!«

»Tun Sie das«, sagte Lohkamp und musterte den Schlipsträger mit unverhohlenem Spott. Aus welchem Keller hatten sie denn diesen Trockenschwimmer ans Tageslicht geholt? ›Insubordination‹ – dieses Wort hatte ihm zuletzt sein Lateinlehrer gegönnt.

»Aber jetzt hauen Sie einfach ab, Sie Oberamtsrat. Die Kommissare Klemm und Hardenberg haben für Ihren Blödsinn keine Zeit. Sie müssen die Fahndung nach einem Fluchtfahrzeug einleiten. Wir sind hier nämlich bei der Polizei und nicht beim Landesamt für Statistik! Dalli, dalli, junger Mann!«

Der BLUT-Leser faltete seine Lektüre zusammen: »Das wird ein Nachspiel haben. Ich werde mich beschweren!«

»Tun Sie das!«, ermunterte ihn Lohkamp. »Und erzählen Sie nach Dienstschluss Ihrer Gattin, wie viel Stress man heutzutage mit diesen arroganten Kripoleuten hat.«

»Der und Gattin?«, kicherte Klemm, noch bevor der Krawattenmann die Tür hinter sich geschlossen hatte. »Hat der bestimmt nicht. Es gibt gar kein Formblatt, um eine in Düsseldorf anzufordern.«

Lohkamp grinste eine Sekunde lang mit und sagte dann: »Aber jetzt zeigt mir mal, was ihr euch überlegt habt.«

Hardenberg kam herüber und legte ihm einen Zettel vor. »Hier, das Kennzeichen, das wir gestern gesehen haben: *DO-I 181.* Aber vielleicht hatte der Wagen kein I, sondern ein E oder F und die haben die Querstriche zugeklebt. Oder hinter dem I stand noch ein anderer Buchstabe, der wenig Platz braucht.«

»Verstehe«, sagte Lohkamp. »Macht weiter und prüft die infrage kommenden Fahrzeuge. Und danach kümmert ihr euch um den Lastwagen mit der Bombe. Hier – auf diesem Foto von der Seitenwand der Ladefläche steht noch eine Telefonnummer. Ruft zuerst da an!«

»In Ordnung. Aber was ist mit dem Bericht für Düsseldorf? Die fressen uns auf, wenn wir nichts liefern«, sagte Hardenberg.

Lohkamp hob die Hand, als wollte er ein Stück zusammengeknülltes Papier über die Schulter nach hinten werfen: »Lass Kathrin zu Ende schreiben. Du ziehst dir dann den Quatsch auf deinen Rechner, veränderst ein paar Ausdrücke und unterschreibst. Was da drinsteht, ist denen sowieso scheißegal. Hauptsache, sie bekommen ein Stück Papier für ihre Akten. Und das sollen sie haben.«

Vor der Tür zum Besprechungsraum traf Lohkamp die Bundesanwältin Dorn. Statt des Nadelstreifenanzugs vom Vortag trug sie nun einen weißen Sommerblazer und den dazu passenden blauen Rock sowie ein buntes Top – und auch diese Hüllen hatte sie nicht im Schlussverkauf bei *KiK* erstanden.

»Guten Morgen, Herr Lohkamp!«

»Morgen. Gut untergekommen?«

»Danke. Das Hotel im Stadtpark ist vorzüglich. Und man ist zu Fuß ruck, zuck im Präsidium.«

»Wie gut, dass Sie nicht in dem Silo hinter dem Hauptbahnhof übernachten müssen«, grinste Lohkamp. Mehr als diese 49-Euro-Kammern hätte man Leuten seiner Gehaltsklasse wohl kaum genehmigt. Wirkliche Nachtruhe stand nur den Auserwählten zu.

»Frühbesprechung?«

»In zehn Minuten«, antwortete ihm Dorn. »Ich wollte vorher noch mit Ihnen reden. Wir müssen uns ja nicht vor der ganzen Mannschaft fetzen.«

Lohkamp wurde wachsam. Worauf wollte die Lady hinaus?

»Arbeitsteilung«, verriet sie. »Wir kümmern uns zunächst um die technischen Aspekte des Attentats und um die Staatsschutzfragen.«

Lohkamp verzog ein wenig die Mundwinkel und gab sich keine Mühe, diese Reaktion zu verbergen.

»Sie organisieren das Aufspüren und Befragen von Zeugen und beleuchten das persönliche Umfeld von Beißner und Sonnenschein. Soll ja keiner sagen können, wir hätten nur einseitig ermittelt.«

Wunderbar, dachte Lohkamp. Dasselbe wie gestern, aber diesmal kundenfreundlich verpackt.

»Die politischen Hintergründe – welche meinen Sie?«

Von oben herab gönnte sie ihm einen forschenden Blick: »Die Islamisten.«

»Und wer ermittelt?«

»Ihr Präsident hat uns schon die fähigsten Leute aus dem Polizeibüro II abgestellt.«

»Die Fähigsten?«, lächelte Lohkamp. »Aus der Plemmi-Abteilung?«

»Bitte?«

»Plemmis heißen hierzulande die geistigen Tiefflieger. Wer in der normalen Polizeiarbeit nichts wird …«

»Wir wollen doch nicht ideologisch werden«, meinte Dorn. »Einverstanden?«

Mach, was du willst, dachte Lohkamp. Und ich tu das auch.

17

»Schöne Hütte«, sagte Mager, als sie Beißners Kanzlei erreichten. Der Altbau lag in einer Nebenstraße zwischen dem Hattinger Rathaus und der Augustastraße in einem unaufdringlich verschnörkelten zweistöckigen Wohnhaus, das an die hundert Jahre alt und bestens gepflegt worden war – ganz im Gegensatz zu der Bergmannsbleibe, die Karin für Magers erstanden hatte. Aber auch dieses Schmuckstück hatte einer der allgegenwärtigen Sprayer als eine persönliche

Provokation empfunden: Unter den beiden Fenstern im Erdgeschoss prangten seine krakeligen Gaunerzinken.

»Diese Typen sind wie Hunde!«

»Hä?«, machte der Sohn.

»Die müssen auch überall hinpissen.«

»Du hast doch früher selbst gesprayt«, meinte Kalle.

»Aber nur an der Uni. Und das war politisch.«

Statt eine passende Antwort zu suchen, sah Kalle sich um. Der schmale Bürgersteig vor dem Kleinod bot keinen Platz, um den Skoda abzustellen, und die Parkbuchten auf der anderen Straßenseite waren ausnahmslos besetzt.

»Und wo parken wir?«

Susanne deutete die Straße hoch in Richtung Rathaus. Gleich vor dem verzierten Jugendstil-Trumm gab es eine schmale Durchfahrt auf den Hinterhof. Und als Kalle den Wagen auf den kleinen Parkplatz lenkte, dämmerte es auch dem Kameramann: Hinter der nächsten Mauer lag der Friedhof, auf dem er vor vielen Jahren vergeblich einem Erpresser aufgelauert hatte – und anschließend Hattingens unfähigsten Polizisten in die Fänge geraten war.

Mager verscheuchte die unangenehme Erinnerung und stieg aus dem Wagen.

Während Susanne und Kalle sich die Ausrüstung schnappten, kramte Mager in den Jackentaschen nach seinen Zigaretten und zündete eine an.

»Mensch, Alter, du hältst den Betrieb auf!«, nörgelte der Sohn.

»Wenn ich im Auto rauchen dürfte, könnten wir sofort an die Arbeit gehen. Aber ohne Dope no Hope.«

»Zumindest dein Englisch ist genial«, bemerkte Kalle, wartete aber mit der Chefin geduldig ab, bis der Bärtige die Kippe ausgetreten hatte. Gemächlich folgte Mager den beiden in Richtung Kanzlei, wo er nicht mehr als eine hilflos heulende Sekretärin erwartete. Und auf Weibertränen hatte er nach dem Streit mit Karin einfach keinen Bock.

Diese Zeitverzögerung erwies sich als journalistischer Glücksfall. Denn kaum hatte das Trio den Hinterhof des Rathauses verlassen, rasten mehrere schwere Limousinen mit zivilen Kennzeichen an ihnen vorbei. Vor Beißners Wirkungsstätte bremsten die Fahrer scharf ab und lenkten ihre Kutschen halb auf den schmalen Bürgersteig. Bevor die Wagentüren aufgestoßen wurden, hatte Mager die Insassen identifiziert: »Bullen.«

»Kamera!«, zischte Susanne.

Dieses Kommando erwies sich als überflüssig. In Krisensituationen reagierte Mager immer noch so schnell wie ein beißwütiger Hofhund, den man endlich von der Kette ließ. In Sekunden erfasste der Sucher seiner Sony die Truppe, die sich vor der Haustür versammelte: sechs gut gekleidete Herren diversen Alters und eine hoch aufgeschossene Blondine in Pumps, die geduldig zusah, wie einer ihrer Knechte den Klingelknopf bearbeitete. Zehn, höchstens fünfzehn Sekunden später verschwand die Gruppe im Haus.

»Und jetzt?«

»Friedhof!«, kommandierte Susanne. Im Laufschritt ging es zurück. Magers Lungen pfiffen und seine Knie schmerzten. Ewig würde er das nicht mehr aushalten, aber er kämpfte sich verbissen durch. Bald versperrte ihnen die Turnhalle den Weg, die von einem längst abgerissenen Mädchengymnasium übrig geblieben war. Am linken Ende gab es einen Durchgang zu einem weiteren Parkplatz, der sich auf dem ehemaligen Schulgelände erstreckte. Er führte auch zu jenem kleinen Friedhof, der Mager bestens bekannt war.

»Komm!«

Keuchend verschwand Mager zwischen Grabsteinen und Koniferen und lief auf die südliche Begrenzungsmauer zu: »Hühnerleiter!«

Mit gequältem Grinsen drückte sich Kalle mit dem Rücken gegen die Mauer und faltete die Hände mit den Innenflächen nach oben. Mager setzte einen Fuß in diese improvisierte Treppenstufe, griff mit der freien Hand nach der Oberkante des Gemäuers und suchte mit dem anderen Fuß nach einer weiteren Stütze. Der pompöse Grabstein der lieben Hermine Waldenburg-Sokolow wäre hoch genug gewesen, aber leider einen halben Meter zu weit entfernt. Mager hoffte nur, dass der Sohn sein Gewicht allein aushielt, und zog sich mit aller Kraft hoch.

Kalle ächzte, aber seine Hände lösten sich nicht: »Und?«

»Wunderbar!«

Auf Magers Sichthöhe lagen die Terrasse, die in Beißners Hof führte, und die breiten Fenster, hinter denen der Schreibtisch des Toten stand. Im Normalfall hätte man, das Sonnenlicht in den Augen, nichts von dem sehen können, was sich in dem nach Norden gelegenen Raum abspielte. Aber Dorns Truppe hatte alle Lampen angeknipst, um besser arbeiten zu können. Die Bundesanwältin selbst lehnte wie ein Obelisk mit dem Rücken an der Balkontür und sah zu, wie ihre Männer den Raum filzten. Sie taten das mit einer Gründlichkeit, als sollte die Einrichtung anschließend zu Kaminholz verarbeitet werden.

»Kamera!«

Susanne reichte die Sony hoch. Mager brachte sie mit einer Hand in Position und schaltete sie per Daumendruck ein. Eine Minute lang hielt er durch, dann sprang er wieder nach unten. Fast wäre er dabei auf dem schönen Grabstein mit dem Doppelnamen gelandet.

»Hast du was Brauchbares?«, fragte Kalle, während er die schmerzenden Hände ausschüttelte.

»Müsste reichen. Oder sollen wir so lange warten, bis die Bullen uns entdecken?«

Susanne schüttelte den Kopf und nahm die Kamera, ließ die Aufnahme zurücklaufen, um sich die Sequenz anzuschauen. Ideal war der Clip nicht, aber er würde reichen, um das Zerstörungswerk zu dokumentieren.

»Und jetzt?«, fragte Kalle.

»Wir warten bis sie weg sind. Und dann gehen wir rein!«

Das PEGASUS-Team wurde mit diesem Vorhaben auf eine harte Probe gestellt. Es dauerte fast zwei Stunden, bis Dorns Truppe die Kanzlei verließ. Mager gelang mit dem Zoom noch eine schöne Aufnahme, die zeigte, wie die Männer mehrere Stapel Ordner aus dem Haus trugen und in ihren Wagen verstauten – die Gesichter waren bei den sommerlichen Temperaturen schweißbedeckt. Dann wurden die Wagentüren zugeknallt und der Konvoi verschwand in Richtung Bochum.

»Endlich!«, stöhnte Kalle. »Können wir jetzt irgendwo etwas Kaltes trinken?«

Susanne enttäuschte seine Hoffnungen: »Besser, wir gehen rein, solange bei den Büromiezen der Schock über den Überfall noch frisch ist. Wenn sie erst mal zum Nachdenken kommen ...«

Die Frau, die ihnen die Tür öffnete, war alles andere als eine Büromieze, sondern eher der mütterliche Typ, der den Chefs pünktlich den Gesundheitstee bringt und sie an die Tropfen gegen Bluthochdruck erinnert.

Angesichts des Trauerfalls hatte sie ihr kleines Schwarzes angelegt und ihren verheulten Augen sah man eine schlaflose Nacht an.

»Ja, bitte?«

»Susanne Ledig, WDR. Wir arbeiten für die *Aktuelle Stunde*«, erwiderte die Chefin, während Mager die Kamera am langen Arm heimlich mitlaufen ließ. »Wir würden Sie gerne interviewen. Für ein Porträt Ihres Chefs. Ich finde, seine Lebensleistung sollte gewürdigt werden. Das liegt doch sicher auch in Ihrem Interesse, Frau ...?«

»Schelp«, ergänzte die Sekretärin. Sie schwankte ein paar Herzschläge lang, während ihre Augen sich erneut mit Tränen füllten. Dann ließ sie das Team ein: »Kommen Sie und gucken Sie sich an, wie die Polizei hier gehaust hat. Es ist eine Schande. Ich ...«

Der Klingelton eines Telefons unterbrach sie und sie verschwand hinter der nächsten Tür. Dann hörte das Team, wie Schelp einem Anrufer vom Ableben ihres Chefs berichtete. Es hörte sich nicht so an, als wäre sie nach drei Sätzen fertig.

Mager sah sich um. Die Kanzlei bestand, soweit er auf die Schnelle feststellen konnte, aus drei Räumen: Zur Straßenseite lag rechts das Sekretariat, in dem Frau Schelp verschwunden war, und am Ende des kleinen Flurs gab es ein Wartezimmer, während Beißners Büro sich auf der Rückseite über die ganze Breite des Hauses erstreckte.

»Mach!«, flüsterte Susanne und der Bärtige ließ die Kamera durch den Raum wandern. Ein wuchtiger Schreibtisch, auf dem man offenbar den Inhalt der Schubladen ausgekippt und durchwühlt hatte, zwei umgekippte Aktenböcke, eine kleine Sitzecke mit drei Sesseln, die jetzt mit zerfledderten Akten bedeckt waren, dahinter mehrere massive Regale. Die Reihen mit der Fachliteratur waren noch gut gefüllt, aber die hohen Fächer für die Akten standen leer – was Dorns Truppe nicht mitgenommen hatte, lag auf dem Teppich verstreut.

Schelp kam aus ihrem Vorzimmer zurück: »Ja, filmen Sie das nur. Die Computer haben sie auch rausgeschleppt. Als hätte das alles kein Geld gekostet!«

Sie wies auf ein paar Kabel, die man achtlos aus dem Rechner gezogen und auf den Boden geworfen hatte.

»Haben Sie niemanden um Hilfe bitten können? Sie hatten doch das Recht, Zeugen hinzuzuziehen.«

»Wen denn? Die Mieterin ganz oben ist im Urlaub. Und im ersten Stock liegt die Wohnung des Chefs.«

»Ich dachte, Herr Beißner hätte in Bochum gewohnt.«

»Ja, schon. Aber sein Hauptwohnsitz ist noch hier. Eine Fluchtburg, sagte er immer.«

»Wie kommt es«, fragte Mager dazwischen, »dass die Beamten vorhin nicht auch die Privatwohnung durchsucht haben?«

Ein verschmitztes Lächeln huschte über Schelps Gesicht: »Sie wussten wohl nichts davon. Und ich habe ihnen auch nichts gesagt. Sonst hätten sie oben auch solch ein Chaos angerichtet.«

Susanne Ledig zog das Gespräch wieder an sich: »Haben Sie gesehen, was für Akten sie mitgenommen haben?«

»Kann ich so nicht sagen. Ich muss erst aufräumen. Dann weiß ich, was fehlt.«

»Was geschieht eigentlich mit den übrigen Akten? Und den unerledigten Fällen?«

Die Sekretärin überlegte einen Moment: »Das macht ... Darum kümmert sich die Anwaltskammer. Die werden einen Abwickler bestimmen, der die Kanzlei auflöst.«

Unglücklich stand die Sekretärin in dem verwüsteten Raum.

»Dürfen wir Ihnen noch zwei oder drei Fragen stellen?«

Schelp seufzte: »Wenn's sein muss. Aber lassen Sie uns nach vorn gehen. Da sieht es nicht ganz so schlimm aus.«

Sie führte die Truppe in ihr eigenes Büro. Der Schreibtisch war so leer gefegt, als fielen in der Kanzlei überhaupt keine Schreibarbeiten an: »Die haben alle aktuellen Vorgänge mitgenommen.«

»Vielleicht vermuten die, dass Ihr Chef bedroht wurde. Gab es so etwas?«

»Unsinn. Die gesamte Post geht über meinen Schreibtisch. Drohbriefe habe ich nie gesehen. Das kommt vielleicht mal bei Kriminellen vor. Aber der Chef hat schon lange keine Strafprozesse mehr geführt.«

Während Susanne die Frau noch weiter befragte, sahen Mager und sein Sohn sich in dem kleinen Büroraum um. Fast gleichzeitig entdeckten sie einen Schlüsselbund, der hinter der Tür hing. Der Anhänger mit den eingeprägten Buchstaben *LB* verriet, wem er gehörte.

Kalle räusperte sich leicht und sah seinen Alten fragend an. Mager zögerte, dann nickte er. Mit der Kamera schob er sich an Susanne vorbei neben das Fenster: »Frau Schelp, ich möchte Sie noch kurz an dem leeren Schreibtisch aufnehmen. Schauen Sie her? Dann haben Sie keine Schatten im Gesicht.«

»Ich bin doch nicht …«

»Das erwartet in dieser Situation auch niemand.«

Als sie den Raum verließen, blickte Mager aus den Augenwinkeln zu dem Schlüsselhaken hinüber. Er war jetzt leer.

18

»Was verschafft uns denn diese Ehre?«, fragte Alfredo Hösel, als Lohkamp die Räume des 12. Kriminalkommissariats betrat. Der lange Hauptkommissar war einer der wenigen Sprengstoffexperten bei den ›Nachbarn‹, die sonst vor allem im Schutt abgebrannter Gebäude wühlten und die Frage ›Unfall oder Vorsatz?‹ klären mussten.

Hösel reichte dem Besucher die Hand, ohne dabei seine bequeme Sitzhaltung zu verändern: Er hatte die mittlere Schublade seines Schreibtisches herausgezogen, um sein Fahrgestell darauf ablegen zu können. Zeitgleich bearbeitete er mit der Linken die Tastatur seines Mobiltelefons. Auf der Arbeitsfläche lagen zwar ein paar geöffnete Schnellhefter, die Lohkamp aber erst entdeckte, als er ebenfalls saß und von der Seite unter die geöffnete BLUT-Zeitung schielen konnte.

Wenn das deine wichtigste Fachliteratur ist, dachte Lohkamp.

Endlich hatte Hösel seine Nachricht fertig getippt. Beim Abschicken flog ein seliges Lächeln über sein Gesicht. Offenbar war er gerade dabei, sein legendäres Frauenkonto um ein weiteres Opfer zu bereichern.

»Aus der Verbannung zurück?«

Lohkamp nickte und spürte wieder diesen bitteren Geschmack im Hals.

»Diese Sache damals hat dich hier im Haus eine Menge Sympathien gekostet.«

»Welche Sache?«

»Deine Ermittlungen unter den Kollegen. Ob einer von uns diesen Punk gemeuchelt hat.«

»Kannst du auch anders sehen.«

»Ja?«

»Ich habe die Unschuld der Kollegen bewiesen.«

Hösel dachte einen Moment nach. Dann zog er die Schultern hoch: »Ist ja schon ewig her. Was liegt an?«

»Hier ist ein Fax vom LKA. Die haben den Sprengstoff von gestern untersucht. Klassisches Dynamit.«

»Habe ich mir schon gedacht«, meinte der Kollege. »Und eine Prise mehr, als sie benötigt hätten. Um einen Mann zu töten, muss man nicht gleich das Dach seines Hauses abdecken.«

»Genau genommen, war es das Haus seiner Frau«, korrigierte ihn der Hauptkommissar. »Aber ansonsten hast du natürlich Recht.«

»Und jetzt sollen wir herausfinden, wer solch ein Zeug noch benutzt. Oder?«

»Sollen ist zu viel gesagt. Ich sehe ja, dass du beschäftigt bist.«

Hösel blickte auf. Ironie konnte er überhaupt nicht vertragen, aber Lohkamp gab sich alle Mühe, ernst und sachlich auszusehen.

»Aber ich hätte da eine kleine Bitte, die in diese Richtung geht.«

»Gib den Wisch mal her …«

Hösels Augen überflogen das Fax schneller als jeder Scanner. Dann schnalzte er mit der Zunge: »Das Zeug stammt aus Russland.«

»Aber wie kommt es hierher?«

Hösel grinste: »Als die Russen aus dem DDR-Gebiet abzogen, haben Soldaten und Offiziere sich mit hartem Westgeld ausgerüstet. So eine Art Riesterrente auf Russisch. Jede Menge Waffen, Munition und Ausrüstung haben sie verscheuert. Du konntest sogar Jeeps und Panzerfäuste kaufen. Damit haben sich alle eingedeckt: private Sammler, Neonazis, Taliban, Mafiosi.«

»Na toll!«, meinte Lohkamp und verfluchte sich im Stillen dafür, dass er diesen Fall angenommen hatte. »Da können wir ja jeden Keller im Ruhrgebiet absuchen.«

»Viel Spaß«, sagte Hösel. »Aber wenn ich dir einen Tipp geben darf: Fang mit den Tiefbaufirmen der Umgebung an. Ich bin sicher, dass manch ein Chef das Zeug billig besorgt und gehortet hat.«

»Wie das denn? Dafür brauchst du doch Papiere. Meinst du, so'n russischer Leutnant hat den Käufern eine Quittung ausgestellt?«

»Papiere kann man fälschen. Aber die dürften bei den Firmen in Ordnung sein. Wir vermuten eher, dass es noch massig schwarze Bestände gibt. Die müsste man suchen!«

»Ohne eure Hilfe …«

Der Sprengstoffmann hob die Zeitung ein wenig an und deutete mit dem Handy auf die geöffneten Akten.

»Ich weiß, ich weiß«, beruhigte ihn Lohkamp. »Es würde mir auch vollkommen reichen, wenn du mir die Firmen in Bochum und in der näheren Umgebung nennen könntest, die mit Sprengungen zu tun haben. Wäre nett, wenn die Namen der Besitzer und Geschäftsführer dabei wären.«

»Kein Problem. Solange du nicht wieder irgendwelche Kollegen verdächtigst.«

Der Stich saß. Lohkamp musste schlucken und Hösel bemerkte es mit offensichtlichem Wohlbehagen, lenkte aber sofort ein: »Ich schicke dir 'ne Mail. Aber …«

Lohkamp hatte sich schon in Richtung Tür gedreht und wandte sich wieder um: »Ja?«

»Ihr könnt da nicht so einfach reinmarschieren und einen Blick in die Bücher und Bunker verlangen.«

»Ich weiß.«

»Und so völlig auf blauen Dunst bekommst du auch keinen Passierschein vom Richter.«

»Habe ich schon mal gehört.«

»Im Ernst«, meinte Hösel und nahm endlich seine Füße vom Tisch. »Ihr könnt die Leute ja schon mal von hier aus durchleuchten. Ich hole uns in der Zwischenzeit von den richtigen Stellen grünes Licht und Spezialisten: Ordnungsamt, Gewerbeaufsicht, Steuerfahndung. Vor den Kollegen von nebenan haben sie am meisten Schiss.«

Lohkamp nickte. Die Bochumer Steuerfahndung war die effektivste aller Behörden. Pro Planstelle holten die Kollegen jährlich das Doppelte und Dreifache des Gehalts zurück in die Staatskasse.

Mithilfe einer mutigen Staatsanwältin hatten sie sogar schon einen Boss der Deutschen Post um seinen Job gebracht. Und Bochums Ärzte und Apotheker fürchteten die Jungs und Mädels aus dem Nachbarhaus mehr als ihre Schwiegermütter.

Hösel schien zu merken, dass Lohkamp anbiss: »Gut. Und wenn ich alle zusammen habe, stellen wir bei den Dynamiteros alles auf den Kopf.«

»Wir?«

»Klar doch. Meinst du, ich lasse mir das entgehen?« Er hielt dem Hauptkommissar die Hand hin – Lohkamp schlug ein.

»Wunderbar. Und dann wäre da noch etwas!« Hösel zog unter dem Keyboard seines Computers eine Tippliste hervor: »Machste mit?«

»Um was geht's?«

»Bundesliga. Wer der nächste Meister wird. Einsatz zehn Euro. Der Gewinner wird notfalls unter Aufsicht ausgelost und bekommt alles.«

Ohne eine Antwort abzuwarten, trug er Lohkamp bereits als Nummer einundzwanzig ein. »Wer wird Meister?«

Auf Fußball hatte Lohkamp noch nie gewettet. Aber wenn er nicht mitmachte, würde Hösels Energieschub wohl bald verrauchen.

»Schalke«, sagte er.

»Nie im Leben!«, konterte der Kollege und grinste. »Läuft bei euch schon die Vorbereitung zum Jubiläum?«

»Welches?«

»In zwei Jahren seid ihr fünfzig Jahre ohne Meistertitel.«

Lohkamp ließ einen rosafarbenen Schein auf den Schreibtisch segeln und blickte in die aufgeschlagene Zeitung. BLUT beschäftigte sich mit den Transferaktionen der Ruhrgebietsvereine für die neue Bundesligasaison. Dann richtete er seine Augen auf den blau-weißen Wimpel, der hinter Hösel an der Wand hing. »Deinen VfL kannst du aber auch vergessen. Wenn ihr schon wieder eure besten Torschützen verscheuert – bin gespannt, wann ihr wieder im Amateurfußball landet.«

19

»Pegasus!« Erich Angel ließ sich den Namen auf der Zunge zergehen und schaufelte dann den nächsten Happen von seinem Teller.

»Da hat sich bei der Namensgebung wohl der Altsprachler durchgesetzt. Ich war ja auch mal auf diesem Elite-Dingsda hier in Bochum, am Ostring. Latein ab der Sexta. Grausam. Und zu Hause konnte mir keine Sau helfen. Mein Alter war Stahlkocher auf dem *Bochumer Verein*. Und ich passte damit weder den Paukern noch den Bürgersöhnchen aus dem Ehrenfeld. Bevor wir Griechisch bekamen, hatten sie mich gemeinsam wieder abserviert.«

»Willst du diese Schule deshalb auflösen?«, fragte Mager.

»Quatsch«, meinte sein Exgenosse und wischte sich mit einem altmodischen Stofftaschentuch den Schweiß von der Glatze. »Selbst Grönemeyer hat gesagt, das sei eine Scheißschule!«

Er schaute versonnen in die Runde. Das *Orlando* lag außerhalb des Bermuda-Dreiecks zwischen der Bochumer Innenstadt und dem einst vornehmen Anwalts- und Ärzteviertel mit dem schönen Namen Ehrenfeld. Der Ausblick war alles andere als berauschend. Mühselig wieder aufgemotzte Beamtenwohnungen wechselten mit eilig hochgezogenen Nachkriegsbauten, die man ohne Plan und gestalterischen Ehrgeiz vor einem halben Jahrhundert aus dem Boden gestampft hatte. Und noch immer gab es in diesem Mischmasch ein paar Baulücken, die der Zweite Weltkrieg gerissen hatte.

»Trotzdem schön hier«, meinte der Ratsherr schließlich. »Hier draußen kann man gemütlich in der Sonne sitzen, Wein oder Kaffee schlürfen und abspannen. Nicht so laut und hektisch wie das Kneipendreieck. Und weit genug weg von dem arroganten Klinikpack hinter der Hattinger Straße. Immer ein paar abgefahrene Typen, die man genussvoll studieren kann.«

Er musterte erst seinen alten Kumpel Mager und dann die PEGASUS-Chefin: »Und du musst mit diesem alten Motzkopp zusammenarbeiten?«

Susanne versteckte ihre Ungeduld hinter einem Lächeln: »Ist nicht einfach, aber es geht. Aber was ist mit Sonnenschein?«

Angel blinzelte nach oben: »Siehste doch. Sie scheint.«

Mager ächzte. Schlechte Kalauer waren eher seine Spezialität. Aber er wartete ab, bis sich ihr Gesprächspartner bei der Auswahl des Desserts für ein Stück Blaubeerstreuselkuchen entschieden hatte.

»Also, ich habe mal mit ein paar Leuten im Rathaus geredet. Beim Personalrat hat die OB offenbar ganz gute Karten.

Der rechte Flügel in ihrer Partei hasst sie. Die Korrupten möchten sie wieder loswerden, bevor sie ernsthaften Schaden anrichten kann.«

»Gibt es da Kandidaten, die ein Mordmotiv hätten?«, fragte Susanne.

Angel schüttelte seine Glatze: »Das sind zwei Fragen. Ob Rechte oder die Rathaus-Mafia Bomben legen? Das traue selbst ich den Schwatten nicht zu. Aber es gibt eine Menge Leute, die an ihrem Stuhl sägen. Nicht nur die ehrgeizigen Weiber in ihrer eigenen Partei.«

»Sondern?«

»Diese Doppelnamen-Tante aus der Müsli-Partei, die den Trostposten als Bürgermeisterin bekommen hat. Perdita Baum-Hauer. Perdita heißt ...«

»... die Verzweifelte, Hoffnungslose – oder die Verruchte«, vollendete Mager das Lateinquiz.

»Setzen, Eins. Jedenfalls träumt die wohl insgeheim von einem Putsch mit den Schwarzen, bei dem sie durch ein Wunder den OB-Posten bekommt.«

›Könnte‹, ›wohl‹, ›insgeheim‹ – der weiß auch nix, dachte Mager

»Und sonst?«, hakte Susanne nach.

»Potthoff. Der Baudezernent. Hat sich sogar mal von einem Investor in einen Berliner Puff einladen lassen. Aber Sonnenscheins Vorgänger beließ es bei einer Ermahnung. Und sie bekommt den Typen offenbar auch nicht weg.«

»Warum nicht?«

»Er hat Rückendeckung.«

»Von wem?«

»Guck dir an, wer in Bochum alle Ausschreibungen von Großprojekten gewinnt: Knappschaft, Krankenhäuser, Schulen. *Bleifinger & Thaler.* Thaler kannste vergessen, der sitzt irgendwo in der Schweiz und passt auf, dass sein Konto nicht überfließt. Aber Bleifinger und Potthoff sind ein Arsch und eine Seele. Werden nur noch von Flessek übertroffen: Ämterhäufung und jede Menge Weibergeschichten.«

Mager spürte, wie sich in seinem Magen Enttäuschung breitmachte. Das war alles zu unkonkret. Ungeduldig griff er zu seiner Zigarettenschachtel.

»Und was ist mit Beißner? Vielleicht war er ja doch gemeint.«

Susannes Mundwinkel wanderten um Millimeter nach unten. Eigentlich war sie für die Fragen zuständig. Auch wenn dies kein richtiges Interview war.

Erich Angel winkte der Kellnerin und bestellte einen Cappuccino mit laktosefreier Milch.

»Bekommst du von normaler Milch Pickel?«

»Nein. Aber ich muss von Laktose furzen wie eine Kuh. Ist weder gut für euch noch für die Umwelt.«

Er grinste und sah sich um. Die beiden Nachbartische waren frei. Ein Stück weiter unterhielten sich zwei junge Mütter intensiv über den Vorteil von Tragetüchern und im Schatten des alten Ahorns erklärte eine Bochumer Krimiautorin ihrem hässlichen Mops, warum er keine Katzen anknurren durfte. Auch Tiere kann man zu Tode pflegen, dachte der Kameramann.

»Beißner – aus dem werde ich auch nicht schlau. Angeblich ist er aus Liebe zu Irmhild ins Ruhrgebiet gezogen. Hat sich zuerst ein schönes Häuschen in Hattingen gekauft, gleich über der Ruhr, unverbaubarer Blick über das Tal und auf die Stadt. Ich frage mich, wie er an so viel Knete kommt. Von Papa geerbt – wohl kaum. Sein Alter war Müllwagenfahrer in Gütersloh.«

»Na ja«, meinte Mager, »Rechtsdezernent in zwei großen Städten, Stadtdirektor in Gütersloh. Ganz so schlecht werden diese Leute nicht bezahlt. Mit so einem Job bekommst du auch Kredit.«

»Vielleicht hat Sonnenschein ihm zusätzlich unter die Arme gegriffen«, meinte Susanne.

»Kann sein. Die Bude musste er übrigens wieder abstoßen. Die Wände waren so nass wie die Ruhr unter seinem Fenster. Auf jeden Fall: Irgendwas stimmt mit dem Typen nicht.«

Susanne beugte sich vor: »Ich dachte, das würdest du uns verraten!«

»Nur Gott weiß alles«, meinte Angel. »Aber wozu haben die Menschen den Journalisten erfunden?«

Der Schlüssel, dachte Mager. Wieso weiß der Typ nix von der Wohnung über dem Büro? Bevor er nachhaken konnte, schielte der Ratsherr auf seine Armbanduhr, sprang auf und stürzte den Cappu im Stehen in den Schlund: »Leute, ich muss los. War nett, euch zu sehen! Tschüss, Klaus! Madame – meine Verehrung!« Und weg war er, ohne zu zahlen.

Susanne und Mager sahen sich verblüfft an. Schließlich sagte die Chefin: »Wenigstens hat er nicht Kaviar und Champagner bestellt.«

Haben die hier auch nicht, dachte Mager und orderte für sich auch einen Cappuccino – laktosefrei.

»Meinst du, das hilft bei dir?«, fragte Susanne.

Der Bärtige schluckte seine Antwort herunter. Es gab Momente, in denen er seine Chefin hasste.

20

Wieder im Büro angekommen, stellte Lohkamp fest, dass Hardenberg und Klemm sich endlich mit sinnvollen Aufgaben beschäftigten.

»Was Neues über den Scirocco?«

»Möglich. Vorige Woche ist einer in Dortmund gestohlen worden. Aber auf dessen Kennzeichen konnte man hinter dem *DO* schlecht den Zusatz *I 181* zurechtfummeln. Und von den Tätern keine Spur.«

»Und der Lkw?«

Kathrin Klemm schaute von ihrem Monitor auf: »Magirus-Deutz, Pritschenwagen Typ Pluto, Achtzigerjahre, Benziner. Die ehemalige Besitzerin hat ihn vor zehn Jahren an irgendwelche Leute aus dem Baltikum verkauft. Ist doch zumindest der Hauch einer Spur.«

Lohkamp zweifelte daran. Anfang der Neunzigerjahre hatten zahllose Kleintransporter mit dem LT und LV am Heck die Schrottplätze im Ruhrpott abgegrast und jedes Wrack nach Osten geschleppt, das noch ein Dach und vier Felgen hatte. Hauptsache, am Bug prangte ein Blitz oder Stern. Das M war weniger begehrt, doch die Kiste war damals noch nicht so alt gewesen. Aber wieso tauchte sie hier in Bochum wieder auf? War der Wagen überhaupt bis an die Ostsee gekommen?

»Chef? Die KTU hat außerdem noch die Identnummer gefunden.«

»Die – was?«

»Fahrgestellnummer hieß das früher«, meldete sich Hardenberg, während Klemm ihre fertige Mail abschickte: »So, die Anfrage ans Straßenverkehrsamt ist weg. Das wird dauern. Vermutlich liegen die alten Akten im Keller und sind noch nicht digitalisiert worden. Und bei der üblichen Personalknappheit ...«

»Schreib auch an die Letten und Litauer.«

»Mache ich, Chef. Haben die schon Internet?«, fragte sie grinsend.

»Nein«, sagte Hardenberg, »die trainieren gerade die ersten Brieftauben.«

Lohkamp gähnte und griff automatisch nach seinen Zigaretten. Als das Feuerzeug schnippte, meldete sich Hardenberg: »Chef!«

»Ist ja schon gut«, meinte Lohkamp, öffnete das Fenster und lehnte sich weit hinaus.

Hier konnten ihn zwar Dutzende Leute beobachten und irgendein Verklemmter würde bestimmt im Büro des Präsidenten anrufen, um zu petzen. Egal, dachte er, es wird schon nicht den Job kosten.

Er ließ den Rauch die Wand hinaufklettern. Schickte seine Gedanken auf eine Reise ins nächste Jahr. Im Frühling würde er schon längst aus diesem Affenstall raus sein und sich die Sonne woanders aufs Gesicht scheinen lassen. Da, wo sie nicht von der Dunstglocke des Ruhrpotts gefiltert wurde.

»Was Neues von Dorn?«, fragte er, nachdem er die Zigarette auf dem Fensterbrett ausgedrückt und in den Innenhof geschnipst hatte.

»Die Sphinx?«, fragte Hardenberg. »Mittagspause. Die war doch mit ihren starken Jungs in Hattingen und musste Akten sortieren.«

»Wie bitte? Die wollte doch ihre Staatsschutzfragen klären. Muslime scannen, Hassprediger umerziehen.«

»Kann sein. Aber hat stattdessen Beißners Kanzlei auseinandergenommen.«

»Fuck!«

Jetzt war Klemm entrüstet. So etwas hatte Lohkamp noch nie gesagt.

Doch bevor sie ein empörtes »Chef!« hinauspusten konnte, war dieser schon verschwunden.

»Sie wollen wirklich zu mir?« Das Dienstlächeln auf dem Gesicht der Vorzimmerdame Sonnenscheins verschwand. »Um was geht es denn?«

»Um Ihre Chefin. Darf ich mich setzen?«, fragte Lohkamp und zog sich einen Stuhl heran, ohne die Antwort abzuwarten. Seine Seele war noch immer angefressen, weil Dorn ihn ausmanövriert hatte. Aber er durfte die Frau hinter dem Schreibtisch nicht für die Tricks der Bundesanwältin büßen lassen. »Sehen Sie, Frau Ehlers, wir wissen ja immer noch nicht, ob der Bombenanschlag ihr oder Beißner gegolten hat.«

»Herrn Beißner doch nicht!«

»Wieso?«

»So ein friedfertiger Mensch!«

»Und Ihre Chefin ist nicht friedfertig?«

Die Sekretärin presste die Lippen aufeinander.

»Schon gut!«, besänftigte Lohkamp sie. »Aber ernsthaft: Haben Sie eine Vermutung, wer es auf das Leben der OB abgesehen haben könnte?«

Sie schüttelte den Kopf: »Ich denke schon seit gestern darüber nach. Sicher – sie hat manchen Leuten auf die Füße treten müssen. Und wenn sie etwas entscheiden muss, gibt es immer jemanden, der sauer ist. Aber eine Bombe …«

Unvermittelt wurde die Tür zum Dienstzimmer der Oberbürgermeisterin aufgezogen und auf der Schwelle erschien Lina Tenberge, jene elegante Blondine, die sich am Tag zuvor um Sonnenschein gekümmert hatte. »Ach, Sie sind es. Was gibt es denn?«

Wieso hat keiner das Büro versiegelt?, dachte Lohkamp. Das müssen wir doch auch noch filzen!

»Was suchen Sie denn in Sonnenscheins Büro?«

Scheinbar automatisch drückte sie das Kreuz durch und sah auf ihn hinab: »Irgendjemand muss ja die Amtsgeschäfte fortführen. Und ich bin schließlich die Erste Bürgermeisterin!«

Zwischen den Augenbrauen der Sekretärin bildete sich eine Falte.

Selbst Lohkamp wusste, dass es bei Sonnenscheins Vertreterinnen absichtlich keine ausgewiesene Rangfolge gab – eine der Streicheleinheiten für die kleineren Rathausparteien, die nicht den Makel trugen, links zu sein.

Tenberge schien Lohkamps Gedankengänge zu ahnen und lächelte: »Immerhin vertrete ich die stärkste Fraktion des Hauses.«

»Unbestreitbar. Aber nach der Ortssatzung wird die OB nicht von Ihnen, sondern vom Ersten Beigeordneten vertreten – dem Stadtdirektor.«

Tenberge sah aus, als wollte sie gleich ihre Krallen ausfahren: »Der kümmert sich um den Verwaltungskram. Aber von Politik hat er keine Ahnung.«

Lohkamp bezweifelte das – zumindest wusste der Mann, welches Parteibuch er für diesen Posten brauchte.

»Wie auch immer, gnädige Frau. Dieses Büro ist nur aus Versehen nicht versiegelt worden. Was haben Sie darin verändert?«

»Wollen Sie mir Vorschriften machen?«

»Ich kann auch sofort den Adler draufkleben. Dann kommen Sie nicht mal mehr an Ihr Schminktäschchen.«

»Haben Sie überhaupt einen Durchsuchungsbefehl?«

»Nein. Erstens heißt das seit dreißig Jahren *Anordnung* und zweitens kann ich mich auf dringend gebotene Eile zur Sicherung von Beweismitteln berufen. Oder wollen Sie unsere Ermittlungen behindern?«

»Selbstverständlich nicht!«, sagte Tenberge und schien einen Moment lang ihre Chancen abzuwägen. Schließlich lächelte sie: »Ich kann die Frau Oberbürgermeisterin auch von meinem Büro aus vertreten. Es ist nur lästig, dass ich Frau Ehlers wegen jeder Frage anrufen muss.«

Na schön, dachte Lohkamp. Geordneter Rückzug. Glaube bloß nicht, dass mich dein Katzenlächeln täuschen kann.

»Darf ich wenigstens meine Sachen aus dem Büro holen?«

Lohkamp nickte und folgte ihr in Sonnenscheins Reich. Teppichboden, großer, aber schlicht gehaltener Schreibtisch, funktionale Möbel – Sonnenschein schien nicht auf Protz und Prunk zu stehen. Die gerahmten Reptilienbilder an den Wänden wirkten im Vergleich zur restlichen Ausstattung beinahe kostbar.

»Noch mal zurück zu meiner Frage: Haben Sie etwas verändert?«

Tenberge verneinte.

»Irgendwelche Akten gesichtet oder umsortiert?«

Erneutes Kopfschütteln.

»Den Schreibtisch untersucht?«

»Nein, Herrgottnochmal! Ich habe mir lediglich den Terminkalender angesehen und ihre Dienstmails gecheckt. Ach ja – ihre Kaffeetasse habe ich auch benutzt. Außerdem den Kugelschreiber und den Notizblock.«

Sie packte ihr Aktenköfferchen und schulterte eine lederne Handtasche: »Kann ich gehen?«

»Ich möchte Sie aber trotzdem bitten, mir und Frau Ehlers einen Blick in die Taschen zu gestatten.«

»Wieso Frau Ehlers?«

Er lächelte sie an: »Frau Tenberge, wie soll ich beurteilen, was hier ins Büro gehört und was nicht?«

»Muss ich?«

»Aber nein. Es ist nur eine Bitte. Und ich fände es außerordentlich kooperativ, wenn Sie …«

Mit einem Gesichtsausdruck, der gnädige Herablassung verriet, ließ die Blonde die Prozedur über sich ergehen. Schon wollte Lohkamp sie durchwinken, da entdeckte er auf dem Boden der Handtasche einen Speicherstick und zog ihn heraus: »Was ist da drauf?«

»Nichts.«

Tenberges Lächeln war unverändert geblieben, die Augen hatten nicht gezuckt, aber ihre Stimme hatte vorher sicherer geklungen.

»Dann haben Sie doch sicher nichts dagegen …«

»Doch, habe ich!«

Lohkamp seufzte: »Frau Tenberge, dann müssen wir es so handhaben: Wir packen den Stick in einen verschlossenen Umschlag, stempeln ihn hier ab und ich übergebe ihn der Frau Bundesanwältin. Die entscheidet dann, was damit geschieht.«

»Sie machen sich lächerlich!«

»Kann sein. Aber das ist Berufsrisiko. Dafür werde ich bezahlt. Und Sie bekommen selbstverständlich eine Quittung.«

Fünf Minuten später rauschte die Blonde ab. Als die Tür hinter ihr ins Schloss gefallen war, winkte Lohkamp die Sekretärin in Sonnenscheins Büro: »Ist hier irgendetwas verändert? Schauen Sie auch in die Schubladen. Aber ziehen Sie vorher diese Handschuhe an.«

Lohkamp lehnte sich ans Fensterbrett und sah Hiltrud Ehlers zu. Sie ging mit einer Gründlichkeit vor, von der junge Polizisten hätten lernen können. Nach zwanzig Minuten blickte sie auf: »Ich kann nichts finden. Es scheint so zu sein, wie sie es gesagt hat.«

»Dann fahren Sie den Computer hoch.«

Nichts. Tenberge hatte das Verzeichnis gelöscht, in dem die zuletzt geöffneten Dateien angezeigt wurden.

»Und schauen Sie sich jetzt noch den Notizblock an!«

Nur die erste Seite war beschrieben. Der Text bestand aus zwei Wörtern: »Potthoff anrufen!«

»Ist das die Handschrift Ihrer Chefin?«

Ehlers nickte.

»Wissen Sie, was Sie von Herrn Potthoff wollte?«

»Nicht konkret. Aber sie hatten häufiger Krach.« Und bevor er nachfragen konnte, ergänzte sie: »Für Irmhilds Geschmack arbeitete er zu schlampig.«

»Wieso?«

Sie zögerte einen Moment: »Sie sagte mal zu mir, ihm fehle die professionelle Distanz zu verschiedenen Leuten.«

»Namen?«

»Ich glaube, es ging um Herrn Bleifinger.«

Weitere Fragen brachten nichts, was das große Rätsel hätte lösen können. Lohkamp versiegelte das Büro: »Ich werde Sie noch mal belästigen müssen, wenn ich die richterliche Anordnung habe.«

Sie nickte: »Verstehe. Und im Übrigen: danke.«

»Wofür?«

»Dass sie Frau Tenberge ein wenig die Flügel gestutzt haben. Sie hat sich hier aufgeführt, als wäre Irmhild schon tot.«

21

Kalle Magers Herz pochte in freudiger Erwartung deutlich schneller, als er Wattenscheid erreichte. Die Sonne zeigte sich von ihrer besten Seite, der Fahrtwind zerzauste ihm bei geöffnetem Cabriodach auf angenehme Weise das Haar – und in wenigen Minuten würde er seine Exfreundin Simone wiedersehen. Musste schon acht oder neun Jahre her sein, dass sie im holländischen Middelburg gemeinsam einem Mörder aufgelauert und nebenbei ein paar wilde Nächte genossen hatten. Danach war sie zum Studium nach Berlin gegangen, sie hatten sich hin und wieder gemailt, aber die Entfernung war einfach zu groß gewesen, um die zwischendurch aufflackernden Bedürfnisse nach Nähe ausreichend befriedigen zu können.

»Biegen Sie in hundert Metern nach rechts in die Varenholzstraße ein!«

»Ja, Marlene«, grinste Kalle und fuhr langsam an die nächste Ampel heran.

»Biegen Sie jetzt nach rechts ab!«

»Nein, Marlene«, widersprach Kalle und wartete lieber auf Grün, bevor er nach Westen steuerte.

Die Straße war lang und endete, wie er im Internet gesehen hatte, kurz vor dem Steilufer der Ruhr in einer grünen Wildnis zwischen Bochum-Dahlhausen und Essen-Horst. Doch zunächst gab es kultivierte Wiesen und Felder zur Rechten und einen schmal gehaltenen Waldstreifen auf der linken Seite, bevor Kalle in eine größere Ansammlung von Ein- und Mehrfamilienhäusern eintauchte. Allein die davor geparkten Autos verrieten, dass er nicht bei den Ärmsten der Armen gelandet war.

»In hundert Metern haben Sie Ihr Ziel erreicht. Es befindet sich auf der rechten Seite!«

Gepflegte Bude, dachte Kalle, als er den Motor abstellte. Aber die offenen Balkone zur Straßenseite trafen nicht ganz seinen Geschmack. Mit leisem Surren schloss sich das Dach und Kalle schob seine langen Beine auf den Asphalt.

»He, Sie! Junger Mann! Sie wollen da doch nicht parken?«

Kalle brauchte einen Augenblick, bis er begriff, dass diese Frage ihm galt. Rasch prüfte er die Position seines Golfs. Er hatte weder den Vordermann eingeklemmt noch die Einfahrt zum Garagenhof versperrt, die breiter war als ein Vierzigtonner lang.

»Nein!«, rief Kalle und ging auf den Giftpilz zu, der sich im Hauseingang aufgebaut hatte.

Wütend stemmte die Frau ihre dürren Arme in die knochigen Hüften: »Nein? Warum fahren Sie Ihr Auto dann nicht weg?«

»Weil ich Ihre Frage korrekt beantwortet habe. Sie haben gefragt, ob ich den Wagen nicht da abstelle. Heißt so viel wie: ob ich wegfahre. Und ich habe Nein gesagt. Zweimal Nein ergibt was? Ein Ja. Ich lasse ihn dort stehen!«

Die Kittelschürze mit den Filzschluffen machte keine Anstalten, den Weg ins Haus freizugeben: »Erstens stehen Sie mit den Rädern auf dem Bürgersteig, zweitens ragt ihre Stoßstange in die Einfahrt. Das sehe ich von hier aus!«

»Gute Frau«, lächelte Kalle, »zweitens passen da noch zwei Panzer durch und für Erstens ist das Ordnungsamt zuständig. Oder gehört der Bürgersteig Ihnen persönlich?«

Genervt wandte er sich ab und studierte die Ansammlung von Briefkästen und Klingelschildern.

»Wohin wollen Sie überhaupt?«

Solch eine Hippe im Haus und ich säße im Knast, dachte Kalle, wahrte aber die Contenance: »Eigentlich wollte ich zu Ihnen. Sie sollen einen vorzüglichen Kaffee kochen. Aber bei diesem Empfang schelle ich lieber woanders! Schönen Tag noch – und achten Sie beim nächsten Mal auf Ihr Outfit. So empfängt man keine Fremden!«

Sanft drückte er sich an ihr vorbei und stieg die Treppen hinauf bis unter die Dachschräge im zweiten Stock. Simone empfing ihn lächelnd vor der Tür: barfuß, in abgeschabten Jeans und einer bunten Bluse. Sie war deutlich schmaler geworden und feine Fältchen umgaben ihre Augen.

»Mensch, Simone, was hast du dir für einen Hausdrachen zugelegt?«

»Mensch, Kalle, du hast immer noch Manieren wie dein Vater!«

»Wieso?«

»Na – begrüßt man so eine Frau, die man sieben Jahre nicht gesehen hat?«

»Wie macht man das?«

»Zum Beispiel so: He, Simone, du siehst noch hinreißender aus als damals!«

»Au, verdammt. Soll ich noch mal raufkommen? Zweiter Versuch?«

»Lieber nicht. Dann musst du noch mal an diesem Wischmopp auf Beinen vorbei. Und die alten Weiber hier im Haus sind alle c-u-v!«

»Was heißt das denn?«

»Chronisch untervögelt.«

»Das habe ich gehört!«, gellte es von unten durchs Treppenhaus und eine Tür krachte ins Schloss.

Laut lachend betraten sie Simones Wohnung. Ein langer Flur mit zwei flachen Kleiderschränken, links das Bad und eine Küche, am Ende ein riesiger Wohnraum mit einem breiten Fenster auf der Giebelseite.

Davor ein Schreibtisch, ein paar Kommoden und der Fernseher unter der Dachschräge, ein hohes Bücherregal links neben der Tür. Am meisten beeindruckte den Besucher jedoch die ausgedehnte Couchlandschaft zwischen Eingang und Fenster.

»Schöne Wohnung!«, konstatierte Kalle. »Und wie ich sehe, passt noch immer alles in einen Lieferwagen.«

»Das ist auch nötig. Erstens die Weiber unten, zweitens der Hauswirt. Habe eine Abmahnung bekommen, weil ich auf dem Balkon zwei Jeans getrocknet habe. Das hatte hier in zwei Jahrzehnten noch niemand gewagt. Kaffee?«

Kalle Mager nickte und sie setzten sich mit ihren Bechern auf den Balkon in die Sonne. Der Aschenbecher auf dem kleinen Campingtisch war so voll wie in den alten Zeiten.

»Wovon bezahlst du dieses Scheinparadies?«

»Ich habe einen Zeitvertrag in einem Berufskolleg. Fünfzehn Stunden Informatik. Ansonsten richte ich Anfängern den Computer ein und kille Viren und Trojaner. Und du? Studium fertig?«

Kalle erzählte, was notwendig war.

»Und sonst?«, hakte sie nach. »Keine Frau, keine Kinder?«

»Gott bewahre!« Kalle legte seine Zeigefinger zu einem Kreuz übereinander, das jeden Vampir sofort in die Flucht geschlagen hätte. »Aber du hast dich auch noch nicht vermehrt!«

Ihre Augen wurden schmal: »Die meisten Männer kannst du dafür nicht gebrauchen.«

»War das ein Outing?«

»So halb und halb. Weiß nicht recht. Lesben können auch ganz schön zickig sein.«

Das Gespräch stockte. Kalle dachte an die Nächte, die er mit ihr verbracht hatte – auf der Lauer nebeneinander im Auto oder auf Firmenkosten im Bett eines luxuriösen Hotels am *Kanaal door Walcheren*.

Eigenwillig und selbstbewusst war sie schon damals gewesen. Aber gleichzeitig ein prima Kumpel und eine hingebungsvolle Geliebte. Wieso hatte er sie so einfach nach Berlin ziehen lassen? Zwar hatte auch er in der Zwischenzeit nicht im Zölibat gelebt. Aber wenn er wirklich einmal von einer Frau geträumt hatte, war ihm immer Simone erschienen.

»Ist dein Vater noch mit der Roten zusammen? Mit Karin?«

Kalle nickte. »Ich habe sogar noch einen Bruder bekommen. Ist jetzt bald fünf. Ein Wahnsinnstyp. Aber er saugt die beiden aus. Wenn ich sonntags mal was mit ihm unternehme, sind sie heilfroh.«

»Sehnsucht nach eigenen Kindern?«

»Zu stressig. Und vor allem: mit wem?«

Sie atmete tief durch und wurde sachlich. »Kommen wir mal zum Geschäft: Was soll ich für PEGASUS tun?«

»Einen Computer knacken.«

»Wenn der Besitzer oft online ist ...«

»Der Mann kann nicht mehr online gehen. Nie mehr.«

»Mmh. Wie kommen wir an seinen Rechner?«

»Wir müssen in seine Wohnung. Ich habe einen Schlüssel.«

»Aus dem Sarg geklaut?«

»Nein. Anderweitig entliehen«, grinste er.

»Risiko?«

»Vermutlich gering.«

»Das habe ich schon mal gehört. Anschließend haben uns diese beiden Bullen abgegriffen.«

Warum müssen Frauen nur solch ein gutes Gedächtnis haben, dachte er.

»Zweihundert pro Tag!«, sagte sie.

Er nickte, ohne noch mal in der Firma nachzufragen. Sie waren auf Simone angewiesen. Und es musste schnell gehen.

»Wann?«

»Heute Abend.«

22

Kollege Hösel reagierte schneller, als Lohkamp es erhofft hatte. Kaum war er von seinem Mittagsimbiss beim Chinesen zurück, meldete sein Rechner die Ankunft einer Mail aus dem Netzwerk des Hauses.

Betreff: Dynamit

Hallo Lohkamp, du Zecke,

Sprengungen sind seit dem Ende des Bergbaus in Bochum selten geworden. Nur vier Firmen sind aktiv, die hin und wieder dieses Zeug benutzen.

1. Assmann Bau GmbH, Gewerbegebiet Friedlicher Nachbar, GF Dennis A., Straßen- und Brückenbau

2. Kessel Bau GmbH, Bochum-Riemke, Geschäftsführer Heribert Kessel, vor allem Straßenbau im Sauerland

3. Karolinenglück Bau GmbH, 100%ige Tochter von Bleifinger & Thaler, Büroleiter Max Krämer, Materiallager Gewerbepark Karolinenglück, vor allem U-Bahn-Bau

4. Schneider Bau GmbH & Co. KG, Witten-Herbede, Geschäftsführer Jürgen Lurich aus Dortmund, auf Abriss alter Gebäude und Brücken spezialisiert

Aber warte noch ab, bis wir alles organisiert haben.

Mit deinem Schalke-Tipp bist du übrigens ganz alleine und wirst es auch in den nächsten 52 Jahren bleiben. Drücke dir die Daumen, dass du dieses Projekt schneller zum Ziel führst.

Alfredo

So sehr Lohkamp die Firmennamen interessierten – die Unterschrift des Absenders faszinierte ihn im Moment jedoch mehr. Ein Augenblick des Zögerns, dann klickte er auf den Button *Antworten:*

Danke für die Mühe. Aber wie kommst du an diesen bescheuerten Vornamen?

Die Lösung des Rätsels erreichte ihn so flott, dass Lohkamp vermutete, Hösel hätte wegen der großen Nachfrage dafür einen besonderen Textbaustein entworfen:

Mein Vater bestand darauf, dass mein älterer Bruder die Vornamen Fritz Walther bekam. Aber meine Mutter ist Spanierin und für sie ist die Real-Legende Alfredo di Stefano der größte Fußballer aller Zeiten. Mein Sohn heißt übrigens Timo – wie Konietzka vom BVB.

Wenn's danach ging, hätte ich wahrscheinlich *Glück-Auf-Kampfbahn* geheißen, dachte Lohkamp. Er war ernsthaft versucht, Hösel per Mail mit dieser Information zu füttern, bis ihn Oberkommissarin Klemm in die Wirklichkeit zurückholte: »Chef, die Dortmunder nehmen uns Arbeit ab.«

»Moment.« Lohkamp druckte die erste Mail ohne den Sportkommentar aus, speicherte aber die vollständige Fassung. Man wusste ja nie, was noch kam. Dann schenkte er seine Aufmerksamkeit der Kollegin: »Haben die den Scirocco gefunden?«

Klemm schüttelte den Kopf: »Nein, aber sie wollen auch wissen, was die Typen hier in Bochum gewollt haben. Vielleicht hat's ja gar nichts mit unserem Fall zu tun.«

Lohkamp nickte. Das wäre dann eine Baustelle weniger.

»Die Dynamit-Leute klappern wir morgen oder übermorgen ab«, meinte er, an Hardenberg und Klemm gerichtet. »Ihr spielt jetzt noch mal ein paar Stunden bei Sonnenschein Babysitter und holt dann den versäumten Schlaf nach. Morgen früh um acht geht's dann hier weiter.«

»Warum übernimmt der Personenschutz nicht das Gästehaus?«

»Die können erst ab achtzehn Uhr Leute abstellen. Sorry.«

Beide nickten und waren fünf Minuten später verschwunden. Lohkamp fuhr seinen PC herunter und wollte sich schon auf die Suche nach Dorn begeben, als sein Handy piepste.

Das Display verriet ihm, was er sowieso wusste: eine SMS. Er öffnete sie: *Können wir uns heute noch sehen? Klaus.*

Nach einem Blick auf die Uhr schlug er dem Bärtigen das *Drübbelken* vor. Diese beliebte Szenekneipe lag zwar in der Altstadt Recklinghausens, aber wenn er die Abfahrt Herten nahm, war das fast noch auf seinem Nachhauseweg. Er fügte noch an: *Aber schon um 18 h. Habe nur eine gute Stunde.*

Sekunden später kam Magers Okay. Und bevor er ging, rief Lohkamp bei Gabi an und verschob das Abendessen zur

Sicherheit auf acht. Ihren Begeisterungsschrei hätte man auch ohne Telefon bis Bochum gehört.

»Ich liebe dich!«, versicherte er und drückte das Gespräch weg. Ich muss die Sphinx mit Samthandschuhen anfassen, nahm er sich vor. Das große Fass mache ich morgen oder übermorgen auf …

Die Staatsanwältin hing gerade am Telefon und legte ihren schlanken Zeigefinger an den Mund, als der Hauptkommissar auf sie zukam. Das blasse Rot des Nagellacks und des Lippenstifts passten exakt zusammen.

»Einverstanden. Ab sechs. Ich bin da!«, sagte sie und legte auf.

Das wäre ein Dingen, dachte Lohkamp, wenn die um sechs auch ein Treffen im *Drübbelken* hat. Aber welcher Ruhrpötter schaffte sich schon solch eine arrogante Ziege an?

»Was gibt's, Herr Lohkamp?«

»Äh, sind Sie fündig geworden?«

Für die Ahnungslosigkeit auf ihrem Gesicht hätte sie einen Vertrag in Hollywood verdient gehabt.

»Bei Beißner.«

»Ach ja«, sagte sie in einem Ton, als sprächen sie über eine harmlose Aktion, die sie beide einvernehmlich geplant hätten. »Wir müssen das Zeug noch auswerten. Kann ein paar Tage dauern. Noch was?«

Ihre Augen richteten sich kurz auf die Wanduhr über der Tür: Thema erledigt, keine Zeit. Und Lohkamp kam zu dem Schluss, dass es der falsche Moment für den Beginn einer Debatte war. Außerdem wollte er ja etwas von ihr.

»Hier drin«, sagte er und überreichte ihr den versiegelten Briefumschlag, »ist ein Speicherstick aus dem Handtäschchen der Bürgermeisterin Tenberge.«

Er berichtete kurz von dem Besuch im Rathaus und bat Dorn um eine Anordnung zur Kontrolle des Datenspeichers. »Außerdem müssten wir das Büro durchsuchen. Soll ich Sonnenschein um Erlaubnis bitten? Dann sparen wir …«

»Machen Sie das«, sagte Dorn. »Und das Versiegeln war in Ordnung. Hoffentlich bricht in der Zwischenzeit Bochums Verwaltung nicht zusammen.«

Richtig witzige Truppe diesmal, dachte Lohkamp. Die sind ganz anders gebrieft als die Haudegen vor zehn Jahren. Aalglatt. Nehmen statt des Schwertes das Florett und stechen von hinten zu.

»Und was ist mit dem Stick?«

»Ich denke drüber nach!«, versprach Dorn. »Morgen früh entscheide ich.«

Weg war sie und ließ Lohkamp in einem Wölkchen dezenten Parfüms zurück. Irgendjemand, dachte der Polizist, hat vergessen, ihr als Blag mal ordentlich den Arsch zu versohlen.

23

»Was schleppst du denn alles mit?«, fragte Kalle, der Simone um sechs Uhr abends in Wattenscheid abholte.

Lächelnd packte sie einen schweren Rucksack in seinen Kofferraum. Das verschlissene Gepäckstück war mit etlichen Buttons und einem großen *Sex-Pistols*-Aufnäher verziert.

»Natürlich nur das Allernötigste«, erklärte sie. »Eine Taschenlampe, falls es spät wird, einen Fotoapparat, ein Fläschchen Wasser, Koffeintabletten. Und dann natürlich ein wenig Handwerkszeug. Frau denkt schließlich an alle Eventualitäten.«

Er schüttelte den Kopf und klemmte sich hinter das Lenkrad: »Mit diesem Rucksack fallen wir total auf. Wir sollten warten, bis es dunkel wird.«

»Unsinn«, sagte Simone, die Kalle dazu überredet hatte, zwei Stunden früher als geplant zu starten. »Gerade im Hellen interessiert sich keiner für das, was wir treiben. In meiner Zeit als Punk haben wir mal alle Türen im Bochumer Hauptbahnhof mit Plakaten bepflastert. Am helllichten Tag sind wir im Blaumann mit Leiter, Kleistertopf und Plakaten angerückt, ohne irgendetwas zu verstecken. Jeder hat geglaubt, dass wir einen offiziellen Auftrag hätten. Geile Aktion. Gib Gas!«

Zwanzig Minuten später hatten sie den Hattinger Marktplatz erreicht und stellten den Wagen nahe dem Rathaus ab. Simone wuchtete den Rucksack über ihre Schultern, hakte sich bei Kalle unter und zog ihn in Richtung Viktoriastraße. Er war noch immer nicht vom Gelingen des Plans überzeugt und hätte am liebsten ein weiteres Stündchen Wartezeit herausgeschunden – auch, um noch ein wenig mit Simone reden zu können. Acht Jahre waren eine lange Zeit. Doch es tat auf jeden Fall gut, sie wieder neben sich zu spüren. Ein kleines wissendes Lächeln lag auf ihren ungeschminkten Lippen.

Direkt vor der Haustür hielt das Pärchen an und Kalle checkte die Reihe der in Richtung Augustastraße geparkten Wagen. Dann nahm er Simone in die Arme und drückte ihr einen warmen, feuchten Kuss auf den Hals. Dabei schlinzte er über Schulter und Rucksack hinweg die Straße hinauf. Aber es war niemand zu sehen, der ihm verdächtig vorkam.

Simone drückte ihn nun ihrerseits fest an sich und hauchte ihm ins Ohr: »Wie in einem Agentenfilm. Aber die Tarnung als Liebespaar könnte noch überzeugender sein. Ich weiß nicht, warum mir das jetzt gerade einfällt – aber eigentlich schuldest du mir ja noch was.«

Während Kalles Ohren sich bei der Erinnerung, die sie damit weckte, leicht rosa färbten, kramte er mit der linken Hand in seinen ausgeblichenen Jeans, um den geklauten Schlüssel hervorzuziehen.

»Meine Schulden arbeite ich natürlich gerne ab«, grinste er. »Aber nicht auf offener Straße.«

Gleich der erste Schlüssel passte. Entschlossen öffnete Kalle die Haustür und ging einige Schritte voran.

»Halt!« Simone schloss schnell die Haustür hinter sich und setzte den Rucksack ab. Gezielt fingerte sie an dem Verschluss einer Seitentasche, aus der sie zwei Paar Operationshandschuhe angelte: »Anziehen! Wer weiß, wozu es gut ist.«

»Du bist ein Genie!«

Kalle streifte die hauchdünnen Plastikteile über und ging los. Auf den fünf Stufen bis zur Kanzlei mussten sie über den nackten, marmorierten Stein laufen, danach war die hölzerne Treppe mit robustem Sisal ausgelegt, der von quer eingeschraubten Messingstangen straff gehalten wurde und alle Geräusche dämpfte. Die Rahmen der an den Wänden hängenden Filmplakate waren diesen Befestigungen angepasst, aber die Filme selbst deutlich moderner: Auf zweien von ihnen prangte der blonde Haarknoten von Catherine Deneuve, danach folgten die Gesichter von Grace Kelly, Romy Schneider und Isabelle Huppert.

»Guck bloß! Beißner war ein Mann, der schöne Frauen liebte«, flüsterte Simone.

Kalle lächelte: »Dann habe ich ja etwas mit ihm gemeinsam.«

»Charmant, charmant«, gluckste sie und sah zu, wie er die beiden noch nicht benutzten Schlüssel ausprobierte. Der erste mit dem größten Griffstück passte nicht und Kalle hob ihn hoch: »Dann gehört der zur Kanzlei. Auf dem Rückweg hänge ich ihn unten wieder an seinen Haken.«

In Beißners Wohnung war es warm und stickig. Simone erschnupperte eine Prise Parfüm, viel zu süß für einen Mann. »Ekelhaft. Ein bisschen Sauerstoff könnte hier nicht schaden.«

Unschlüssig blieb Kalle stehen. Der Grundriss der Wohnung unterschied sich deutlich von dem der Kanzlei: Rechts über dem Sekretariat lag passgenau eine kleine Küche, dahinter aber lief ein großer Wohnraum quer von der Straße bis zur Rückseite des Hauses. Von ihm aus führte eine Tür nach links ins Schlafzimmer, dessen Fenster ebenfalls zum Hof hinausging – und genau eine Etage tiefer stand Beißners Schreibtisch.

»Kein Bad?«

»Déjà-vu!«, flüsterte Simone. »Denk an unser Abenteuer im alten Amtsgericht! Männer haben eben keinen Blick für Länge und Tiefe.«

Kalle sah sie, noch immer begriffsstutzig, an.

»Das Bad liegt zwischen Korridor und Schlafzimmer. Du hast die Tür neben der Garderobe nicht beachtet. Hätte im Bad ein feindlicher Spion auf uns gewartet, wären wir schon auf dem Weg in die Hölle«, spöttelte Simone. »Aber lass uns keine Zeit vertrödeln. Du nimmst dir das Schlafzimmer vor und ich schau mal, ob ich hier im Wohnzimmer etwas Brauchbares finde.«

»Schrei nicht so.«

»Memme. Wer soll uns hier hören, wenn die Leute oben im Urlaub sind?«

»Du hast gut reden. Immerhin war ich es, der damals eine Nacht im Knast gesessen hat«, maulte Kalle, verzog sich aber pflichtgemäß in Beißners Schlafzimmer und sah sich um. Mittelpunkt des Raums bildete ein großes französisches Bett gegenüber der Tür. Die Wand dahinter war mit einer Fototapete beklebt, die eine karibische Strandlandschaft darstellte. Links nahm der unvermeidliche Kleiderschrank fast die gesamte Wand gegenüber dem Fenster ein, aber gleich hinter der Tür blieb Platz genug für einen Durchgang zum Bad frei.

Vorsichtig öffnete Kalle die Tür. Weiße Fliesen, eine Badewanne, die locker zwei Personen aufnehmen konnte, Armaturen vom Feinsten – und tatsächlich eine zweite Tür, die zum Korridor führte. Wie hatte er sie nur übersehen können?

Tief durchatmend schloss er beide Türen hinter sich und schaute zum Fenster hinüber. Dichte Gardinen, dazu ein schwerer blickdichter Vorhang, der halb geöffnet war, und neben dem Fenster ein Flachbildschirm.

Nach einem flüchtigen Blick auf das Nachtschränkchen zog Kalle die erste Tür des Kleiderschranks auf. Vier Fächer mit Handtüchern, Bett- und Unterwäsche. Der Reihe nach hob er alles hoch und suchte auch hinter den Stoffstapeln nach einem Geheimnis. Ganz schön pervers, in fremder Unterwäsche herumzuwühlen, dachte Kalle.

Simone staunte, als sie sich im Wohnzimmer umsah. Der Typ hatte richtig Kohle, dachte sie. Im hinteren Teil verwahrte ein schwarz lackiertes Bücherregal aus verschnörkeltem Holz Beißners private Lektüre, daneben stand ein kleiner Schreibtisch im Biedermeierstil mit abgeschrägter Auflage. Direkt gegenüber ruhte ein altmodischer Wohnzimmerschrank aus schwarzer Eiche; hinter den leicht getönten Glastüren schimmerte eine Galerie Gläser und Flaschen. Die junge Frau trat näher und musste unwillkürlich mit der Zunge schnalzen: Solch edle Whiskysorten konnte sie sich nicht leisten.

Noch immer unschlüssig, wanderte ihr Blick zurück in den zur Straße gelegenen Bereich des Raumes. Ein wuchtiges Couch- und Sesselensemble aus Leder im englischen Kolonialstil, gegenüber ein Breitwandfernseher, flankiert von zwei hohen Lautsprecherboxen und einer Stereoanlage, deren Komponenten allesamt Schilder mit den Namen von Luxusmarken trugen. Für eine Zweitwohnung, die nur als Fluchtburg dienen sollte, waren die Gemächer zu üppig und kostbar ausgestattet.

Noch etwas war seltsam. Zwischen den Sesseln und der Couch glänzte ein abgerundeter Tisch mit einem unbenutzten Aschenbecher und einer dekorativ gefüllten Obstschale aus schwerem Rauchglas. Erst als Simone einen der Äpfel berührte, stellte sie fest, dass er aus Plastik bestand. Auf Obst und Glas war auch im Widerschein der Abendsonne kein Stäubchen zu entdecken.

Dann glitt ihr Blick über die Sitzflächen der tiefen Sessel.

»Heureka!«, flüsterte sie. Auf einem der Sitzmöbel leuchtete die Hülle eines schicken Notebooks, das so aussah, als wäre es nur kurz dort abgelegt worden.

Mit drei Schritten hatte sie die Couch erreicht und holte ihr Equipment aus dem Rucksack. Dann klappte sie das flache Lenovo-Gerät auf und fuhr es hoch.

Fein, dachte sie, XY-Installation. Das wird ein Kinderspiel. Die Log-in-Maske erschien und der Administrator-Account forderte mit blinkendem Cursor ein Passwort.

Mal sehen. Sie probierte es einmal, ohne überhaupt etwas einzutippen. Es gab genug Volltrottel, die meinten, ohne Passwort auszukommen. Nichts. Also versuchte sie es mit *Irmhild*, *Sonnenschein* und *Administrator*. Wieder nichts. Ganz beliebt war auch die Buchstabenfolge *qwertz* aus der zweiten Reihe der Tastatur. Immer noch Fehlanzeige.

»Okay«, murmelte sie. So schnell gab eine Anhängerin des Chaos-Computer-Clubs nicht auf. Routiniert schloss sie eine 2,5-Zoll-Festplatte per Firewire-Kabel ans Notebook und legte eine CD in das Fach. Ein Reboot, die Taste F1 gedrückt, und schon war sie im BIOS und stellte die Bootreihenfolge auf *Start von CD* um.

»Geht doch!«, triumphierte sie, als die Software ein Eins-zu-eins-Abbild der beiden Partitionen auf die Festplatte kopierte. Der Fortschrittsbalken zeigte vierzig Minuten Restzeit – lange genug, um Kalle zu helfen, den Rest der Wohnung zu durchstöbern.

Sie steckte den Kopf durch die Schlafzimmertür: »Was gefunden?«

»Nichts Nützliches. Aber der Typ war offensichtlich ein Lustmolch!« Kalle deutete auf den enormen Spiegel an der Decke über dem Bett. »Und dann noch die verspiegelten Schranktüren, der breite Fernseher und die Porno-DVDs. Hier war wohl zeitweilig richtig was los!«

»Neid?«

Er bewegte seinen Kopf in Richtung Kleiderschrank. »Der Typ hatte genug Wäsche, um einen Vier-Personen-Haushalt glücklich zu machen. Und mehr Anzüge, als ich T-Shirts besitze. Braucht man das? Aber guck mal!«

Kalle zog ein schwarzes Stoffteil aus dem Schrank und warf es sich um die Schultern: »Unter den Talaren der Muff von …«

»Ich weiß, wie's weitergeht. Aber mach voran! Ich kopiere übrigens gerade den kompletten Inhalt seines Laptops. Den kann ich dann zu Hause in Ruhe auseinandernehmen. Dauert noch ein knappes halbes Stündchen. Warst du im Bad?«

»Ja.«

»Alles gecheckt?«

»Also …«

»Typisch Mann!«

Sie verschwand in der Nasszelle und begutachtete die abgestellten Dosen, Tuben und Flacons. Fast ausschließlich Männerprodukte: Aftershave, Handcreme, Bodylotion, Duschgel, Badezusätze – auch hier alles vom Feinsten. Im Innern des Hängeschränkchens dann ein Lady-Shaver, der passende Rasierschaum und eine fast volle Schachtel Tampons. Das Fläschchen mit dem billigen, obszön riechenden Moschusparfüm wirkte in diesem Luxusbad wie ein Schandfleck.

»Was gefunden?«, fragte Kalle.

»Wie man's nimmt. Auf jeden Fall hatte er ab und zu Damenbesuch – aber wohl kaum von der Sonnenschein. Ich nehme mir jetzt die Schubladen im Schreibsekretär vor.«

»In Ordnung, Sim!«

Sie stutzte: »Wie hast du mich genannt?«

»Sim. Simone ist der absolut falsche Name für dich. Klingt viel zu brav.«

Die Frau mit der Punk-Vergangenheit kam auf ihn zu und küsste ihn sacht. »So hat mich noch kein Kerl genannt. Passt gut zu meinem Elektronikspielzeug. Hast ja doch Phantasie.«

Kalle wurde es warm ums Herz. Aber sie durften hier nicht herumturteln. »Komm, mach weiter, meine lebende SIM-Card!«

Er schob Simone in Richtung Wohnzimmer und öffnete die letzte Schranktür. Acht oder neun Schubladen. Jede Menge Arbeit. Und zu lange durften sie nicht hierbleiben. Was war, wenn die Sekretärin das Fehlen des Schlüssels mittlerweile bemerkt hatte? Ach, komm, beruhigte er sich, dann wären die Bullen schon da.

24

Das *Drübbelken* war nicht nur beliebt, sondern auch belebt. Lohkamp musste ein Bierchen lang am Tresen darauf warten, dass ein Tisch frei wurde, und hatte Glück. Links vom Eingang machte sich ein Pärchen ans Bezahlen. Lohkamp schätzte sie auf höchstens siebzehn. So, wie die beiden sich ansahen, würden sie in Kürze in der Kiste landen. Als sie aufstanden, nahm der Polizist sein Glas und besetzte den Platz, von dem aus er alle Eintretenden im Auge behalten konnte.

Für einen Augenblick dachte Lohkamp an jene Phase seines Lebens zurück, als er Gabi gerade kennengelernt hatte. Sie hatten beide mit neunzehn noch keine eigene Wohnung besessen und hätten es nie gewagt, den anderen über Nacht mit nach Hause zu bringen.

Sein Vater hätte Koliken bekommen, wenn er am Frühstückstisch ein fremdes Gesicht gesehen hätte. Und Angst davor gehabt, dass irgendein gesetzestreuer Nachbar ihn wegen Kuppelei anzeigte.

Mager tauchte zehn Minuten später auf. Er blieb an der Tür stehen und ließ seinen Blick durch den Raum wandern. Als er Lohkamp entdeckte, schlenderte er heran und musterte den Polizisten.

Wird auch nicht jünger, dachten beide.

Der Bärtige ließ sich auf dem freien Stuhl nieder, drehte sich aber noch einmal unbehaglich zum Eingang um.

»Wirst du neuerdings verfolgt?«, grinste Lohkamp.

»Unsinn. Aber du machst es doch als Bulle nicht anders. Und ich habe zu viele Western geguckt. Der freie Blick zur Tür ist da immer wie eine Lebensversicherung.«

»Keine Angst, ich bin ja bei dir.«

»Die Knarre durchgeladen?«

»Schon vergessen? Meine Waffe liegt immer im Schreibtisch.«

Die Kellnerin tauchte auf. Sie schien nur unwesentlich älter zu sein als das Paar, das vorher an diesem Tisch gesessen hatte. »Was darf ich Ihnen bringen?«

Lohkamp bestellte noch ein Alkoholfreies, Mager stand der Sinn nach Cappuccino und Calvados. Die Bedienung ließ sich den Namen des zweiten Getränks wiederholen und war dann immer noch nicht sicher, ob es diese Sorte Sprit im Angebot gab.

»Falls nicht, bring mir einen Grappa.«

»Gib dir keine Mühe«, sagte Lohkamp, als das Mädchen in Richtung Theke verschwand. »Bei uns alten Säcken bleibt die beim *Sie*. Was hast du für Sorgen?«

»Keine Sorgen – aber etwas Neues«, sagte Mager und erzählte, was PEGASUS in Hattingen entdeckt hatte. Als er fertig war, lächelte Lohkamp bekümmert: »Komisch, wir ärgern uns über dieselbe Sache. Meine Bundesanwältin mauert nämlich. Hat so getan, als ob der Mann sie nicht interessierte, und ist dann klammheimlich mit ihrem Rollkommando losgefahren.«

»Und welchen Sinn kann das haben? Nach allem, was wir herausbekommen haben, ist der Mann so unschuldig wie ein Baby.«

»Bei uns ist er auch ein unbeschriebenes Blatt. Nix gespeichert.«

»Und hat euch das Zeug, das diese Dorn abgeschleppt hat, nicht weitergebracht?«

»Ihre Leute sortieren noch. Aber wenn sie bisher etwas gefunden hätten, hätte ich ihr Freudengeheul gehört. Sie hat ihr Büro genau gegenüber.«

Die Kellnerin brachte die Getränke. Als sie Mager den Cappu und einen Grappa servierte, beugte sie sich so weit vor, dass der Bärtige den Inhalt ihres BHs begutachten konnte. Seht her, was ich habe! Zu seiner Zeit wären die Mädels in diesem Alter nicht so offenherzig herumgelaufen. Reines Kalkül, vermutete er. Jede tiefer der Einblick, desto höher das Trinkgeld.

»Mann, was bist du für ein geiler alter Sack!«, sagte Lohkamp, kaum dass sie wieder unter sich waren. »Dem jungen Mädchen so offen in die Wäsche zu schielen.«

»Dann soll sie sich doch richtig anziehen, wenn sie zur Arbeit geht«, verteidigte sich Mager, merkte aber, wie sich auf seiner Stirn ein paar Schweißperlen bildeten – und dass sein Kumpel das amüsiert registrierte.

»Hätte ich nicht gedacht, dass du so etwas wie Schamgefühl überhaupt kennst«, sagte der Polizist.

»Doch. Aber du hast keins. Immerhin verdanke ich dir ein paar Nächte im Knast.«

»Ach Gott! Wie lange ist das jetzt her? Fünfzehn Jahre? Oder mehr? Aber ich habe dich damals mit Vergnügen eingebuchtet. Wo kommen wir denn hin, wenn Journalisten in fremde Wohnungen einsteigen?«

Genießerisch ließ Mager sich den Grappa über die Zunge gleiten und sah Lohkamp an: »Apropos: Hat Dorn auch Beißners Wohnung durchsucht?«

»Das Haus bleibt weiterhin gesperrt, bis die Statiker ausgerechnet haben, ob es einsturzgefährdet ist.«

Mager schüttelte den Kopf: »Ich meine nicht das Haus in Bochum. Beißner hatte noch eine Wohnung in Hattingen. Direkt über seiner Kanzlei!«

»Wie bitte?« Auch Lohkamp verspürte plötzlich das Bedürfnis nach einem kräftigen Schnaps.

25

Noch acht Minuten bis zum Ende des Kopiervorgangs. Simone hatte ihre Durchsuchung des Wohnzimmers beendet. Die meisten Papiere, die sie gefunden hatte, waren offenbar rein privat oder belanglos. Nur von denjenigen Rechnungen und Briefen, deren Bedeutung sie gar nicht einschätzen konnte, hatte sie vorsichtshalber Fotos angefertigt. Ihr Einsatz lief gut.

Noch sechs Minuten. Jetzt hielten sie sich schon über eine Stunde in Beißners Wohnung auf. Langsam wurde Simone nervös. Bisher hatten sie unglaubliches Glück gehabt. Aber man sollte es nicht auf zu harte Proben stellen …

Sie machte sich auf den Weg zum Schlafzimmer, als die Tür von innen aufgerissen wurde:

»Hey, Party!«

Magers Ältester posierte auf der Schwelle und ließ gespielt lasziv ein rotes Tangahöschen um seinen Zeigefinger kreisen, das mit einer Schmetterlingsspitze besetzt war. »Wenn das hier der Sonnenschein gehört, will ich nie mehr im Leben Sex haben!«

»Du gehst verdammt leichtsinnig mit deinem wichtigsten Lebensinhalt um!«, seufzte sie. »Außerdem …«

»Ja?«

Simone kicherte mädchenhaft. »So einen hässlichen Arschspalter habe ich schon lange nicht mehr gesehen. Kaum zu glauben, dass es noch Männer gibt, die darauf abfahren.«

»Och«, sagte er, »hier gibt es noch etwas Besseres!«

Er ließ den Tanga aufs Bett wehen und zog eine der Schubladen auf, die er bereits durchsucht hatte. Zwischen zwei Stapeln knapp geschnittener Männerunterhosen lag ein grüner Gegenstand, den er nun in die Höhe hielt.

Es war ein Frosch. Und auf Knopfdruck begann das Plastiktier zu quaken.

»Was ist das denn für ein Spielzeug?«

»Ein besonderes«, gluckste Kalle und bediente eine andere Taste an dem Gerät. Der Frosch hörte auf zu quaken und begann, mit einem leisen Surren zu vibrieren.

Die Hackerin riss erstaunt die Augen auf »Neee, ne?«

»Doch, doch, Sim, es ist genau das, was du denkst!« Er hielt ihr die zitternde Amphibie unter die Nase. »Sag Hallo zu Kermit!«

Simones Kopf schnellte zurück: »Igitt, weg damit! Wer weiß, wo der schon überall zu Besuch war. Und für einen Enthüllungsbericht taugt der Vibrator wirklich nicht.«

»Wieso?«

»Was meinst du, wie viele Frauen solch ein Ding besitzen? Harmlose Sache. Aber: Ich kann mir kaum vorstellen, dass dieses Ding der Sonnenschein gehört. Ebenso wenig wie der Tanga.«

Er zog die Schultern hoch: »Stille Wasser …«

»Wir sollten hier verschwinden. Bald wird es dunkel und dann sehen wir sowieso nichts mehr. Die Taschenlampennummer ist mir zu riskant.«

Ein leises Ping aus dem Wohnzimmer untermauerte ihren Entschluss: »He, der Download ist durch! Pack das Spielzeug weg und komm!«

Sie lief zum Notebook hinüber und checkte zur Sicherheit das Ergebnis der Übertragung. Alle Ordner waren geklont.

Hastig holte sie die CD aus dem Fach und stopfte ihre Utensilien in den Rucksack. Ein letzter Rundgang. Sie hatten zwar nicht alles wieder auf- und eingeräumt, aber das war egal. Beißner würde es nicht mehr bemerken. Hauptsache, es lag nichts herum, was sie verraten konnte.

»Rückzug!«

Durch den Türspalt peilten sie die Lage im Treppenhaus. Nach wie vor war alles ruhig. Sacht zogen sie die Tür ins Schloss und schlichen nach unten. Zwischenstopp vor der Kanzlei. Kalle suchte den richtigen Schlüssel heraus und versuchte, ihn ins Schloss zu stecken. Aber so kurz vor dem Ende der Operation begannen auch seine Hände zu zittern, und er brauchte mehrere Versuche.

»Nur ruhig, Kalle«, flüsterte er, »gleich ist alles vorbei! Siehste, so geht's doch!«

Simone wartete und schaute sich immer wieder um. So allein in dem dämmrigen Treppenhaus kam sie sich plötzlich verloren vor. Ängstlich war sie sicher nicht, aber vielleicht war es die Vorsicht, die sie in den kleinen Korridor der Kanzlei drängte. Nur die Türen waren als helle Rechtecke zu erkennen.

Während Kalle den Schlüssel an seinen Platz zurückhängte, ging sie zwei Schritte weiter und spähte in Beißners Büro, das die Leute von der Bundesanwaltschaft durchsucht hatten. Die Unordnung, von der Kalle berichtet hatte, hatte sie sich schlimmer vorgestellt. Oder die gewissenhafte Sekretärin hatte den ganzen Nachmittag richtig geschuftet.

»Komm«, wisperte Kalle. »Wird Zeit!«

Er zog Simone ins Treppenhaus und wollte gerade die Kanzleitür hinter sich ins Schloss ziehen, als vor dem Haus ein Fahrzeug hielt. Hinter den Milchglasscheiben der Haustür flackerte blaues Licht.

»Scheiße, Bullen!«

Kalle spürte, wie seine Knie weich wurden. Draußen klapperten die Absätze von Damenschuhen über das Pflaster heran, dann wurde an der Haustür ein Schlüssel gedreht. Bevor sie aufgestoßen wurde, rief eine aufgeregte Frauenstimme: »Sehen Sie! Nicht abgeschlossen! Und ich habe das bestimmt nicht vergessen!«

Simone blieb das Herz stehen. Aber Kalles Lähmung wurde von einem Adrenalinschub abgelöst. Geistesgegenwärtig zog er Sim in die Kanzlei zurück und drückte die Tür ins Schloss: »Los! Ab in den Hof!«

Während im Hausflur schwere Männerschuhe die ersten Stufen heraufpolterten, liefen die beiden Kundschafter durch den dunklen Büroraum nach hinten.

Doch Kalle rüttelte vergeblich an der Terrassentür: »So 'ne Scheiße. Zu!«

Hastig drehte er sich um und suchte nach einem Gegenstand, mit dem er die Scheibe einschlagen konnte.

»Der Hebel, du Blindfisch!«, zischte Sim.

Tatsächlich! Die Tür hatte noch einen dieser altmodischen Verschlüsse, mit denen man sie anheben und öffnen konnte. Es klappte. Frische Abendluft schlug ihnen entgegen, doch da hörten sie bereits Schelps Schrei aus dem Inneren der Kanzlei: »Hier war auch nicht abgeschlossen!«

Nebeneinander stürzten Kalle und Sim die Treppe zum Hof hinunter Richtung Friedhofsmauer. Fast wären sie im Dämmerlicht gegen einen Campingtisch gerannt, aber im letzten Augenblick zog Kalle die junge Frau zur Seite. »Du zuerst, dann schmeiße ich den Rucksack rüber!«

»Aber du ...«

»Klappe!« Schon lehnte er mit dem Rücken an der Mauer und faltete zum zweiten Mal an diesem Tag die Hände: »Ab! Mach!«

Simone stemmte den rechten Fuß in die improvisierte Leiter. Zum Glück war sie deutlich leichter als sein Vater – und sportlicher. Mit ihren kräftigen Armen zog sie sich hoch und schwang sich über die Mauerkrone.

»Aufpassen!«, schrie Kalle und schleuderte den Rucksack über die Mauer. Fang ihn, Mädchen, fang ihn und hau ab, durchzuckte es ihn. Und während das Gepäckstück noch in der Luft schwebte, hörte er energische Schritte durch Beißners Büro stampfen.

Atemlos schob er den Campingtisch auf die Wand zu, aber es war zu spät. Der Lichtstrahl einer kräftigen Stablampe warf seinen Schatten auf den hellen Putz. »Keine Bewegung! Hände hoch, Polizei!«

Au, Scheiße, dachte Simone, als sie diese Kommandos hörte. Armer Kalle!

Tapfer rappelte sie sich auf, schlüpfte mit den Armen durch die Tragegurte des Rucksacks und rannte los. Nur weg hier, nur weg! Kalle konnte sie nicht mehr helfen, aber sie musste die Festplatte mit den Dateien retten! Sonst war alles umsonst. Doch wohin? Wo gab es einen Ausgang?

Im letzten Tageslicht konnte sie gerade noch den schmalen Gang erkennen, der von der Friedhofsmauer hinter Beißners Haus wegführte. Und da – ein Querweg! Breiter als dieser hier! Vielleicht führte der ja nach draußen! Sie rannte nach rechts, auf die alte Turnhalle zu, an deren Außenmauern gerade die ersten Lampen aufflammten, um den Durchgang vom Rathaus zum Parkplatz zu beleuchten. Bingo – da war das Törchen!

Keuchend drückte sie die Klinke nach unten und zog. Nichts. Na klar, dachte sie, Friedhöfe werden bei Einbruch der Dunkelheit abgeschlossen. Aber dieser Meter Draht und Stahlrohr stellte kein echtes Hindernis dar. Sekunden später stand sie auf der anderen Seite und spähte zurück. Doch zwischen den Grabsteinen und Koniferen bewegte sich nichts – niemand war ihr über den Gottesacker gefolgt.

Durchatmen, drei Sekunden nachdenken. Am Rathaus vorbei zum Parkplatz? Zu gefährlich. Vielleicht kam ja doch noch jemand von außen herum, um sie zu suchen. Außerdem – der Schlüssel für den schwarzen Golf steckte in Kalles Tasche. Also in die andere Richtung, über den Parkplatz, auf dem um diese Tageszeit noch mehrere Dutzend Fahrzeuge standen. Und bloß nicht mehr rennen!

Eine Minute später erreichte sie die vierspurige Bismarckstraße, die Rennstrecke in Richtung Bochum. Jede Menge Fahrzeuge, aber kaum Fußgänger. Hier würde sie zu sehr auffallen. Doch gegenüber, im Mühlenviertel, konnte sie zwischen den zahlreichen Ein- und Zweifamilienhäusern verschwinden.

Im Schatten der Bäume wartete sie, bis sich eine Lücke im Straßenverkehr zeigte, dann spurtete sie hinüber und verlangsamte wieder ihre Schritte. Endlich erreichte sie die Einfahrt zum Mühlenwinkel. Das gemächliche Tempo empfand sie als reine Folter.

Zwei-, dreihundert Meter weiter gelangte sie an eine Querstraße. Rechts, das wusste sie noch, ging es an der Steilwand des Ruhrtals nicht mehr weiter – in der Senke dahinter hatten einst die Stahlkocher der Henrichshütte malocht. Also nach links, zum anderen Ende. Dort führte ein schmaler Fußweg bis zur nächsten Querstraße.

Völlig ausgepumpt ließ sie sich auf dem Bordstein nieder und setzte den Rucksack ab. Erst jetzt bemerkte sie, dass sie nass geschwitzt war. Ihre Hände begannen zu zittern – so heftig wie bei einem Alkoholkranken auf Entzug. Worauf hatte sie sich bloß eingelassen!

Es dauerte ein paar Minuten, bis sie in der Lage war, eine Zigarette hervorzukramen und sie anzustecken. Als die Glut bis an den Filter gekrochen war, schaffte sie es auch, ihre Trinkflasche aus dem Rucksack zu holen. Sie leerte sie in einem Zug, zündete eine weitere Zigarette an und zückte ihr Mobiltelefon. Nur gut, dass sie Magers Nummer gespeichert hatte.

26

»In echt?«, fragte Lohkamp zur Sicherheit. In seinen Augen glänzte bereits das Vorgefühl des Triumphes und seine Finger streichelten das beschlagene Glas mit dem eiskalten Wodka. »Beißner hat wirklich eine Zweitwohnung?«

»Ja.«

»Wunderbar!« Der Hauptkommissar kippte den Schnaps und wischte sich zufrieden über die Lippen. »Wunderbar. Dorn stellt eine Etage tiefer alles auf den Kopf, anstatt die Wohnung zu filzen. Ich werde ihr das ganz nebenbei sagen und sie wird vor Wut platzen. Hält sich für eine perfekte Ermittlerin und sieht vor lauter Wald die Bäume nicht mehr.«

»Auch PEGASUS liebt die Natur ...«

Lohkamp begriff sofort, was Mager andeuten wollte: »Untersteh dich! Und halte bloß deinen Sohn zurück! Die Sphinx wird euch erwürgen und mit Haut und Haar fressen!«

»Aber ...«

»Kein Aber! Ich gehe selbst da rein, bevor ich es der Dorn auf die Nase binde – und ihr macht um das Haus einen riesigen Bogen.«

In diesem Augenblick ertönte in Magers Brusttasche das Lied vom *Heiligen Krieg* – jenes, mit dem die sowjetischen Truppen in die Schlacht von Stalingrad gezogen waren. Eilig zog er sein Mobiles und rannte mit einer Geste der Entschuldigung vor die Tür. Kaum zwei Minuten später kehrte er zurück: »Zu spät.«

»Was kommt zu spät?«

»Deine Warnung. Die Dorfpolizei von Hattingen hat Kalle erwischt und mitgenommen.«

»Wo erwischt? In Beißners Wohnung?«

»Im Garten hinter dem Haus.«

»Tja«, meinte Lohkamp bekümmert. »Manche Leute springen freiwillig in die Scheiße.«

Während der Hauptkommissar rechtzeitig bei Gabi zum Abendessen eintraf, brach Mager auf der A 43 seine persönlichen Geschwindigkeitsrekorde – und auf der letzten Etappe, die auf enger Straße die Ruhr entlang nach Hattingen führte, mehrere Dutzend Verkehrsvorschriften. Erst am Ortseingangsschild zwang er sich zur Mäßigung – es gab da ein paar Dorfbullen, die liebend gerne zum zweiten Mal seine Fleppen einkassiert hätten. Und ohne Führerschein war er berufsunfähig.

Endlich sah er im Scheinwerferlicht die zusammengekauerte Gestalt, die auf der Bordsteinkante auf ihn wartete. Er blendete einmal kurz auf und stieg aus, ging ihr entgegen.

»Simone!«

»Hallo, Klaus! Danke, dass du vorbeikommst.«

»Ist doch selbstverständlich. Tut mir nur leid, dass du so lange warten musstest. Aber von Recklinghausen bis hierher …«

Der Bärtige griff nach dem Rucksack und wollte ihn legersportlich an einem Gurt über die Schulter werfen, doch sie stoppte ihn: »Vorsicht! Wenn die Festplatte kaputtgeht, war alles umsonst!«

Er verstaute ihr Gepäck im Kofferraum und sie setzten sich in den Wagen. »Erzähl!«

»Gibt nicht viel zu erzählen. Als wir fertig waren, kamen die Bullen. Zwei Minuten zu früh. Offenbar hatte die Sekretärin gemerkt, dass die Schlüssel fehlten.«

»Und?«

»Hör mal, mir ist schlecht vor Hunger. Ich muss dringend etwas essen. Aber nicht hier in Hattingen …«

»Verstehe.«

Er überlegte kurz, wo man gefahrlos absteigen konnte, und dabei fiel ihm eine seiner alten Studentenkneipen an der Bochumer Markstraße ein. Damals hatte es da bestenfalls kalte Frikadellen zum Bier gegeben, aber jetzt betrieben ein paar Jugoslawen dort eine Mischung aus Imbissbude und Restaurant.

Aufmerksam auf die Verkehrsschilder mit den schwarzen Zahlen im roten Kreis achtend, fuhr er die Bismarckstraße entlang und ließ den Skoda ins Ruhrtal rollen. Auf der linken Seite schälte sich eine der Sehenswürdigkeiten der Stadt aus der Dunkelheit heraus: Der letzte, längst stillgelegte

Hochofen der Henrichshütte wurde angestrahlt, als würde dort immer noch Stahl gekocht. Kurz darauf passierten sie das alte Verwaltungsgebäude der *Thyssen Stahl AG*, die hier einige Tausend Arbeitsplätze liquidiert hatte.

»Die haben das Ding jetzt zur Festung ausgebaut«, erklärte Mager. »Oben das Sozialamt, unten die Bullen – alle hinter Stahltüren verschanzt.«

Simone drehte sich um und starrte mit brennenden Augen das schmucklose Hochhaus an, das im Heckfenster langsam kleiner wurde und schließlich ganz verschwand. Dort drehten sie wohl gerade den armen Kalle durch den Wolf. Vage Bilder von einer mittelalterlichen Folterkammer flackerten vor ihren Augen auf und sie schluchzte los.

Zehn Minuten später enterte Mager zum zweiten Mal an diesem Abend eine Kneipe. Diese hier war für ein anderes Publikum als das *Drübbelken* gemacht. Vorne im Biergarten stillten ein paar Amateurfußballer von *Concordia* nach dem Training ihren Durst, drinnen saßen einige Rentnerpaare, die ihre Gaumen mit Kohlrouladen oder Zigeunerschnitzel (»Aber bitte ganz ohne Knoblauch!«) verwöhnen wollten. In einer offenen Küche wirbelten zwei gut genährte Jungs an Töpfen und Bratblechen herum, während in einem kleinen Raum hinter ihnen bereits die Selbstabholer auf ihre Pommes und Currywürste warteten. Es roch nach Bier und Bratfett und ein riesiger Fernseher steigerte den ohnehin schon beachtlichen Lärm.

»Lass uns lieber draußen bleiben!«, bat Simone und Mager nickte. Drinnen erinnerte sowieso nichts mehr an die gemütliche Eckkneipe, in dessen Hinterzimmer er einst so manche Mark in den Flipper gesteckt hatte. Und rauchen durfte man dort auch nicht mehr.

»Also«, sagte Simone, nachdem sie ein großes *Krefelder* und die erste Hälfte ihres Schnitzels niedergekämpft hatte. »Die gute Nachricht: Wir haben Beißners privates Laptop gefunden und den Inhalt komplett geklont. Die schlechte:

Als die Bullen kamen, konnten wir nur noch durch den Hof abhauen …«

Mit jedem Bissen ging es ihr ein wenig besser. Was eine warme Mahlzeit ausmachte!

Und am Schluss erzählte sie sogar mit Begeisterung von der kleinen Komödie, die Kalle mit dem Tanga und dem Vibrator veranstaltet hatte.

Als ihre Lachanfälle vorüber waren, zog Mager sein Mobiltelefon: »Und jetzt müssen wir etwas für Kalle tun!«

Er suchte eine Weile nach der richtigen Nummer, drückte auf *Anrufen* und wartete angespannt. Gut zwanzig Sekunden vergingen, dann erhellte sich sein Gesicht: »Mager hier. PEGASUS braucht dich!«

Den Entsetzensschrei des Gesprächspartners hörte Simone auch ohne Lautsprecher.

»Was hast du gegen uns? – Quatsch, bisher haben wir noch jede deiner Rechnungen bezahlt! – Mahnungen? Wenn wir für dich Halsabschneider immer gleich eine Hypothek aufnehmen müssen! – Nein? Tut mir in der Seele weh, dass wir deine VIP-Karte in Gelsenkirchen sponsern! – Hurensohn? Beleidige meine Mutter nicht!«

Mager sah kurz auf und deckte das Mikrofon ab: »Der Scheißkerl ist Schalker. Aber als Anwalt genial!«

Dann wandte er sich wieder seinem königsblauen Gesprächspartner zu: »Also, Kalle hat Pech gehabt. Ist in Hattingen im Garten eines Wohnhauses von den Bullen aufgegriffen worden, wie zufällig anwesende Zeugen mir berichtet haben. – Was? Kriminell? Deine Rechnungen sind kriminell. Aber wir … – Schon mal was von investigativem Journalismus gehört? – Klar kenne ich Wallraff. Er ist Spezialist für die großen Nummern. Aber wir sind die Wallraffs des Alltags! – Nein, das war kein redaktioneller Auftrag. Gott bewahre! – Schwerer Einbruch? Warte …«

Diesmal ein fragender Blick auf Simone: »Habt ihr wenigstens Handschuhe angehabt? Ja? Die ganze Zeit?«

Simone nickte heftig und der Kameramann gab das Mikro seines Telefons wieder frei: »Nein, keine Ahnung, was er im Garten wollte. Blumen gießen? – Ich verarsche dich nicht. In der ganzen Wohnung kann es keine Fingerabdrücke geben. In der Kanzlei vielleicht, aber da waren wir heute Mittag ganz offiziell. – Morgen früh? In Ordnung.«

Mager drückte das Gespräch weg und wischte sich mit einer unbenutzten Serviette den Schweiß von der Stirn: »Der traut uns auch nicht über den Weg. Zahlen?«

Sie nickte.

»Wohin soll ich dich bringen? Nach Höntrop?«

»Ja. Aber … !«

»Was ist?«

»Hast du einen Zweitschlüssel für Kalles Auto?«

»Muss im Büro liegen. Wieso?«

»Der Golf steht in Hattingen auf dem Marktplatz!«

»Guter Platz!«

»Eben nicht.«

»Wieso?«

»Morgen ist Mittwoch.«

»Weiß ich doch.«

»Aber nicht, dass in Hattingen morgen Markttag ist. Die schleppen die Kiste ab!«

»Falsch! Markttage sind der Samstag und der Dienstag!«

»Sicher?«

»Ja!«

»Schwörst du's?«

»Ja!«

»Beim Leben deiner Kinder?«

Mager atmete tief durch, dann hatte er sich entschieden.

»Ja!«

Mit etwas Glück hatte er am nächsten Tag zwei Sorgen weniger.

27

Kalle Mager ging es zur selben Zeit gar nicht gut – und das lag nicht allein daran, dass er Hunger hatte, unter Durst litt und jetzt gern eine von den Harten geraucht hätte, mit denen sein Vater seit fast vierzig Jahren erfolglos Selbstmord beging. In Hattingen den falschen Bullen in die Hände zu fallen, war schlimmer als Hunger, Durst und Raucherhusten zusammen.

»Hände hoch, Polizei!«

Einige Sekunden lang hatte Kalle wie gelähmt dagestanden und die Mauer vor sich angestarrt. Das Adrenalin, das ihn soeben noch angetrieben hatte, war urplötzlich verbraucht. Jetzt haben sie mich am Arsch, dachte er. Seine Knie wurden weich und ihm fehlte sogar die Kraft, die Arme in die Luft zu strecken.

Doch dann glaubte er zu hören, wie sich hinter der Friedhofsmauer Simones Schritte entfernten, bis sie im entfernten Rauschen der Hauptstraße untergingen. Wenigstens das hatte geklappt.

»Nehmen Sie endlich die Hände hoch!«

Ach du Scheiße! Diese Stimme kannte er – auch wenn er sie zum letzten Mal vor sieben oder acht Jahren gehört hatte. Das war Haggeney! Dieses hirnlose Muskelpaket, das zusammen mit dem fetten Lusebrink Streife gefahren war und ihn schon einmal hochgenommen hatte. Blöd genug, um am Straßenrand gegen den Wind zu pissen. Warum musste gerade der heute Dienst haben?

Kalle hob endlich die Arme und registrierte, wie sich ihre Schatten an der Mauer abzeichneten.

»Einen Schritt weitergehen, Hände an die Mauer, Füße auseinander!«, schrie jetzt eine andere, deutlich höhere Stimme.

Mann, durchzuckte es Kalle, selbst dazu ist Haggeney zu blöd – jemanden den Adler machen zu lassen.

»Wird's bald!«, kläffte die zweite Stimme und neben Kalles Schatten tauchte ein zweiter auf – etwas kleiner und deutlich schmaler als er selbst. Zwei heftige Fußtritte trafen erst den linken, dann den rechten Innenknöchel und anschließend tasteten ihn flinke Finger routiniert nach Waffen ab. Aber als die Hände seine Körpermitte erreichten, hielten sie an, tasteten nach den Bällchen und drückten sie kräftig zusammen. Unwillkürlich schrie Kalle auf und hinter ihm ertönte ein meckerndes Gelächter: »Was für ein Weichei! Okay, jetzt nimm langsam die Wichsgriffel von der Wand und halt sie hinter den Rücken!«

Kalle schaffte die Übung, ohne mit dem Kopf gegen die Mauer zu prallen, und spürte, wie der Schreihals ihm die eisernen Ringe um die Handgelenke legte. Er zog sie so eng zusammen, dass es schmerzte.

»Und jetzt dreh dich um!«

Nun erst polterte Haggeney die Gartentreppe herunter und kam auf den Festgenommenen zu, ohne dessen Augen von dem beißenden Strahl der Taschenlampe zu erlösen: »Wen haben wir denn hier?«

»Mich«, sagte Kalle und der schmale Typ rammte ihm die Faust dicht unter den Solarplexus. »Mehr Respekt, Freundchen! Also, wer bist du?«

Kalle richtete sich mühsam wieder auf und musste erst tief Luft holen, um den Schmerz zu verdauen und wieder reden zu können: »Mager, Karl-Friedrich, geboren am …«

»Falsch!«, rief der Giftige und schlug erneut zu – diesmal ein Stück tiefer, direkt auf den Magen. Kalle sah die Faust kommen und versuchte noch, die Bauchmuskeln anzuspannen, aber es nützte nichts. Seine letzte Mahlzeit schoss die Speiseröhre hoch und mit vorgebeugtem Kopf spuckte er alles aus.

Der Bulle sprang ein Stück zurück, wartete, bis Kalle aufhörte zu würgen und grinste ihn an: »Hör zu, mein Freund! Die richtige Antwort hätte gelautet: Ein asoziales Stück Scheiße, das einem Polizisten die Schuhe vollkotzen wollte. Wiederhol das!«

Kalle konnte noch immer nichts wiederholen, sondern war voll damit beschäftigt, die Reste des Erbrochenen aus dem Mund zu befördern.

»Ich höre nichts!«

»Fick dich!«, keuchte Kalle.

Der Typ lachte kurz auf und griff zu seinem Schlagstock: »Gerne doch! Dieses hübsche Ding fickt dich gleich in den Arsch!«

»Aufhören!«, schrie eine Frauenstimme. »Schämen Sie sich, Herr Augstein. Sie sollen den Eindringling festnehmen – nicht zusammenschlagen! Sie sehen doch, dass er sich gar nicht wehren kann!«

Gute Frau, dachte Kalle und bemerkte, dass Augstein zögerte.

»Lass sein!«, knurrte jetzt auch Haggeney. Zumindest das schien er von Lusebrink gelernt zu haben: Man durfte sich keine Übergriffe vor zivilen Zeugen leisten!

Er schaute noch einmal in das Gesicht des Festgenommenen, schien sich aber nicht an ihn zu erinnern und richtete die Lampe nun auf die Gartentreppe: »Los, da hoch!«

Oben angekommen, hielt er ihn fest und blickte Beißners Sekretärin an: »Ist er das?«

Sie nickte leicht, sah Kalle in die Augen und sagte dann bedauernd: »Junge, Junge, warum machst du nur so einen Blödsinn?«

»Haben Sie etwa Mitleid mit dem Kerl?«, herrschte Augstein sie an.

»Jetzt ja«, sagte sie. Sie zog ein Papiertaschentuch aus ihrer Handtasche und säuberte Kalles Gesicht.

»Danke«, flüsterte er, ohne sie dabei ansehen zu können.

»Los!«, kommandierte Haggeney. Sein Kinn zeigte, in

welche Richtung Magers Sohn zu gehen hatte. Aber Augstein blieb noch bei der Frau stehen.

»Junge Frau«, zischte er. »Was immer Sie gerade gesehen haben wollen – es ist nicht passiert. Sonst haben Sie alle Polizisten der Stadt zum Feind. Was meinen Sie, wie schnell dann Ihr Führerschein weg ist!«

Draußen stießen sie Kalle, das Gesicht nach unten, auf den Rücksitz ihres Streifenwagens.

»Wehe, du kotzt uns die Karre voll!«, drohte Augstein, als er sich hinters Steuer setzte.

Aber in Kalles Magen war nichts mehr, was er hätte ausspucken können. Stattdessen wälzte er sich herum, bis er saß, registrierte den widerlichen Geschmack im Mund und hatte nur noch den Wunsch zu schlafen. Aber dafür war die Fahrt bis zum alten Verwaltungsgebäude der Henrichshütte zu kurz.

»Raus mit dir!«

Sie zogen ihn heraus, stellten ihn auf die Beine und dirigierten ihn ins Haus. Erst im hellen Licht des Wachlokals nahmen sie ihm die Handfesseln ab und Kalle rieb sich die schmerzenden Gelenke.

»Ach nee!«, sagte eine tiefe Stimme. »Welch eine Überraschung!«

Kalle sah erschrocken zur Seite. Auf einem Besucherstuhl thronte ein Fleischkloß, so fett wie eine Pommesbude, eine Tüte Gummibärchen in der Hand. Statt einer Uniform trug der Mann einen ausgebeulten Jogginganzug mit hübschen Biesen an Ärmeln und Beinen und an den Füßen leuchteten echte Drei-Streifen-Sneakers mit wunderschönen roten Schnürsenkeln. Als er wieder nach oben sah, erkannte Kalle das grinsende Gesicht.

»Ich dachte, Sie wären in Rente«, konterte Kalle. »Zu Hause rausgeflogen?«

Lusebrink lachte und warf ein paar Gummibärchen ein.

Dann sagte er zu seinen Exkollegen: »Mensch, Leute, ein Mal im Jahr besuche ich euch und ihr bringt mir gleich einen Stammkunden. Schon wieder irgendwo eingebrochen?«

»Ja«, bestätigte Haggeney.

»Es gibt eben Leute, die lernen nix dazu. Geht's dir gut, Junge?«

»Wie man's nimmt«, antwortete Kalle. »Aber in Ihren Händen habe ich mich, ehrlich gesagt, sicherer gefühlt als bei dem da!«

Der Mann im Jogginganzug verzog das Gesicht: »Verstehe. Hat Augstein deinen Magen massiert? Macht er gerne. Aber tröste dich: Er hat so'n Spezialschlag, der hinterlässt kaum Flecken. Komm hier …«

Er pflückte ein paar Gummibärchen aus seiner Tüte, ausschließlich rote, stand auf und drückte Kalle die klebrigen Dinger in die Hand: »Nimm! Dann schmeckst du die Kotze nicht mehr so im Hals. – Und ihr, Jungs, seid nett zu dem Burschen. Ist eigentlich 'n feinen Kerl. Aber hatte eine schwere Kindheit …«

»Och!«, machte Augstein. »Misshandelt?«

Lusebrink verneinte.

»Au Backe! Missbraucht?«

»Noch schlimmer!«, grinste die Pommesbude. »Sein Alter ist Kommunist!«

Er schlug Kalle auf die Schulter, rief: »Macht es gut, Jungs!«, und trat den Heimweg an.

»Dann wollen wir mal«, sagte einer der Beamten hinter dem Tresen und begann, Kalles Personalien aufzunehmen, die er mit zwei Zeigefingern in den Computer tippte.

»Ich brauche einen Arzt!«, sagte Kalle. »Der soll meine blauen Flecken attestieren.«

»Blaue Flecken?«, sagte der Polizist und blickte in Kalles Gesicht. »Bist etwas blass, mein Freund. Solltest etwas mehr an die Sonne gehen. Aber blaue Flecken kann ich keine sehen.«

Zwanzig Minuten später lag Kalle in einer kahlen Zelle. Er hatte Hunger, litt an Durst und hätte gern eine von den Harten geraucht, mit denen sein Vater seit fast vierzig Jahren die Nichtraucher vergiftete. Dank der Gummibärchen, die er widerwillig geschluckt hatte, war zumindest der eklige Geschmack in seinem Mund verschwunden und die Magenschmerzen spürte er schon fast gar nicht mehr. Stattdessen brannte in seiner Seele echtes Schamgefühl. Er hatte Beißners Sekretärin ausgetrickst und ausgenutzt – und sie hatte am Ende mit ihm echtes Mitleid gezeigt. Wenn er wieder draußen war, würde er ihr einen dicken Blumenstrauß bringen. Mit diesem Gedanken schlief er endlich ein.

Mittwoch

28

Als Lohkamp um drei Minuten vor acht das Bochumer Polizeipräsidium betrat, befand er sich noch in einer ungewohnten Hochstimmung. Gabi war am Abend zuvor angenehm überrascht gewesen: Endlich einmal war er deutlich früher zu Hause erschienen, als er es angekündigt hatte. »Braver Mann«, hatte sie gesagt, den Fernseher ausgeschaltet und den Tisch auf dem Balkon gedeckt. Wie in ihren romantischen Zeiten hatten sie bei Kerzenlicht und Rotwein draußen diniert, sich völlig entspannt und in alter Vertrautheit über Tochter, Enkel und ihr Leben nach seiner Pensionierung unterhalten – und anschließend ihren verkümmerten Hormonhaushalt ganz zärtlich auf einen akzeptablen Stand gebracht ...

Und heute zeige ich Püppi Dorn mal, wo der Hammer hängt.

»Vorsicht, Kollege, dürfen wir mal?«

Mehrere uniformierte Beamte führten zwei junge Männer in Handschellen herein – offenbar auf dem Weg zur Vernehmung. Dunkle Haut, schwarze Haare, der eine bartlos und bekleidet mit Jacke, T-Shirt und Jeans, der andere mit lang wucherndem Bart, einer weißen Strickmütze und einem Gewand, das Lohkamp unwillkürlich an die Nachthemden seines Vaters erinnerte. Dem zerknitterten Zustand nach zu urteilen, hatten sie in dieser Kleidung in den Arrestzellen des Neubaus übernachten müssen.

»Ja, bitte. Viel Spaß auch!«

Diese flapsige Bemerkung trieb dem Käppiträger Blitze in die Augen: »Sollen wir mal tauschen, mein Herr? Dann wissen Sie, was Spaß ist!«

Bevor der Hauptkommissar reagieren konnte, zerrten die begleitenden Beamten so heftig an den Handschellen, dass der Festgenommene ins Taumeln geriet.

Lohkamps Geste der Entschuldigung bekam er nicht mehr mit.

»Was Besonderes heute?«, fragte er den Kollegen in der Pförtnerloge. Der hielt ihm nur wortlos die neue Ausgabe des 24-Stunden-Reports hin, der jeden Polizisten morgens mit aktuellen dienstlichen Nachrichten versorgte. Die Überschrift reichte, um Lohkamp die gute Laune zu verderben: *Großeinsatz! Fünf Festnahmen in drei Moscheen!*

Verdammt, dachte er, Dorn macht ernst. Und als er zehn Zeilen gelesen hatte, wusste er, wo und mit wem die große Frau am Abend zur selben Zeit wie er ein Date gehabt hatte. Elmar Flenner, der Polizeipräsident, war bei dem Einsatz dabei gewesen und hatte dafür gesorgt, dass er neben der Sphinx aufs Foto kam.

Oben im Büro studierten Klemm und Hardenberg dieselbe Postille. Lohkamp wollte schon mit einer respektlosen Bemerkung über die Publicity-Geilheit des Präsidenten beginnen, da entdeckte er den gelben Zettel auf seinem Schreibtisch: *Zum PP kommen. Sofort!*

»Weiß einer von euch, was los ist?«

Sie schüttelten einträchtig den Kopf und Klemm erklärte: »Seine Tippse hat gerade angerufen. Ist wohl eilig.«

»Sehe ich!«

»Vielleicht hat es ja etwas mit der Razzia bei den Moslems zu tun«, sagte Klemm. »Ist ja vielleicht doch etwas dran.«

»Woran?«

»An dem, was Dorn gestern vermutet hat.«

»Das hat sie sich vermutlich als Ferndiagnose im Hubschrauber ausgedacht!«, hörte Lohkamp sich sagen.

»Aber die Fakten stimmen doch.«

Lohkamp sah Kathrin nachdenklich an. So eine gute Polizistin, dachte er. Findig, zuverlässig, kritisch. Wieso glaubt diese kluge Frau plötzlich den Latrinenparolen aus Karlsruhe? Nur weil sie von einer Frau stammen?

Statt noch einmal zu antworten, machte er sich auf den Weg.

»Der Präsident telefoniert gerade!«, erklärte Flenners Sekretärin und deutete auf den Arme-Sünder-Stuhl neben der Tür zum Thronsaal.

Lohkamps Blick flog zu der Telefonanlage auf ihrem Schreibtisch. Keines der Lämpchen leuchtete auf, um eine belegte Leitung anzuzeigen. Dieser Heuchler!

Als Lohkamp endlich eintreten durfte, wies Flenner stumm auf den Stuhl vor seinem Schreibtisch und musterte den Vorgeladenen. Dann pflückte er einen kleinen, beigefarbenen Gegenstand aus einem Briefumschlag, der griffbereit vor dem unvermeidlichen Familienfoto lag, das den Schreibtisch des Bosses zierte.

»Sie machen mir Sorgen, Herr Lohkamp.«

Der Polizist wartete stumm auf die Fortsetzung dieses Geständnisses und Flenner hielt den Speicherstick hoch:

»Die Stellvertreterin der Oberbürgermeisterin hat sich bei mir beschwert! Mit dieser Beschlagnahme stellen Sie Frau Tenberge unter Verdacht, etwas mit dem Anschlag zu tun zu haben.«

»Ich habe nichts dergleichen geäußert. Es ging lediglich um die Sicherung potenzieller Beweismittel.«

»Herr Lohkamp!« Flenners Stimme klang so, als wollte er einem Unwissenden erklären, wie es sich mit dem scheinbaren Sonnenaufgang im Osten wirklich verhielt. »Sie sollten nach den Urhebern des Attentats suchen, aber nicht auf eigene Faust gegen Bochumer Politiker ermitteln.«

»Frau Dorn und ich haben unsere Claims genau abgesteckt. Ich habe meinen nicht verlassen«, bluffte der Hauptkommissar, doch Flenner zeigte sich unbeeindruckt. Er beugte seinen Oberkörper noch ein wenig vor: »Herr Lohkamp, wenn diese Aktion ruchbar wird, setzen Sie den Ruf unserer Stadt aufs Spiel!«

»Wie soll das ruchbar werden? Die Öffentlichkeit hat nichts davon erfahren. Aber darf ich Sie erinnern, dass Frau Dorn in der Pressekonferenz unsere Stadt als Terroristennest dargestellt hat? Mit Verlaub – da wäre ein Protest von Ihrer Seite sehr nützlich gewesen.«

»Ach, Herr Lohkamp, Dorns Vorgesetzter ist der Generalbundesanwalt, mein Chef ist der Innenminister – aber Ihr Boss bin ich. Begreifen Sie den Unterschied?«

Lohkamp spürte plötzlich einen galligen Geschmack auf der Zunge und musste sich beherrschen, um den Gesetzesakrobaten hinter dem Schreibtisch nicht anzuschreien: »Außerdem frage ich mich, wie dieser Stick in Ihre Hände gelangt ist. Ich habe ihn im Beisein Tenberges vorschriftsgemäß versiegelt und danach Frau Dorn übergeben. Die darf eine Menge damit machen – aber ihn nicht an Sie weiterreichen. Sie sind kein Ermittlungsbeamter.«

Jetzt lächelte Flenner: »Herr Lohkamp, ich muss Ihnen doch nicht erklären, was der unkomplizierte kleine Dienstweg ist. Sie haben ihn oft genug genutzt und verdanken ihm einige Ihrer glänzenden Erfolge.«

Schleimscheißer, dachte Lohkamp.

»Also, ich habe mir den Inhalt des Sticks angesehen. Nichts drauf, was nicht drauf sein darf. Genügt das?«

So einfach funktioniert der Datenschutz, dachte Lohkamp.

»Ich werde den Stick also an Frau Tenberge zurückgeben und Sie kehren an Ihre Ermittlungsarbeit zurück – aber nicht auf diesen Holzweg, auf den Sie sich diesmal verirrt haben. Ist das deutlich genug?«

Der Hauptkommissar zögerte einen Augenblick, bevor er die Schultern hochzog: »Eigentlich hätte ich es gerne im Klartext.«

Das Gesicht des Präses lief rot an und er zerrte unwillkürlich an seinem grauer gewordenen 68er-Bärtchen, mit dem er immer noch eine Gesinnung vortäuschte, die er nie gehabt hatte: »Prüfen Sie von mir aus, ob irgendjemand an Beißner Rache nehmen wollte. Aber lassen Sie die Bochumer Politik in Ruhe! Diese Islamisten sind keine Bochumer, sondern irgendwelche Hergelaufenen, auf die wir keine Rücksicht nehmen müssen. Aber Tenberge und Co. sind tabu. War das klar genug?«

»Aber ja.«

»Und dieses Gespräch …«, begann er, aber Lohkamp unterbrach seinen Chef, um den Satz selbst fortzusetzen: »… hat nie stattgefunden. Richtig so?«

Flenner holte tief Luft, um seine Ungehaltenheit zu verdeutlichen, aber dann ritt Lohkamp der Teufel: »Darf ich Ihnen jetzt mal eine Frage stellen?«

»Gern«, antwortete Flenner reflexartig, aber Lohkamp sah ihm das Bedauern darüber an, dass ihm das Wort herausgerutscht war.

»Haben Sie seit Ihrem Dienstantritt jemals im Gesetz nachgesehen, was Sie dürfen und was nicht? Wenn Sie bisher nicht dazu gekommen sind, sollten Sie es nachholen. Das würde unsere Kommunikation deutlich vereinfachen.«

Der Präsident sprang auf und wurde endlich laut: »Raus mit Ihnen, Sie Flegel! Und treten Sie mir erst wieder unter die Augen, wenn Sie die richtigen Täter haben!«

Lohkamp zwang sich zu einem Lächeln: »Danke für das Gespräch. Wie immer war es sehr aufschlussreich!«

Sanft schloss er hinter sich die Tür.

»Herr Lohkamp«, flüsterte die Vorzimmerdame, »Sie dürfen Herrn Flenner nicht so in Rage bringen. Er hat doch so ein schwaches Herz.«

»Es ist nicht unbedingt das Herz, Frau Kunkol. Manchmal ist es auch der Verstand!«

29

»Morgen, Klaus!«

Mager schrak auf. Er saß gerade auf dem Mäuerchen vor der Haustür, inhalierte seine Frühstückszigarette und dachte darüber nach, wie es wohl seinem Erstgeborenen im Polizeigewahrsam ergangen war. Dass inzwischen sein Nachfolger im Hinterhaus in den Hof getreten war und eine prall gefüllte Aktentasche im Kofferraum seines Volvo verstaute, hatte er bis zu diesem Gruß gar nicht registriert.

»Was ist?«, grinste Mager. »Ferien vorbei?«

»Ach, *das* ist nicht das Problem.«

»Sondern?«

Der Lehrer bewegte seine von Gram gebeugte Gestalt auf Mager zu: »Es geht um den Anbau. Das Hinterhaus ist für uns viel zu klein.«

Mager nickte und heuchelte Verständnis. Der Pädagoge hatte aus seiner ersten Ehe eine Tochter mitgebracht, die nun Kalles altes Zimmer bewohnte, und sich selbst in Magers ehemaligem Revolutionsarchiv eingerichtet. Doch dann beging er den zweiten Kardinalfehler seines Lebens und zeugte, sei es aus Vorsatz oder Nachlässigkeit, mit Mechthild einen Sohn. Ein ständig unter Bauchgrimmen, Ohrenschmerzen und Schlaflosigkeit leidendes Menschlein, das zudem noch mit den Vornamen Marcus Antonius gestraft war.

Zwei Jahre lang beeinträchtigte das ewig heulende Kind den Schulmann nur am Rande, da Mechthild es meist im Wohnzimmer des Hinterhauses unter Verschluss hielt und endlos in den Armen wiegte – was nach Magers fester Überzeugung der Hauptgrund für die Leiden des Jungen war. Doch dann überkam die Mutter die alte Sehnsucht nach Bauchtanz, Yoga und esoterischen Meditationen und sie quartierte den kleinen Antonius im Zimmer des Erzeugers ein.

»Klaus, du weißt doch selbst, wie Mechthild schnarcht. Ich brauche endlich wieder ein eigenes Schlaf- und Arbeitszimmer.«

Mager nickte abermals. An dieses Problem konnte er sich noch bestens erinnern.

»Und Susanne hat uns doch die Zustimmung zu einem Anbau versprochen.«

»Wann?«

»Damals, auf diesem Fest, als Mechthild und Karin zum ersten Mal über ihre Schwangerschaften gesprochen haben.«

»Weiß ich nichts von«, log Mager. »Hast du das schriftlich?«

»Nein, aber ich meine … Mensch, ich muss meine Hefte am Küchentisch korrigieren.«

»Das ist wirklich übel«, stimmte Mager leidenschaftslos zu. Aber im Gegensatz zu dem Pädagogen dachte er an die Fettflecken, die sich von dort auf die Umschläge der Klassenarbeitshefte übertrugen.

»Eben. Ohne Arbeitszimmer geht es wirklich nicht.«

»Ich kann dir aber nicht helfen. Sprich mit Susanne, der gehört das Haus. Im Übrigen – wieso mietest du nicht die

Dachstube über Karins Wohnung? Früher hat Saale darin gewohnt, später ich und jetzt haust Kalle da. Aber der will wieder ausziehen. Schon mal von innen gesehen? Die Hütte eignet sich wunderbar – als Arbeitszimmer und Versteck.«

»Ich soll mich von meiner Familie trennen? Nie!«, beteuerte der Nachfolger.

Nee, dachte Mager, dazu bist du im Moment noch zu feige. Aber noch drei Jahre Mechthild, dann bist du reif und legst du dich freiwillig oben auf dem Bahndamm vor die S-Bahn.

»Wer spricht denn von Trennung?«, sagte er dann. »Ist doch nur zum Arbeiten. Und wenn du mit den Heften fertig bist, gehst du wieder ins Hinterhaus und genießt das wunderbare Zusammensein mit deiner Frau.«

»Mechthild würde das nicht gefallen, wenn ich ständig im Vorderhaus wäre.«

Klar, dachte Mager. Weil da der Wind der Freiheit weht.

»Kannst du wirklich nicht mal mit Susanne über den Anbau reden?«

»Mensch, wo soll der denn hin? Meinst du, Mechthild würde ihren Kräutergarten opfern?«

Diesen Aspekt hatte Mechthilds Haussklave offenbar noch gar nicht erwogen. Auf jeden Fall erschien auf seinem Gesicht jetzt der Ausdruck endloser Hoffnungslosigkeit.

»Außerdem – das mit dem Arbeitszimmer ist sowieso Quatsch. Stand doch erst letzte Woche in der Zeitung: Lehrer können Arbeitszimmer nicht mehr von der Steuer absetzen. Weil in der Schule angeblich genug Platz zum Korrigieren ist. Tut mir ja leid für dich.«

In geheucheltem Bedauern klopfte Mager dem Mann auf die Schulter, schnippte den Rest seiner Zigarette über den Todesstreifen hinweg vor Mechthilds Haustür und wollte schon zum PEGASUS-Gebäude hinüberlaufen. Doch dann fiel ihm noch etwas ein.

»Sag mal, ganz im Vertrauen …«

»Ja?«

»Hat Mechthild dich mit eurer Kröte reingelegt?«

Der Mann verstand die Frage nicht.

»Ich meine, hat sie dir beim Vögeln gesagt, sie nähme die Pille?«

Diese Wortwahl schien den Lehrer zu schockieren und er blieb stumm. Aber auf seiner faltigen Stirn erschien, nur für Mager sichtbar, ein fett geschriebenes Ja.

»Und nachher – hat sie dich seit der Geburt eures Sohnes noch mal rangelassen?«

»Also, Klaus – diese Fragen. Ich weiß nicht …«

»Lass mich raten: Zuerst war's ein schlecht verheilter Dammschnitt, dann kamen die postnatalen Depressionen und am Ende die Überzeugung, dass Schwanzficken für echte Genießerinnen sowieso absolut out ist. Ja?«

Der Mann war leichenblass und schaute Mager entgeistert an.

»Guter Rat: Bewirb dich für den Auslandsschuldienst. Möglichst weit weg. Ulan-Bator, Santiago oder Wellington. Und wenn du noch mal eine geschiedene Frau heiraten willst – frage erst deinen Vorgänger, warum er die Flucht ergriffen hat. Das erspart dir eine Menge Kummer.«

30

Staunend betrachtete KHK Lohkamp die Papierberge, die Dorns Leute von Hattingen nach Bochum geschafft hatten. Jetzt war die Truppe damit beschäftigt, die Akten nach Sachgebieten zu sortieren: Immobilien- und andere Geschäftsverträge, Erbschafts- und Familienangelegenheiten, Zivil- und Strafprozesse.

Der erste Stapel war der höchste von allen. Beißner hatte sich offensichtlich auf die lukrativeren Aufträge konzentriert.

»Wie war das noch?«, fragte Lohkamp. »Beißner war völlig harmlos und unwichtig?«

»Ja. Es liegt nichts gegen ihn vor. Aber wir gehen eben jeder Spur nach«, versicherte Dorn.

»Und dieser ganze Kram da …«, Lohkamp deutete auf die Papierberge, »… wer soll den durchforsten?«

»Ich habe ein paar gute Leute mitgebracht.«

»Viel Spaß!«

»Werden wir haben. Und wir bekommen Verstärkung aus Hattingen. Die Leute können uns helfen, Beißners Umfeld zu durchleuchten.«

Wieso machen die sich selbst an diese Schweinearbeit?, überlegte Lohkamp und hätte fast den Nachsatz der Dame überhört: »Außerdem haben wir einen mysteriösen Anruf bekommen.«

Sie nickte einem ihrer Adlaten zu und der ließ seine Finger über die Tastatur seines Laptops hüpfen. Aus dem Lautsprecher krächzte die Stimme eines Mannes, der sich offenbar ein Taschentuch vor den Mund gehalten hatte: »Hören Sie? Dieser Beißner hat seine verdiente Strafe bekommen. Er hat hier im Kreis eine Menge Leute ruiniert. Aber damit ist es nun vorbei.«

»Das ist alles?«

»Ja.«

»Und woher kam der Anruf?«

»Telefonzelle. Offenbar in Gevelsberg.«

»Und deswegen durchforsten Sie das ganze Zeug?«

Die Bundesanwältin sah ihn mit großen Augen an: »Es ist immerhin eine Spur.«

»Oder ein schlechter Scherz! Gab es denn Drohanrufe? Anonyme Briefe? Mails?«

»Genau danach suchen wir. Wäre nett, wenn wir von Ihnen noch Verstärkung bekämen. Sie haben doch da so ein intelligentes, waches Duo. Diese Kleine mit den struppigen Haaren …«

»Die dürfen sich heute ausschlafen. Aber nehmen Sie doch die Herren Butter und Wegge vom Polizeibüro II. Dann richten die hier keinen Schaden an.«

»Was haben Sie gegen den Staatsschutz?«, fragte Dorn und sah mit großen, wissenden Augen auf ihn hinunter.

»Nichts. Wir schützen doch auch den Staat. Aber diese beiden Pfeifen taugen höchstens für eine Sitcom im Vorabendprogramm.«

»Dann könnten die doch auf Frau Sonnenschein aufpassen!«

»Frau Dorn«, sagte Lohkamp. »Die Oberbürgermeisterin muss den Tod ihres Mannes verdauen. Aber wenn sie ihr noch diese beiden Schlapphüte vor die Tür setzen, ist sie endgültig reif für die Klapse.«

Die Geschäftigkeit im Saal hatte schwer nachgelassen. Mehrere Beamte ließen ihre Akten Akten sein und beobachteten das Duell. Die Karlsruher warteten sehnsüchtig darauf, dass ihre Chefin diesen Quengelkopf endlich zurechtstutzte – und die Bochumer hofften, dass Lohkamp noch ein Ass im Ärmel versteckt hielt.

»Herr Lohkamp«, begann Dorn. Ihr Gouvernantengesicht nahm jetzt den Ausdruck von Bekümmerung an, aber ihre Stimme wurde ein wenig lauter: »Manchmal habe ich den Eindruck, dass Sie Ihren Beruf nicht mehr ernst nehmen. Auch kurz vor der Rente muss man sich noch auf das Wesentliche konzentrieren.«

Jedes andere Geräusch im Raum verstummte nun und Lohkamp genoss seinen Auftritt: »Danke für die Belehrung. Aber muss man das nicht auch, wenn man noch weit von der Rente entfernt ist?«

Ein leichtes Glucksen kam auf. Die Sphinx warf einen eisigen Blick zu dem Tisch hinüber, an dem ihre eigenen Leute Aktenstaub fraßen, und die Männer senkten schuldbewusst die Köpfe.

»Wie soll ich das verstehen?«

»Nun ja, Sie haben gestern mit großem Eifer Beißners

Kanzlei auseinandernehmen lassen. Aber vielleicht hätten sie besser eine Etage höher gesucht.«

»Und was hätte ich da gefunden?«

Lohkamp sagte es ihr – laut genug, dass es jeder hören konnte. Dorn wurde so blass, dass man in jedem Ballsaal des achtzehnten Jahrhunderts nach dem Riechfläschchen gerufen hätte.

31

Die Tür zur PEGASUS-Zentrale wurde schwungvoll aufgestoßen und Simone stürmte herein. Haare zerzaust, Wangen gerötet, den unverkennbaren Punk-Rucksack auf den Schultern.

»Hi zusammen! Gibt's was Neues von Kalle?«

Susanne legte die Büroklammer zur Seite, der sie eben noch zu einer neuen Form verhelfen wollte: »Leider nicht. Unser Anwalt hat Akteneinsicht beantragt und erst für heute Nachmittag einen Besuchstermin bekommen. So ein Pech aber auch – wie viele Sekunden fehlten Kalle, um noch über die Mauer zu klettern?«

»Fünf oder zehn. Aber das ist es nicht.«

»Wieso?«

»Ich glaube, er hat sich den Bullen freiwillig zum Fraß vorgeworfen.«

»Wie kommst du darauf?«, fragte Mager, der bis dahin ungerührt an seinem Mettbrötchen gekaut hatte.

»Überleg doch: Wenn er ihnen entwischt wäre, hätten sie sofort eine Fahndung eingeleitet und Jagd aufgenommen. Aber als sie ihn hatten, waren sie erst einmal beschäftigt. Lange genug, damit ich abhauen konnte.«

»Guter Junge!«, sagte Mager.

»Aber mir tut er leid«, wandte Susanne ein. »Die Nacht in der Zelle. Wer weiß, mit welchen Typen …«

»Ach was!«, winkte Mager ab. »Eine Nacht im Knast hat noch keinem geschadet. Außerdem setzt er damit eine stolze Familientradition fort.«

»Stolz? Du bist doch damals auch nur irgendwo eingebrochen, hat er mir erzählt«, lächelte Sim.

»Stimmt. Aber ebenfalls rein dienstlich. Im Kampf gegen das Verbrechen. Oder für Wahrheit und Gerechtigkeit.«

»Und dafür werdet ihr beide jetzt Helden der Sowjetunion oder so etwas?«

Mager blickte sie einen Augenblick verblüfft an und lachte dann los: »Ist das ein Aas! Kaffee?«

»Hatte ich schon. Machst du mir einen Roibuschtee?«

»Gerne.« Mager stand auf, füllte den Wasserkocher und fischte aus Susannes Vorrat den passenden Teebeutel heraus. »Du erlaubst?«

Die Chefin nickt stumm. In zwanzig Jahren PEGASUS hatte er sich zwar hin und wieder dazu hinreißen lassen, eine Kanne Kaffee zu kochen – aber sich immer geweigert, irgendein ›Unkrautgesöff‹ aufzugießen.

»Und wann, meinst du, kommt Kalle wieder raus?«

»Mitleid oder Sehnsucht?«

»Ja«, lächelte Sim, ohne sich näher zu erklären.

Der Kameramann sah sie nachdenklich an und ging dann auf ihre Frage ein: »Kalle wird nicht lange sitzen. Unser Lieblingsanwalt ist zwar ein Arsch, aber was bei seinen Bemühungen am Ende rauskommt, kann sich sehen lassen.«

»Mann, was bist du pervers!«, kicherte die Punkfrau, hob die Hand und bot ihm die Fünf. Mager schlug ein.

Zehn Minuten und ein Sesambrötchen später öffnete Simone endlich ihren Rucksack und zog das Notebook heraus: »Kann ich anfangen?«

Mager und Ledig nickten.

»Leider bin ich nicht an alles herangekommen. Ich konnte von Beißners Notebook ein Image ziehen und habe dieses auf einer virtuellen Maschine wiederhergestellt. Das Windows-Passwort konnte ich auch problemlos umgehen. Aber leider ist eine der beiden Partitionen vollständig verschlüsselt. Habe wirklich tief in die Trickkiste gegriffen. Leider erfolglos. Gegen eine gute Verschlüsselungssoftware kann auch der beste Hacker nichts ausrichten.«

»Wieso eigentlich?«, fragte Mager.

Sim seufzte: »Dabei spielen immer zwei unterschiedliche Primzahlen eine Rolle, die so viele Stellen haben, dass du sie siebzehn Mal um die Erde wickeln könntest. Es gibt keinen Rechner auf der ganzen Welt, der die noch zu deinen Lebzeiten finden würde.«

»Also war die ganze Aktion für die Katz?«, kam es aus Magers Ecke.

»Bin noch nicht fertig, wartet's ab.«

In der Zwischenzeit war Simones Laptop hochgefahren und startklar. Mager lag noch ein böser Kommentar auf der Zunge, doch Susanne kannte ihn zu gut – und brachte ihn mit einem drohenden Blick zum Schweigen, als er den Mund gerade öffnen wollte.

»Ich habe mich dann durch die unverschlüsselte Partition geackert. Hauptsächlich altes Zeug. Briefwechsel mit dem Jugendamt und dem Familiengericht wegen des Sorgerechts für die damals elfjährige Tochter, Korrespondenz mit einem Makler, als Beißner sich für das Haus interessierte, in dem er jetzt seine Kanzlei hat. Etliche sterbenslangweilige Standardschreiben. Ich kann euch den Kram gleich gern rüberkopieren, damit ihr alles selbst noch mal durchsehen könnt.«

Susanne konnte ihre Enttäuschung kaum verbergen: »Ja, das wäre gut. Danke für die Mühe und vor allem, dass du bei dieser Aktion überhaupt mitgemacht hast.«

Jetzt endlich stahl sich ein Funkeln in Simones Augen: »Tja, eigentlich bin ich immer noch nicht fertig. Schaut euch das mal an.«

Sie ließ den Cursor durch diverse Ordner und Unterordner mit Jahreszahlen hüpfen. Großformatig öffnete sich das Bild der Oberbürgermeisterin am Strand des Lago Maggiore. Palmen im Hintergrund, blaues Wasser. Sonnenschein im bunt geblümten Bikini mit den Knöcheln im Wasser. Burn-out-Furchen im Gesicht, schlaffere Brüste, Orangenhaut auf den Oberschenkeln.

»Verdammt! Willst du, dass ich blind werde? Oder dass mein Herzschrittmacher aussetzt?« Mager presste seine rechte Hand an seine linke Brust und griff mit der anderen nach den Filterlosen.

»Fünf Euro für die Chauvi-Kasse!«, meldete sich Susanne und deutete auf ein pinkfarbenes Sparschwein, das an der Grenze zwischen Karins und ihrem Schreibtisch parkte. »Und stell dich mal nackt vor einen Ganzkörperspiegel. Sonnenschein und du seid ja ein Jahrgang. Und da sieht die OB im Vergleich zu dir noch richtig frisch aus!«

Mager schluckte und suchte nach einer passenden Erwiderung. Als ihm nichts einfiel, zog er mit gequältem Lächeln sein Portemonnaie und bezahlte.

»Harte Sitten hier«, meinte Sim.

»Wenn du fast dreißig Jahre mit solch einem Lüstling zusammenarbeiten musst.«

»Klar«, sagte die Computer-Expertin und öffnete einen anderen Ordner. »›Lüstling‹ ist übrigens das richtige Stichwort. Guck mal, Klaus, dieser Ordner wird dir besser gefallen.«

Simone klickte sich durch die Fotos. Aufnahmen aus einem funktionalen Schlafzimmer. Schwarz schimmernde Bettwäsche auf einer großen Spielwiese. Mit Plüsch besetzte Handschellen. Diverse Spielzeuge.

»Boah, ey!«, machte der Bärtige.

»Kommt noch besser – extra für dich!«

Das nächste Foto zeigte zwei straffe Brüste in rot gerüschter Verpackung. Klick. Ein Knackarsch, der offenbar zu dem Busen gehörte. Klick. Endlich eine Totale auf die Frau.

»He! Die kenne ich doch«, meldete sich Mager und steckte sich endlich seine Kippe an, obwohl Susanne – eher halbherzig – protestierte. Genüsslich lehnte sich der Kameramann in seinem Bürostuhl zurück. »Das ist doch diese stellvertretende Bürgermeisterin. Wie heißt die noch? Tittenberg?«

»Tenberge«, korrigierte die Chefin. »Und noch fünf Euro!«

»Was meint ihr?«, fragte der Bärtige, während er die Geldbörse zum zweiten Mal öffnete. »Wollte der Beißner die Frau mit den Fotos erpressen?«

»Glaub ich kaum«, kicherte Simone.

Mager heuchelte Verwirrung: »Aber was wollte er denn sonst damit?«

Die Antwort kam von beiden Frauen gleichzeitig: »Sich einen runterholen!«

32

Nach dem kleinen Triumph über die arrogante Dame aus Karlsruhe hätte Lohkamp sich am liebsten einen Cognac gegönnt – aber so früh am Tag soff man eigentlich nur bei der Sitte und im Staatsschutz. Also ließ er sich die Ermittlungsakte bringen.

Beim Blättern hörte er mit stiller Schadenfreude, dass Dorn ein paar Leute aus der Sonderkommission zusammentrommelte und mit ihnen in Richtung Hattingen verschwand. In Beißners Privatwohnung würden sie von der Tiefkühltruhe bis zum Müllsack alles durchs feinste Sieb jagen, um irgendetwas zu finden, was sich als Spur verkaufen ließ.

Dann fielen ihm die beiden muslimischen Männer wieder ein, die am Morgen in Handschellen hereingeführt worden waren. Eigentlich hätte Dorn doch in aller Frühe ein paar Kommandos losschicken müssen, um deren Wohnungen, Garagen, Keller und Dachböden zu durchsuchen.

»Wieso geht die nur zuerst auf Beißners Hütte los?«, dachte er laut. »Wenn irgendeiner heute die Zeit braucht, um Beweise wegzuschaffen, dann doch eher die Familien dieser Muslime – sofern sie etwas mit Terror zu tun haben.«

Klemm kaute grübelnd an einem Stift, aber Hardenberg nickte: »Habe ich mich auch schon gefragt. Soll ich mal rübergehen?«

»Mach!«

Der lange Kerl mit den ultrakurzen Haaren verschwand. Lohkamp blätterte weiter, konnte sich aber nicht auf die Berichte konzentrieren. Magers Sohn fiel ihm ein. Offiziell wusste er noch gar nichts von dessen Festnahme und die Sphinx sogar de facto nichts. Aber wenn sie von dem Einbruch erfuhr, würde sie toben.

Hoffentlich blieb der Bursche cool, wenn Dorn ihre Bluthunde auf ihn hetzte. Und falls sie herausbekam, dass Lohkamp schon von dem Einbruch gewusst hatte, würde sie ihm in die Waden beißen und sich dann langsam nach oben vorarbeiten.

Die Tür wurde aufgestoßen.

»Meine Güte, was sind die bekloppt!«, stöhnte Hardenberg. »Bieten diesen türkischen Jungs zum Frühstück Schinkenbrötchen an! Und die sind jetzt erst einmal beleidigt, verstehen kein Deutsch mehr und warten auf Anwälte und Dolmetscher.«

»Kommt diese Frau mit dem Superexamen? Dilek – äh, Dingelskirchen?«, fragte Lohkamp. Die schmale Deutschtürkin hatte schon so manchem altgedienten Prozesshasen die Ohren abgeschnitten, bevor dieser überhaupt das Messer gesehen hatte.

»Seminoglu«, grinste Hardenberg, »vertritt den jüngeren Kerl, ist aber noch im Termin. Und der mit dem Nachthemd will sich nicht von einer Frau verteidigen lassen. Sein Anwalt muss erst aus Duisburg kommen.«

»Und die ganze Chose liegt auf Eis?«

»Keineswegs. Die Festgenommenen sitzen am Fenster und sollen wohl in der Sonne weichgekocht werden.«

»Bin gespannt. Die Jungs sahen mir nicht wie Weicheier aus. Und jetzt auf, Freunde! Was Dorn kann, dürfen wir auch. Wir nehmen uns Sonnenscheins Musterhaus vor.«

»Das ist doch von den Statikern noch nicht freigegeben worden.«

»Wir versuchen's mal. Wenn die Bruchbude bis heute Morgen nicht eingestürzt ist, wird sie auch noch ein paar Stunden länger halten.«

Das kleine Tal, an dessen Ende Sonnenscheins Haus stand, sah so friedlich aus wie an jedem anderen Sonnentag. Erst als Hardenberg seinen Astra über den schmalen Weg zum Wendehammer hochscheuchte, tauchte vor den Polizisten die vom Ruß geschwärzte Fassade auf und verdarb die Illusion von der Idylle am Rande der Großstadt.

Doch etwas Gutes sah Lohkamp beim Blick auf den Tatort: Handwerker ersetzten die fehlenden Ziegel auf Sonnenscheins Dach.

»Na bitte!«, triumphierte er. »Wenn diese Jungs bedenkenlos da oben herumhämmern, können wir uns auch in der Wohnung umsehen.«

»Ich ahne es schon«, meinte Hardenberg halb bissig, halb resignierend. »Nächstes Jahr sitzen Sie als Wahrsager in einem Kirmeszelt.«

Im Wendehammer angekommen, entdeckten sie hinter dem Lieferwagen der Handwerker auch den Streifenwagen der Objektsicherung. Das EN auf dem Nummernschild ließ ihn Böses ahnen. Die Türen auf der Beifahrerseite des Passats waren weit geöffnet und der Sprechfunk der Einsatzleitung auf volle Pulle geschaltet. Die beiden Kollegen von der Schutzpolizei ruhten mit aufgerollten Ärmeln im Schatten einer mächtigen Trauerweide und verdauten bewegungslos ihre erste Portion Pommes. Den kantigen Haggeney erkannte der Kommissar sofort. Aber der Neue neben ihm schien auch nicht zum Club der Hochbegabten zu gehören.

»Hat's geschmeckt?«, fragte Lohkamp und stupste mit der Schuhspitze demonstrativ auf die herumliegenden Verpackungsmaterialien.

Die Uniformierten grunzten zufrieden.

»Und wer passt auf, dass im Haus keine goldenen Löffel geklaut werden? Der liebe Gott?«

»Genau!«, bestätigte Haggeneys Partner erfreut und hob den Kopf so weit, dass er Lohkamp anschauen konnte. »Das hat er uns versprochen!«

Hardenberg kniff die Augen zusammen und holte tief Luft, um den faulen Gestalten auf der Wiese einen Spruch zu drücken, doch der Hauptkommissar winkte ab: »Lass sein. Solange sie nachher den Müll einsammeln.«

Haggeney glotzte ihn an, als hätte er von ihnen einen dreifachen Salto rückwärts verlangt.

Vorsichtig betraten die drei Kommissare das Haus. Offenbar war das alte Gemäuer innen völlig entkernt und dann neu gestaltet worden. Eigentlich ein Schmuckstück. Aber jetzt knirschten unter ihren Füßen Hunderte Splitter von Scheiben und Porzellan. Der Explosionsdruck hatte die Fenster weggefegt, Bilder und Kalender von den Wänden gerissen und die Regale ausgeräumt. Welch ein Schaden!

»Vorsicht«, sagte Lohkamp, bevor sie den großen Wohnraum betraten.

Irgendjemand hatte die Zimmerdecke mit hydraulischen Stützen abgesichert, aber das schien eine reine Vorsichtsmaßnahme zu sein. An den Wänden war zwar hier und da etwas Putz abgeplatzt, aber Risse im Mauerwerk konnte Lohkamp nicht entdecken. Wird schon halten, dachte der Hauptkommissar.

»Wie gehen wir vor?«, wollte Klemm wissen.

»Rundgang. Zusammen. Danach teilen wir uns auf!

Aus dem Erdgeschoss war offenbar alles verbannt worden, was die Bewohner an ihre berufliche Arbeit erinnert hätte. Die Kochbücher in der Küche waren zusammen mit einem Teil des Geschirrs und den Gewürzen auf dem gefliesten Boden verteilt worden, aber die schweren Kunst- und Fotobände im Wohnzimmer hatten die Explosion unbeschadet überstanden – hier, auf der Rückseite des Hauses, hatte der Luftdruck gerade noch das Glas in der Tür zum Vorraum platzen lassen. Etliche Splitter hatten sich in den Stoff einer Sitzgarnitur gebohrt. Ein guter Polsterer würde den Schaden wieder richten können.

»Lasst uns mal oben nachsehen.«

Unter dem Dach lagen zwei Räume auf der Seite, die dem Wendehammer abgewandt war. Einer diente wohl zum Schlafen, der andere als Gästezimmer. Beide waren mit Blumentöpfen, Kerzenständern und sonstigem Nippes auf romantisch getrimmt worden, aber die Flachbildschirme stammten aus der Neuzeit. An den beiden Giebelwänden, in denen die Fenster lagen, war die Wucht der Explosion wohl vorbeigerauscht.

Die zwei Zimmer zur Straße hatte es umso heftiger getroffen. Rechts von der Treppe lag eine Art Büro, links ein großes, ursprünglich luxuriös eingerichtetes Bad mit separater Duschkabine und einer herzförmigen Wanne für zwei Personen. Hinter einem Sichtschutz entdeckte Hardenberg neben dem Toilettentopf noch ein Bidet – und ein Urinal, das nach oben durch einen muschelförmigen Deckel abgeschirmt war.

»Schönes Bad«, meinte Hardenberg. »Hier darf man sogar im Stehen pinkeln.«

»Vorerst pinkelt hier niemand mehr«, sagte Kathrin Klemm und betrachtete mit einem Seufzer die ruinierte Einrichtung.

Ein vergleichbares Bild bot das Arbeitszimmer. Die Bücher an der Trennwand zum Schlafraum, die Aktenregale unter der Dachschräge, die Schreibtische und eine kleine Sitzgarnitur waren mit Schutt übersät.

Der lange Hardenberg stand mutlos auf der Schwelle und musterte das Chaos vor seinen Augen wie einen Feind: »Chef, wer soll hier etwas Brauchbares finden?«

»Wer schon?«, grinste Lohkamp. »Meine fähigsten Mitarbeiter!«

»Prima!«, strahlte Hardenberg. »Thalbach und Hösel kommen noch?«

Lohkamp schüttelte den Kopf.

»Äh – der Staatschutz?«

Dieselbe Reaktion.

»Ich ahne Fürchterliches«, murmelte Klemm.

Ohne große Begeisterung musterten Hardenberg und Klemm die umgestürzten Ablagen und Ordner mit Aufschriften wie *Versicherungen, Pkw, Telekom* und *Grabpflege.*

»Wo fangen wir an?«

»Erst mal alles fotografieren«, schlug die Oberkommissarin vor. Da der Tatort eindeutig vor dem Haus lag, hatte die Spurensicherung das Innere unbeachtet gelassen – zumindest gab es nirgendwo die Rückstände der Pülverchen, mit denen Fingerabdrücke sichtbar gemacht wurden. »Fotos hat hier bestimmt auch noch niemand gemacht. Oder habt ihr in den Akten schon welche gesehen?«

Klemm schüttelte den Kopf und die beiden machten sich an die Arbeit.

Lohkamp nahm sich währenddessen den Keller vor und musste, da das Licht nicht funktionierte, zunächst den Schaltkasten suchen. Im flackernden Schein seines Feuerzeugs stellte er fest, dass der Hauptschalter auf *Aus* stand, vermutlich war die Sicherung aufgrund der Explosion herausgeflogen.

Zögernd legte er den Hebel um – die Beleuchtung flammte auf. Zufrieden schnalzte er mit der Zunge und machte sich auf den Rundgang durch die einzelnen Räume: Waschküche, Heizungskeller, Fitnessraum, Rumpelkammer, dazu ein paar Regale in den Gängen. Zerstörungen gab es hier unten nicht. Aber ein dünner Staubfilm, der von der Decke herabgerieselt war, zeugte davon, wie kräftig es vor dem Haus gerumst hatte.

Also gut, dachte er und nahm sich den Abstellraum vor – der Ausdruck Rumpelkammer war angesichts der Ordnung, die hier herrschte, unangemessen. Zwei Stapel mit Kisten, die schon seit Jahren dort lagern mussten, waren säuberlich beschriftet: *Papas Schreibtisch 01, 02, Mamas Sekretär, Fotoalben.*

Lohkamp öffnete die Kiste und zog einige der Alben heraus. Viele Fotos noch in Schwarz-Weiß, die Kleidung der Abgebildeten, die Einrichtungen der Wohnungen und die Autos auf den gepflegten Straßen – alles von vorgestern. Neben ihren Eltern, damals so alt wie Lohkamp jetzt, lächelte eine künftige Oberbürgermeisterin in die Kamera. Schüchtern, ein wenig pausbäckig, von jeglichem Karrierestress noch ungezeichnet.

Dann fand er die Fotoausrüstung, ebenfalls eingepackt, aber mit deutlich weniger Staub auf dem Kistendeckel: Stativ, Zeitschaltuhren, Objektive – und eine vor Jahrzehnten ungemein teure Hasselblad aus dem vordigitalen Zeitalter. Damit hatte Sonnenschein ihre superscharfen Tieraufnahmen gemacht. Zwischen den Fotoutensilien entdeckte Lohkamp ein Kästchen mit einem schmucken Reisewecker in zarten Pastellfarben.

Ein letzter Streifzug durch die anderen Räume: alles sehr funktional, nichts Überflüssiges und schon gar nichts von Belang. Sorgsam löschte er das Licht und stieg die Treppen zum Obergeschoss hinauf. »Und?«

Klemm zog die Schultern hoch und deutete auf die geöffneten Schubladen eines der beiden Schreibtische: »Unergiebig. Vor allem Büromaterial. Dazu zwei Schnellhefter mit juristischen Gutachten für Sonnenschein, drei oder vier

Rechnungen für Beißner, ein paar juristische Zeitschriften. Nichts Aufregendes.«

»Und der andere?«

»Gehört wohl allein der OB. Viel privates Zeug. Irgendjemand hat Irmhild mal wunderschöne Liebesbriefe geschrieben. Daneben ein paar Schnellhefter mit Parteiunterlagen, aktuelle Privatpost so gut wie gar nicht.«

»Was ist mit dem Computer?«

»Der Monitor ist hin. Der Rechner startet zwar, aber zu sehen ist nichts.«

»Schade.«

»Und in dem anderen Schreibtisch?«

Hardenberg sah auf. Er saß zwischen mehreren Aktenstapeln auf dem Boden und zog hilflos die Schultern hoch: »Haus- und Versicherungskram, Skripte aus Unizeiten, Propagandaflugblätter zu Wahlen des Studentenparlaments.«

Lohkamp überlegte und entschied sich: »Also, was aus diesem Jahr stammt, nehmen wir mit. Schreibt eine genau Liste.«

»Alles ohne Genehmigung?«

»Hole ich mir. Habe bei de Vries noch was gut.«

Klemm schaute ihn zweifelnd an: »Diese Männerhasserin? Außerdem ist sie für das hier gar nicht zuständig.«

Lohkamp legte den Finger auf die verschlossenen Lippen.

»Was ist mit dem Rechner?«

»Auch zu uns.«

»Dorn dreht durch.«

»Ach was«, meinte Lohkamp. »Die hat genug mit ihrer Beute aus Hattingen zu tun. Es reicht, wenn sie ihn morgen bekommt.«

»Wir müssen das Windows-Passwort auslesen lassen«, wandte Klemm ein. »Und Dorn hat gute Leute dabei.«

»Ich frage die Jungs von der Wirtschaftskriminalität. Die schaffen das auch. Dann haben wir mal einen kleinen Vorsprung vor dem BKA.«

Gemeinsam schleppten sie zwei Kisten mit Papieren die Treppen hinunter. Als sie mit ihrer Last den Wagen erreichten und den Kofferraum öffneten, wurde Haggeney munter.

»Stopp mal! Sie können doch nicht einfach was aus dem Haus holen!«

»Wieso nicht?«

»Wir wissen ja gar nicht, ob Sie dazu befugt sind.«

Lohkamp ging vor Haggeney in die Hocke und sah den Kantigen an: »Weißt du noch, wer vor zwanzig Jahren dafür gesorgt hat, dass du das schöne Kamen verlassen musstest?«

»Sie!«

»Stimmt. Was meinst du: Würde sich deine Frau über einen weiteren Umzug freuen? Vielleicht nach Olpe? Oder Winterberg?«

Haggeneys Kiefer mahlten und er schüttelte den Kopf.

»Also? Dürfen wir mit diesem Zeug losfahren?«

Der Kantige nickte.

»Wunderbar! Und denkt an den Müll auf dem Rasen.«

Grinsend nahm Lohkamp auf dem Beifahrersitz Platz. Als Hardenberg startete, blickte der Hauptkommissar sich noch einmal um. Die beiden Uniformierten beobachteten ihren Abzug, machten aber keine Anstalten, die Pommesschalen einzusammeln.

Arschgeigen, dachte er.

33

An Lina Tenberge heranzukommen, war für PEGASUS gar nicht so einfach.

Zuerst gab sich ihre eigene Sekretärin alle Mühe, Susanne Ledig am Telefon abzuwimmeln, indem sie die Anwesenheit ihrer Herrin leugnete. Auch der Hinweis auf ein angeblich geplantes Fernsehporträt lockte die Bürgermeisterin noch nicht aus der Deckung.

»Na gut«, sagte die PEGASUS-Chefin und legte ihren besten Köder aus: »Sagen Sie Frau Tenberge, dass wir auch ohne Interview genug Material für einen TV-Clip haben. Aber wir besitzen ein paar wunderbare private Fotos von ihr. Sie hat noch eine Stunde Zeit, uns zu stoppen. Guten Tag auch!«

Zehn Minuten später war die Politikerin selbst in der Leitung und Susanne schaltete den Lautsprecher ein: »Tenberge hier. Was für Fotos?«

»Nicht am Telefon, Frau Bürgermeisterin!«

»Dann nennen Sie mir ein Stichwort«

»Sogar drei!«, kündigte Susanne an. »Hattingen, Viktoriastraße, erste Etage.«

Denkpause in Bochum und Mager reckte einen seiner dicken Daumen in die Luft.

»Also gut«, sagte die Stimme im Lautsprecher. »In einer Stunde. Aber nicht hier, sondern im Wahlkreisbüro meines Mannes. Da ist um diese Zeit niemand sonst.«

Nach dem Ende des Gesprächs musste man bei PEGASUS nachdenken. Besonders unzufrieden war der Kameramann: »Wieso will die Ziege uns nicht im Rathaus haben?«

»Ist doch klar, Klaus«, sagte Susanne. »Sie weiß jetzt, um was es geht. Und die Affäre mit Beißner ist ihr zu heikel. Also möchte sie keine Zeugen für das Gespräch haben.«

»Und wenn es eine Falle ist? Wenn da plötzlich ein Schlägertrupp wartet?«

»Mensch, Klaus«, meldete sich Simone. »Ich bin eine Stufe vor dem schwarzen Gürtel im Taekwondo. Den Bruchtest mit einem Nasenbein gewinne ich im Schlaf!«

Das Wahlkreisbüro Tenberges lag im Zentrum von Wiemelhausen nahe der katholischen Kirche – ein ausgedientes schmales Ladenlokal, flankiert von einer Drogerie und einer chemischen Reinigung. Jede Menge Laufkundschaft auf dem Bürgersteig, zwanzig Meter weiter auf dem Pflaster sogar die

Tische eines italienischen Eiscafés. Kein Ort für einen unauffälligen Hinterhalt, befand Mager und akzeptierte es sogar, dass sich Simone als Eingreifreserve vor dem Eiscafé niederließ: »Riskieren wir's! Wenn du in zehn Minuten keine SMS mit einem Okay schickst, trete ich die Tür ein.«

»Zehn Minuten?«, jammerte Mager. »Was meinst du, wie viele Nasenbeine die mir in dieser Zeit brechen können.«

»Keine Sorge, du hast nur eins.«

Die Bürgermeisterin erwartete sie in einem kleinen Vorraum, dessen Einrichtung an das Wartezimmer eines mäßig erfolgreichen Rechtsanwalts erinnerte. Über dem Tischchen mit Werbematerial der Partei des Europa-Abgeordneten hingen drei, nein vier großformatige Fotos, die Jürgen Tenberge im Gespräch mit Prominenten zeigten: die schwarze Kanzlerkandidatin für die bevorstehenden Wahlen in einem ihrer berüchtigten Hosenanzüge, der Noch-Kanzler mit seinem Kaschmirlächeln, der ehemalige KGB-Resident in Dresden auf dem Zarenthron und jener kleine Franzose, der die Frauen mit den großen Dekolletés so sehr liebte. Lina war auf keinem Foto dabei.

»Also, die Kamera bleibt erst einmal aus!«, bestimmte die Bürgermeisterin, nachdem alle die frostige Begrüßung heil überstanden hatten. »Was wollen Sie?«

»Eigentlich wollten wir Sie zur aktuellen Situation der Bochumer Politik befragen«, begann Susanne.

»Ach, und was interessiert Sie da besonders?«

»Die Bombe. Haben Sie einen Verdacht?«

»Himmel, nein, Frau Sonnenschein hat keine Feinde.«

Susanne lächelte: »Da wäre sie die erste erfolgreiche Frau in der Welt, an deren Sessel niemand sägt.«

»Um das zu tun, muss man nicht verfeindet sein.«

»Sind Sie ihre Freundin?«

»Sie ist unsere Oberbürgermeisterin, die auch ich gewählt habe.«

»Stehen Sie als Nachfolgerin bereit?«

»Vielleicht in zehn Jahren. Sie macht doch bis jetzt einen richtig guten Job.«

»Ich meinte das auch nicht nur politisch …«

An dieser Stelle stockte das Frage- und Antwortspiel und die blonde Frau kniff die Augen ein wenig zusammen, als müsste sie ihren Blick scharf stellen.

»Sondern?«

Während Mager unauffällig seine SMS an Simone schickte, griff die PEGASUS-Chefin nach ihrer Schultertasche und zog die Mappe mit den Fotos hervor. Schaute prüfend hinein und legte das erste auf den Tisch: Tenberge allein, in der Halbtotalen, die Arme so zur Zimmerdecke erhoben, dass ihre entblößten Brüste sich dem Betrachter entgegenwölbten.

»Woher haben Sie das?«

Wortlos und betont vorsichtig präsentierte Susanne das nächste Foto: die Bürgermeisterin in ganzer Größe, unbekleidet, aber die verschränkten Hände kokett zwischen die Schenkel geschmiegt. Die ›Stelle mit dem Feigenblatt‹, wie Heine gesagt hätte, war perfekt verdeckt.

»Ja, und?«, sagte Tenberge, ein leichtes Vibrieren in der Stimme. »Das war in der Sauna. Irmhild hat neben mir gestanden, aber jemand hat sie rausgeschnitten.«

»Jemand?«

Das dritte Foto zeigte, wie Tenberge vor Beißner kniete und etwas einsaugte, was eindeutig keine Banane war.

»Und wo war Irmhild hier? Auch daneben? Oder hat sie den Ehemann der Akteurin auf dieselbe Art verwöhnt?«

Auch Tenberges perfektes Make-up konnte nicht verbergen, dass sie blass geworden war. Während Susanne drei weitere Fotos mit anderen Facetten des Liebesspiels vor sie hinblätterte, kramte die Blonde in ihrem Handtäschchen und zündete mit leicht bebenden Händen eine schlanke Menthol-Zigarette an. Rauchte gierig, während sie das Verbotsschild an der Wand betrachtete, das eine durchgestrichene Zigarette zeigte. Und brauchte fast ein Dutzend Züge, bis sie wieder artikuliert sprechen konnte: »Wie kommen Sie daran?«

»Keine Ahnung. Per E-Mail.«

»Haben Sie noch mehr?«

»Ja.«

Susanne legte die ganze Palette auf den Tisch. Tenberge blättert sie durch. Ein Liebespaar beim Sex. Und nirgends war auch nur ein Schatten der OB zu sehen.

Magers Feuerzeug unterbrach die atemlose Stille – ohne Zigarette hielt auch er es nicht aus. Außerdem fühlte er sich seit einigen Minuten verdammt unwohl: Tenberge ohne Textilien auf einem Foto zu sehen, war die eine Sache – ihr aber jetzt in dieser peinlichen Situation gegenüberzusitzen, eine ganz andere. Sie musste ahnen, dass auch er diese Aufnahmen gesehen hatte. Das machte die Sache doppelt peinlich. Der hölzerne Lehnstuhl, auf dem er saß, brannte ihm unter dem Hintern.

Aber die Frauen beachteten ihn gar nicht. Susanne musterte die Blonde, versuchte, in ihren Reaktionen zu lesen. Ließ ihr noch Zeit, nachdem sie alle Abzüge wieder auf den Tisch gelegt hatte.

Wie sie brütete. Wie sie die Nasenspitze verzog und die Haut in leichte Wellen legte. Wie sie die Fotos noch einmal aufnahm und sie nachdenklich zu zwei verschiedenen Päckchen häufte.

Endlich sah sie auf: »Sie haben etwas übersehen.«

34

Die *Alte Fähre* war ein beliebtes Ausflugsziel im Bochumer Süden. An warmen Tagen bot der Biergarten des Lokals einen romantischen Ausblick auf den alten Bergfried der Burg Blankenstein, die am anderen Ufer der Ruhr hoch über dem Fluss thronte. Der Lärm, der Staub und die Müllberge der Großstadt waren weit genug entfernt, um sie für ein Weilchen vergessen zu können.

Auch Obdachlose, Junkies oder lautstarke Kids mieden diesen Ort – für die einen war das Essen zu teuer, für die anderen zu gesund.

»Endlich!« Dieter Flessek blickte demonstrativ auf seine Armbanduhr, als der dicke Potthoff sich ihm gegenüber auf einen freien Sessel sinken ließ.

»Tut mir leid!«, bekannte der Stadtbaurat und wischte sich den Schweiß von der Glatze. »Diese Hitze macht mich fertig!«

Seine blauen Augen glitten über die anderen Gäste. Wie gewöhnlich waren mitten in der Woche mittags noch ein paar Tische frei.

Und Flessek hatte den Platz gut gewählt: Direkt neben ihnen saß niemand und sie selbst hatten aus ihrer Ecke heraus alles im Blick.

»Wann kommt Knut?«

»Steckt im Stau. Wir sollen ruhig schon anfangen.«

Als sie ihre Bestellungen aufgegeben hatten, rückte Potthoff ein Stückchen näher an seinen Fraktionschef heran. »Was Neues von Irmhild?«

Flessek hob kurz die Hände: »Nichts Genaues. Sie sitzt wohl noch in ihrem Exil und trauert vor sich hin. Wie es aussieht, haben die Seelenklempner ein hartes Stück Arbeit vor sich.«

Schweigen.

»Hast du wirklich keinen Verdacht, wer hinter dem Attentat stecken könnte?«, fragte Flessek schließlich.

»Wieso ich?«

»Weil du auf der Abschussliste stehst. Und dein Kumpel Bleifinger ist auch nicht mehr so glücklich wie unter König Otto.«

Einen Moment lang gaben sich beide ihren Erinnerungen an die goldenen Zeiten unter OB Trübes hin. Solange man ihm die größten Fotos im Lokalteil der Zeitung gönnte, durfte jeder sein Ding so durchziehen, wie er es wollte.

»Irmhild schießt mich nicht ab«, versicherte Potthoff. »Sie hat doch nichts in der Hand.«

»Bist du sicher?«

»Ja«, sagte der Glatzenmann beinahe erstaunt und behauptete: »Ich habe meine Skandälchen hinter mir. Und ist der Ruf erst ruiniert, lebt sich's völlig ungeniert.«

Flessek sah ihn prüfend an. War der Dicke wirklich so sicher wie er tat? Oder war das die hohe Schauspielkunst, die man in diesem Job brauchte?

Potthoff grinste jetzt: »Aber – was ist mit dir? Für einen Fraktionschef hält sie dich ganz schön an der kurzen Leine.«

Flesseks Gesicht rötete sich: »Das glaubt sie vielleicht. Aber wer macht bei uns wirklich die Politik? Unser Montagsclub. Die weiß doch nicht mal, dass es uns seit zehn Jahren gibt.«

Der Baumensch nickte: »Stimmt. Aber manchmal entscheidet sie einfach Sachen, bevor wir sie beeinflussen können.«

»Ja«, sagte Flessek. »Deshalb müssen wir sie auch loswerden. Besser heute als morgen.«

»Und am besten schon am letzten Montag?«

»Lass den Quatsch. Ich war's nicht und ich weiß nix!«, meinte Flessek. »Absägen – ja. Gewalt – nein. Aber bei dir geht es ums nackte Geld.«

»So würde ich auch reden«, nickte der Glatzkopf. »Wenn ich wie du in vier Aufsichtsräten säße.«

Schweigend verzehrten sie ihre Mahlzeit: Flessek bevorzugte ein asiatisches Gemüsepfännchen mit zarter Hähnchenbrust, Potthoff sorgte mit einer Schweinshaxe dafür, dass er kein Gewicht verlor. Als endlich das Obst-Dessert gebracht wurde, setzte sich auch Knut Bleifinger hinzu. Leichtes Sommersakko in Oliv, Jeans und T-Shirt, locker und leger, aber jedes Stöffchen vom Feinsten und mit der Hand genäht.

»Wohl bekomm's!«, sagte er ironisch und musterte angewidert das fettige Fleisch auf Potthoffs Teller. »Mann, wenn du so weiterfrisst, müssen wir bald einen Kranz bestellen.«

»Na und?«, schmatzte der Dicke. »Diese hundert Euro täten dir doch nicht weh. Aber ein neuer Bauamtsleiter nach deinem Geschmack – der würde richtig teuer.«

Alle drei grienten still vor sich hin, aber dann wurde der smarte Jeansträger ernst: »Wenn wir schon davon reden – wo bleibt meine Baugenehmigung für die Unistraße?«

»Irmhild und Perdita …«

»Wer?«

»Perdita Baum-Hauer von den Bunten. Im Ratsjargon schlicht ›die Axt‹. Die beiden treten auf die Bremse. Es gäbe schon genug leere Büroräume, die der Stadt keinen Pfennig an Steuern einbrächten, sondern nur kosteten. Das Argument stammt übrigens nicht von ihnen. Das haben sie von den verdammten Roten geklaut, die sich in der Ratsversammlung breitmachen.«

»Dann hat die Bombe wohl das falsche Ziel erwischt«, warf Bleifinger ein. »Rein geschäftlich gesehen.«

Potthoff lachte los, aber Flessek erstarrte und sah dem Firmenboss in die kalt lächelnden Augen.

»Was ist? Habe ich etwas Anstößiges gesagt?«

»Na ja«, begann Flessek, »wenn das ein Staatsanwalt gehört hätte …«

Der Jeansmann brauchte keine weitere Sekunde, dann lachte er laut auf: »Idioten! Wir sind doch hier nicht auf Sizilien! Alles, was ich mache, ist völlig legal. Aber wenn es unsere gemeinsame Freundin getroffen hätte, ginge es uns allen besser. So gesehen – schade.«

Mit einem Fingerschnippen beorderte er die Kellnerin zu sich, die drei Tische entfernt bediente. Sie kam prompt und war ganz Ohr. Flessek erstarb vor Neid. Bei ihm klappte das auf diese Weise nie.

»Einen doppelten Espresso bitte!« Er zündete sich einen

superdünnen Zigarillo an. »Aber jetzt müssen wir wirklich überlegen, wie wir das Weib weghauen können.«

»Zurzeit haben wir leider keine Pöstchen als Staatssekretärin zu vergeben.«

»Stimmt.« Bleifinger blies eine Rauchkerze in die Luft. »Aber wem gehört denn hier die Region? Gibt es hier keine schönen Pöstchen mit gutem Lohn und wenig Stress? Chefin der Straßenbahngesellschaft? Vorstandsvorsitzende der Stadtwerke? Präsidentin des Landschaftsverbandes? Lobt sie weg und alle sind zufrieden. Bringt doch mal ein bisschen Phantasie auf!«

Eine dunkle Wolke zog über das Ruhrtal und Flessek schien es zu frösteln: »Alles gut und schön. Aber wer kommt danach? Tenberge steht in den Startlöchern. Die stammt auch aus so einem linken Ortsverband und muss sich ihre Delegiertenstimmen erhalten.«

»Mein Gott, was seid ihr Angsthasen! Dann seht doch zu, dass ihr sie alle loswerdet. Wir brauchen keine von diesen Emanzen, die sich ausgerechnet in der Politik selbst verwirklichen wollen. Die gehören nicht ins Rathaus, sondern in einen Yoga-Kurs.«

Auf Flesseks Gesicht erschien ein Lächeln, als hätte ihm Bleifinger den Weg ins Paradies offenbart.

»Aber wichtiger sind im Moment die Bullen. Die wühlen zu sehr in der Politik herum. Besonders dieser Lohkamp. Hat sich schon die Tenberge vorgeknöpft. Und wenn die erst einmal redet …«

»Flenner hat ihn schon zur Sau gemacht.«

»Wer sagt das?«

»Flenner.«

»Mensch, Dieter, reden reicht nicht. Er soll ihn abziehen.«

»Geht nicht so einfach!«

Bleifinger schüttelte den Kopf: »Die Sonne hat euer Gehirn ausgetrocknet. Gönnt dem Polizeipräsidenten was Gutes. Was richtig Gutes – Freitag nach dem Testspiel zum Beispiel.«

Potthoff dämmerte es und er lächelte: »Gute Idee. Wenn du für alles sorgst!«

»Mache ich. Und anschließend frisst er euch aus der Hand!«

35

»Was haben wir übersehen?«

Tenberge lächelte bekümmert: »Zuerst die Vorgeschichte. Dann ist das andere verständlicher.«

Mager wartete darauf, dass die Bürgermeisterin endlich Klartext redete, aber sie musste sich wohl erst noch überwinden. Jetzt griff sie unter den Tisch und zauberte einen Aschenbecher hervor, der auf einer Ablage unter der Platte geparkt war, zerdrückte die halb gerauchte Zigarette und holte Luft: »Also: Ja, Beißner und ich hatten eine Affäre.«

Im ersten Taumel und reichlich angetrunken habe sie sich sehr geschmeichelt gefühlt, dass ein so gut aussehender Mann sie begehrte. Und deswegen habe sie sogar seinem Ansinnen zugestimmt, Fotos zu machen. Drei Wochen lang sei es wild zugegangen: »Wir haben uns wie frisch verknallte Teenies gefühlt – und uns wohl auch so benommen.«

Nach den ersten Stürmen seien sie beide vernünftig geworden. Hätten nicht weiter lügen und erst recht nicht ihr altes Leben aufgeben wollen. Also hätten sie sich freundschaftlich getrennt – und Beißner habe versprochen, die Fotos zu löschen.

Sie verstummte und blickte Susanne so schuldbewusst an wie ein kleines Mädchen, das seine weißen Kommunionsstrümpfe auf dem Weg zur Kirche mit Schlamm bekleckert hatte.

Susanne glaubte ihr kein Wort: »Sie sind doch sonst eine so coole und beherrschte Frau. Und dann fallen Sie plötzlich in einen solchen Taumel? Lassen sich sogar nackt fotografieren? Mit dem Mann Ihrer Konkurrentin? Ganz ohne Angst, dass Ihr eigener Mann etwas davon erfuhr?«

Tenberge schwieg. Ihr Blick schweifte kurz zu Mager hinüber und kehrte zu Susanne zurück. Lag da nicht eine stumme Bitte in den Augen?

Die PEGASUS-Chefin verstand: »Klaus, sei doch so gut und kümmere dich um Simone. Die langweilt sich vor der Eisdiele bestimmt zu Tode.« Ihr Ton war genauso klar wie die Furche über ihrer Nasenwurzel.

Mager verstand und drückte sich geradezu erleichtert aus seinem Sessel hoch. Er sammelte seine Sachen ein, nickte der Bürgermeisterin kurz zu und verschwand.

Als die Tür hinter ihm ins Schloss gefallen war, erhob sich Tenberge. »Sorry, wir haben ja auch hier Kaffee. Möchten Sie?«

»Danke, nein«, sagte Susanne. »Später vielleicht. Lassen Sie uns lieber die Chance nutzen, unter vier Augen reden zu können.«

Die Bürgermeisterin setzte sich wieder und musste einen zweiten Anlauf nehmen: Ihr Mann sei Euro-Politiker, selten da, ihre Ehe sei sehr abgekühlt. Außerdem habe sie keine Ahnung, was er in Brüssel und Luxemburg so treibe.

»Und dann kommt so ein Charmeur wie Beißner. Lädt mich zum Essen ein. Macht Komplimente. Ist sehr zärtlich. Und erst der Sex – leidenschaftlich wie schon ewig nicht mehr. Ich war ihm total verfallen.«

Susanne wandte den Blick nicht von Tenberges Gesicht ab. Eine schöne Geschichte – warum klang sie nur so falsch?

»Verstehen Sie das nicht? Das ganze Leben bestimmen zwei politische Terminkalender, auf die man selbst keinen Einfluss mehr hat. Forderungen, Pflichten, Disziplin. Und dann begegnet man jemandem, bei dem man sich fallen lassen kann …«

Sie schluchzte auf, aber sie hatte Susanne nicht überzeugt. Wie alle anderen Berufstätigen musste sie selbst sich auch an

Vorgaben halten. Einsätze, Termine, die ständigen Rechenmanöver für das Finanzamt. So war das Leben eben.

»Wie lange dauerte Ihr Verhältnis?«, fragte sie schließlich sehr sachlich.

»Sechs Wochen und einen Tag. Am 15. Juli haben wir uns getrennt.«

Solch exakte Angaben liebte Susanne. Im Gegensatz zu vielen Männern kannte auch sie die entscheidenden Daten ihres Lebens auswendig. Doch jetzt war es an der Zeit, zum Wesentlichen zurückzukommen: »Was haben wir bei den Fotos übersehen?«

Tenberge schniefte leicht und zeigte auf die beiden Stapel: »Achten Sie auf die Bettwäsche und das Ambiente. Die Fotos, auf denen ich allein zu sehen bin, sind in einem Hotel gemacht. Und alle aus verschiedenen Perspektiven. Dann die Fotos mit uns beiden: sein Schlafzimmer. Alle aus derselben Perspektive. Vermutlich mit einer Kamera, die neben dem Fernseher versteckt war. Mit einem Bewegungsmelder, der mit dem Auslöser verbunden war.«

»Die könnte er auch selbst angebracht haben.«

»Unwahrscheinlich. Wir waren an diesem Abend eigentlich bei mir verabredet. Aber dann kam mein Mann plötzlich vorzeitig aus Brüssel zurück und brachte ein paar Freunde zum Fußballgucken mit. Ich hasse Fußball und habe draußen auf Lukas gewartet. Konnte ihn im letzten Moment abfangen. Dass wir zu ihm gingen, war völlig ungeplant.«

»Woher wissen Sie, dass es an jenem Abend war? Sie waren doch sicher mehrfach in Beißners Wohnung.«

Tenberge lächelte schmerzlich: »Das rote Kleid auf dem Stuhl. Mein Mann hatte es mir am Wochenende davor aus Brüssel mitgebracht.«

Susanne schwankt noch immer, aber Tenberge blieb fest: »Können Sie nicht feststellen, wann die Fotos gemacht wurden? Oder wann sie auf seinem Computer gespeichert wurden?«

»Welches Spiel lief an dem Abend?«

»Moment. Das war noch vor der WM. Gegen – China? Nein, Japan. Hinterher haben sich alle noch geärgert, weil die Deutschen so schlecht gespielt haben. 1:1 oder 2:2. Weiß ich nicht mehr.«

»Und wer hat die Kamera installiert – wenn es nicht Lukas Beißner war?«

»Denken Sie mal scharf nach.«

»Der KGB? Die Stasi? Oder der Verfassungsschutz?«

»Unsinn. Irmhild!«

Susanne schüttelt den Kopf: »Für solch eine Installation muss man Ahnung haben. Und eine gute Ausrüstung. Und eine Kamera, die nicht bei jeder Aufnahme laut klickt!«

Tenberge lachte auf: »Eben. Und Irmhild hat Ahnung. Gucken Sie sich doch die Fotos in ihrem Büro an! Sie ist gelernte Fotografin und hat sich ihr Jurastudium mit Tierfotografien verdient.«

Klingt logisch, dachte Susanne.

Aber etwas stimmt nicht: »Und wie kommen Ihrer Meinung nach die Fotos auf sein Laptop? Hat sie alle Schnappschüsse gebrannt und ihm die CD geschenkt? Damit er sich das Zeug ab und zu ansehen konnte, um sich dabei ... Sie wissen schon.«

Noch während des letzten Satzes schüttelte Tenberge den Kopf: »Ich glaube nicht, dass er daran Spaß haben sollte. Es war eher eine Art Drohung: Ich weiß alles von dir und habe dich in der Hand.«

»War er finanziell von ihr anhängig?«

»Nicht wirklich. Aber das wissen Sie vielleicht selbst: Wenn man sich in einer Beziehung erst einmal eingerichtet hat und das Leben geordnet ist, dann geht man nicht so einfach. Aber profitiert – ja, profitiert hat er auch. Die juristischen Gutachten, die er ihr geschrieben hat, wurden gut bezahlt. Mit den Geldern der Stadt natürlich.«

»Sie ist doch selbst Juristin«, wandte Susanne ein.

»Ja. Aber sie ist lange nicht so gut wie er. Und bei ihrem Job hat man erst recht keine Kraft mehr, noch etwas anderes zu machen. Sie brauchte ihn und er brauchte sie. Außerdem …«

Sie zögerte und rauchte eine weitere Zigarette an. Enttäuschung, Verbitterung und Hass auf den Lippen und in den Mundwinkeln.

»Außerdem wollte sie mich wohl auf Abstand halten. Mir zeigen, dass ich keine Chance auf ihren Posten habe, solange sie ihn nicht freigibt.«

Ja, das klang alles plausibel. Aber auch sehr gut zurechtgelegt. Selbst die Clinton hatte ihrem Präsidenten-Mann verziehen, obwohl die ganze Welt mitbekam, dass er aus dem Oval Office ein Oral Office gemacht hatte. Aber etwas konnte man nachprüfen.

»Warten Sie mal!«

Susanne zog ihr Handy, stand auf und wählte das PEGASUS-Büro an, noch während sie die Tür des Ladenlokals erreichte: »Karin, kannst du mal eben den Time-Code der Fotos checken? Auf Eigenschaften klicken. Ja?«

Während man sich in Dortmund an die Arbeit begab, blickte Susanne den Bürgersteig entlang in Richtung Eisdiele. Mager und Simone saßen am selben Tisch und unterhielten sich bestens. Der Bärtige konnte richtig charmant sein – wenn er wollte.

»Susanne?«, fragte die Rote.

»Immer noch dran.«

»Dienstag, 30. Mai. Abends gegen neun, halb zehn …«

»Gut. Und jetzt schau mal bei Google oder Bing nach, ob an dem Abend ein Fußballspiel war!«

Wieder vergingen zwei Minuten, dann war Karin fündig geworden: »Deutschland gegen Japan. In Leverkusen. 2:2.«

»Danke!«

Die Chefin drückte das Gespräch weg und klappte das Handy zu. Zumindest in diesem Punkt stimmten Tenberges

Angaben. Aber alles andere? Diese filmreifen Krokodilstränchen und die Rolle der vom Leben und der Politik enttäuschten Frau – im hellen Sonnenlicht wirkte das viel billiger, als es sich in dem schummrigen Büro angehört hatte. Die hat was anderes von Beißner gewollt. Und die paar Stunden Sex waren das Bestechungsgeld …

Sie kehrte in das Wahlkreisbüro zurück, wo Tenberge inzwischen doch noch einen Kaffee gekocht hatte: »Ihre Angaben sind korrekt. Aber dass Sonnenschein ihren Partner an die kurze Leine nehmen wollte – ich weiß nicht.«

»Was soll es denn sonst gewesen sein?«, fragte die Bürgermeisterin, während sie den Kaffee eingoss. Ihre Hand war dabei völlig ruhig.

»Kann es nicht sein, dass Beißner Sie erpressen wollte?«

Jetzt setzte die Blonde die Kanne auf den Tisch – vielleicht doch etwas zu heftig.

»Was können die beiden denn von Ihnen gewollt haben?«

Schweigen. Tenberge rührte in ihrer Tasse und wartete ab.

»Gemeinsam gegen Potthoff vorgehen?«

Die Frau atmete tief durch – und dann nickte sie: »Ja, wir hatten einen Deal. Ich soll ihr noch diese Amtsperiode lassen. Dann geht sie in Rente. Und wenn wir es schaffen, Potthoff und Flessek kaltzustellen, dürfte bis dahin der Weg für mich frei sein.«

Völliger Blödsinn, durchfuhr es Susanne. Ich habe sie auf die falsche Spur gebracht. Man verleiht seinen Kerl doch nicht an eine andere Frau, um sie zu erpressen. Wahrscheinlich wollte Tenberge etwas über Sonnenschein herausbekommen, um sie möglichst schnell loszuwerden.

»Und – was wird jetzt aus den Fotos? Werden Sie sie veröffentlichen?«

Susanne schob die Aufnahmen über den Tisch, doch die Bürgermeisterin lehnte ab: »Soll ich die zu Hause aufbewahren? Geht doch gar nicht.«

»Dann lassen Sie uns einen Deal machen. Sie liefern uns

ein paar Informationen über Flessek und Potthoff. Wir bekommen dann ein paar schöne Reportagen über den Filz im Ruhrgebiet hin und machen Ihnen zugleich den Weg an die Spitze frei. Die Fotos bleiben bis dahin im Panzerschrank.«

Tenberge nickte düster und Susanne kam sich sehr schäbig vor.

36

Kalle Mager hatte die Nacht zum Mittwoch im Gewahrsam der Polizeiinspektion Hattingen verbracht. Nach dem vergeblichen Versuch, den jungen Mann zu vernehmen und ihm ein Geständnis zu entlocken, hatte man ihn ohne Abendbrot in eine Zelle gesperrt, um ihn erst einmal schmoren zu lassen.

Die Unterkunft enthielt nur drei Einrichtungsgegenstände: eine Liege, ein Waschbecken und einen Toilettentopf. Das alles wirkte klinisch sauber und bestand aus einem Metall, das auch den Tobsuchtsanfällen eines Schwergewichtsboxers widerstanden hätte. Die Matte auf seiner Liegestatt war viel zu dünn, um die von unten ausstrahlende Kälte wirksam zu dämmen, und die Wolldecke hätte nicht einmal das Mondlicht abwehren können.

Am Morgen hatte man den durchgefrorenen und hungrigen Delinquenten in Richtung Bochum verfrachtet, aber als er im dortigen Polizeigewahrsam ankam, war die Frühstücksausgabe schon längst vorüber. Mit knurrendem Magen und steigender Wut harrte er einiger Dinge, die aber nicht zu kommen schienen.

Endlich klapperte auf dem Flur der Eisenkarren mit dem Mittagessen heran. Die Lieferung musste schon die Nachbarzelle erreicht haben, da rasselte in seiner Tür der Schlüssel: »Mager, raus! Ihr Anwalt! Aber zack, zack!«

Dem Gefangenen blieb ein sehnsüchtiger Blick auf den Rollwagen mit dem Mittagsmahl. Aus einem grünen Thermosbehälter stieg Dampf auf und die paradiesischen Gerüche von Rotkohl und Bratwurst wehten zu Kalle herüber.

»Halt, kriege ich nicht noch schnell …«

»Voran, Sie halten den Betrieb auf!«

Ohne einen weiteren Kommentar wurde der PEGASUS-Mann in einen stickigen Besprechungsraum geführt, in dem ein Typ in flottem Freizeitdress auf ihn wartete: Das war Nagel III – oder Bochums bester Anwalt, wie ihn Kalles Vater nannte.

»Wie geht es Ihnen?«

»Hunger!«

»Wieso?«

Kalle erklärte ihm, wie man ihn böswillig um drei exquisite Mahlzeiten betrogen hatte, und Nagel III klingelte nach einem Schließer. Einige Minuten vergingen, dann schaute ein langer Kerl mit einer Windhundnase zu ihnen herein: »Ja?«

Der Anwalt erklärte ihm die missliche Lage seines Mandanten. Windhundnase nickte, verschwand und kam nach wenigen Minuten ratlos zurück: »Herr Mager steht noch gar nicht auf unserer Verpflegungsliste. Wenn Sie wollen, können Sie ihm von der Pommesbude an der Ecke etwas besorgen.«

Nagel III schüttelte mit einem meckernden Lachen seine langen grauen Haare: »Ich bin doch hier nicht als Essenholer angestellt.«

»Aber …«

»Glauben Sie wirklich, dass ich in die Stadt laufe, um Fritten zu holen?«

Die Nase des Mannes schien beim Nachdenken noch länger zu werden. Kalle fand, dass sie besser zu dem Anwalt gepasst hätte, der eine extrem kurze Knubbelnase besaß.

»Wo bestellen Sie denn Ihre Pausenpizza?«

Der Windhund nannte den Namen eines Ladens, der ebenfalls in der Nähe lag.

»Sind die schnell?«

»Ja.«

»Und gut?«

»Ja.«

»Dann bestellen Sie da eine Pizza …«

»Vier Jahreszeiten!«, sagte Kalle.

»… für meinen Mandanten. Und eine Frutti di Mare für mich. Geht das?«

Verdattert nickte der Mann.

»Können Sie das Geld vorstrecken? Sie bekommen es bei Lieferung sofort von mir zurück.«

Der Mann schob ab und BbA grinste: »Wahrscheinlich haben diese Burschen Ihre Bratwurst selbst gefressen. Und jetzt zur Sache!« Er reichte Kalle ein spärlich bedrucktes Stück Papier: »Meine Vollmacht. Sie bezahlen nach der Anwaltsgebührenordnung plus zwanzig Prozent Dringlichkeitszuschlag. Okay? Dann unterschreiben Sie bitte hier!« Er tippte mit einem *Lamy*-Kugelschreiber auf eine punktierte Linie und hielt Magers Sohn das Schreibgerät unter die Nase.

»Wunderbar. Also, man wirft Ihnen Diebstahl eines Schlüssels unter arglistiger Täuschung, Hausfriedensbruch und Einbruch vor, dazu Widerstand gegen die Staatsgewalt. Was ist Ihrer Meinung nach wirklich passiert?«

Von der Kette der Vorwürfe erschreckt, bekam Kalle eine trockene Kehle. Er räusperte sich und blieb, wie er fand, weitgehend bei der Wahrheit.

»Böse Sache. Aber mal sehen. Kann die Polizei nachweisen, dass Sie in der Wohnung waren?«

»Wie soll sie das können?«

»Fingerabdrücke? Beißners Kamm benutzt? Eine Zigarettenkippe im Ascher?«

»Keine Fingerabdrücke. Fremde Kämme – niemals. Rauchen in geschlossenen Räumen? Höchstens in der Gefängniszelle – oder nach einem schönen Orgasmus.«

Der Anwalt grinste und hakte nach: »Hat man bei Ihnen irgendwelche Sachen gefunden, die Sie oben entwendet haben könnten?«

»Nein.«

»Wie sind Sie reingekommen?«

»Die Türen waren auf.«

»Glaubt Ihnen kein Mensch.«

»Also gut. Ich habe morgens unten im Büro die Schlüssel geklaut. Wollte später gucken, ob es irgendetwas Interessantes in der Wohnung gibt.«

»Wo sind die Schlüssel geblieben?«

»Habe ich in der Kanzlei wieder an ihren Platz gehängt.«

»Haben Sie irgendetwas gefunden?«

»Nur den PC. War aber passwortgeschützt.«

»Wollten Sie ihn mitnehmen?«

»Nein.«

»Man hätte bei Ihnen doch zumindest einen USB-Stick oder so etwas finden müssen. Ein Mann wie Sie sorgt vor, wenn er solch eine Aktion startet.«

Kalle dachte nach. »Als diese Bullen hinter mir her waren, habe ich den Stick über die Friedhofsmauer geworfen.«

»Warum? Wenn Sie in der Kanzlei nichts kopiert haben.«

»Kanzlei?«

»Wir reden doch von dem, was man Ihnen nachweisen kann? Oder?«

»In der Kanzlei stand kein PC mehr. Und den Stick habe ich weggeworfen, weil da eventuell noch persönliche Daten drauf waren.«

»Was für welche? Pornos? Ihre nackte Freundin?«

»Eher Letzteres. Aber ich bin nicht sicher.«

»Die Polizei wird danach suchen.«

Schweigen.

»Kann ich mal meinen Vater anrufen?«

Der Anwalt richtete die Augen zur Decke. Dann bückte er sich und musterte die Unterseite der Tischplatte, die sich zwischen ihnen befand. Zuckte mit den Achseln. Fragte schließlich: »Wozu? Ihr Herr Vater wird sowieso von mir wissen wollen, was hier gelaufen ist. Und ich habe keine

Lust, Krach mit der Anwaltskammer zu bekommen. Dort kann man mich eh nicht so gut leiden.« Er beugte seinen Kopf noch einmal über seinen Stichwortzettel.

Kalle versuchte zu lesen, was dort notiert war, aber die langen grauen Strähnen des Anwalts boten einen perfekten Sichtschutz.

»Die Polizisten behaupten, sie hätten die Schritte von zwei Personen gehört.«

»Unmöglich. Ich war allein.«

»Und die Schritte?«

»Eine Sinnestäuschung? Kunstlicht, Schatten, Aufregung ...«

Nagel III holte Luft. »Ich rekapituliere mal, was ich behalten habe: Sie haben den Schlüssel spontan und ohne Absprache mit der Firma an sich genommen, weil Ihnen bei seinem Anblick plötzlich die Idee kam, Sie könnten noch einmal ungestört in dem Büro recherchieren? Exakt?«

Kalle braucht ein paar Sekunden, um seine Verblüffung zu überwinden. Dann nickte er.

»Zu Hause hat Ihnen Ihr Herr Vater ins Gewissen geredet, weil Sie gegen das Firmenethos verstoßen haben. Korrekt?«

Kalle nickte.

»Da Sie sich aber geschämt haben, der Sekretärin gegenüber diese blöde Reflextat – man könnte auch Übersprungshandlung dazu sagen – zu gestehen, haben Sie sich nach Geschäftsschluss mit dem Originalschlüssel Zugang zur Kanzlei verschafft. Einzig und allein deshalb, um den entwendeten Gegenstand an den ursprünglichen Ort zurückzubringen. Dabei hatten Sie die Hoffnung, dass die Angestellte des toten Notars noch nichts gemerkt hatte. Korrekt?«

»Völlig!«, bestätigte Kalle.

»Unglücklicherweise«, sagte BbA, während er sich zurücklehnte und seine Hände, die Armmuskeln dehnend, hinter dem Kopf verschränkte, »hatten Sie gerade den Schlüssel an seinen Haken gehängt, als Sie das Polizeiauto und die beiden Beamten hörten, die auf das Haus zukamen.«

»Ich bewundere Ihr Gedächtnis!«, log Kalle.

»Und dann sind Sie in Panik verfallen und in den Garten geflüchtet. Oder?«

»Genauso war es. Als ob Sie danebengestanden hätten. Wann kriegen Sie mich raus?«

Nagel III zog die Schultern hoch: »Vor morgen kaum. Muss der Haftrichter entscheiden. Und die Polizei hat noch Zeit, bis sie Sie vorführen muss.«

Er packte seine Sachen und Kalle fragte: »Was ist mit den anderen Vorwürfen?«

Der Anwalt lächelte: »Widerstand ist Quatsch. Den einen Beamten kenne ich. Der ist an die zwei Meter groß und fast doppelt so breit und dreimal so schwer wie Sie. So bekloppt kann niemand sein, ihn anzufallen. Außerdem hat er erklärt, keine Verletzung vorweisen zu können.« Er erhob sich und ließ noch einmal seine verspannten Schultern rollen.

»Und Hausfriedensbruch?«

»Ist kein Offizialdelikt. Müsste der Hausbesitzer beziehungsweise der Kanzleiinhaber anzeigen. Ich glaube, da haben wir nichts zu befürchten.« Er reichte Kalle die Hand.

»Ich werde Ihren Herrn Vater gleich informieren, wie es um Sie steht. Die Sache mit dem Stick wird ihn besonders freuen.«

»Brauchen wir den überhaupt noch? Wenn ich reumütig war und nur den Schlüssel zurückbringen wollte?«

»Hört sich eben gut an. Und wir wissen nicht, ob noch irgendwelche Zeugen auftauchen. Oder einer der Polizisten Ihre Bewegung gesehen hat. Sie haben eben immer einen Stick in der Tasche, machen viele Leute so. Und weil Sie nicht mehr wussten, was drauf ist – klar? Das war sozusagen Ihr Kapitulationsmoment. Sie wussten, dass Sie geschnappt werden, und haben sich nicht weiter gegen Ihr Schicksal gestemmt.«

Kalle Mager nickte. Wahrscheinlich glaubte der Mann inzwischen selbst an diese Version.

»Perfecto! Die Rechnung kommt, wenn die Sache abgehakt ist.«

»Na prima.«

»Nix prima. Wenn ich nur solche Pleiteunternehmen wie PEGASUS unter meinen Klienten hätte, säße ich mein halbes Leben im Schuldturm.«

Als er schon die Türklinke in der Hand hielt, fragte Kalle: »Und unsere Pizzen?«

»Die kommen bestimmt gleich. Und passen Sie auf, dass der Windhund Sie beim Bezahlen nicht bescheißt.«

37

Hardenbergs Wagen war von der Sonne so aufgeheizt, dass Lohkamp bereits nass geschwitzt war, als er sich angeschnallt hatte. Mit offenen Fenstern rutschten sie die Königsallee hinunter und wählten den kürzesten Weg zum Präsidium, am Landgericht und am Rathaus vorbei. Eigentlich war diese Strecke für den Durchgangsverkehr gesperrt, aber niemand wollte sich die Zwangsstopps vor den zahlreichen Ampeln auf dem Ring antun.

Während Klemm und Hardenberg ihre Beute auspackten und sortierten, setzte sich Lohkamp ans Telefon. Die Richterin war immer noch im Termin, aber die Vorzimmerdame versprach, seinen Anruf zu melden.

»Ich bitte sehr darum!«, sagte Lohkamp mit sanftem Nachdruck.

Hardenberg, der gerade Sonnenscheins Rechner mit seinem eigenen Monitor verband, horchte auf: »Probleme mit de Vries?«

»Nicht direkt. Sie verhandelt wohl noch. Wenn sie danach noch mal ins Büro kommt, geht alles klar. Aber wenn sie erst zu Hause auf der Couch liegt …«

Hardenberg nickte. De Vries bekam in solchen Situationen gerne einen Hörsturz und wurde zickig.

Aber der Chef würde das schon richten. Nur Sonnenscheins Rechner gab sich störrisch. Ratlos saß er vor dem Eingabefeld für das Passwort. *Irmhild?* Klappte nicht. *Lukas?* Keine positive Reaktion. *Bochum?* Das war wohl auch zu einfach. Am liebsten hätte er das Miststück aus dem Fenster geworfen.

»Will er nicht?«, fragte Klemm. Hardenbergs Gesicht war Antwort genug. »Dann lass mich mal ran!«

Unwillig räumte der Kommissar seinen Platz und ließ Kathrin an die Tastatur: »Wenn Sonnenschein irgendwelche Zahlen und Sonderzeichen verwendet hat, können wir es bis Weihnachten versuchen.«

»Zahlen«, murmelte Klemm. »Welche vergisst man nicht?«

»Geburtsdatum. Geburtsjahr. Postleitzahl ...«

»Und wenn sie den Namen der Omma ihrer besten Freundin deren Mann seines Wellensittichs gewählt hat?«, fragte Lohkamp und griff zum Telefon. Klemm sah ihn fassungslos an und tippte sich an die Stirn.

»Habe ich gesehen«, sagte Lohkamp. »Hundert Jahre Beförderungssperre. – Ja, Lohkamp hier. Mahlzeit auch. Ich brauche mal euren Entschlüsselungskünstler. – Mittagspause? Seit wann dürfen Beamte Pause machen? Tu mal seine Handynummer raus! – Wie? Das kostet?«

»Adresse«, sagte Klemm und tippte *Charlotte51* ein. Sonnenscheins Rechner dachte noch eine Sekunde lang nach, dann lud er Beißners Gesicht auf den Monitor.

»Klasse!« Lohkamp reckte den linken Daumen hoch und brach seine Verhandlungen ab. »Sag deinem Kumpel Bescheid, dass er weiter seine Eier in der Sonne schaukeln kann. Tschüss!«

Gebannt starrte er mit den anderen auf den Bildschirm, als Klemm auf das Verzeichnis *Eigene Dateien* klickte. Eine lange Liste von Ordnern erschien, aber nicht eine einzige unsortierte Datei.

»Die Frau hat Sinn für Übersichtlichkeit. Aber es lohnt nicht, wenn wir jetzt alle drei auf die Ziehung der Lottozahlen warten. Einer von euch nimmt sich den PC vor und schreibt auf, was genau in den Ordnern steckt, der andere kümmert sich um den blauen Lastwagen und hört die Anrufe ab, die uns die Kollegen geschickt haben.«

»Ich nehme die Anrufe«, sagte Hardenberg und stand auf. »Schick mir die Dateien nach nebenan. Wenn ich sie da abhöre, stört euch das Gequatsche nicht.«

Während Klemm den Sonnenschein-Computer erforschte, setzte sich Lohkamp an den eigenen Rechner und tippte den Bericht für die Ermittlungsakte. Doch weit kam er nicht: Die Richterin meldete sich am Telefon. Sie zierte sich noch ein Weilchen, aber der Hauptkommissar lieferte ihr die nötigen Stichworte: ungesichertes Beweismaterial, Eile geboten, neue Gesichtspunkte.

»Ist in Ordnung«, sagte sie schließlich. »Ich faxe Ihnen die Anordnung rüber. Aber das nächste Mal fragen Sie bitte vorher, lieber Lohkamp.«

»Ja«, versprach er. »Schönen Nachmittag noch!«

»Werde ich haben«, kicherte sie. »Ich fahre nach Hause und tanke auf der Terrasse noch etwas Sonne. Nächste Woche soll ja der große Regen kommen.«

Er legte auf, von Neid überfallen. Richter müsste man sein, vielleicht auch Lehrer. Da kann man mindestens die Hälfte der Arbeitszeit frei einteilen. Er wollte weiterschreiben, aber da meldete sich wieder Beethovens Neunte Sinfonie. Er zog sein privates Handy: *Mager.* Er stand auf und verzog sich auf den Flur.

»Mager hier. Grüß dich. Läufst du noch frei herum?«

»Für U-Haft reicht ein totes Pferd nicht. Da müsste ich schon einen Vorgesetzten meucheln. Was gibt's?«

»Neue Nachrichten.«

»Ich dachte schon, ich sollte Kalle befreien. Würde mich den Job kosten.«

»Wofür gibt es Anwälte?«, fragte Mager zurück und berichtete von den Fotos, die sie auf Beißners Laptop gefunden hatten. »Interessiert?«

»Schon.«

»Wohin?«

»An die offizielle Adresse natürlich. Aber – mach keine Selbstanzeige daraus, wenn du verstehst.«

»Weiß ich. Aber wir sind auch nicht von gestern.«

Lohkamp verkniff sich einen Kommentar zu dem Plural »wir«. Für anonyme Browser und nicht verfolgbare Mailadressen waren bei PEGASUS eher die Frauen zuständig.

»Wann?«

»Später. Wir sind noch unterwegs. In Hattingen.«

»Macht keinen Unsinn! Es gibt da Orte, an denen ihr euch heute besser nicht sehen lasst.«

»Keine Sorge. Es reicht uns, wenn immer nur einer sitzt.«

38

Mager hockte allein vor der Eisdiele im Kirchviertel von Wiemelhausen, als Susanne Ledig wieder auftauchte. Genussvoll kratzte er gerade mit dem Löffel einen hohen Glasbecher aus: »Sehr empfehlenswert, Susanne. Joghurt-Becher mit Erdbeeren. Ein Gedicht.«

»Laktosefrei?«

»Nein.«

»Au Backe!«

Der Bärtige zog resignierend die Schulter hoch: »Alles Schöne hat seinen Preis. Und wir müssen gleich nach Hattingen.«

»Wieso das denn?«

Mager berichtete, dass Bochums bester Anwalt angerufen

hatte. Als Susanne von der Idee hörte, vorsorglich einen Speicherstick auf dem Hattinger Friedhof zu deponieren, tippte sie sich an die Stirn: »Für den Fall, dass ein Bulle aussagt, Kalle hätte was über die Mauer geworfen, könnte Kalle dann sagen … Völlig hirnrissig.«

»Hört sich im ersten Moment so an. Aber Nagel III meint, wenn die Bullen dann den Stick fänden, würde das Kalles Aussagen glaubwürdiger machen. Simone sucht zu Hause gerade einen Stick mit unverdächtigen Dateien heraus, die von Kalle stammen könnten.«

»Und der Time-Code auf dem Stick?«

»Hömma, die Frau ist in diesen Dingen Profi. Die macht das schon. Aber erzähl mal, was Tenberge noch gebeichtet hat.«

Susanne sah sich um. Die drei Tische standen dicht an dicht, gleich nebenan warteten mehrere Kunden vor einem Zeitungskiosk, ständig liefen Leute vorbei.

»Besser nicht hier. Lass uns fahren und danach irgendwo einen Happen einwerfen.«

Sim trafen sie am Eingang des Friedhofs hinter dem Hattinger Rathaus. Mit einem schönen Blumenstrauß ausgerüstet, steuerten sie auf die Mauer zu, die Beißners Hof vor unerwünschten Blicken schützte. Als Mager zu der Wohnung des Toten hinaufschaute, entdeckte er am Fenster den schmalen Rücken einer Frau. Wie am Vortag unten in der Kanzlei, so ließ Dorn ihre Leute arbeiten und steuerte deren Aktionen von ihrem Feldherrnposten aus.

»Gar nicht drum kümmern!«, empfahl Susanne. Gemeinsam berieten sie, welche Flugbahn solch ein Speicherstick hätte nehmen können, und entschieden sich für die dritte oder vierte Grabreihe.

»Der da passt!«

Simone deutete auf einen schlichten Grabstein. Sorgsam gemeißelte Lettern verkündeten, dass Edgar Walkowiak 1925 geboren und vor vier Jahren gestorben war. Mit dem

Grab selbst gingen die Hinterbliebenen nicht so sorgsam um. Fünf gelbe und blaue Stiefmütterchen welkten vor sich hin und mindestens zwei Dutzend dürre Grasbüschel lechzten nach dem nächsten Regen.

Die beiden anderen nickten. Zwei Schlafstätten weiter ruhten hinter dem Stein zwei grüne Friedhofsvasen, die gerade nicht gebraucht wurden. Simone lieh sich eines dieser Plastikgefäße aus und lief zum nächsten Wasserhahn, um es zu füllen. Sorgsam bohrte sie das zugespitzte untere Ende in den Boden, ordnete die Blumen und ließ dabei unauffällig den hellen Speicherstick fallen.

»Was ist da eigentlich drauf?«, fragte Susanne.

Simone grinste: »Fotos, die wir bei unseren Recherchen in Middelburg gemacht haben. Damals, als wir den Mörder dieses Punks gesucht haben.«

Sie säuberte ihre Hände an ihren Jeans, klopfte umständlich den Staub aus dem Stoff und dann traten alle drei in gut gespielter Andacht zwei Schritte zurück. Aus den Augenwinkeln entdeckte Susanne schräg hinter sich eine dürre Frau. Sie musste mindestens fünfundsiebzig sein. Die helle Sommerhose fand die PEGASUS-Chefin noch angemessen, aber die Bluse mit den aufgedruckten Rosen wirkte eher peinlich. In der einen Hand trug sie ein weißes Ledertäschchen, in der anderen eines dieser Friedhofsgeräte, mit denen man wahlweise Löcher buddeln oder die Erde auflockern konnte. Misstrauisch sah die Frau PEGASUS bei der Trauerarbeit zu.

Susanne stieß Sim leicht mit dem Ellenbogen an. Die Augen der neuen Mitarbeiterin folgten dem Blick ihrer Chefin – und sie schaltete sofort. In aufwallendem Schmerz fiel sie Susanne um den Hals: »Ach, Mama, ich erinnere mich noch genau daran, wie Opa mir das schöne Puppenhaus gebaut hat.«

»Ja«, knurrte Mager. »Aber vergiss nicht: Ich habe ihn erst ein halbes Jahr lang dazu drängeln müssen!«

»Aber nur, weil du immer viel zu beschäftigt warst, um mir etwas Schönes zu basteln.«

»Moment mal«, meckerte die fremde Frau los. »Wer *Sie* sind, weiß ich nicht. Ich habe Sie noch nie gesehen. Aber das da unten war *mein* Mann. Und ich weiß noch zwei Dinge: Für eine Zweitfamilie war der Kerl viel zu bequem. Und dieser Versager konnte nicht mal einen Nagel gerade in die Wand hauen!«

39

Mehr als zwei Stunden hatte sich Klemm durch Sonnenscheins Computer gewühlt. Die Ausbeute war mehr als dürftig. Weit über tausend Mails, zum Teil fünf oder sechs Jahre alt, mit ehemaligen oder aktuellen Freundinnen, rund achthundert Botschaften von und an Beißner, etliche Nachrichtenwechsel mit diversen Handwerkerfirmen, Meinungsaustausch mit anderen Juristen zum *Cross Border Leasing*, dazu etliche Urlaubsfotos aus mehreren Jahrzehnten und die Tierfotos von Expeditionen nach Afrika und Südostasien – alles übersichtlich und hierarchisch geordnet.

»Lass mich mal«, sagte Lohkamp schließlich und klickte sich noch einmal durch das Verzeichnis *Eigene Bilder*. Die Dokumente intimen Beisammenseins, von denen Mager berichtet hatte, konnte er nicht entdecken.

Als er das Gerät endlich herunterfuhr, schmerzten ihn der Rücken und die Erkenntnis, dass sie eine Menge Zeit verplempert hatten. Zwar wussten sie nun, dass man der späteren OB in der Schule den Spitznamen Schnecke verpasst hatte, und kannten alle Kosenamen, mit denen die Oberbürgermeisterin und ihr Partner sich überschüttet hatten – aber all diese Mails und Briefe waren harmlos. Selbst der Schriftverkehr über Sonnenscheins spätere Idee, Investoren aus Amiland die Bochumer Kanalisation – also flüssige Scheiße –

zu verkaufen, erbrachte keinen Hinweis auf ein Attentatsmotiv. Im Gegenteil: Bis auf ein paar Abgeordnete der Müsli-Partei hatten Bochums Politiker so euphorisch auf diesen Deal reagiert, als hätte man ihnen einen Goldesel geschenkt.

»Mist, das alles«, fluchte er vor sich hin. »Und bei dir?«

Hardenberg schüttelte den Kopf. Er hatte mindestens zwölf Telefonate geführt und immer wieder beim Straßenverkehrsamt Kennzeichen gecheckt – aber zu den durchgegebenen Buchstaben und Zahlen passte kein blauer Magirus-Deutz dieser Baureihe.

»Chef«, meldete sich Klemm und hielt den Arm mit der Uhr hoch: »Mittag ist längst vorbei. Wenn ich nicht bald etwas zu essen bekomme, kriege ich einen Schwächeanfall. Und dann müsst ihr mich zur Kantine tragen.«

»Hast Recht!«, gab Lohkamp zu und griff nach seiner Jacke mit dem Portemonnaie und den Zigaretten. »Auf geht's!«

Gegen vier Uhr am Nachmittag kamen endlich die Fotos, die Mager ihm angekündigt hatte. Drei Mails mit dem Absender government-watch.ru saugten sich in seinen Dienst-PC und bescherten ihm insgesamt sechs kristallklare JPGs. Auf ihnen war deutlich zu erkennen, dass die Abgebildeten weder Schach noch Halma spielten. Ebenso unverkennbar waren die Gesichter der Akteure, auch wenn sie mal im Kampf um den Höhepunkt verzerrt und mal von der Erlösung verklärt waren.

Lohkamp hoffte nur, dass es niemals solche Bilder von ihm und Gabi zu sehen gab.

Er speicherte die Fotos in einem neuen Ordner mit dem Titel *Beißners Kontakte* ab, druckte sie auf Normalpapier aus und leitete die über einen russischen Server angekommene Mail an Dorns Rechner weiter. Dann tippte er einen halbseitigen Bericht für die Ermittlungsakte. Kaum hatte er den Text ausgedruckt, kehrte Dorns Truppe lärmend von ihrem Einsatz in Hattingen zurück. Die Geräusche auf dem Flur ließen darauf schließen, dass die Leute schwer zu tragen hatten.

Ob er mal nachsehen sollte, was sie diesmal als Beute angeschleppt hatten? Und was war eigentlich aus den festgenommenen Muslimen geworden? Zwei von Dorns Leuten hatten sie den ganzen Tag durch die Mangel gedreht, aber was bei diesem Versuch herausgekommen war, hatte ihm niemand erzählt.

Endlich raffte er sich auf, um die ›Abteilung Karlsruhe‹ zu besuchen, doch ein höfliches Klopfen stoppte ihn. Dorn schwebte herein, ein Lächeln auf dem Gesicht, und schnupperte demonstrativ in Richtung Kaffeemaschine: »Dachte ich es mir doch, dass ich hier einen Kaffee bekomme.«

»Wenn Sie schön artig sind«, meinte Lohkamp.

»Ich bin immer artig«, behauptete sie.

Er stand auf, peilte die Hygienelage in dem Besucherbecher und füllte ihn: »Zucker und Milch nehmen Sie sich bitte selbst.«

»Süßstoff reicht!«

Vorsichtig trug sie die randvolle Tasse zum Schreibtisch. Sie öffnete ihre Schultertasche und zauberte ein Päckchen Zigaretten hervor: »Was meinen Sie, können wir es riskieren?«

Wortlos kramte er aus der untersten Schublade einen Aschenbecher hervor und öffnete die Fenster gerade so weit, dass sich der Qualm mit Frischluft mischen, aber niemand von gegenüber hereinsehen konnte. Dann verschanzte er sich wieder hinter dem Schreibtisch und widerstand der Versuchung, seine eigenen Fluppen zu ziehen. Er traute dem Frieden nicht.

»Ich habe in Hattingen erfahren, dass es gestern einen Einbruch in Beißners Kanzlei gegeben hat«, begann sie. »Wissen Sie schon davon?«

»Einbruch? Nein, nichts gehört. Was wurde gestohlen?«

»Das ist es ja. Offenbar nichts! Den Täter haben die Kollegen zu uns überstellt.«

Lohkamps Hände und Schultern signalisierten völlige Ahnungslosigkeit.

»Ich hätte Lust, mir den Mann noch abzugreifen. Sind Sie dabei?«

Der Hauptkommissar blickte auf die Uhr und schüttelte den Kopf: »Ich will Frau Sonnenschein noch einen Besuch abstatten.«

Sie zog die gezupften Augenbrauen hoch: »Wieso?«

Er reichte ihr den Bericht über seine heutigen Aktivitäten hinüber: »Außerdem sind per Mail noch ein paar wunderschöne Fotos gekommen. Sonnenscheins Partner und die Bürgermeisterin Tenberge in herzlicher Umarmung. Habe ich Ihnen weitergeleitet. Ich würde Sonnenschein gerne fragen, ob sie von der Affäre weiß.«

»Tun Sie das.« Dorn sah ihn an, den rechten Nasenflügel leicht gekräuselt, aber mit nicht entschlüsselbarem Blick. »Morgen früh brauche ich Sie. Wir werden die Wohnungen der Islamisten durchsuchen.«

»Das ist noch nicht geschehen? Meinen Sie, dass wir morgen noch Beweismaterial finden können?«

»Abwarten«, sagte sie lässig und drückte die Zigarette aus. »Danke für den Kaffee. Nett von Ihnen.«

Irgendwas ist im Busch, dachte Lohkamp und spürte ein leises Frösteln. Wenn sie die Fotos gesehen und die Frachtpapiere der Hattinger Kollegen für Kalle gelesen hatte, würde sie ahnen, woher die Bilder stammten. Und er war froh, dass er sein Wissen über Kalles Einbruch nicht einmal an Hardenberg und Klemm weitergegeben hatte. So leicht konnte Dorn ihm doch nicht ans Bein pinkeln. Nach einem kurzen Blick auf die Uhr faltete er die ausgedruckten Nacktfotos zusammen und steckte sie in die Innentasche seiner Jacke. Dann machte er sich auf den Weg zur OB.

Die Polizisten, die ihre Oberbürgermeisterin bewachten, sahen völlig fertig aus. Sie hatten die Ärmel ihrer Uniformhemden hochgekrempelt und ihre Krawatten in die Dienstmützen fallen lassen, die umgedreht neben ihren Stühlen lagen. Die Luft in dem schmalen Korridor war stickig und die Langeweile hatte ebenfalls an der Kondition der Jungs genagt.

»Ist sie da?« Lohkamp deutete mit dem Daumen auf die Tür des Appartements, in dem Sonnenschein seit drei Tagen kampierte.

»Ja. Aber Sie dürfen nicht rein!«

»Wer sagt das?«

Einer der Beamten deutete mit dem Kinn zur Feuertreppe hinüber. Hinter der Glastür stand eine schlanke Frau, die etwa in seinem Alter war und misstrauisch herüberäugte. Ihre Kurzhaarfrisur verlieh ihr etwas deutlich Maskulines und sie rauchte ihre Zigarette mit der Gier eines Kerls, der gerade seine Entwöhnungskur abgebrochen hatte.

Als Lohkamp sich in Bewegung setzte, schüttelte sie bereits den Kopf, und auch der Dienstausweis half ihm nicht weiter: »Sie ruht sich aus. Ich warte noch ein halbes Stündchen, bis ich sie wecke. Sie können hier im Flur oder unten im Auto warten. Wenn ich fahre, sage ich Ihnen, ob sie Sie sehen will.«

Seelenklempnerin, dachte Lohkamp und nutzte die Zwangspause, um sich im Uni-Center ein Käsebaguette und einen Kaffee zum Mitnehmen zu besorgen. Danach blieb ihm noch Zeit für zwei Zigaretten, bis die Schlanke aus dem Haus kam und ihm grünes Licht gab.

»Wie geht es Ihnen?«, fragte er nach der Begrüßung.

»Schlecht. Eine Gefängniszelle kann nicht viel schlimmer sein als diese Bude. Ich will wieder nach Hause.«

»Dort wartet viel Arbeit auf Sie.«

»Besser als das ewige Herumsitzen«, bekannte sie und bot ihm endlich einen Platz an. »Was kann ich für Sie tun?«

Ihre direkte Art half ihm, schnell zur Sache zu kommen. Nacheinander legte er ihr die ausgedruckten Fotos auf den

Tisch: »Die habe ich vor zwei Stunden anonym per Mail bekommen.«

Ihr abgespanntes, von der Schwüle gerötetes Gesicht verhärtete sich, als sie begriff, was sie da sah. Eine ganze Weile blickte sie reglos auf die Abbildungen. Ist vielleicht doch nicht die feine Art, dachte er, ihr die Bilder zwei Tage nach Beißners Tod vorzulegen. Aber irgendwie müssen wir ja weiterkommen.

Endlich rümpfte sie die Nase, als hätte sie gerade geweint, stand auf und goss sich umständlich ein Glas Whisky ein.

»Für Sie auch?«

Im Normalfall hätte er abgelehnt, aber er wollte sie nicht brüskieren: »Aber bitte stark verdünnt.«

Sie nickte und stellte ihm ein Glas Mineralwasser neben seinen Drink. Dann nahm sie wieder Platz.

Ihre Augen waren auf ihn gerichtet, aber sie schien durch ihn durchzusehen.

»Haben Sie wirklich nichts gewusst?«

Sie bewegte leicht ihren Kopf. Ein Nein.

»Keine Anzeichen?«

»Nichts. Ich weiß natürlich, dass es in seinem früheren Leben einige Frauen gegeben hat. Ich war ja auch kein unbeschriebenes Blatt mehr, als wir zusammenkamen«, sagte sie und wagte den Anflug eines Lächelns. »Aber er war mir gegenüber immer sehr charmant und aufmerksam. Es gab auch keine längeren Phasen, in denen wir getrennt gewesen wären. Kann eigentlich gar nicht lange gedauert haben, diese Affäre.«

Sie schaute ihn fragend an, aber er reagierte nicht.

»Ich habe ihm völlig vertraut.«

»Wieso hatte er eigentlich noch seine Wohnung in Hattingen?«

»Seine Fluchtburg, wie er sagte. Nach der Trennung von seiner Frau hat er sich in Hattingen die neue Existenz aufgebaut. Ist in die Kanzlei eingestiegen, deren Chef damals noch im selben Haus gewohnt hat. Nach dessen Tod hat er das ganze Haus übernommen. Und sich vorgenommen, da zu bleiben. Er wollte nie mehr ganz von vorn anfangen.«

Ihr Bericht hatte ein wenig zäh begonnen, wurde aber bei dem vertrauten Thema flüssiger. Jetzt aber stockte sie: »Doch das muss ich jetzt.«

»Wenn Sie die Bilder gefunden hätten, als er noch lebte ...«

»Ich hätte ihn wahrscheinlich sofort vor die Tür gesetzt.«

Lohkamp überlegte. Dann legte er zwei Fotos nebeneinander – aus jeder Serie eins. Sie verstand sofort, was er damit beabsichtigte, und lächelte traurig: »Sie meinen: Wer wilde Tiere mit dem Bewegungsmelder schießt ...«

Er nickte leicht, wartete.

»Ich bin seit fünf Jahren nicht mehr in seiner Wohnung gewesen. Seit wir das Haus in Bochum gekauft haben.«

»Wer hatte dann Zugang?«

»Die Putzfrau.«

»Und seine Tochter?«

»Weiß ich nicht. Ich habe sie höchstens ein Mal pro Jahr gesehen – und er sie vielleicht zwei oder drei Mal. Sie hat in Frankreich studiert und ansonsten bei ihrer Mutter gewohnt.«

»Wer dann?«

Sonnenschein deutete auf die Fotos: »Vielleicht Lina.«

»Und warum sollte sie solche Fotos machen oder in Auftrag geben?«

Sie zuckte die Achseln: »Macht für mich auch keinen Sinn.«

»Eigentlich ein prima Mordmotiv.«

»Ja? Für mich nicht.«

Lohkamp beugte sich vor: »Aber wie hätte Tenberge unbemerkt eine solche Apparatur aufbauen können?«

Sonnenschein lächelte: »Sie war Anfang des Jahres ein paar Wochen von ihrem Mann getrennt. Kleine Ehekrise.

Ich selbst habe Lukas gebeten, ihr die Wohnung als Notunterkunft zu überlassen – als Hilfe unter Parteifreunden.«

Sie lachte kurz auf, als wäre ihr bewusst geworden, etwas Dummes getan zu haben.

»Und?«

Sonnenschein sah Lohkamp an: »Lina hat die Schlüssel nie zurückgegeben.«

40

Der große Parkplatz am Dortmunder Zoo war nachts einer der einsamsten Orte in der Bierstadt. Auf drei Seiten wurde er von Grünanlagen umgeben und jenseits der engen Zufahrtsstraße erhoben sich auf der vierten Seite die Gebäude mehrerer Seniorenwohnheime, vor denen nach dem letzten Schichtwechsel des Personals jegliches Leben erlosch.

An diesem Mittwoch bog einige Minuten vor Mitternacht eine schwarze Limousine von der Herdecker Straße in Richtung Zoo ab. Ohne das vorgesehene Tempolimit von dreißig Stundenkilometern zu überschreiten, glitt sie fast lautlos bergab und überquerte vorsichtig die einspurige Bahnstrecke zwischen Hörde und Herdecke. Am Ende einer sanft geschwungenen Rechtskurve hatte der Wagen den Parkplatz erreicht. Dessen weitläufiges Areal war auf der südlichen Hälfte gut einsehbar, aber auf der dem Zoo zugewandten Seite durch Bäume und Hecken in mehrere große Parkbuchten unterteilt, die alles, was hier passieren konnte, jedem Blick von der Straße aus entzog.

Der schwarze BMW steuerte erst die vorletzte Einfahrt an. Der Fahrer zog den Wagen fast bis zum Ende der Parkbucht durch, wo er wendete und die Scheinwerfer auf Standlicht dimmte. Die hinteren Türen des Wagens öffneten sich und drei Männer glitten heraus. Sie liefen gute dreißig Schritte in Richtung Einfahrt zurück und schoben sich dann im Abstand von jeweils mehreren Metern so tief zwischen das Blattwerk der Büsche, dass sie selbst zwar alles beobachten, aber von niemandem entdeckt werden konnten.

Eine gute halbe Stunde lang geschah nichts. Keiner der ausgestiegenen Männer regte sich, kein Feuerzeug flammte auf. Auch im Inneren des wartenden Wagens bewegte sich nichts. Nur die beiden abgedämpften Scheinwerfer glommen matt vor sich hin.

Nach einer Weile konnten die Männer zwischen den Büschen die Geräusche, die zu ihnen herüberdrangen, unterscheiden. Von der Chaussee, die nach Herdecke führte, und von der Zillestraße, die Hombruch und Wellinghofen miteinander verband, drang hin und wieder das Auf- und Abschwellen von Automotoren herüber. Die folgende Stille wurde nur gelegentlich unterbrochen, wenn im nahen Zoo ein paar aus dem Schlaf geschreckte Vögel und Affen schrien.

Keines dieser Geräusche schien die Wartenden zu beunruhigen. Und wenn sie das bewegungslose Warten ungeduldig machte – niemandem hätte man es ansehen können.

Um kurz nach halb eins änderte sich die Situation. Einer der Wagen oben auf der Hauptstraße schien sehr plötzlich abgebremst zu werden. Ein paar Herzschläge lang hörte man gar nichts, bis das Summen eines Motors rasch näher kam. Und plötzlich lag der breite Fahrstreifen in der Mitte des Areals im hellen Scheinwerferlicht. Der Wagen bog in die vorletzte Bucht ein und näherte sich langsam dem wartenden Fahrzeug. Zwanzig Meter vor ihm hielt er an. Nun wurde auch in dem BMW das Abblendlicht eingeschaltet. Fast gleichzeitig schwangen die beiden Fahrertüren auf.

»Ronaldo?«, fragte es von rechts.

»Si«, antwortete es von links.

Nun öffneten sich auch die Beifahrertüren und auf jeder Seite betrat ein weiterer Mann das Pflaster.

»Fertig?«

»Si, amigo!«

Wie nach einem festgelegten Ritual bewegten sich die Beifahrer aufeinander zu und trafen sich in der Mitte. Beide trugen einen schwarzen Koffer und legten ihre Last in derselben Sekunde vor sich auf den Boden.

»Zeigen«, forderte Ronaldos Begleiter.

Der Namenlose bückte sich und öffnete sein Köfferchen. Es war mit mehreren Lagen weißer Beutel gefüllt. Der andere Mann ging in die Hocke. Er hob einen der Beutel von weiter unten heraus, riss ihn auf, befeuchtete seinen Zeigefinger und steckte ihn in das Plastiksäckchen. Eine Prise des weißen Pulvers blieb an seinem Finger kleben. Er berührte sie prüfend mit den Lippen und verrieb sie danach sanft auf seinem Zahnfleisch.

»Zufrieden?«

Ronaldos Begleiter nickte.

»Und jetzt du!«

Der zweite Koffer wurde geöffnet. Er war mit sorgsam gebündeltem Geld gefüllt. Der Pulverlieferant bückte sich nun ebenfalls und hob einige der Päckchen an, um sicher zu sein, dass unter den echten Scheinen nicht nur wertloses Papier lag.

»Ausgezeichnet«, sagte er laut – und warf sich im selben Moment zur Seite flach auf den Boden.

Ronaldos rechte Hand zuckte zur Hüfte und auch sein Begleiter versuchte noch, seine Waffe zu ziehen. Aber da bellten in den Büschen bereits mehrere Schüsse auf. Ronaldo und sein Kumpel stürzten aufs Pflaster.

Während der Kofferträger der BMW-Besatzung beide Behälter einsammelte und sich zum Wagen zurückzog, traten die Männer aus den Büschen heraus. Einer von ihnen sah nach, ob die Getroffenen noch lebten. Dann setzte er seine Waffe in Ronaldos Genick und feuerte einen weiteren Schuss ab. Der Mann zuckte noch einmal und blieb dann reglos liegen.

Nun rollte der BMW heran, die Pistolenmänner stiegen ein und der Wagen entfernte sich in Richtung Hauptstraße – leise und ohne die zulässige Geschwindigkeit zu überschreiten. Der andere Wagen und die beiden Toten wurden erst in der Morgendämmerung von einem Jogger entdeckt.

Donnerstag

41

»Alle Eingänge des Zielobjekts sind frei!«, quäkte es um Punkt sechs aus dem Lautsprecher.

»Einsatz!«, forderte Dorn.

Der Leiter des Sondereinsatzkommandos nickte und drückte auf die Sprechtaste seines Mikrofons: »An alle. Drei, zwei, eins – Angriff!«

Die Wagenkolonne preschte los und bog mit Blaulicht in die Girondelle ein. Rechts flogen mehrere konventionell konstruierte Wohnhäuser mit drei oder vier Stockwerken an den Wagenfenstern vorüber, links zuerst die katholische Kirche und der Kindergarten. Danach kam das Terrassenhaus.

Dieses Ungetüm erinnerte entfernt an die verschachtelten Wohnburgen der Indianer bei Taos in New Mexico. Die Bochumer Variante enthielt mehr als zweihundert Wohnungen und ebenso viele Keller, die über vier verschiedene Eingänge erreichbar und alle durch scheinbar endlose Flure miteinander verbunden waren.

Vor dem letzten Eingang stoppten die Fahrzeuge. Die Türen flogen auf und fast zwei Dutzend vermummter und bewaffneter Gestalten sprangen heraus. Zehn von ihnen stürmten nacheinander auf den breiten Hauseingang zu. Der erste Mann stieß die Tür aus Verbundglas auf und hielt sie den Nachfolgenden von innen auf. Die ersten sechs liefen über die Treppe zur zweiten Etage hinauf, die anderen in den Keller hinab. Nun bildeten sechs weitere Bewaffnete eine lockere Kette auf dem Bürgersteig und beobachteten, die schussbereiten Maschinenpistolen leicht angehoben, die Balkone zwischen den Hausnummern 84 und 86. Erst jetzt hielt ein weiterer Wagen vor dem Haus, dem vier Zivilisten entstiegen; eine junge, sehr große Frau und drei Männer hasteten auf die Haustür zu. Im zweiten Stock holten sie die nach oben gestürmte Sechsergruppe ein.

»Scht!«

Mit einem Spiegel spähte der Anführer der Gruppe in den Flur, der vom Schummerlicht nur schwach ausgeleuchtet wurde. Alles leer, kein Feind in Sicht! Ein Schwenk mit dem Lauf seiner Maschinenpistole, und seine Kollegen hetzten an ihm vorbei. Sekunden später hatten sie die zweite Wohnung auf der Rückseite des Gebäudes erreicht – noch immer ohne jeden Widerstand. Misstrauisch starrten sie auf die Tür. Lauerten dahinter islamistische Terroristen? Angst. Herzklopfen. Kräftiges Durchatmen. Konzentration auf den Höhepunkt.

»Jetzt!«

Mit Gebrüll brachen die Männer durch die Tür. Das Holz splitterte, Glas klirrte, Metall schepperte. Sie preschten vorwärts in die ihnen vorher zugewiesenen Räume. Traten auch diese Türen ein und folgten den Läufen ihrer Maschinenpistolen: »Keine Bewegung! Liegen bleiben! Polizei!«

Eine Frau schrie auf, eine Kinderstimme folgte:

»Neiiiiiiiiiiiin!«

»Schnauze! Auf den Boden! Gesicht nach unten! Hände zur Seite! Keine Bewegung!«

Der Lärm und die gebrüllten Befehle der Männer waren bis auf den Flur zu hören. Als die Schreie endlich verstummten, hörte man immer noch das Weinen des Kindes. Da trat der Anführer des Kommandos auf den Gang hinaus: »Alles unter Kontrolle! Keine Gefahr!«

Dorn betrat die Wohnung als Erste, zwei ihrer Getreuen folgten. Lohkamp kam zum Schluss, noch immer eine Gänsehaut auf dem Rücken und eine Scheißwut im Bauch. Früher hätten sie eine solche Aufgabe mit zwei Mann erledigt – und sogar noch zuerst geklingelt oder an die Tür geklopft. Und sie hätten dabei zusammen weniger Schiss gehabt als jeder einzelne der aufgeputschten Kerle vom SEK.

Er sah sich um. Küche, Bad, Wohnzimmer, Schlafraum. Zwischen Bett und Schrank lag eine schmale Frau mit dunkelblondem Haar auf dem Teppich, nur mit einem Nachthemd bekleidet, das Gesicht an den Boden gepresst, die Hände auf dem Rücken gefesselt – und mit dem Lauf einer Maschinenpistole im Nacken.

»Nicht bewegen!«

Ein Mädchen von drei oder vier Jahren kauerte in einer Ecke seines Bettchens auf dem Lattenrost, den Rücken an die Holzstäbe gepresst, die Hände vor den Augen, schluchzend. Jemand hatte die Kleine hochgerissen und das Bett durchwühlt, Matratze, Decke und Kopfkissen beiseitegefegt. Keine verborgenen Waffen. Das Kind wieder auf das nackte Bett geknallt und die MPi noch immer in Anschlag, als könnte das Mädchen sich selbst in eine Waffe verwandeln.

»Guten Morgen«, sagte Dorn kühl und blickte die Vermummten an. »Stellt sie hin!«

Die Frau wurde hochgezerrt und auf die Beine gestellt. Gerade eins siebzig, dünn, keine fünfzig Kilo, Hautfarbe weiß. Die langen Haare waren noch vom Schlaf verklebt, ihre geröteten Augen weit aufgerissen, die Lippen bebend.

Dorn musterte zuerst die überfallene Frau von oben bis unten, dann die ärmliche Einrichtung des Raums, bevor ihr kalter Blick zu der Bewohnerin zurückkehrte. Was für eine arrogante Ziege, dachte Lohkamp. So hochnäsig haben die Reichen früher auf ihre Dienstboten hinabgesehen.

»Frau Tarik?«

Die Frau schaute Dorn an, als hätte sie den Sinn der Frage nicht verstanden. Wer sollte sonst dort wohnen? Der Name stand doch an der Tür.

Einer der Männer stieß ihr das stumpfe Ende seiner MPi in den Rücken: »Antworten!«

Sie taumelte, fing sich aber wieder, und ihre Lippen bewegten sich, formten ein lautloses Ja.

Dorn hielt ihren Dienstausweis und ein Schriftstück hoch: »Bundesanwaltschaft. Das ist eine Anordnung zur Durchsuchung Ihrer Wohnung, des Kellerraums und Ihres Pkws. Verdacht des unerlaubten Waffenbesitzes und von Sprengmaterialien. Sie können während der Maßnahme eine Person Ihres Vertrauens als Zeugen hinzuziehen. Möchten Sie das?«

Tu's, dachte Lohkamp. Auch wenn deren Wohnung als nächste dran ist.

Die Frau sah an ihrem dünnen Nachthemd herunter: »So?«

»Sie können sich anziehen. Moment!«

Einer der Männer öffnete die Doppeltür des Kleiderschranks, während ein anderer den Lauf seiner Waffe auf das Innere richtete. Ein dritter suchte zwischen den dort hängenden Kleidungsstücken nach was-auch-immer.

»Sauber!«

Eine Kopfbewegung Dorns, dann durchschnitt man den Kabelbinder, mit dem Elena Tariks Hände gefesselt waren. Jedes Kleidungsstück, auf das sie nun zeigte, wurde durchsucht, bevor man es ihr zuwarf. Dann schubste man sie ins Badezimmer: »Anziehen!« Dorn stand in der geöffneten Tür und einer der Männer neben ihr. Das Kind in seinem Bett weinte noch immer.

»Wen wollen Sie als Zeugen holen?«

Die Frau hatte es sich anders überlegt: »Niemanden. Aber ich will in jedem Raum dabei sein, wenn sie suchen! Und zuerst meine Tochter beruhigen.«

»Aber gerne …«

Während sie das kleine Mädchen auf den Arm nahm und leise auf das Kind einsprach, zogen sich die Männer des SEK in den Gang vor der Wohnung zurück, wo sich einige Schaulustige versammelt hatten.

Eine Frauenstimme rief: »Elena, bist du in Ordnung? Was wollen die von dir?«

»Ruhe da! Alles zurück in die Wohnungen!«

Der Anblick der erhobenen Waffen sorgte dafür, dass sich der Flur schnell leerte.

Für die kleine Wohnung brauchten Dorns Leute gerade mal zwanzig Minuten – und sie vergaßen es auch nicht, in Küche und Bad die Gitter vor den Lüftungsschächten und die herausnehmbaren Kacheln in der Badewannenverkleidung zu öffnen. Doch weder dort noch unter den Sichtblenden der Küchenmöbel fanden sie Waffen oder Munition. Die Schriftstücke, die man für verdächtig hielt, passten in zwei Aldi-Tüten – und dann wurde der PC hinausgetragen.

Lohkamp beteiligte sich nicht daran, sondern stellte sich auf den Balkon und zündete eine Zigarette an. Er schaute auf einen kleinen Platz, der von einem L-förmigen Gebäude begrenzt wurde.

Ein paar Geschäfte im Parterre und Wohnungen im ersten Stock. Ein Dutzend Menschen auf dem Pflaster – die einen strebten in Richtung U-Bahn-Haltestelle, zwei Frauen führten ihre Hunde aus. Alles normal. Was hier oben vor sich ging, bekam niemand von dort aus mit.

»Ach du Scheiße!«, entfuhr es Lohkamp plötzlich und er musste grinsen.

»Was ist scheiße?«, fragte die Sphinx und trat zu ihm hinaus auf den Balkon. Ein Blick genügte, um zu sehen, was zu sehen war: Die Postenkette stand unter den Balkonen auf der falschen Seite des Hauses. Die Sphinx hatte wieder mal etwas übersehen.

»Gute Planung«, sagte er und sah Dorn spöttisch an. Das

Gesicht der Bundesanwältin schimmerte rötlich wie bei einer Schülerin, die man beim Mogeln erwischt hatte.

»Shit happens«, sagte Dorn schließlich und ging zur Tagesordnung über. »Wir wollen uns jetzt den Keller ansehen! Wenn Sie so freundlich wären, mitzukommen?«

Er tat ihr den Gefallen.

Elena Tarik hatte ihre Tochter inzwischen angekleidet und unter Aufsicht einer Nachbarin übergeben: »Bringst du sie in die Kita?«

»Klar!«

»Geh schön mit, Amira. Es ist alles wieder gut. Die Männer gehen gleich weg! Und ich komme rüber, sobald ich kann.«

Dann ging es los. Vier Bewaffnete voran, danach Elena Tarik, dicht hinter ihr Dorn und ihre Gehilfen, Lohkamp wieder am Schluss. Was bin ich froh, dass ich aus diesem Laden bald raus bin …

Der lange, düstere Gang stank nach Pisse. Auf dem Boden verteilt leere Coladosen, Einwickelpapier, Zigarettenkippen, in einem Winkel zwei gebrauchte Kondome. In regelmäßigen Abständen waren morsch wirkende Gittertüren in die Seitenwände eingelassen, sodass man in jeden Verschlag bequem hineinleuchten konnte.

»Niemand da!«, meldete einer der Beamten, die an den Zugängen auf Wache standen. »Wir haben alles überprüft.«

»Danke«, sagte Dorn und wandte sich an Frau Tarik: »Ihr Keller hat die Nummer 311?«

Die Frau nickte.

»Öffnen Sie!«

Tarik zog einen Schlüsselbund aus der Jeanstasche, blieb aber überrascht stehen: »Das Schloss da ist ganz neu. Ich glaube nicht …«

»Öffnen!«

Sie versuchte es – aber vergeblich.

»Hat Ihr Mann das Schloss vielleicht ausgetauscht? Und vergessen, Sie zu informieren?«

Die Frau zog die Schultern hoch: »Wir sind seit Wochen nicht im Keller gewesen. Hier steht nur wertloses Zeug. Sie sehen doch selbst, dass hier nichts sicher ist.«

Ohne weitere Erklärung deutete sie auf die gegenüberliegende Tür. Sie war wie etliche andere aufgebrochen. Die Latten aus Billigholz waren über vierzig Jahre alt und spröde. Ein kräftiger Stoß reichte, um die Schrauben der Scharniere aus dem Holz zu lösen.

Eine Kopfbewegung – dann trat einer der Beamten gegen die Tür und auch Tariks Verschlag lag offen vor ihnen. Soweit Lohkamp von seinem Platz aus sehen konnte, gab es darin eine morsche Stellage mit ein paar Umzugs- und Bananenkisten, einen ausrangierten Fernseher, zwei gut gefüllte blaue Plastiksäcke, abgefahrene Autoreifen, Malerutensilien und jede Menge Staub.

»Anfangen!«

Der Raum wurde aus verschiedenen Winkeln fotografiert, dann machten sich Dorns Leute ans Werk. Sie brauchten gerade mal fünf Minuten, dann hatten sie den Inhalt der diversen Behältnisse untersucht.

Jetzt gingen sie die blauen Müllsäcke an. Im ersten fanden sie abgetragene Arbeitskleidung, die zum Teil mit Öl verschmiert war, ein paar alte Pullover und Jacken und einige verschmutzte Handtücher, alles Zeug, in dem bereits ein Stamm Motten gewütet hatte. Dann öffneten sie den zweiten Sack – und wichen zurück.

»Dennis!«, schrie einer der Männer.

Aus der Gruppe der Vermummten löste sich jemand und trat vorsichtig an den Sack heran. Er schob das Visier seines Helms zurück und spähte hinein: »Na, so was! Alte Bekannte, aber lange nicht mehr gesehen!«

Er zog einen grauen Karton heraus, etwa so groß, dass man ein paar Schuhe für Erwachsene darin transportieren konnte. Er enthielt fünf, nein sechs grau-braune Rollen, die wie etwas zu groß geratene Neujahrskracher aussahen.

»Dynamit!«

»Das hat irgendjemand da deponiert!«, rief Elena Tarik. »Wir haben nichts damit zu tun!«

»Bringt sie nach oben«, befahl Dorn, ohne den Sprengstoffexperten aus den Augen zu lassen. Der legte das Kistchen wieder an seinen Fundort zurück: »Fotografieren! Und holt eine Transportbox!«

Alles zog sich aus dem Raum zurück und wartete ab. Die Sphinx trat an Lohkamp heran und beugte sich zu ihm hinunter, eine Spur von Triumph in den Augen: »Was habe ich Ihnen gesagt?«

Der Hauptkommissar sah sie an und verzog die Mundwinkel. Seit Jahren wurde dieses Zeug kaum noch benutzt. Schöner tschechischer Plastiksprengstoff war besser aufzubewahren und effektiver. Das musste auch Dorn wissen.

»Na?«, beharrte sie auf einer Antwort. »Geben Sie zu, dass Sie auf der falschen Spur waren?«

Tariks Aufschrei noch im Ohr, drängte sich ihm ein Verdacht auf, den er sofort wieder verbannen wollte.

»Glückwunsch«, sagte er schließlich. »Gutes Arrangement!«

Sie sah ihm in die Augen und wusste, was er meinte.

»Wir sehen uns später«, zischte sie. »In meinem Büro!«

Dein Büro, dachte Lohkamp spöttisch. In unserem Präsidium gehört dir nicht mal 'ne Rolle Klopapier.

42

Kalle Mager fühlte sich nach seiner zweiten Nacht in den Händen der Polizei verdammt unwohl. Die Knastseife, mit der er sich gewaschen hatte, ging ja noch – aber das Abtrocknen mit einem Stück Recyclingpapier aus dem Handtuchspender empfand er schon als Zumutung. Da er auch keine eigene Zahnbürste bei sich hatte, musste er für die

Mundhygiene seinen Zeigefinger und viel Leitungswasser einsetzen – aber das Gefühl blieb, dass er aus dem Hals stank wie eine Kuh aus dem After.

Misstrauisch musterte er sein schwarzes T-Shirt. Die Flecken, die der Schweiß unter den Achseln hinterlassen hatte, rochen auch nicht wie eine Blumenwiese. Drei Tage dasselbe Hemd zu tragen – widerlich. Und wie es nach zwei Nächten in seiner Unterhose aussah, wollte er lieber nicht erst überprüfen.

Für jeden Scheiß hat der Alte Zeit, dachte er, während er den letzten Knopf seiner Jeans schloss. Aber auf die Idee, seinem Sohn frische Wäsche in den Knast zu bringen, kommt er nicht mal im Traum. Gibt ja kein Honorar dafür …

Nach dem Frühstück dachte er allen Ernstes daran, seine Unterwäsche mit dem kalten Wasser in seiner Zelle zu reinigen und sie den Rest des Tages auf dem Rand seiner Koje trocknen zu lassen. Das Rasseln eines Schlüssels in der eisernen Zellentür unterbrach seine Überlegungen.

»Karl-Friedrich Mager?«

Kalle brauchte ein paar Sekunden, bis er begriff, wer gemeint war. »Ja!«

»Mitkommen!«

»Wohin?«

Der Beamte sah ihn so schräg an, dass Kalle ahnte, was der Mann am liebsten geantwortet hätte: zum Schafott. Aber stattdessen knurrte er etwas, das wie »Haftprüfung« klang.

Eine halbe Stunde später landete Kalle zusammen mit drei anderen Typen in einer Wartezelle, die sich im Keller des Bochumer Gerichtsgebäudes befand. Unsanft befreite man die anderen Männer von ihren Handschellen: »Sie werden einzeln aufgerufen!«

»Und ich?« Anklagend hielt Kalle seine gefesselten Hände hoch.

»Sie kommen sofort mit!«

Per Aufzug ging es ein paar Stockwerke höher. Als sich die Fahrstuhltür öffnete, wurde er in einen fensterlosen Raum geschoben. Die einzigen Möbel waren zwei ungepolsterte Sitzbänke, deren Füße fest in den Boden geschraubt waren. Und hier saß bereits Bochums bester Anwalt.

»Wo sind wir hier?«, fragte Kalle. »Hochsicherheitstrakt?«

Nagel III lächelte spöttisch: »Sie können stolz sein. In diesem Raum haben schon echte Mafiamörder auf ihre Haftprüfung gewartet. Und eine Etage höher hält der Lift genau neben der Anklagebank im Gerichtssaal für die Terroristenprozesse. Aber so berühmt sind Sie noch nicht!«

Kalle blickte demonstrativ seinen Aufpasser an, der sich auf der anderen Bank niedergelassen hatte: »Ich hätte lieber allein mit meinem Anwalt gesprochen.«

»Das müsste der Richter entscheiden«, sagte der Mann in Grün. »Aber ich bin schwerhörig.«

»Glaube ich gerne«, sagte Kalle. Doch bevor er noch etwas Unhöfliches anfügen konnte, mischte sich der Anwalt ein: »Wir haben eigentlich alles beredet.«

Kritisch ließ er seinen Blick von oben bis unten über den Mandanten wandern: »Hat Ihr Herr Vater Ihnen keine Kleidung zum Wechseln gebracht?«

Kalle schüttelte stumm den Kopf.

»Und etwas Seife, Shampoo und ein Deo wären auch nicht schlecht gewesen.«

»Sie können mir ja Ihre Soutane leihen.«

»Robe heißt das. Aber die ist frisch gewaschen. Und ich habe gleich noch zwei andere Termine. Korrekte Kleidung ist Pflicht.«

Kalle beäugte die locker gebundene Krawatte seines Beschützers und ließ die Augen tiefer wandern: »Jeans? Turnschuhe?«

»Unten ist alles egal. Wichtig ist nur, was man über der Tischkante sieht. Und die Krawatte habe ich mit einem Griff auf Vorschrift.«

Ein verlegenes Schweigen entstand. Kalle starrte auf die massive Tür gegenüber dem Aufzug und versuchte zu erraten, was sich dahinter abspielte. Man konnte gerade noch erahnen, dass sich dort Menschen unterhielten, aber kein einziges Wort verstehen. Und je länger er nachdenken konnte, desto heftiger stieg ihm der eigene Schweißgeruch in die Nase.

Ganz unvermittelt schwang die Tür nach innen auf und zwei Männer kamen herein: der eine in einer auf Maß geschneiderten Robe, mit perfektem Anzug und geputzten schwarzen Schuhen. Und dann eine breitschultrige Glatze, zwei hässliche Narben im Gesicht, aber mit weißem Hemd, Leinenjacke und auf Hochglanz gewienerten Springerstiefeln. Beide in bester Laune.

Der Anwalt des Glatzköpfigen gönnte Kalle einen kurzen Blick und sah wieder zu Nagel III hinüber: »Viel Glück auch! Ein fester Wohnsitz ist zwar nützlich, aber für eine Haftverschonung braucht man auch saubere Klamotten!«

»Und dafür sorgen«, flüsterte der Glatzköpfige im Vorbeigehen, »dass die Kameltreiber keine Zeugen haben!«

Kalles Stinkefinger nahm er zum Glück nicht mehr wahr.

43

Zurück im Präsidium, verschwand Dorn zunächst mit ihrer Gang aus Karlsruhe und den erbeuteten Dynamitstangen in ›ihren‹ Räumen, um den Sieg auszukosten – und um den Sprengstoff zum LKA weiterzuleiten. Lohkamp blieb gerade so viel Zeit, wie er für einen Kaffee, ein Schinkenbrötchen und die Verdauungszigarette brauchte. Dann rief die Sphinx ihn per Telefon in ein kleines Büro, wo sie ihn mit einem dieser Glattrasierten erwartete. Noch bevor Lohkamp Platz genommen hatte, entdeckte er das Diktiergerät auf dem Tisch.

»Was wird das? Ein Verhör?«

Sie sah ihn kühl an: »Nennen wir es doch Dienstgespräch.«

»Dann möchte ich jemanden vom Personalrat dabeihaben.«

»Selbstverständlich. Wen?«

Wäre es wirklich um ein harmloses Gespräch gegangen, hätte sie wahrscheinlich versucht, ihm die Hinzuziehung eines Zeugen auszureden. Aber so, wie es aussah, hatte sie eine Art Abrechnung vor. Jemanden vom Personalrat holen? Brachte nichts. Keiner von den Kollegen war mit diesem Fall vertraut. Und ihm direkt unterstellte Polizisten waren im Zweifelsfall nicht glaubwürdig genug. Also wen?

»Thalbach!«

Dorn nickte und sah den Glatten auffordernd an. Der Mann griff sofort zum Telefon und wählte die Nummer des Hauptraums, in dem die Soko arbeitete: »Kann die Kollegin Thalbach mal herüberkommen?«

Sein ausdrucksloses Gesicht veränderte sich ein wenig und auf seiner Stirn erschien eine kleine Falte. »Nein, es ist dringend!«

Er legte auf und blickte seine Chefin an: »Sie kommt!«

Au Mann, dachte Lohkamp. Ist es wirklich klug, Katharina zu holen? Geht ihre Karriere dadurch endgültig den Bach runter? Er musste versuchen, sie aus der Diskussion herauszuhalten.

Thalbach trug wieder den lustigen Pferdeschwanz, mit dem Lohkamp sie vor Jahren kennengelernt hatte, und sie war wieder fast so schlank wie vor der Geburt ihres Sohnes. Die Fältchen, die ihre Augen jetzt umzogen, ließen sie gereifter und weniger unbekümmert erscheinen, aber Lohkamp mochte das. Sie sieht verdammt gut aus, dachte er.

»Was gibt es?«, fragte sie und schaute verwundert auf die Personenkonstellation, die sie vorfand.

Die Sphinx lächelte leicht, bot ihr einen Stuhl an und gab sich sehr sachlich: »Ich muss mit Herrn Lohkamp ein paar dienstliche Dinge besprechen. Und es ist uns beiden ganz lieb, wenn jeder einen Zeugen dabei hat. Sind Sie bereit?«

Thalbach blickte kurz auf den Hauptkommissar, der ihr leicht zunickte und sein Handy ganz unaufgeregt auf Vibrationsalarm schaltete. »Einverstanden.«

»Vielen Dank«, sagte Dorn und ihr Hilfssheriff griff zum Mikrofon: »Dienstgespräch zwischen Bundesanwältin Dorn und dem Ersten Kriminalhauptkommissar Lohkamp. Polizeipräsidium Bochum, Donnerstag, den 27. Juli …«

Er schaute auf die Uhr, diktierte die genaue Zeit und die Namen der beiden Zeugen. Dann ergriff Dorn das Wort: »Herr Lohkamp, es geht zunächst um den Einbruch in Beißners Privathaus. Ich habe mir gestern noch den jungen Mann vorführen lassen, den Ihre Kollegen aus Hattingen festgenommen haben.«

»Ach ja? Wer war's denn?«

»Karl-Friedrich Mager aus Dortmund.«

»Ach du Scheiße.«

»Sie kennen ihn?«

»Flüchtig. Was hatte er dort vor?«

»Hat er mir nicht verraten. Aber seinen Vater kennen Sie gut?«

»Geht so.«

»Immerhin haben Sie sich am Dienstagabend mit ihm in einer Gaststätte getroffen. In Recklinghausen.«

Dieses Luder, dachte Lohkamp. Wer hat ihr das denn gesteckt? Laut sagte er: »Stimmt. Journalist. Hat mir manchen guten Tipp gegeben.«

»Aber Sie haben ihn nie offiziell als Informanten vermerkt.«

»Korrekt. Weil unser Präsidium löchrig ist wie ein Sieb.«

»Das ist kein Grund, den ich akzeptieren kann. Der Mann ist nach meinen Informationen moskautreuer Alt-Kommunist. Was haben wir mit diesen Leuten zu schaffen?«

»Wir suchen unsere Informanten nicht nach ihrem Partei- oder Gesangbuch aus.«

»Herr Lohkamp, ich muss Sie vor weiteren Kontakten zu diesem Menschen warnen.«

»Würden Sie mich auch warnen, wenn er Nazi wäre?«

»Irrelevante Frage. Aber erklären Sie mir doch etwas Seltsames.«

»Gerne, wenn ich's kann.«

»Sie treffen sich mit diesem Klaus Mager. Zur selben Zeit hält sich sein Sohn unerlaubter Weise in Beißners Kanzlei auf. Zu seinen Motiven hat er mir nichts gesagt – verstockt wie alle Kommunisten. Aber einen Tag später schicken Sie mir dieselben Fotos, die wir später auf dem Laptop in Beißners Hattinger Wohnung gefunden haben – von der Sie schon vor uns gewusst haben. Finden Sie das nicht auch seltsam?«

Lohkamp zog die Schultern hoch: »Nein. Ich habe Sie über die Existenz dieser Wohnung so schnell wie möglich informiert.«

»Woher stammt Ihr Wissen?«

»Von meinem Informanten.«

»Sehen Sie da keinen Zusammenhang?«

»Ja«, sagte er und genoss einen Augenblick ihre Verwirrtheit. »Ist doch unlogisch: Der Vater informiert mich über eine Wohnung, während sein Sohn gerade dort einbricht? Passt nicht.«

»Aber dann bekommen Sie die besagten Fotos.«

»Ja. Über einen fiktiven E-Mail-Account.«

»Ich weiß.«

»Dann wissen Sie auch, dass ich eine Kontroll-Mail an diese Adresse geschickt und eine Fehlermeldung bekommen habe.«

»Ja«, gestand sie.

Damit war Lohkamp klar, dass die Sphinx den Mailverkehr auf seinem PC gecheckt hatte. Er verkniff sich ein zufriedenes Lächeln und sagte nur: »Solche Zufälle gibt es eben.«

Sie beugte sich leicht vor und fixierte seine Augen: »Herr Lohkamp, ich glaube nicht an solche Zufälle. Ist es nicht in Wirklichkeit so, dass der Nachrichtenfluss zwischen Ihnen und Ihrem sogenannten Informanten in beide Richtungen geht?«

Thalbach holte Luft. Lohkamp wollte sie abblocken, aber Katharina war schneller: »Frau Dorn, falls hinter Ihrer Frage ein Vorwurf steckt, können Sie den bitte deutlich formulieren?«

»Eigentlich sind Sie hier nur Zeugin und keine Anwältin«, konterte Dorn.

»Braucht Herr Lohkamp denn einen?«

Dorn schwieg eine kleinen Moment und suchte nach einer unverfänglichen Formulierung: »Sagen wir es so: Es gibt Vorgänge, die mich an Herrn Lohkamps Zuverlässigkeit zweifeln lassen. Er kooperiert mit Leuten, die mir nicht gefallen.«

»Also können Sie Herrn Lohkamp keinen beweisbaren Vorwurf machen.«

Dorn kaute an ihrer Unterlippe, fand aber schnell eine diplomatisch klingende Antwort: »Ich bin gerade dabei, mir ein klares Bild von Herrn Lohkamp zu verschaffen. Ich brauche Leute, denen ich bedingungslos vertrauen kann. Und die mir handfeste Ergebnisse liefern anstatt abenteuerlicher Tattheorien.«

»Also halten Sie Herrn Lohkamp für unfähig?«

»Frau Thalbach, für eine umfassende dienstliche Beurteilung bin ich nicht zuständig. Die müsste jemand anders schreiben.«

»Danke, Katharina«, schaltete sich Lohkamp ein. Thalbach war auf dem besten Wege, sich Dorn zur Feindin zu machen. Und dann könnte sie die nächste Beförderung endgültig vergessen. »Du bist wirklich nur als Zeugin hier.«

»Herr Lohkamp!« Dorn schaltete Augen und Stimme auf tiefstes Bedauern. »Von unserer Zusammenarbeit bin ich ein wenig enttäuscht. Immerhin haben Sie früher mal bei der Sonderkommission ›Terrorismus‹ glänzende Arbeit geleistet …«

Angeberin! Du willst mir ja nur zeigen, dass du meine Personalakte kennst, dachte Lohkamp.

»Im Moment aber treten Sie auf der Stelle. Wichtige Fragen sind ungeklärt: Woher kommt das Auto vor Sonnenscheins Haus? Was sind das für Leute, die mit diesem Scirocco vor Hardenberg und Klemm geflohen sind? Was wissen wir über die örtlichen Sprengstoffverwender? Alles, was Sie haben, ist eine alte Kamera!«

Lohkamp schwieg und sah ihr in die kalten Augen. Jede Argumentation war zwecklos.

»Auch die Fotos, die Sie geschickt haben, sind wertlos. Erstens hatten wir bereits Beißners Laptop, als Sie uns die Bilder zuschickten. Und zweitens: Was zeigen sie? Zwei Leute, die Sex miteinander haben!«

»Eifersucht ist ein häufiges Tatmotiv.«

»Ja, aber Sie halten Sonnenschein doch selbst für unverdächtig. Sonst hätten Sie die Frau festgenommen.«

Lohkamp grinste nun: »Sollen wir alle Frauen festnehmen, die ihre untreuen Männer ertappt haben? Dann säßen mehr Leute im Knast als frei herumlaufen.«

»Eben. Und das Dynamit von heute Morgen hat Sonnenschein entlastet. Sie waren einfach auf der falschen Spur und haben wichtige Fragen nicht gelöst.«

»Wenn Sie das so sehen, kann ich Ihnen auch nicht helfen. Bin ich raus?«

Dorn stützte ihre Ellenbogen auf den Tisch und sah ihn über die gefalteten Hände hinweg direkt an. Wunderbare Gesprächspsychologie, dachte er. Zeige dem anderen, dass du ihm wichtig bist und dass du es ehrlich meinst.

»Im Normalfall wären Sie raus. Aber es ist ja der Wunsch Ihres Präsidenten, dass Sie uns helfen. Und es gibt noch ein paar Aufgaben, die Sie schaffen können, wenn Sie sich endlich darauf konzentrieren.«

Irgendwann fällst auch du auf die Schnauze, Püppchen. Schade nur, dass ich wohl nicht dabei sein werde.

»Woher Tariks Sprengstoff stammt, finden meine Leute und das LKA schon heraus. Sie können sich ja um die Herkunft des blauen Lkws kümmern. Aber aus allem anderen sind Sie raus. Und seien Sie froh, wenn die Sache mit diesem Journalisten kein Nachspiel hat. Ich danke Ihnen für das Gespräch.«

Während der Glattrasierte den Abspann ins Tonband diktierte, verließen Lohkamp und Thalbach das Büro.

»Arrogante Ziege«, sagte Katharina. »Aber sei vorsichtig. Sie hat nicht gesagt, *dass* die Sache kein Nachspiel haben wird.«

Lohkamp nickte: »Habe ich mitbekommen. Und Danke für dein Kommen.«

»Immer wieder gern«, lächelte sie und verabschiedete sich mit der Andeutung eines Winkens.

44

In den ersten Augenblicken stimmte das Aussehen des Untersuchungsrichters den Delinquenten hoffnungsfroh. Mit seiner John-Lennon-Brille, dem weißen Wallehaar und dem grauen Kranz, den eine Kombination von Schnurr- und Kinnbart um seine Lippen legte, erinnerte er Kalle Mager strukturell an seinen Vater: Kein Zweifel, der Typ musste auch in den wilden Jahren um 1968 herum studiert haben.

Doch als er sich auf die Anklagebank gesetzt hatte, fielen Kalle nach und nach die Unterschiede auf. Das Haupthaar des Richters war perfekt gefärbt und geföhnt, die freien Flächen zwischen Bart und Wangenknochen penibel geschoren, die Hände aufwendig manikürt. Dieses Manifest für Ordnungsliebe und Sauberkeitsfanatismus wurde nur noch von der silbernen Fliege getoppt, die er statt der üblichen

Krawatte trug: Der Mann war nicht nur selbstverliebt, sondern wollte aus der Schar der Bochumer Richter als etwas Besonderes herausragen.

Nee, dachte Kalle, der Typ hat vielleicht 68 studiert, aber ein echter 68er ist der nie gewesen. Und dieser Milchbart von Staatsanwalt da drüben weiß wahrscheinlich nicht einmal, was ein 68er ist.

»Name?«

»Kalle Mager.«

Der Richter musterte ihn noch einen Moment und neigte seinen Kopf wieder über die vor ihm liegende Akte: »Hier stehen zwei Vornamen. Ein Kalle ist nicht dabei.«

»Karl-Friedrich, Euer Ehren!«

»Das heißt ›Herr Vorsitzender‹«, zischte Bochums bester Anwalt.

Der Inhaber des Holzthrons nickte zustimmend und fuhr fort, das Ritual herunterzubeten: »Alter?«

»Dreißig.«

»Beruf?«

»Doktorand.«

»Ach«, machte der Herr der Dinge. »In welchem Fach?«

»Geschichte.«

»Über?«

»Räuberbewegungen des sechzehnten und siebzehnten Jahrhunderts als Ausdruck des Protestes gegen feudale Herrschaftsstrukturen.«

Der Richter sah ihn missbilligend an: »Und dafür bekommt man ein Stipendium?«

»Herr Vorsitzender«, mahnte BbA, ohne den Satz zu vollenden, doch der Chef des Verfahrens verstand ihn auch so: »Herr Mager, wie finanzieren Sie Ihr Leben?«

»Ich arbeite als Kamera-Assistent bei einem freien Fernsehteam.«

»Und ihr Monatsverdienst?«

»Zwölfhundert brutto.«

Der Vorsitzende diktierte Kalles Angaben auswendig ab, spielte sie vor und ließ sie durch Kopfnicken genehmigen. Dann beugte er sich über die dünne Akte, die vor ihm auf dem Tisch lag: »Wenn ich das Geschreibsel hier richtig verstehe, ist der Mann bei einem Einbruch erwischt worden, bevor er etwas entwenden konnten. Ist das korrekt, Herr Staatsanwalt?«

Der Milchbart sah den Richter irritiert an, rang sich dann aber dazu durch, den Ausdruck Geschreibsel nicht gehört zu haben: »Die Hattinger Polizei hat den Vorgeführten vorgestern Abend in der Kanzlei des getöteten Notars Beißner entdeckt und ihn festgenommen, als er zu fliehen versuchte. Zu dem Vorgang selbst verweigert der Festgenommene bis jetzt jede Aussage. Außerdem muss noch untersucht werden, ob er sich auch in der Wohnung des Getöteten aufgehalten und dort etwas entwendet hat.«

»Völlig falsche Darstellung, Herr Vorsitzender«, nahm Nagel III seine Arbeit auf. »Als mein Mandant festgenommen wurde, hatte er kein fremdes Eigentum bei sich. Das Ziel seines, ähm, unautorisierten Eindringens bestand auch nicht darin, etwas zu entwenden, sondern darin, etwas Entwendetes reumütig zurückzubringen!«

»Wenn das ein Witz sein soll …«

»Bei Gott – nein, Herr Vorsitzender. Aber vielleicht hören wir Herrn Mager selbst an!«

Die Augen des Richters forderten Kalle zum Sprechen auf. Der erzählte, leicht stockend und in demütigem Tonfall, wie er auf die Idee gekommen war, den Schlüssel in der Kanzlei an sich zu nehmen. Sein Vater habe ihm später die Verwerflichkeit dieser Tat so eindringlich verdeutlicht, dass er seinen Fehler erkannt und den Schlüsselbund voller Scham und Reue wieder an seinem angestammten Platz deponiert habe.

Der Richter hörte aufmerksam zu und Kalles Herz schöpfte neue Hoffnung auf einen guten Ausgang der Vernehmung. Doch dann beging er, was nicht vorhersehbar war, einen entscheidenden Fehler: »Es tut mir leid, was ich getan habe, und ich bin froh, dass ich keinen Schaden angerichtet habe. Aber man möge mir zugutehalten, dass ich begeisterter Leser und Bewunderer Günter Wallraffs bin, der bei seinen Recherchen …«

Weiter kam er nicht. Bei der Nennung des Namens Wallraff zuckte der Richter, als hätte ihn eine Pferdebremse gestochen: »Herr Mager, Sie glauben also wie dieser Schmierenjournalist Wallraff, dass man lügen und betrügen müsse, um die Wahrheit zu ergründen? Wie soll ich da Ihrer gerade vorgetragenen Einlassung noch Glauben schenken?«

»Herr Vorsitzender, die Erklärung meines Mandanten war ein Geständnis. Und er ist nicht stolz auf seine Tat, sondern bereut sie zutiefst!«

»Papperlapapp, Herr Anwalt. Hätte Ihr Mandant seine Tat wirklich bereut, hätte er der Kanzleiangestellten den gestohlenen Schlüssel persönlich zurückgebracht.«

»Herr Mager«, fragte Nagel III, »warum haben Sie nicht so gehandelt, wie es der Vorsitzende gerade beschrieben hat?«

Als hätten sie es vorher eingeübt, senkte Kalle sein Haupt und erklärte mit erstickter Stimme: »Ich habe mich geschämt.«

Der Staatsanwalt sprang auf. Sein Zeigefinger stieß in Kalles Richtung, als wollte er ihn erdolchen: »Herr Vorsitzender, Sie werden doch nicht auf dieses jämmerliche Schauspiel hereinfallen!«

Eine Handbewegung brachte ihn zum Schweigen: »Worauf ich hereinfalle, verehrter Herr Staatsanwalt, entscheide noch immer ich selbst. Aber davon abgesehen: Gibt es Ihrerseits noch weitere Gründe, den jungen Mann festzuhalten?«

»Verdunkelungsgefahr! Sie sehen es doch selbst: Die Akte vor Ihnen ist noch äußerst dünn. Vor allem konnte noch keine Spurensichtung in der Privatwohnung Beißners durchgeführt werden. Es ist nicht auszuschließen …«

»Wie soll er dort noch etwas vertuschen?«, meldete sich BbA. »Selbst dann, wenn er es wollte, könnte er es nicht: Er hat die dazu notwendigen Schlüssel ja wieder in die Kanzlei zurückgebracht. Außerdem hat Herr Mager einen festen Wohnsitz und geht einer geregelten Beschäftigung nach.«

»Wie diese Beschäftigung geregelt ist«, kommentierte der Vorsitzende, »darüber verhandeln wir ja gerade.«

»Außerdem steht noch immer nicht fest, ob Herr Mager bei seiner Tat Komplizen hatte. Das erfordert noch eine intensive Ermittlungsarbeit.«

»Herr Staatsanwalt«, lächelte der Kämpfer für Gerechtigkeit. »Jetzt lassen Sie Ihrer Phantasie aber einen zu großen Spielraum. In der Anzeige der Hattinger Beamten steht nicht einmal ein vager Verdacht, Herr Mager könnte Helfer gehabt haben.«

»Unterbrechen Sie mich nicht, Herr Anwalt. Die Polizei sucht nämlich auch noch nach möglichen Zeugen, die Herr Mager, würde er frei herumlaufen, einschüchtern könnte.«

Nagel III atmete genervt durch: »Herr Staatsanwalt, ich kann Ihre Aufgeregtheit überhaupt nicht nachvollziehen. Sie haben doch ein Geständnis meines Mandanten! Wie oft warten die Ermittler trotz aller Bemühungen vergeblich darauf? Aber Sie waren erfolgreich und haben deutlich mehr erreicht als die Polizei. Sie könnten sich zufrieden zurücklehnen und in Ruhe das Urteil abwarten. Was brauchen Sie denn noch? Soll mein Mandant jetzt noch Harakiri begehen?«

Er setzte sich wieder, zupfte seine silberfarbene Krawatte glatt und sah seinen Kontrahenten mit einem deutlichen Kopfschütteln an. Doch der brauchte nur wenige Sekunden, um auf den alten Kurs zurückzukehren: »Wenn ich an die arme Frau denke, die in der Kanzlei arbeitet, und mir vorstelle, dass dieser kräftige Kerl in diesem Outfit vor ihr auftauchte.«

Jetzt riss bei Kalle der Faden. Ehe es BbA verhindern

konnte, rief er: »Hatten Sie die gleichen Bedenken, als Sie vorhin diesen Fascho laufen ließen?«

Alle anderen Anwesenden erstarrten.

»Wäre es Ihnen lieber gewesen, ich hätte einen Marokkaner plattgemacht?«

Der Anwalt packte seinen Arm: »Klappe!«

Aber es war zu spät. Der Vorsitzende räusperte sich und hob seine Stimme: »Herr Mager, vor einer halben Minute wäre ich noch bereit gewesen, Sie unter Auflagen freizulassen. Aber dieser aggressive Ausbruch bei einem jungen Mann, der offenbar für Mörderbanden schwärmt, in verwahrloster Kleidung herumläuft und das Gericht beleidigt – nein.«

Er zückte einen Kugelschreiber und schrieb eine gute Minute lang seine Entscheidung auf, bevor er sie verkündete: »Herr Mager, wegen Missachtung und Beleidigung des Gerichts belege ich Sie mit einer Geldbuße von einhundertzwanzig Euro, zahlbar in zwei Raten. Im Übrigen ordne ich Untersuchungshaft an. Nächster Termin in einer Woche. Vielen Dank, meine Herren!«

»Idiot!«, raunte Bochums bester Anwalt, als er mit seinem Mandanten in den Warteraum zurückkehrte. »Es gibt Wahrheiten, die man vor Gericht nicht verkünden sollte. Und jede Wette: Mit der Geldbuße wird Ihr Vater nicht das Firmenkonto belasten!«

45

Während Horst Lohkamp und Kalle Mager – jeder auf seine Weise – gegen das Räderwerk der Bürokratie ankämpften, prüfte Ewald Hardenberg die eingegangene Dienstpost. Das Ergebnis war enttäuschend. Weder aus dem Baltikum noch aus dem Straßenverkehrsamt gab es eine Mitteilung über das Sprengstoffauto. Aber zumindest die Dortmunder Kollegen hatten sich gerührt.

»Melanie hier. Ruf mich mal zurück«, schallte es ihm vom Band entgegen und dieselbe Frauenstimme verriet ihm eine Handynummer. Auf Anhieb fiel ihm nicht ein, wer das sein konnte, aber das Adressbuch seines Mobiltelefons hatte ein besseres Gedächtnis als er: Melanie Schwarz war vor zwei Jahren mit ihm auf einem Lehrgang gewesen. Er drückte die grüne Taste.

»Hi, wie geht's dir?«, fragte sie.

»Gesund. Und du?«

»Bestens. Gerade zwei nette Jungs kennengelernt. Superschicke Italianos, jung und kräftig, die teuren Anzüge leider etwas zerknittert, aber Schuhe, die mindestens zweihundert gekostet haben.«

»Und wann ist Hochzeit?«

»Nee, lieber nicht, die Jungs sind gebraucht. Sie haben so hässliche Löcher an lebenswichtigen Stellen.«

»Und warum erzählst du das mir? Hört dein schwuler Friseur dir nicht mehr zu?«

»Charmant, charmant. Nein, ihr sucht doch einen roten Scirocco. Der steht einsam und verlassen da, wo die beiden Jungs liegen.«

»Und wo ist das?«

»Hier in Dortmund kurz vorm Zoo.«

»Zoo? Ihr habt doch gar keinen Zoo.«

»Bitte?«

»Zu einem richtigen Zoo gehören Elefanten. So große Tiere habe ich noch nie bei euch gesehen.«

»Mann, wir haben jede Menge Giraffen. Die sind viel größer als Elefanten.«

»Haben die Rüssel?«, fragte Hardenberg und wartete die Antwort erst gar nicht ab. »Siehste. Darum habt ihr nur einen Tierpark.«

»Tierpark? Ihr Bochumer habt 'nen Tierpark. Und der passt in meine Schminktasche.«

»Möchte ich sehen. Zurück zum Scirocco. Kennzeichen?«

»T 181. Ist aber genauso falsch wie das I 181, das ihr gesucht habt.«

»Und die Jungs. Wer hat die umgebracht? Wie?«

»Hellsehen können wir auch nicht. Bei dem einen sieht es aus wie 'ne Hinrichtung. Genickschuss, weil der erste Treffer wohl nicht gereicht hat. Kaliber noch unbekannt. Eher klein, so um die sieben, acht Millimeter. Also nicht so'n dicker Hammer.«

»Verstehe.«

»Warte! Das Interessanteste: Unser bester Schnüffler auf vier Beinen hat Heroin entdeckt. Ein paar winzige Krümel auf dem Asphalt vor dem Wagen, Geruchsspuren im Kofferraum. Passt das in euer Beuteschema?«

Der Bochumer dachte nur eine Sekunde nach: »Nein. Die sind uns wohl nur durch Zufall in die Quere gekommen.«

»Woran arbeitest du denn? Die Bombengeschichte?«

»So ungefähr. Schickst du mir trotzdem einen Bericht?«

»Geht in Ordnung. Bist du noch mit dieser kleinen Roten zusammen?«

»Ja«, log er. »Und Tschüss!«

Erleichtert drückte Hardenberg das Gespräch weg. Melanie war ein lustiger Typ, aber eben auch Polizistin. Von Inzucht-Beziehungen hatte er genug.

46

Abgehängt hat sie mich, dachte Lohkamp, während er zum Parkplatz ging und seinen Wagen aufschloss. Abgehängt und auf ein Nebengleis geschoben. Den offiziellen Rausschmiss aus der Soko spart sie sich wohl noch auf. Hat vielleicht doch Schiss vor einem offenen Konflikt mit dem Präsidenten. Aber ihm traute sie nicht mehr und hielt ihn auf Abstand. Hatte er unten vor Tariks Keller einen Satz zu viel gesagt? Oder hätte sie ihn so oder so geschasst?

Er setzte sich hinters Steuer und fuhr, die Fensterscheiben zum Auskühlen tief unten, den Stadtpark entlang in Richtung Stadion. Am Ende schwankte er einen Moment. Auf der Terrasse des Restaurants am Tierpark hätte er angenehm in der Sonne sitzen können, aber er hatte keine Lust, auf Kollegen zu treffen. Stattdessen fuhr er nach rechts zur Castroper hinüber und suchte sich eine Parklücke auf den stillgelegten Straßenbahnschienen. Hier gab es ein gemütliches alternatives Café, in dem nur selten Polizisten auftauchten.

Lohkamp bestellte einen Cappuccino und ein Baguette mit Schinken, zündete sich eine Zigarette an und musterte die anderen Gäste. Ein paar kichernde Teenies, die offenbar eine unbeliebte Unterrichtsstunde in dem benachbarten Gymnasium schwänzten; ein Grüppchen jüngerer Männer und Frauen, die der Kleidung und den Gesprächen nach in einer der nahen Kliniken arbeiteten, dazu ein einsamer Rentner, der dicht am Fenster saß und vielleicht die Autos zählte, die auf der staubigen Straße vorüberzogen. Was war passiert? Und warum?

»Danke«, sagte er, als die junge Kellnerin ihm das Getränk und das Brötchen brachte. Lange Haare in den Farben der Nacht, lächelnde Augen im schwarzen Rand, ein buntes T-Shirt mit Aussicht, hautenge Jeans, straffe Pobacken. Was diese Jungsche wohl mal aus ihrem Leben machen würde? Karriere im Stile einer Anna-Lena Dorn sicher nicht …

Lohkamp löffelte vorsichtig den Milchschaum von der Tasse und grübelte. Woher wusste die Sphinx von seinem Date mit Mager? Im *Drübbelken* war niemand gewesen, den er schon mal im Bochumer Präsidium gesehen hatte. War ihm jemand gefolgt? Er hatte zwar nicht besonders darauf geachtet, aber bis zur Recklinghäuser Altstadt hätte er etwas gemerkt.

Als er das erste Stück von seinem Brötchen abbiss, klingelte sein privates Handy. *Gabi*, stand auf dem Display.

»Ja?«

»Du solltest besser auf deine Figur achten«, sagte sie. »Ich kann die Brötchenkrümel bis hierher sehen.«

»Unverschämte Lüge«, behauptete er. »Das ist ein echter Weight-Watchers-Salat mit maximal vier Points!«

Sie lachte: »Lohkamps Mittagsmärchen! Aber egal. Gute Nachricht. Willst du sie hören?«

»Nur zu, gute Nachrichten kann ich gebrauchen!«

»Du wirst zum dritten Mal Opa!«

Erschrocken schluckte er das halb gekaute Backwerk herunter: »Ach du liebe Scheiße!«

»Freust du dich nicht?«

»Weißt du, mir ist das egal. Die sind ja weit genug weg. Aber wieso tun sich das die jungen Frauen von heute an? Drei Blagen. Die kommen ja nie aus dem Windelwechseln raus!«

»Ach, die lieben sich eben!«, protestierte Gabi. »Freu dich mit ihnen. Und ich finde es auch schön!«

Schwupp, war sie aus der Leitung.

Lohkamp legte das Telefon auf den Tisch zurück und sah zu, wie das Licht auf dem Display erlosch. Und da lief es ihm kalt über den Rücken.

Dorn hatte sein Handy angezapft! Hatte die Gespräche mitschneiden lassen oder zumindest die Verbindungsdaten abgerufen.

Dorn? Vielleicht war's ja auch der Präses. Aber völlig gleichgültig, wer – sie konnten fast jeden seiner Schritte verfolgen.

Mist, verdammter!

In jäh aufwallender Panik stellte er das Telefon aus. Dann zahlte er, ließ das halbe Baguette liegen und fuhr ein paar Hundert Meter weiter bis zum nächsten blau-weißen Supermarkt. Enterte den Laden und kaufte eine neue SIM-Card für einen Prepaid-Anschluss. Setzte sich wieder ins Auto, lud seine Kontakte von der alten Karte auf den Telefonspeicher und setzte die neue SIM-Card ein. Dann zerschnitt er die alte Karte mit dem Taschenmesser. Einen Teil der Schnipsel warf er direkt in einen Mülleimer, den Rest schluckte der nächste Gulli. Jetzt musste er nur noch Mager veranlassen, dasselbe zu tun.

Mit einer deftigen Wut im Bauch fuhr er zurück zum Präsidium.

47

»Hallo, Susanne!«

»Simone, schön, dass du Zeit hast. Setz dich!«

Die beiden Frauen umarmten sich kurz und Simone setzte sich zu der PEGASUS-Chefin unter einen der Sonnenschirme des Cafés vor dem Bochumer Gerichtsgebäude.

»Glück gehabt. Ich habe heute nur vier Stunden. Die anderen neun muss ich montags und dienstags abarbeiten. Wo treibt sich Klaus herum?«

Susanne deutete quer über den Husemannplatz in Richtung Kortumstraße: »Klaus will seine DVD-Sammlung ergänzen.«

»Und Kalle?«

»Noch nix. Unser Lieblingsanwalt meldet sich, sobald er etwas weiß.«

»Bin gespannt, ob er Kalle heraushauen kann.«

»Wird nicht einfach sein«, vermutete Susanne. »Wenn es um Einbruch geht, hört der Spaß wohl auf.«

Während Sim sich einen Eistee bestellte, faltete Susanne ihre Zeitung zusammen und ließ den Blick über den Platz schweifen. Vor sieben oder acht Jahren hatten sie hier einen heftigen Polizeieinsatz gegen zwei Dutzend Punker gefilmt – und einer der Festgenommenen hatte am nächsten Morgen drei Kilometer weiter südlich tot hinter einer Kirche gelegen.

»Weißt du noch: die Punkergeschichte? Damals hast du zum ersten Mal für uns gearbeitet. Recherchen in Hattingen und Holland.«

Sim nickte: »Wo Karin angeschossen wurde.«

»Ja. Beschissene Geschichte. Sie hatte hinterher ein richtiges Trauma. Aber du müsstest ganz angenehme Erinnerungen an den Einsatz haben.«

»Stimmt«, sagte Sim und bemühte sich, nicht rot zu werden. Kalle und sie hatten in Middelburg in einem Luxushotel eingecheckt und das riesige Ehebett in ihrer Suite einem harten Test unterzogen.

»Kalle war damals richtig süß.«

»Und heute?«

Sim dachte nach: »Ja, er macht schon was her. Toll, wie er sich in Hattingen für mich geopfert hat. Nur müsste er irgendwann mal mit seinem Studium fertig werden.«

»Darauf warten wir alle«, sagte Susanne. Die Frauen prusteten los.

»Und sonst?«

»Was meinst du?«

»Noch Gefühle für ihn?«

Simone verstummte für einen Moment.

»Es ist eine Menge passiert seit damals«, wich sie aus und dachte an die zwei Männer, mit denen sie in der Zwischenzeit länger zusammen gewesen war. Zwei starke Anfänge, aber beide Mal auch ein unangenehmes Ende. Und die drei, vier anderen Typen konnte man sowieso vergessen.

»Außerdem träumt er immer noch von dieser Rosa Pawlak.«

»Lange vorbei«, sagte Susanne.

»Und die kleine Modetussi, mit der ich ihn mal gesehen habe? Total verknallt!«

Susanne winkte ab: »Diese Phase hat er auch überwunden. Aber von dir hat er noch lange geschwärmt.«

»Echt?«

»Und einmal hat er gesagt …«, begann Susanne und überlegte eine Sekunde, ob sie den Rest des Satzes wirklich aussprechen sollte.

»Was?«

»Na ja, dass du ihm – dass du ihm seit Middelburg einen Orgasmus schuldest!«

Jetzt wurde Simone wirklich rot: »Boah, dieser Verräter!«

Ein erneuter Lachanfall, doch plötzlich wurde Simone ernst: Zwei Tische weiter nahmen zwei Männer Platz. Den einen wies eine über den Arm gelegte Robe als Anwalt aus, der andere war offenbar sein Mandant. Weißes Hemd, schwarze Jeans und auf Hochglanz geputzte Springerstiefel. Beide offensichtlich in Siegerlaune.

»Scheißfaschos«, flüsterte Simone.

»Beide?«

Sie nickte: »Das Bild des Anwalts war schon mal in der Zeitung. Der verteidigt auch die brutalsten Schläger, als wären sie Weihnachtsengel. Und den mit den Stiefeln kenne ich von zwei Aufmärschen in Dortmund. Solch eine Fresse vergisst man nicht.«

48

Die Niederlage saß tief – und der Ärger über Kalles Entgleisung auch. Zwar teilte Bochums bester Anwalt die Meinung des jungen Mager völlig, aber von juristischer Taktik hatte der Bursche keine Ahnung. Was tun?

Ein Blick auf die Armbanduhr sagte ihm, dass er zunächst noch diese dämliche Scheidungsgeschichte absitzen musste. Rosenkriege waren eigentlich nicht sein Ding, aber beide Parteien hatten rechtzeitig die Waffen ruhen lassen, sodass er eigentlich nur noch dabeisitzen musste, um anschließend eine schöne Rechnung schreiben zu können. Von irgendetwas musste der Mensch ja leben.

Auf dem Weg zum Operationsgebiet der Familienrichter zückte Nagel III das Mobiltelefon und drückte eine der Kurzwahlnummern, um einen alten Studienkollegen zu erreichen. Mit ihm teilte er seit vielen Jahren bei den Heimspielen eines bekannten Gelsenkirchener Fußballvereins Freud und Leid – wobei diese beiden Emotionen für lebenslange Dauerkartenbesitzer sehr ungleich abgewogen waren.

»Jupp?«

»Ja?«

»Papa Gnädig spürt mal wieder seine Wechseljahre und fährt heute zickzack. Einen meiner Mandanten hat er leider bei zack erwischt.«

»Verstehe. In einer Stunde? Im Hinterhof?«

»Abgemacht!«

In dem besagten Hinterhof am Südring, nicht weit weg vom Gerichtsgebäude, kochte einer der beliebtesten Griechen von Bochum und schaffte es seit Jahrzehnten, attraktive Kompromisse zwischen den Originalrezepten seiner Heimat und den verdorbenen Geschmacksnerven des deutschen Publikums zu finden.

In der warmen Jahreszeit konnten seine Gäste an lauschigen Abenden unter freiem Himmel speisen, sofern sie rechtzeitig einen Tisch gebucht hatten. Aber mittags ließ sich immer noch ein freies Plätzchen finden.

»Na endlich!« Kumpel Jupp saß schon unter einem Sonnenschirm und verfolgte genüsslich die Rauchwölkchen, die aus seiner Meerschaumpfeife in die Luft stiegen. »Was für einen Ärger hat der Alte denn gemacht?«

Nagel III brauchte knapp zehn Minuten, um den Fall zu schildern. Sein Kumpel wunderte sich schon lange nicht mehr über die Mandanten des Freundes und hörte aufmerksam zu. Anschließend schüttelte er den Kopf: »Bochum ist doch gar nicht zuständig!«

»Wie bitte?«

»Da man den jungen Mann in Hattingen festgenommen hat, hätte er nach Essen überstellt werden müssen.«

BbA zog die Schultern hoch: »Hier tobt sich gerade so eine Jungkarrieristin von der Bundesanwaltschaft aus. Wenn sie den Festgenommenen angefordert hat?«

»Müssten wir prüfen. Bin nicht sicher, ob das auf dem kleinen Dienstweg geht.«

»Aber bis das entschieden ist, kann mein Mandant schon seinen Rentenantrag stellen.«

»Auch wahr. Was ist das für'n Typ. Bochumer? Zecke in Blau-Weiß?«

»Viel schlimmer.«

»Hurensohn?«

Nagel III nickte grinsend. Die beiden waren Hardcore-Fans der Veltinstruppe und kannten – zumindest im Stadion – gegenüber Schwarz-Gelben keine Gnade.

»Knallst du dem Burschen wenigstens eine Feind-Zulage auf deine Rechnung?«

»Na, der Aufschlag ist sehr milde berechnet. Der Klient ist nicht sehr zahlungskräftig, aber einer meiner treuesten Klienten. Eigentlich müsste er Mengenrabatt bekommen.«

Schweigend verspeisten sie den Hauptgang und tauschten zwischendurch den jüngsten Hausklatsch aus. Erst als der Verdauungsmokka auf dem Tisch stand, kamen sie wieder auf die Leiden des jungen Mager zurück.

»Pass auf. Am besten legst du gleich Widerspruch ein. Nicht vorbestraft, fester Wohnsitz und dieses Zeug. Ich quatsche den Alten dann kurz vor Feierabend an und schockiere ihn mit dem Hinweis, dass er ja unter Umständen gar nicht zuständig war und eine Menge Schreibkram zu erwarten hat, wenn Essen diesen Mager anfordert. Bin sicher, dass er ihn morgen rauslässt.«

»Wie sicher?«

»Neunzig Prozent und mehr. Er ist auf seine alten Tage einfach zu faul, um sich noch auf solche Streitigkeiten einzulassen. Neue Dienstvorschriften liest er schon seit zehn Jahren nicht mehr – und ob er fit genug am Computer ist, um nach Urteilen zu googeln oder sie bei IURIS abzufragen – ich habe meine Zweifel. Außerdem ist dein Mandant sowieso aus der Hauptschusslinie raus.«

»Wieso das denn?«

»Weil diese Tante aus Karlsruhe heute Morgen den Keller eines der verhafteten Muslime durchsucht hat. Sechs Stangen Dynamit. Hat für diese Ziege dieselbe Wirkung wie ein schöner neuer Dildo.«

»Was du alles weißt!«

»Man muss eben die richtigen Drähte haben.«

Nagel III zog sein Telefon und rief den Vater seines Mandanten an, landete aber nur auf der Mailbox: »Nagel III hier. Kalle könnte klappen, aber nicht mehr heute. Im Übrigen seid ihr wohl auf der falschen Spur.«

49

»Scheiße, verdammte!«, fluchte Mager los, als er mit Bochums bestem Anwalt telefoniert hatte. »Kalle muss noch eine Nacht schmoren.«

»Der arme Kerl«, seufzte Susanne. »Sag mal: Braucht der nicht seine Zahnbürste und frische Wäsche?«

»Für eine Nacht?«

»Er hat schon zwei hinter sich«, erinnerte Simone. »Wie würdest du dich fühlen, wenn du so lange dieselbe …«

Mager verdrehte die Augen, winkte aber der Kellnerin: »Zahlen!«

Sie wollten sich schon von Simone verabschieden, da meldete sich Susannes Mobiles. Auf dem Display stand: *WDR.*

Susanne nahm das Gespräch an. Sie hörte einen Moment zu, nickte ein paar Mal und versprach zum Schluss: »Machen wir!«

»Was?«, wollte Mager wissen.

»Einsatz! Maria will ein Interview mit der Frau dieses Ägypters. Wie hieß der noch? Tarik?«

Mager nickte und Simone horchte auf: »Hassan Tarik?«

»Du kennst ihn?«

»Ja, von einer Fete. Was ist mit ihm?«

»Er wurde verhaftet. Sie haben Sprengstoff bei ihm gefunden.«

»Unsinn«, sagte die Bochumerin. »Das Gefährlichste, was man bei dem finden kann, ist eine Prise Gras!«

Von der Stadtmitte aus gesehen, war Steinkuhl schon einer der letzten Vororte Bochums vor dem Ruhrtal – danach kam nur noch die Universität, hinter der das Gelände steil zu dem Flüsschen abfiel, das einer ganzen Region den Namen verliehen hatte. Und Steinkuhl sah so aus, wie es hieß.

Im Schleichgang ließ Mager den Octavia an dem riesigen Betonklotz des Terrassenhauses vorüberrollen. Das Sondereinsatzkommando war inzwischen abgerückt, aber noch immer blockierten Polizisten in Uniform die beiden Eingänge, die Tariks Wohnung am nächsten lagen. Auf dem Bürgersteig gegenüber lungerte, von einigen sensationslüsternen Anwohnern umgeben, noch das Kamerateam eines Privatsenders herum und wartete auf Ereignisse, die schon längst geschehen waren.

»Die spinnen«, sagte Simone, als sie registrierte, dass die Kamera der Konkurrenten auf die Balkone gerichtet war. »Hassan und Elena wohnen auf der Südseite!«

»Hilft uns auch nicht weiter«, maulte Mager. »Wir kommen nicht an den Bullen vorbei.«

»Doch«, sagte Simone, »aber nicht von hier aus. Fahr mal eine große Runde.«

Mager lenkte den Octavia um eine ausgedehnte Eigenheimsiedlung herum, bis sie erneut die Einfahrt zur Girondelle erreichten. Dort stellten sie den Wagen ab und eilten auf den ersten Eingang des Betonmammuts zu. Die Tür saß fest im Schloss, aber Sim drückte einfach auf mehrere Klingelknöpfe in der obersten Reihe. Keines der Namensschilder sah aus wie das andere – die Fluktuation der Mieter in diesem Haus war offenbar so groß, dass der Hausmeister es aufgegeben hatte, einheitliche Etiketten herzustellen. Und mindestens die Hälfte der Namen sah nicht europäisch aus.

Endlich knisterte es in der Sprechanlage. Gleich zwei Stimmen wollten wissen, wer da Einlass begehrte.

»Post!«, rief Sim und der Türöffner summte. »Kommt!«

Abgestandene Luft empfing sie. An einigen Briefkästen war das Türchen aufgebogen, auf dem Boden häuften sich Reklamezettel des nächsten Supermarktes und anderer Müll. Ein Hoch auf unser Zechenhäuschen, dachte Mager.

Die erste kurze Treppe führte zu den Erdgeschosswohnungen auf der linken Seite, eine Kurve und wenige Stufen höher ging es nach rechts.

Zielstrebig öffnete Simone die Glastür: »Hier lang! Es dauert ein bisschen, aber wir kommen bis zum anderen Ende durch.«

Ein enger, leicht verwinkelter Gang. Die Luft war noch muffiger als im Eingangsbereich und ihr Weg wurde nur mühsam von ein paar Sparlampen erhellt. Namensschilder gab es kaum und die Wohnungsnummern an den Türen waren verblasst. In regelmäßigen Abständen ging es mal ein halbes Treppchen höher, mal ein paar Stufen hinunter. Aber Sim kannte sich aus, als wäre sie hier zu Hause.

»Nummer 88!«, verkündete sie, als sie das nächste Treppenhaus erreichte. »Wir sind bald da!«

Mager kam dieses Versprechen sehr optimistisch vor. Fünfzehn Kilo Übergewicht und der Metallkoffer mit ihrer Ausrüstung waren eine echte Herausforderung für Herz und Lunge. Schweißbäche liefen ihm den Rücken herunter. Aber er war vom Jagdfieber gepackt und folgte ihrer Pfadfinderin, ohne zu murren.

»Wie heißt es bei Heinrich Zille?«, fragte Susanne, als sie das nächste Treppenhaus erreichten. »Man kann einen Menschen mit einer Wohnung erschlagen wie mit einer Axt.«

»Zille?«, fragte Sim.

»Berliner Maler. Anfang des vorigen Jahrhunderts. Hat das Elend der Hinterhöfe gezeichnet«, keuchte Mager und dachte: Die Kids von heute wissen auch gar nix mehr.

Ohne zu zögern, kletterte Simone zwei Etagen höher. Die Tür zum Durchgang in Richtung Nummer 84 wurde von zwei Polizisten bewacht, die ihnen misstrauisch entgegensahen. Ohne sie zu beachten, nahm die Expunkerin das nächste Treppchen in Angriff.

Im Vorübergehen knurrte Mager den Beamten ein »Mahlzeit!« zu. Als diese ihre Verwunderung über so viel Freundlichkeit verdaut hatten, war von PEGASUS schon nichts mehr zu sehen.

Eine Etage höher legte Simone warnend einen Finger auf die Lippen und öffnete leise die Durchgangstür. Mager verstand: Die Bullen unten sollten nicht merken, wohin sie gingen.

An der nächsten Zwischentreppe hielt Simone kurz an: »Das hier ist die Schallgrenze: Noch sind wir in 86, aber da drüben sind wir in 84.«

Vorsichtig umrundeten sie zwei Mülltüten, die einer der Mieter wohl absichtlich hier vergessen hatte. Mager riskierte einen Blick und schüttelte sich: Der Abfall war zu einem Biotop geworden, in dem sich kleine weiße Würmchen tummelten. Vermutlich sollte die Aldi-Tüte das Minenfeld ersetzen.

»Wer macht das weg?«

»Keine Ahnung«, meinte Simone. »Kannst du gleich mal Axel fragen.«

»Axel?«

»Noch ein Kumpel. Computerfreak. Wir haben schon Nächte lang gehackt. Er wohnt übrigens genau über Hassan.«

Sie drückte eine Türklingel, aber auf dem Flur war nicht zu hören, dass innen ein Signal ertönte. Simone bollerte mit der Faust gegen die Tür, doch damit hatte sie auch keinen Erfolg. Schließlich legte sie ein Ohr ans Holz und lächelte: »Metallica.«

Während sie ihr Handy zückte und die Rufnummer des Wohnungsinhabers suchte, horchte auch Mager an der Tür. Ganz fern hörte er das Wummern der Bässe.

»Axelchen!«, rief Simone endlich. »Wir stehen vor deiner Tür. Sei so gut, und lass uns ein!«

Sekunden später wurde das Wummern schlagartig lauter, dann öffnete sich auch die Wohnungstür und ein *Nothing else matters* dröhnte ihnen mit voller Wucht entgegen. Selbst der massige Körper des Bewohners vermochte den Gesang nicht zu dämpfen.

»Simonchen!«, sagte der Dicke und umarmte sie. Dann blickte er neugierig auf ihre Begleitung.

»Klaus-Ulrich und Susanne. Lass uns rein. Ich erkläre dir alles drinnen.«

Von dem engen Flur gingen drei Türen ab. Wenn eine ins Bad und die zweite in die Küche führte, konnte höchstens noch ein einziger Raum übrig sein. Was sich darin befand, erkannte Mager erst, als ›Axelchen‹ die Vorhänge geöffnet hatte: Bett und Kleiderschrank in dem einen Winkel, eine Sitzecke in dem anderen, mehrere Bücherregale und vor dem Fenster eine Batterie von zwei Rechnern samt Monitoren, einem Laptop, zwei Stapeln CDs oder DVDs, Kaffeetasse und Aschenbecher.

In der Luft schwebte außer dem Qualm ein süßlicher Geruch, der nicht von einer handelsüblichen Kippe stammen konnte.

Während Simone die Glastür zu einem rechteckigen Balkon öffnete, drehte Axel die Musik ab und deutete einladend auf die Sitzgruppe: »Wollt ihr Kaffee?«

Kurz streifte sein Blick das zerwühlte Bett und einige herumliegende Kleidungsstücke und er lächelte: »Kümmert euch nicht um das Ambiente. Frischluft und Tageslicht sind die Todfeinde jedes echten Programmierers.«

»Und das unerträglich laute Gezwitscher der Vögel am frühen Morgen«, ergänzte Simone und erklärte, wer die Gäste waren und was am Morgen eine Etage unter Axels Wohnung passiert war.

»Hassan im Knast?«

»Seit zwei Tagen.«

»Und Dynamit im Keller? Hassan doch nicht. So bekloppt könnte selbst er nicht sein, so etwas im Keller liegen zu lassen. Für die Kids im Haus sind die Verschläge da unten der reine Selbstbedienungsladen.«

»Glaube ich dir. Aber wir wollen mit Hassans Frau reden.«

»Eine Etage tiefer.«

»Ja, aber da stehen Bullen. Darf ich mal auf den Balkon?«

Alle drängten hinaus und genossen den gleichen Ausblick, der Stunden zuvor Lohkamp beeindruckt hatte. Links der Blick auf ein Studentenheim, das wegen seiner bunten Fassade nur ›Papageienhaus‹ hieß. Gegenüber, schon auf der anderen Seite der Markstraße, sahen sie den Wohnturm des nächsten Studentensilos und einen halben Kilometer weiter das Grün einer Hügelkette, hinter der sich die Uni verbarg.

Simone beugte sich vor und spähte steil nach unten. Eine hübsche Sammlung von Balkonen, die immer breiter wurden, je tiefer man kam. Dazu ein Gewirr von Geländern, Blumenkästen aus Beton, Campingsesseln und Wäscheständern.

»Und das da ist Hassans Balkon?«, fragte Simone und deutete auf ein mit Blumen geschmücktes Betonviereck genau unter ihnen.

»Ja«, brummte Axel.

»Kein Problem«, erklärte Sim, »dahin komme ich auch ohne Treppe.«

Mager stockte der Atem und Axel streichelte die Wölbung unter seinem schwarzen T-Shirt: »Diesen Weg habe ich noch nie ausprobiert.«

»Verstehe ich«, lächelte Simone. Sie schwang sich auf die Brüstung, umklammerte das stählerne Geländer und ließ ihre Beine nach unten rutschen.

»Du bist bescheuert!«, sagte Mager.

»Ja«, antwortete Simone und ließ los.

50

Der Fund des Dynamits hatte Dorns Adrenalinproduktion wieder ganz nach oben gepuscht. Glaubte sie wirklich, den Durchbruch geschafft zu haben?

Auf jeden Fall drehte sie, als Lohkamp aus seiner ausgedehnten Mittagspause zurückkam, Hassan Tarik erneut durch die Mangel. Mehrere Beamte verfolgten diesen Kampf durch eine Einwegscheibe von einem Nebenraum aus. Und Hardenberg, der sich gerade eine kalte Cola aus dem Automaten geholt hatte, zog Lohkamp mit hinein: »Musst du dir ansehen. Dorn geht baden!«

Zögernd kam Lohkamp mit – immerhin hatte die Frau aus Karlsruhe ihn mit ihrem Bann belegt. Aber unter den Zuschauern entdeckte er mehrere Kollegen, die mit dem Fall überhaupt nichts zu tun hatten, sondern aus reiner Neugier zuhörten. Hatte Dorn etwa selbst zum Public Viewing eingeladen?

»Herr Tarik, in Ihrem Keller haben wir sechs Stangen Dynamit gefunden. Was wollten Sie damit?«

Man hatte den Angeschuldigten auf einen dieser Holzstühle mit senkrechter Rückenlehne gepflanzt, auf denen man unmöglich bequem oder gar entspannt sitzen konnte. So hatte sich der Ägypter leicht nach vorn geneigt und die Unterarme flach auf der Tischplatte deponiert. Den Kopf hielt er gerade so weit gebeugt, dass er Dorn nicht ununterbrochen in das verhärtete Gesicht sehen musste. Aber jetzt hob er den Blick leicht nach rechts, wo seine türkische Anwältin saß: eine sehr schmale Frau, die stehend bestimmt zwei Köpfe kleiner war als ihre Gegnerin, mit hoher Stirn und hellwachen Augen.

»Frau Dorn«, sagte sie, »mein Mandant hat schon mehrfach erklärt, dass er von der Existenz dieses Dynamits keine Kenntnis hatte. Er hat diese Stangen niemals gesehen. Also konnte er damit auch keine Pläne verfolgen.«

»Mich hat er mit dieser Erklärung nicht überzeugt.«

»Dann wird sie auch die sechste Wiederholung nicht überzeugen.«

»Ich hasse Lügen!«

»Vielleicht hören Sie uns zur Abwechslung einfach einmal zu. Immerhin lag das Dynamit in einem von außen einsehbaren Kellerraum, in den jeder Beliebige leicht eindringen konnte.«

»Auch dafür, dass dieser Jemand das wirklich getan hat, gibt es keinen Beweis. Es war sogar ein neues kräftiges Schloss davor.«

»Das Herrn Tarik nicht gehört. Außerdem ist das Schloss völlig unwichtig. Der Haken, an dem es hing, war in morsches Holz geschraubt. Jeder Zehnjährige hätte den Haken mit bloßen Händen herausziehen können«, lächelte die Anwältin. »Aber gibt es irgendeinen Hinweis, dass ausgerechnet mein Mandant das Schloss oder das Dynamit in der Hand hatte? Fingerabdrücke? Genmaterial wie Schweiß oder Hautschuppen?«

»Alles war abgewischt. So dumm ist Ihr Mandant ja nicht, dass er …«

»Aber so dumm, dieses gefährliche Zeug in einen derart offenen Keller zu legen – so dumm war er doch? Wollen Sie das sagen?«

Dorn hatte bei dem letzten Satz unwillkürlich die Hände zu Fäusten geballt. Gleich explodiert sie, dachte Lohkamp.

Doch jetzt griff ihr Teamkollege ein, der bis dahin stumm am Tisch gesessen hatte. Es war derselbe Typ, der auch bei Lohkamps Vernehmung assistiert hatte.

»Frau Saimonoglu«, wandte er sich mit sanfter Stimme an die Anwältin. »Als unsere Beamten nach der Gebetsstunde die Moschee durchsuchten, stand Ihr Mandant als einziger von zweihundert Gläubigen in einem persönlichen Gespräch mit dem Imam. Das war so vertraulich, dass der Imam ihm sogar seine Hand auf die Schulter gelegt hat. Verstehen Sie nicht, dass uns das verdächtig vorkommen muss?«

Ach du lieber Gott, dachte Lohkamp. Die spielen tatsächlich das Schmierentheater von dem guten und dem schlechten Bullen. Aber was hatte sich Dorn dabei gedacht, den *bad cop* selbst zu geben? Vermutete sie, dass Tarik als Moslem eine Frau sowieso nicht als Gesprächspartner akzeptiere? Dass deshalb ihr Kofferträger quasi ›von Mann zu Mann‹ mit dem Verdächtigen reden könne? Diese Taktik war genauso Banane wie der Glaube, dass alle Türkinnen drei Schritte hinter ihren Kerlen laufen mussten.

»Wir hatten diesen Punkt doch auch schon«, lächelte die Anwältin. »Der Imam hat Herrn Tarik aufgefordert, häufiger zum Gebet zu erscheinen. Diese Ermahnung wollte er aus Rücksicht auf Herrn Tariks Ehre nicht öffentlich an ihn richten. Mein Mandant sollte sein Gesicht wahren können. So läuft das bei uns Muslimen. Fragen Sie den Imam.«

»Der Imam sagt gar nichts.«

»Ja, leider. Weil Sie ihm noch keinen Dolmetscher gerufen haben, dem er vertraut. Warum eigentlich nicht?«

Unter den Zuhörern im Nebenraum erhob sich ein leichtes Raunen, in dem deutliche Anerkennung mitschwang. Hardenberg tippte kurz auf Lohkamps Arm und deutete mit dem Kopf zum Flur hinüber.

Draußen sagte er: »Das geht schon seit Stunden so. Die drehen sich im Kreis. Dorn hat nicht einen einzigen Beweis. Sie haben noch nicht einmal geklärt, ob das Dynamit aus

Tariks Keller mit dem Zeug identisch ist, das Beißner in den Himmel geschickt hat. Und eine Idee, woher das Dynamit stammt, haben sie auch nicht. Dorn schießt einfach blind in den Nebel. Reine Show.«

Und pure Verzweiflung, dachte Lohkamp und folgte dem Kommissar in ihr eigenes Dienstzimmer.

»Sonst was Neues?«, fragte Lohkamp und roch an dem Kaffee, der sich in der Thermoskanne befand. Angewidert schüttete er das bitter gewordene Getränk in den Ausguss und zapfte frisches Wasser für eine neue Kanne.

»Ja«, sagte Hardenberg. »Sie haben den Scirocco und zwei Leichen. Aber die Sache hat wohl nichts mit unserer Geschichte zu tun.«

Er berichtete ausführlicher und Lohkamp schmeckte die Enttäuschung in seinem trockenen Mund. Wäre ja auch zu schön gewesen …

»Und bei dir?«

Der Hauptkommissar berichtete von seinem Rausschmiss aus der Soko und Hardenberg bekam große Augen: »Haben die etwa dein Telefon überwacht?«

»Sieht so aus.«

»Und warum?«

»Dorn passt unser Lösungsansatz nicht. Sie möchte unbedingt ihre Islamisten-Theorie beweisen. Wie das geht, haben wir ja gerade gesehen.«

Er fischte die Glaskanne aus der Maschine, bevor der gesamte Kaffee durchgelaufen war, goss sich einen Schluck ein und stellte sich an das geöffnete Fenster. Seine Lunge verlangte nach Nikotin, aber er unterdrückte den Impuls, schon wieder im Büro zu rauchen.

Hardenberg hatte inzwischen seine Cola getrunken und deponierte die leere Flasche neben dem Papierkorb. »Und jetzt? Däumchen drehen?«

»Ich darf mich noch um den blauen Magirus kümmern. Wir haben ja noch diese Liste mit den Hinweisen aufmerksamer Bürger. Aber ansonsten bin ich eben von neuen Nachrichten abgeschnitten.«

»Chef«, sagte Hardenberg, »solange ich in der Soko bin, bist du von gar nix abgeschnitten.«

51

»Wahnsinn!«

Elena Tarik glaubte zunächst an eine Halluzination, als jemand auf ihrem Balkon landete, den Schwung mit den Knien und den Handflächen abfederte und sich dann mit einem triumphierenden Lächeln aufrichtete. Und dann erkannte sie, wer es war. Simone. Eine der vielen besten Freundinnen ihres Nachbarn Axel. Schnell stand sie auf und öffnete die Glastür: »Was soll das denn? Wirst du jetzt Stuntfrau beim Fernsehen?«

»Das nicht. Aber so etwas Ähnliches ...«

Kurz schilderte sie die Situation vor dem Haus und an den Zugängen zu ihrem Hausflur und Elena nickte düster: »Die machen schon den ganzen Tag diesen Terz. Mein Telefon ist blockiert, ich habe kein Internet und durfte nicht einmal die Wohnung verlassen, um Amira in den Kindergarten zu bringen. Ich habe sie einer Nachbarin mitgeben müssen. – Kaffee?«

Die PC-Expertin nickte und folgte Elena in die Küche.

»Heute Morgen sah es hier aus wie in Bagdad nach dem Besuch einer Ami-Patrouille. Die Arschlöcher haben alles aus den Schränken herausgerissen, was sie finden konnten, letztlich aber nur Hassans PC und einen Packen Altpapier mitgenommen. Danach sind sie in den Keller gerannt und haben dort alles durchwühlt.«

»Und sind fündig geworden!«

»Ja, sechs Stangen Dynamit. Pah!« Elena lachte bitter und streckte den Mittelfinger ihrer rechten Hand in die Luft.

»Die spinnen ja. Hier oben haben die Idioten trotz des Chaos gar nicht richtig gesucht. Komm mal mit.«

In der Küche zog sie eine Besteckschublade heraus und kramte von ganz hinten eine kleine Plastiktüte hervor: »Nicht mal die haben sie entdeckt. Weißt du, was da drin ist?«

»Gras?!«

»Genau!«

Beide Frauen lachten los.

»Und im Keller finden sie dann gleich Dynamit?«, fragte Simone und schüttelte den Kopf.

Elenas Gesicht verfinsterte sich und sie verknotete einen ihrer Zeigefinger in den langen dunkelblonden Haaren: »Das ist es ja. Als hätten sie hier oben nur zum Schein gesucht. Ich glaube, sie haben schon vorher gewusst, was sie da unten finden würden. Und das Zeug lag auch ganz oben in einem Müllsack, wo man es nicht übersehen konnte.«

»Und Hassan sitzt!«

»Ja klar. Haben ihn bei der Razzia in der Moschee aufgegriffen. Warum sie gerade ihn mitgenommen haben, ist mir schleierhaft.«

»Ich wusste gar nicht, dass er gläubig ist.«

»Ach, nicht wirklich. Er trinkt Alkohol, isst Schweinefleisch und streichelt Hunde.«

»Hä?«

Elena lächelte: »Kennst du einen echten Moslem, der einen Hund hat? Die kommen in der Tabuliste gleich hinter den Schweinen.«

»Und dann geht er in die Moschee?«

»Na ja – wie viele Leute gibt es hier, die nur Weihnachten in die Kirche gehen? Oder wenn Freunde heiraten? Und Hassan …«

Sie stockte einen Moment und suchte nach einer unverfänglichen Formulierung.

»Hassan – ich glaube, der geht nur hin, um zu überprüfen,

wie die Bochumer Imame drauf sind. Gibt ja auch hier so einen Hassprediger.«

Sie schwiegen einen Moment und rührten in ihren Tassen. Irgendwie müssen wir Elena vor die Kamera kriegen, dachte Simone. Aber wie kommt sie rauf – oder die Kamera hier herunter?

»Hömma«, fragte sie, »bist du bereit, dem WDR ein Interview zu geben?«

»Na klar!«, sagte sie.

»Keine Angst?«

»Wovor?«

»Dass sie Hassan abschieben?«

»Wohin denn? Er hat einen deutschen Pass! Außerdem: Schweigen hilft doch sowieso nicht.«

»Stimmt. Okay, wir kriegen das hin!«

Sie kehrte auf den Balkon zurück. Über ihr waren undeutliche Stimmen zu hören. »Susanne?«

Die Gespräche über ihr verstummten, dann erschien das Gesicht der PEGASUS-Chefin über der Brüstung: »Was gibt es?«

»Interview! Du lässt ein Mikrofon runter, ich stelle die Fragen aus dem Off und ihr filmt von oben.«

»Prima Idee.«

Nach einigen Stellproben hatte Mager einen guten Schusswinkel gefunden, Elena hatte die Nachmittagssonne im Gesicht – alles klappte. Aber anschließend jammerte Mager: »Alles schön. Aber wir brauchten noch ein paar schöne Bilder von dem Zustand deiner Wohnung.«

»Alles aufgeräumt.«

»Mist!«

»Ja, aber ich habe heute Morgen alles fotografiert.«

Mager reckte den Daumen in die Luft und sie zogen den Fotoapparat zusammen mit dem Mikro wieder nach oben.

»Und wie kommst du hier raus?«

»Durch die Tür!«

»Bin gespannt«, sagte die Blonde.

Die beiden Frauen umarmten sich kurz, dann öffnete Elena die Tür und Simone spazierte hinaus und lief auf das Treppenhaus zu. Die beiden Beamten, die an der Glastür Wache schoben, schauten nur flüchtig auf und winkten Simone durch. Und dann setzten sie ihr Gespräch über ihre Chancen bei der nächsten Beförderungsrunde fort.

Viel Glück, dachte Simone. Mit dieser schlappen Dienstauffassung ist keiner von euch beiden dabei.

52

»Zum Kotzen, diese Straße«, schimpfte Hardenberg, als er vom Ring in Richtung Nordwesten abgebogen war und eine lange Autoschlange vor sich entdeckte. Seit Jahren war die Dorstener Straße eine Baustelle, ohne dass man dem Ziel der Verkehrsbeschleunigung auch nur einen Tag näher gekommen wäre. Stattdessen waren etliche Einzelhandelsgeschäfte ruiniert, weil sie kaum noch erreichbar waren, und der Glaube vieler Bürger an die Intelligenz der Planungsleiter noch tiefer erschüttert: Wie in Bochum üblich, wurde zeitgleich auch eine der Ausweichstrecken in eine Mondlandschaft verwandelt.

Kathrin Klemm nickte und schaute besorgt auf ihre Armbanduhr: »Wir kommen zu spät. Mindestens eine Viertelstunde.«

»Keine Panik«, meldete sich vom Rücksitz der Sprengstoffexperte des Landeskriminalamtes, »ohne mich können die gar nicht anfangen.«

Klemm drehte sich um: »Das ist es ja. Ich habe um sechs einen Friseurtermin.«

Endlich konnten sie die Hauptstraße verlassen. Verwitterte Häuserfronten, ein enger Tunnel, der sie auf die andere Seite der A 40 führte, dann ging es leicht bergauf, eingeklemmt zwischen der Autobahn und der alten Backsteinmauer der Zeche *Karolinenglück.* In den umgebauten Waschkauen und Maschinenhallen konnte man von der Billig-Küchenzeile bis zu einem Anlasser für einen Opel Kadett des Baujahrs 1939 so ziemlich alles bekommen – nur keine frische Atemluft. Ein Dutzend Firmenschilder lenkte die Polizisten in das Innere des Geländes.

»Guck mal! Hier bringt der Klotzeck die abgeschleppten Fahrzeuge hin«, staunte Hardenberg.

Klemm nickte – sie hatte selbst schon mal mit dem Taxi hier herausgemusst, um ihren Wagen freizukaufen.

Sie passierten das dunkelrote Gemäuer und mussten erst noch einen riesigen, gut gefüllten Schrottplatz umfahren, bevor sie ihr Ziel erreichten: das Materiallager der *Karolinenglück Bau GmbH.* Die Firma baute von Asphaltpisten bis U-Bahn-Tunnels fast alles, was nicht aus Holz war.

Die Polizisten stiegen aus und sahen sich um: links, von Klotzecks Schrottautos begrenzt, ein Lagerplatz für Baumaterialien, rechts ein Bürogebäude aus rotem Backstein, in den sich vor Jahrzehnten schwarzer Kohlenstaub eingefressen hatte.

»Moin!«, begrüßte sie ein junger Typ mit breiten Schultern, kurzen rotblonden Haaren und sorgfältig geschnittenem Backenbart. An seiner rechten Schulter hing eine schwarze Laptoptasche bis zum Gürtel seiner khakifarbenen Sommerhose herab. Die farblich passende Jacke hatte er sorgsam gefaltet über seinen linken Unterarm gelegt. Mit diesem Aussehen hätte er in den braven Fünfzigern bei den Eltern hübscher Töchter auf Anhieb Großalarm ausgelöst.

»Piepenbrock, Gewerbeaufsicht«, stellte er sich vor und lächelte Klemm an. »Der Kollege von der Steuerfahndung sitzt schon drin und lässt sich die Bücher zeigen. Fleißig, fleißig, dieses Jungs.«

Was für ein Fatzke, dachte Klemm und fragte: »Wer hat denn die Leute hier vorgewarnt?«

»Bitte?«

Sie deutete auf die großen, nach oben offenen Betonboxen für verschiedene Sorten Sand und Gestein. Das Pflaster davor war so blank gefegt, als wäre dort noch nie ein Lkw beladen worden. Und die Batterie von Kalksäcken, die unter einem mit Teerpappe abgedeckten Vordach lagerten, waren so sorgsam aufgereiht wie die berühmte chinesische Terrakotta-Armee.

»Sie wollen doch nicht sagen, dass es hier immer so aussieht?«

Der Rothaarige hob in gespielter Hilflosigkeit die Arme: »Keine Ahnung, ich bin das erste Mal hier. Aber die Firma hat bei uns einen tadellosen Ruf.«

Ja, dachte Hardenberg, wie eine frisch gebadete Nutte, die gegen Aufpreis ohne Gummi arbeitet.

Gemeinsam betraten sie das Bürogebäude. Der Empfangsraum war angenehm kühl und der Geschäftsführer mit der randlosen Brille ausgesprochen freundlich: »Krämer. Bitte, nehmen Sie doch Platz. Was darf ich Ihnen anbieten? Einen Kaffee oder lieber etwas Kaltes?«

Hardenberg und Klemm mussten sich nicht einmal zublinzeln, um höflich abzulehnen: »Wir möchten Ihre Sprengstoffvorräte überprüfen.«

Krämer nickte so heftig, als ob er darüber begeistert wäre: »Der Herr von der Steuerfahndung hat so etwas angedeutet. Meine Sekretärin sucht gerade die Akten mit den Statistiken heraus: Bestellung, Lieferung, Verbrauch, Restvorräte – alles nach Typen und Produzenten geordnet. Darf ich fragen, warum?«

»Reine Routine.«

Der Mann lachte laut auf: »Reine Routine? Die Mordkommission war noch nie bei uns!«

»Ertappt«, gab Hardenberg zu. »Wenn Sie Zeitung lesen, dann wissen Sie es.«

Leicht sein Haupt schüttelnd, nahm der Geschäftsführer

seine Brille ab und putzte sie übergründlich. »Als ob wir ein Interesse daran hätten, die gute Frau Sonnenschein in die Luft zu jagen. Unfassbar.«

Seine Stimme verriet echte Entrüstung.

»Sehen Sie«, tröstete Hardenberg, »insofern ist es doch Routine. Wir wollen uns ja nur vergewissern, dass kein Bochumer Sprengstoff verwendet wurde.«

Ein junge, hübsche Frau betrat den Raum, zwei DIN-A4-Bögen in der Hand. Auch auf zwei Metern Entfernung war zu erkennen, dass sie ein paar übersichtliche Tabellen ausgedruckt hatte: »Bitte, Herr Krämer.«

»Danke!« Er reichte die Listen an den LKA-Mann weiter. »Wenn Sie mir folgen wollen? Das Sprengstofflager haben wir ans äußerste Ende des Grundstücks gesetzt. Falls mal was passiert – dahinter liegt bis Wattenscheid nur Zechenbrache. Aber es passiert nichts.«

Sie umkurvten das Verwaltungsgebäude und folgten einer betonierten Straße, bis sie an einen Stahlgitterzaun gelangten. Neben dem Tor hing ein grüner Kasten mit einer regensicheren Abdeckung. Mit schnellen Bewegungen tippte Krämer einen Zahlencode ein und drückte seinen Daumen auf einen kleinen Monitor. Das Schloss des Flügeltores summte und sprang auf.

»Sie sehen: alles doppelt gesichert. Außerdem haben wir Videokameras und Bewegungsmelder angebracht. Niemand kann unbemerkt hier herein.«

Die Halle selbst war für Hardenberg eher eine Enttäuschung. Er hatte eine Art Festung oder Bunker erwartet, aber das Lager war eher in Leichtbauweise errichtet. Kleine, schräge Erdwälle, mit dichtem Gras bewachsen, umgaben das Gebäude. Und in zwei Metern Höhe gab es etliche stark vergitterte Fenster.

»Wer kann denn da noch rausgucken?«

Krämer lächelte milde: »Dafür sind die Fenster gar nicht gedacht. Falls innen mal etwas passiert, muss der Druck entweichen können. Hier herrscht das gleiche Prinzip: leichte Wandverkleidungen mildern den Druck ab, aber halten ihn nicht völlig auf.«

Ein Blick in die Halle bestätigte diesen Eindruck. Auf Anhieb sah alles sehr sauber, übersichtlich und geordnet aus. Auch der Kollege vom LKA nickte zufrieden: Gesteinssprengstoffe und solche, die für den Gebäudeabriss gebraucht wurden, wurden in getrennten Boxen mit genügend Wandabstand luftig aufbewahrt, alles war korrekt beschriftet, die Tanks mit den diversen Komponenten für Sprengschlämme unfallsicher gelagert. Dazu war die Halle trotz der herrschenden Hitze bestens temperiert – Selbstentzündungen schienen nahezu unmöglich zu sein.

Der LKA-Mann begann, die einzelnen Sprengstoffsorten zu prüfen, und hakte jeden Posten in der Tabelle ab. Von der Unterhaltung mit dem Firmenchef verstand Hardenberg so gut wie gar nichts: Es wimmelte nur so von chemischen Fachausdrücken, die er noch nie gehört hatte und auch nicht einordnen konnte. Ein Blick zu Kathrin zeigte, dass es ihr genauso erging. Mit einer leichten Kopfbewegung verließen sie die Halle und warteten draußen.

Eine Stunde später waren sie durch – Klemm würde pünktlich zum Friseur kommen, aber Hardenberg verspürte leichte Übelkeit und Kopfschmerzen: Die vielen Fachbegriffe gingen weit über das hinaus, was sie als Basiswissen auf dem Kommissarlehrgang erfahren hatten. Besonders dämlich war er sich vorgekommen, als er die Frage nach Dynamit stellte und Kramer lapidar antwortete: »Damit arbeiten wir doch nicht mehr.«

Schließlich nahm man doch noch ein paar Minuten im Hauptgebäude Platz, um auf die Kollegen von der Steuerfahndung zu warten. Aber die blätterten immer noch in Ordnern mit Rechnungen, Quittungen und Lieferscheinen, um sie mit den Inventarlisten der Sprengstoffhalle zu vergleichen. In Hardenberg keimte der Verdacht, dass Kollege

Hösel hier etwas völlig Sinnloses angeregt hatte und das auch der Grund dafür war, gar nicht erst mitzukommen.

Die Gesprächspause dehnte sich und man sah sich etwas ratlos an. Da gab Kathrin sich einen Ruck: »Herr Krämer, wem gehört der Betrieb eigentlich. Ihnen?«

Krämer lächelte nur: »Nein. Bis vor ein paar Jahren waren wir ein Familienbetrieb. Aber dann hat unser Chef die Firma verkauft und ich bin als Geschäftsführer geblieben.«

»Und wer bezahlt Sie?«

»*Bleifinger & Thaler* – und zwar deutlich besser, als es mein früherer Prinzipal gekonnt hätte.«

Wieder im Wagen sitzend, meinte Klemm: »Ich weiß gar nicht, warum wir hier waren. Die hätten mir genauso gut ein Vorratslager mit Brombeergelee und Himbeergeist zeigen können, es wäre dasselbe gewesen.«

»Dass ihr dabei wart, hatte wohl eher psychologische Gründe. Damit die Firmenleitung nicht zu selbstsicher wird«, versicherte der Kollege vom LKA.

»Aber den Krämer hier, den wirft so schnell nichts aus der Bahn.«

»Sicher nicht. Aber es war wirklich alles in Ordnung.«

»Kann ja sein«, sagte Klemm und startete. »Aber ich fühle mich trotz allem schwer verarscht.«

53

»Tut mir wirklich leid, dass ich von dem Bulleneinsatz nichts mitbekommen habe«, bekannte Axel. »Aber ich habe bis zum frühen Morgen im Netz gehangen. Und wenn ich dann erst einmal schlafe …«

»Schon gut«, beruhigte ihn Simone. »Elena ist echt stark. Und irgendwann müssen die Polizisten ja wieder abziehen. Keine Ahnung, warum sie das nicht schon längst getan haben.«

»Vielleicht sollten sie nur verhindern, dass irgendjemand das tut, was wir geschafft haben«, sagte Mager und streichelte das Gehäuse seiner Kamera. »Wirklich, Simone, du hast es drauf. Wenn Susanne mich mal rausschmeißt, machen wir zusammen PEGASUS 2 auf!«

»Und wovon träumst du nachts?«, spöttelte die Chefin von PEGASUS 1.

»Das möchtest du gar nicht wissen.«

Zusammen mit Axel fuhren sie in den Keller. Mit einem leisen Fauchen hielt der Aufzug auf der untersten Sohle. Als die Tür sich öffnete, steckte Susanne vorsichtig den Kopf hinaus. Die Polizisten waren abgerückt.

»Kommt!«

Axel zog die stählerne Tür auf, die in den düsteren Kellergang führte: »Besser, ich gehe voraus!«

Mager hörte nicht auf die Ansage des Hackers und drängte sich an ihm vorbei. Wieso spielte der Kerl sich plötzlich als Pfadfinder auf? Diese Transuse hatte ja nicht mal mitbekommen, dass Hassan im Knast und die Bullen im Haus waren.

Der wahre Grund für Axels Angebot lauerte in einem der aufgebrochenen Holzverschläge: Vier Jungs und ein Mädel wühlten emsig in den dort gelagerten Pappkisten. Alle trugen schwarze Trainingsanzüge mit breiten weißen Biesen an den Hosenbeinen, Basketballschuhe mit weißen Sohlen und Riemen. Dazu hatten die Jungs die Schirme ihrer runden Kappen nach hinten gedreht – was sie offenbar für cool hielten.

»Verpiss dich, Opa!«, raunzten sie, als sie Magers neugierigen Blick auffingen. Und dann entdeckten sie die Kamera. Alarmiert griffen sie nach ihren Baseballkeulen, die an der Wand lehnten.

Nicht einer von ihnen sah älter als sechzehn aus. Drei hatten deutlich zu viel von dem fettigen Mampf gefressen, den es in den Pommesbuden und Dönerschuppen der Umgebung gab, aber der Vierte wirkte muskulös und durchtrainiert und war offenbar der Chef der Clique: »Gib ma die Scheißsony rüber, Alter!«

Der Kameramann überlegte kurz, ob er dem Burschen einen Spruch drücken sollte. Aber ein Blick in die Gesichter der Jungs machte deutlich, dass sie nicht zum Scherzen aufgelegt waren: Mager sah Streitsucht und offenen Hass. Das Mädchen hingegen drückte seinen fetten Arsch gegen die Wand, verschränkte die Arme vor ihren überdimensionierten Brüsten und wartete mit einem schadenfrohen Grinsen darauf, dass die Klopperei endlich begann.

»Stopp!«, rief Axel und schob Mager zur Seite. Er war einen Kopf größer als der Wortführer der Kids und seine massige Gestalt füllte zudem den Eingang zu der hölzernen Zelle vollständig aus.

»Hömma, Dschasstin, wenn du möchtest, dass ich dir deinen virenverseuchten PC heile wiedergebe, dann halt mal die Luft an!«

»Der alte Arsch da soll seine Kamera wegnehmen!«

»Die Kamera ist aus. Und vielleicht fragste erst mal, was der Typ mit der Kamera hier unten will.«

Kurzes Schweigen, dann: »Gut, ich frage. Aber nicht den beschissenen Sack, sondern dich!«

»Hast du mitgekriegt, dass hier heute ein Bullenkommando rumgeturnt ist?«

»Ja, Mann, echt ätzend. Wollten mich nicht inne Wohnung lassen. Ham hier nach sonnem verfickten Moslem gesucht.«

»Der verfickte Moslem ist Hassan. Und den haben sie schon gestern eingebuchtet.«

»Wat?«

»Du hast richtig gehört!«

»Und – wieso der Scheiß?«

»Weil er angeblich Terrorist ist.«

»Hassan? Die spinnen doch!«

»Meine ich auch.«

»Und wat will der Typ mit der Kamera?«

Axel quetschte sich in den Keller und zog seine Zigarettenschachtel. Alle fünf, auch das Mädchen, griffen gierig nach den angebotenen Fluppen. Als die Lunten qualmten, erklärte der Hacker, um was es ging.

Justin nickte, kam mit weit friedlicherem Gesicht näher und musterte die beiden Frauen, die sich bis jetzt im Hintergrund gehalten hatten. Als er das Mikro in Susannes Hand bemerkte, drehte er sich um: »Mann, Leute, hier sind echt welche vom Fernsehen. RTL 2 oder Kabel 1?«

»WDR«, sagte Susanne.

Justin verzog verächtlich die Lippen: »Eh, Mann, sowwas kuckt nur meine Omma. Völlig uncoole Erwachsenenglotze! Und wat wollt ihr hier?«

»Beweise dafür sammeln, dass die Bullen Hassan reingelegt haben. Angeblich hatte er Dynamit in seinem Keller.«

Die Kids begannen zu johlen: »Dynamit? Hier? So behindert kannse doch gar nich sein. Kuck mal, Mädchen, hier im Keller unter 84 regieren wir. Im nächsten sonne Russengang aus Nummer 86 und ganz am Ende sonne Truppe Schwarze. Ich schwör's dir: Vor uns ist kein Keller sicher.«

Nach zähen Verhandlungen waren die Jungs endlich zu einem Interview bereit – aber Susanne und Mager mussten beim Leben von Stefan Raab versprechen, Gesichter und Stimmen so zu verfremden, dass niemand von ihnen zu identifizieren war.

Und einen Zwanni für jeden als Honorar musste PEGASUS auch noch rausrücken. Danach beantworteten die Nachwuchsgangster nicht nur alle Fragen, sondern machten auch noch vor, wie leicht man die Türen zu den einzelnen Abstellkammern aufbrechen konnte.

Während der Chef der Clique ausführlich alles erzählte, was Susanne von ihm wissen wollte, drängte sich dem Kameramann eine Frage auf, die er gerne selbst gestellt hätte – und auf die seine Chefin offenbar nicht kam. Also musste er bis zum Schluss der Veranstaltung warten. Und dann fragte er, ohne die Kamera abzustellen: »Sachma: Wenn ihr wirklich hier ein paar Stangen Dynamit finden würdet, was würdet ihr damit anstellen?«

Justin lachte auf: »Was wohl? Diesen ganzen verfickten Bau in die Luft jagen!«

54

Wäre es nicht um die Aufklärung eines Attentats gegangen, hätte Lohkamp die Arbeit dieses Nachmittags wie ein besonders abgedrehtes Kabarettprogramm genießen können. Doch schon nach einer halben Stunde fragte er sich, ob er wirklich in einem Land mit zehn Jahren Schulpflicht lebte und ob Lesen und Schreiben überhaupt noch auf dem Lehrplan standen.

Gesucht wurde ein blauer Kleinlaster mit einem Führerhaus und einer offenen Ladefläche, vor dessen Motorabdeckung deutlich das Firmenlogo der einst beliebten Nutzfahrzeugmarke Magirus Deutz prangte – ein stilisiertes M, dessen Mittelstreifen so hochgezogen war wie der Turm des Ulmer Münsters. Und damit niemand einem Irrtum verfallen konnte, hatten die Kollegen von der Öffentlichkeitsarbeit den Pressemitteilungen und Plakaten ein Foto aus dem Firmenkatalog hinzugefügt.

Auf die Frage, wer solch ein Fahrzeug in den letzten Wochen, aber insbesondere in der Tatnacht gesehen hatte, waren achtunddreißig neue Hinweise eingegangen, davon zwanzig per Mail oder Fax und achtzehn per Telefon. Die Anrufe waren mitgeschnitten und von Klemm und Hardenberg überprüft worden – nichts Brauchbares dabei. Lohkamp hatte jetzt noch die schriftlichen Mitteilungen abzuarbeiten.

Er öffnete den Schnellhefter und versuchte im ersten Durchgang, Brauchbares und Blödsinn voneinander zu trennen.

Allein fünf von diesen Nachrichten betrafen zweifelsfrei Fahrzeuge anderer Bauart oder Fabrikate – darunter ein Magirus-Deutz-Löschfahrzeug der Freiwilligen Feuerwehr in Bochum-Querenburg. Und ein anderer ›Zeuge‹ hatte ausdrücklich angemerkt: *Der Mercedes Stern Am buk war klar zu Erkennen.*

Zwei weitere Menschen hatten Transporter beschrieben, die noch nach dem Attentat über Bochums Straßen gerollt waren, drei andere schwere Uralt-Modelle mit einer Motorhaube, die aus dem Führerhaus weit nach vorn herausragte.

»Au Mann«, murmelte Lohkamp. Er griff zu einem roten Filzstift und versah diese Blätter mit einem diagonalen Strich von unten links nach rechts oben. Schrott.

Somit blieben ihm acht Botschaften, die nicht schon auf den ersten Blick als Unsinn zu erkennen waren. Vier von ihnen hatten als Standorte der Lastwagen Firmen in Bochum und Herne benannt. Nachdem Lohkamp dort angerufen hatte, konnte er alle Mitteilungen mit einem großen Fragezeichen versehen – es handelte sich ausnahmslos um Fünftonner, die zudem andere Farben hatten. Hier konnte man bei Bedarf vorbeifahren und die Angaben der Besitzer vor Ort überprüfen.

»Nur noch vier«, seufzte Lohkamp. »Ob die genauso bekloppt sind?«

Während er erneut zu dem verschwitzten Telefonhörer griff, fiel sein Blick auf die Uhr. Noch vierzig Minuten bis zum Feierabend. Es zog sich heute. Also schob er den nächsten Anruf noch ein wenig hinaus, schnappte sich seine Zigaretten und lief zur Raucherecke hinunter, wo schon drei andere Süchtige auf das Schichtende warteten.

Die beiden Uniformträger verzogen sich bei seinem Anblick mit einem vielsagenden Naserümpfen und Lohkamp blieb mit einer Kollegin aus der Vorbeugung zurück. Der Hauptteil ihrer Arbeit bestand darin, Schulen aufzusuchen und Jugendliche vor Gefahrensituationen zu warnen. Hin und wieder hatte er ihre haarsträubenden Anekdoten für maßlose Übertreibungen gehalten. Aber nach dem, was er soeben gelesen hatte, strich er seine Vorbehalte gegen die Erfahrungen dieser Frau aus seinem Gedächtnis.

»Alles klar?«, fragte sie.

»Geht«, meinte er.

»Wie man hört, liebt die Tante aus Karlsruhe dich nicht mehr.«

Wenn etwas hier im Haus klappt, dachte er, ist es der Buschfunk.

»Das werde ich überleben. Viel schlimmer ist meine heutige Strafarbeit.« Er erzählte ihr von dem Fax mit dem Mercedesstern und sie lächelte schmerzlich: »Siehst du!«

Wieder in seinem Büro angekommen, beschloss er, die restlichen Hinweise erst am nächsten Morgen zu prüfen. Er verschloss die Akten und das Büro, lief zu seinem Wagen und fuhr die Castroper hoch. Die Wegweiser in Richtung Recklinghausen ignorierend, folgte er der Straße weiter nach Osten.

Ab und zu schaute er aufmerksam in den Rückspiegel, konnte aber nichts Verdächtiges ausmachen. Werde ich langsam paranoid?

In Höhe des Geländes, auf dem einst die Zeche *Amalie* gestanden hatte, zog er den Wagen unvermittelt nach links und verschwand in einem Waldstück, in dem sich eine kleine Naturschutzeinrichtung für Bochumer Schulkinder befand. Der lang gestreckte Parkplatz war fast leer – lediglich zehn Meter weiter knutschten zwei Leute in einem abgestellten Mitsubishi mit Dortmunder Kennzeichen. Soweit er erkennen konnte, waren die Insassen viel zu jung, um bei seinem Arbeitgeber bereits für Observationen eingeteilt zu werden.

Er wendete und hielt kurz vor der Ausfahrt an. Niemand war ihm gefolgt. Draußen sauste unbeeindruckt der Feierabendverkehr vorüber – schubweise, von der letzten Ampel in Harpen gesteuert.

Fünf Minuten, dachte er und zündete sich eine an. Rauchte viel zu hastig und tötete die Zigarette in seinem Aschenbecher. Fuhr wieder vor bis zur Straße. Kein Fahrzeug in Sicht, dessen Insassen darauf lauerten, dass er weiterfuhr. Also setzte er den Blinker nach links und gab Gas.

Eine gute Viertelstunde später hatte er die Steinhammer Straße in Dortmund erreicht. Ein paar Neubauten, viele alte Bergmannshäuser, zum Teil seit Jahrzehnten nicht mehr aufgepeppt. Noch immer würde es kein Makler wagen, diese Straße als ›gute Adresse‹ zu bezeichnen.

Die Geschwindigkeitsbegrenzung beachtend, zog er langsam an der Einfahrt zum Hinterhof der PEGASUS-Residenz vorbei und peilte unterwegs die geparkten Autos. Nirgends schien sich ein Beobachter zu verstecken. An der Einfahrt zur Germaniastraße wendete er und fuhr zurück, tauchte endlich in die enge Schlucht zwischen den beiden Vorderhäusern ein und stellte sich auf den leeren PEGASUS-Parkplatz. Ächzend stieg er aus und vertrat sich kurz die Beine. Vor zehn Jahren hatte er noch die Leute belächelt, die nach längerem Sitzen erst ein paar Mal auf der Stelle treten mussten, bis die Beine wieder gut durchblutet waren. Jetzt gehörte er selbst dazu.

Zur Sicherheit drückte er die Klingel zum Büro, aber wie erwartet war niemand da. Also schlenderte er zu dem anderen Vorderhaus hinüber, in dem die Familie Mager wohnte.

»Tag, Karin.«

»Hallo, Horst! Seltener Besuch. Warum hast du nicht angerufen? Aber komm erst einmal rein.«

In der Küche stellte sie ihm den Sohn vor. Theo gab sich von seiner besten Seite und streckte Lohkamp die Hand entgegen: »Und wer bist du?«

»Ein Freund deines Papas«, erklärte sie, konnte aber Lohkamps Antwort nicht übertönen: »Ein Polizist.«

Theos Hand zuckte zurück: »Ein Bulle?«

Karin spürte, dass sie rot anlief, aber Lohkamp lachte: »Könnte man sagen. Aber dein Papa teilt uns in gute und schlechte Polizisten ein. Ich glaube, dass er mich für einen guten Bullen hält.«

Theo sah seine Mutter fragend an und Karin nickte. Immer noch ein wenig skeptisch holte Theo die förmliche Begrüßung nach.

»Kaffee?«

»Lieber nicht. Ich habe bestimmt schon zehn Tassen intus. Lieber ein Wasser.«

Ein paar Minuten redeten sie über belanglose Themen und Theo verlor allmählich das Interesse an dem Gast: »Ich gehe spielen.« Dann stapften seine Füße auf der Holztreppe nach oben.

»Mensch, früher sind wir bei diesem Wetter rausgegangen. Und der Hof wäre doch ideal.«

»Stimmt schon. Aber Mechthilds Söhnchen nicht.«

»Kann ich mir vorstellen.«

Sie setzte sich zu Lohkamp an den Tisch: »Was gibt's? Klaus ist noch nicht da.«

»Ich weiß. Aber wir haben ein Problem.«

Besorgt verfolgte sie seinem Bericht über das Gespräch mit Dorn und über seinen Verdacht, überwacht zu werden. Schließlich nickte sie: »Blöde Situation. Lass dir bloß keinen Strick aus der Sache drehen. Klaus informiere ich. Wir besorgen uns dann auch eine neue SIM-Karte. Die Nummer schicken wir per SMS.«

Sie schrieb sich seine neue Handynummer auf und sah ihn lächelnd an: »Ist schon komisch.«

»Was?«

»Dass Klaus für dich so eine Art IM ist.«

»So etwas in der Art. Ja. Und du? Wie geht es dir?«

Einige Augenblicke kaute sie auf ihrer Unterlippe, dann überwand sie sich »Na ja. Theo ist ganz schön anstrengend und der PEGASUS-Betrieb geht mir allmählich auf den Geist. Nicht, dass ich schlecht finde, was sie machen. Aber – manchmal komme ich mir auf diesem Hinterhof wie eingesperrt vor. Ich muss raus, mal wieder andere Luft schnappen und andere Menschen kennenlernen.«

Lohkamp verstand, wie sie sich fühlte. Gabi war es genauso ergangen, als ihre Tochter Nina noch klein war.

»Wahrscheinlich ist das noch ungünstig, solange die Attentatsgeschichte nicht aufgeklärt ist«, begann er. »Aber danach – nehmt euch einen freien Abend, geht schön essen und redet in aller Ruhe darüber. Und dann besorg dir für den Anfang irgendwo eine halbe Stelle.«

»Und wenn Klaus sich stur stellt?«

»Gib ihm ein paar Tage Zeit. Lass ihn nachdenken – er braucht für so etwas Schweres immer länger. Und im Notfall redest du mit Susanne. Auf die hört er trotz allen Meckerns immer noch.«

Sie umarmten sich zum Abschied. Und als er in den Wagen stieg, hatte er das Gefühl, ein gutes Werk getan zu haben.

Freitag

55

Mager erwachte an diesem Morgen etwas früher als an den Tagen zuvor. Der Druck seiner Blase hatte ihn aus dem Bett getrieben und er dachte darüber nach, ob das ein gutes oder schlechtes Zeichen war. Schließlich kam er zu dem Ergebnis, dass er doch noch nicht so alt war, wie er es im ersten Augenblick befürchtet hatte. Sein körpereigenes Alarmsystem funktionierte ja noch. Alt war er wohl erst, wenn gleich der Pflegedienst anrücken und ihm eine neue Windel verpassen würde.

Von dieser Erkenntnis beflügelt, sprang er aus dem Bett, schlich die Treppen hinunter und setzte, als er aus dem Bad kam, die erste Kanne Kaffee auf. Während der Automat vor sich hin rödelte, holte er die Zeitung aus dem Briefkasten und ließ sich, noch im Schlafanzug, auf dem Mäuerchen nieder, das die vier Treppenstufen vom Hof zur Haustür umrandete. Was schrieb die *Rundschau?*

Bochum: Beweist Dynamitfund die Terror-Theorie?

Immerhin ein Fragezeichen, dachte er und überflog den Beitrag. Einer kurzen Darstellung der Polizeiaktion in der Girondelle folgte – korrekt im Konjunktiv – die Interpretation der Bundesanwältin:

Dorn erklärte, damit sei der Verdacht erhärtet, dass religiöse Fanatiker das Attentat vor dem Haus der Bochumer Oberbürgermeisterin begangen hätten. Der in der Moschee festgenommene Hassan T. (35), ein Vertrauter des umstrittenen Imam, leugne zwar weiterhin jede Tatbeteiligung. Aber Bundesanwältin Dorn zeigte sich überzeugt, dass die Last der Beweise ihn erdrücken werde.

Und jetzt muss PEGASUS kommen, dachte Mager, während er bereits zur zweiten Zigarette griff.

Ein Bericht des WDR-Fernsehens lässt jedoch Zweifel an dieser Theorie aufkommen. Hassan T., der bisher nie mit radikalen Muslimen in Zusammenhang gebracht worden sei, wohnt in einem sozialen Brennpunkt. Die Keller des riesigen Terrassenhauses seien für jedermann zugänglich und ungesichert. Fast täglich werde dort eingebrochen und gestohlen. Dass ein Terrorist seinen Sprengstoff an einem solchen Ort versteckt haben solle, hält der Sender für sehr unwahrscheinlich. Jemand anders als T. könne den Sprengstoff dort abgelegt haben, nicht um ihn zu verstecken, sondern damit er ›wie auf Bestellung‹ gefunden werden könne …

Schön, dachte der Kameramann. Hat sich endlich mal gelohnt, dass wir so schnell und hartnäckig waren.

Er stand auf und ließ seinen Blick über den Hof schweifen. Auf den Dächern der abgestellten Autos schimmerte noch der Tau der Nacht. Die Morgensonne beschien Gutes und Böses: die Hinterhausfestung hinten links, das Blumenmeer unter dem Bahndamm, die Brombeersträucher an der Böschung, keine missratenen Kids, die hier randalierten – nicht perfekt, aber um Welten besser als der Walfisch aus Beton, in dem sie gestern gedreht hatten.

Zehn Minuten später hatte Mager den Frühstückstisch gedeckt und weckte Karin und Theo. Die Rote freute sich, dass er ihr ein wenig Arbeit abgenommen hatte, Theo meuterte nicht, sondern kaute brav sein Brot mit dem vegetarischen Leberwurst-Ersatz, alles sah gut aus. Bis Karin im Lokalteil einen Artikel über den Ausbau der Uni und die Erweiterung des angeschlossenen Wissenschaftsparks entdeckte: »Das sieht doch gut aus!«

»Bitte?«, fragte ihr Gatte irritiert.

»Neue Firmen, neue Lehrstühle – da muss es doch was geben!«

Sie warf die Zeitung auf einen freien Stuhl und stürmte die Treppe hinauf, wo in einem toten Winkel des Korridors ihr eigener PC stand. Und schon nach einer Minute hörte Mager, dass Billy Gates einen Morgengruß an Karin schickte. Weitere einhundertachtzig Sekunden vergingen, dann ertönte Triumphgeschrei und Karin schwebte die Treppe herab: »He, an der Uni gibt es wirklich ein paar neue Halb- und Ganztagsstellen!«

Mager blieb das Käsebrot im Halse stecken.

»Guck mal hier, ich habe es ausgedruckt. Eine halbe Stelle bei einem Kunstprofessor. Flexible, dynamische Halbtagskraft mit perfekten Windowskenntnissen und Liebe zu allem Schönen gesucht.«

»Und das Schöne ist er selbst, was?«

»Mensch, Klaus, das klingt gut! Wenn Theo im Kindergarten ist, rufe ich da mal an.«

»Will Mama arbeiten gehen?«, fragte der Sohn, während er auf seinem Nintendo Bayerns Torwart einen weiteren Elfmeter in die Maschen schoss.

»Arbeiten kann Mama auch bei PEGASUS«, meinte Mager. »Bei diesem Kunstprofessor muss sie sich prostituieren!«

Karins Faust knallte auf den Tisch und erwischte dabei den Henkel ihrer Kaffeetasse. Die braune Brühe überschwemmte den Teller mit dem Wurst- und Käsevorrat und suchte sich dann einen Weg in Richtung Erdmittelpunkt. Doch sie wurde bald gestoppt. Auf Magers linkem Oberschenkel wurde es nass und heiß.

»Scheiße auch!«, schrie er und sprang auf. »Glaube ja nicht, dass ich es bin, der diesen Mist wieder wegwischt. Tschüss!«

Draußen musste Mager erst einmal tief durchatmen. Karin machte also ernst. Aber wie sollte er mit seinen Arbeitseinsätzen klarkommen, wenn er morgens für Theo zuständig war? Darauf achten, dass der Kurze sich wusch, die geeigneten Klamotten anzog, frühstückte und pünktlich an der Tür zur Tagesstätte erschien? Und wenn er krank war: mit ihm zur Ärztin fahren und stundenlang da herumsitzen, umgeben von heulenden Blagen und blasierten Angeber-Muttis?

Wie von selbst zogen seine Finger die Packung mit den Harten aus der Tasche, schnippten ein Exemplar aus der Schachtel und zündeten es an. Musste erst einmal den Hustenreiz niederkämpfen, bevor er den zweiten Zug nehmen konnte. Und bekam fast das Kotzen, als er die Konsequenzen für die Firma betrachtete: Woher sollte PEGASUS eine qualifizierte Kraft nehmen, die der Außentruppe für so wenig Geld den Rücken freihielt?

Erst einmal runterkommen, dachte er. Dann ganz in Ruhe mit Susanne reden. Die musste Karin diesen blöden Plan ausreden. Und Kalle, dieser Frauenversteher, hatte bei der kommenden Debatte die Schnauze zu halten. Er war ja nur Hilfskraft.

Ein Dröhnen in der Einfahrt ließ ihn aus seinen Grübeleien hochschrecken. Dann gellte das Warnsignal einer Autohupe durch die Morgenluft. Zwei dicke Limousinen schossen auf den Hof. Der erste Wagen stoppte hinter Mechthilds Schrotthaufen, der zweite blockierte den Octavia, der PEGASUS gehörte. Die Türen wurden aufgestoßen und spien sechs, nein sieben Leute aus, die auf das andere Vorderhaus zustrebten.

Eine der Personen war eine schlanke, hochgewachsene blonde Frau mit einer modischen Kurzhaarfrisur. Sie schaute sich kurz um und öffnete, als sie Mager erblickte, ihre Umhängetasche. Sie zog einen Bogen bedruckten Papiers hervor und kam mit energischen Schritten auf den Bärtigen zu: »Guten Morgen, Herr Mager. Schön, dass Sie schon auf sind. Wir haben den Auftrag, Ihre Firmenräume nach Diebesgut zu durchsuchen.«

56

Die Polizeiaktion in der Girondelle war der Aufmacher des 24-Stunden-Berichts, den Lohkamp morgens von dem großen Papierstapel im Eingangsbereich des Präsidiums fischen konnte.

Pressesprecher Gaius Stahl schien den Artikel höchstselbst verfasst zu haben, denn eine solche Lobeshymne wie diese Ode auf die tapferen Krieger des SEK war eine echte Seltenheit. Meist war das Blatt angenehm sachlich und informativ gehalten.

»Warum ist es bei den Gästen drüben so ruhig?«, fragte Lohkamp, als er seine Jacke über die Lehne seines Schreibtischstuhls hängte. »Schlafen die alle noch?«

Hardenberg grinste: »Die sollen wohl im Training bleiben!«

»Und was trainieren sie?«

»Hausbesuche. Je früher der Morgen, desto härter die Gäste. Heute in Dortmund.«

Lohkamp ahnte den Einsatzort, bevor sein Kollege ihn nennen konnte, und schüttelte seine Locken: »Das fällt doch schon unter Amoklauf. Beweise mit der Brechstange suchen. Wenn das die Zukunft der Polizeiarbeit ist …«

»Denk daran, Chef, du bist bald raus!«

»Du glaubst gar nicht, wie mich diese Aussicht tröstet. Aber jetzt seid ihr dran: Wie war's auf *Karolinenglück?*«

Sie setzten sich zu ihrem vertrauten Kaffee-Dreieck zusammen: Lohkamp und Hardenberg hatten ihre Arbeitsplätze einander gegenüber am Fenster, während Klemm an dem quergestellten Schreibtisch saß, keiner der Männer war bereit, mit dem Rücken zur Tür zu sitzen.

»Erzählt!«

»Eigentlich gibt es nichts zu erzählen«, meinte Klemm. »Alles war in mustergültiger Ordnung. Die Bücher, die Lagerhalle, die abgestellten Baufahrzeuge. Alles auf Hochglanz. Schon der Platz war so sauber – du hättest vom Pflaster essen können. Nicht mal eine Kippe lag rum. Fehlten nur noch die Stiefmütterchen oben auf den Sand- und Kiesbergen.«

»Gute Idee, um schwarze Sprengstoffvorräte zu tarnen.«

»Chef, wenn die solche Vorräte haben sollten, dann hätte man die schon nachts weggeschafft. Die waren mit Sicherheit vorgewarnt. Alles lag bereit, alle warteten auf uns. Und wenn wir die Dachrinnen der Sprengstoffhalle kontrolliert hätten – da wuchs bestimmt kein Moos mehr.«

»Wem gehört der Laden?«

»*Bleifinger & Thaler.*«

»Und irgendjemand hat sie vorher gewarnt?«

»Ja.«

»Also gibt es bei uns eine undichte Stelle!«

Von dieser Vermutung erschreckt, verstummten für einige Augenblick alle drei. Schließlich aber meldete sich Hardenberg: »Muss nicht sein. Es gibt überall ein paar Leute, die geschmiert werden. Im Ordnungsamt, bei der Bauaufsicht. Selbst die Steuerfahnder haben so etwas schon erlebt. Wir können jetzt nicht rumlaufen und nur noch die undichte Stelle suchen.«

»Außerdem«, meinte Klemm, »steht ja noch eine Firma auf der Liste.«

Die Tür flog auf und Kollege Hösel platzte herein. Grinsend schwenkte er ein Blatt Papier in der Hand und grinste: »Identisch!«

»Was ist identisch?«

»Das Dynamit von diesem Türken …«

»Ägypter!«, verbesserte Lohkamp.

»Wenn du es ganz genau haben willst: Das Dynamit von diesem Deutsch-Ägypter ist mit dem identisch, das am Charlottenweg explodiert ist. Russisches Erzeugnis, dieselbe Charge.«

»Wie bitte?«, fuhr Lohkamp hoch und hatte das Gefühl, die Bodenhaftung zu verlieren. »Wer sagt das?«

Hösel lächelte: »Das ist der LKA-Bericht. Irgendein netter Kollege hat mir da eine Kopie von der Kopie zugesteckt.«

»So viel zum Thema undichte Stellen«, meinte Lohkamp und setzte dann das falsche Signal: »Aber ich frage mich noch immer, wie man das feststellen kann.«

»Mensch, Horst, soll ich dir jetzt einen Vortrag über Chemie halten? Denk an die Brötchen von deinem Lieblingsbäcker. Der hat das gleiche Grundrezept wie dieser Kamps mit seinen tausend Läden. Und doch schmecken alle irgendwie anders. Gute Chemiker können noch an deiner Scheiße herausfinden, wo du deine Brötchen gekauft hast.«

»Danke«, meinte Klemm, »deine Vergleiche sind einfach geschmackvoll.«

»Aber wahr. In Haltern haben sie die Latrinen eines Römerlagers analysiert. Und sie können dir genau sagen, aus was für einem Korn die Jungs damals ihre Pizzen gebacken haben. Zweitausend Jahre danach!«

Hösel sah an den Gesichtern seiner Zuhörer, dass sie seine Begeisterung nicht völlig teilten, und stoppte den Ausflug in die Geschichte der Lebensmittelanalyse. Aber seinen sprachlichen Bildern blieb er treu: »Auf jeden Fall: Der Ägypter ist im Arsch!«

»Glaube ich auch«, nickte Hardenberg und Kathrin sah ihren Chef beinahe vorwurfsvoll an: »Ich glaube, du hast falsch gelegen, Horst!«

Lohkamp spürte wieder seinen Magen. Das läuft alles viel zu glatt, dachte er. Habe ich mich so verrannt? Vorsichtig fragte er: »Habt ihr den Bericht im Frühstücksfernsehen mitbekommen?«

Sie schütteln den Kopf und Lohkamp informierte sie: »Wenn hier noch einer Dynamit gebunkert hat, hat er die letzten Tage genutzt, um das Zeug gut zu verstecken. Aber wer dem Tarik diese Stangen in den Keller gelegt hat, lenkt von sich selbst ab oder will den wahren Täter schützen.«

»Kühne These«, meinte Hösel.

»Ich zitiere nur den WDR.«

»Und wer hat den Bericht gemacht?«, fragte Hösel.

»Ist doch klar«, schloss Klemm. »Die Leute, denen Dorn gerade einen Besuch abstattet.«

57

Morgens um zehn rasselte der Schlüssel in der Stahltür, die Kalle Mager in den letzten Tagen vom Rest der Welt getrennt hatte. Draußen stand der Schließer mit der Windhundnase: »Klamotten packen, mitkommen!«

»Wie – Klamotten packen?«

»Man lässt Sie wohl doch laufen.« Dem Gesicht des Mannes war nicht anzusehen, ob er diese Maßnahme richtig fand, doch beim nächsten Satz schwang in seiner Stimme eine Spur von Belustigung mit: »Und vergessen Sie nicht, Ihrem Anwalt die sechs Euro für seine eigene Pizza abzuknöpfen!«

»Gute Idee. Danke«, sagte Kalle und packte die Schmutzwäsche in die Aldi-Tüte, in der ihm sein Vater gestern wirklich noch saubere Sachen gebracht hatte. Willig folgte er dem Herrn des Zauberschlüssels bis zur ersten von zwei Stahlgittertüren, hinter denen schon ein anderer Uniformierter wartete.

»Tschüss auch«, sagte Kalle, als der Nasenmann die erste Tür geöffnet hatte, und reichte ihm die Hand. Überrascht drückte der andere zu, dann lotste er Kalle mit einer Kopfbewegung stumm durch die stählerne Pforte, die sich krachend hinter ihm schloss. Für einige Sekunden befand sich der PEGASUS-Mann allein in diesem Käfig und ihn überfiel die Vision, beide Schlösser ließen sich nie mehr öffnen. Glücklicherweise wurde dann aber die nächste Tür aufgezogen und die aufkommende Beklemmung fiel sofort von Kalle ab.

»Nächste Tür rechts! Da bekommen Sie Ihre Wertsachen!«

In einer Schale auf einem Tresen lagen sein Handy, die Armbanduhr und der Ledergürtel. Ein Vordruck aus grauem Recyclingpapier befand sich daneben: »Unterschreiben Sie!«

Er unterschrieb, legte den Gürtel um, streifte die Uhr über den linken Unterarm und nahm das Handy an sich. Im Weitergehen drückte er die beiden nötigen Tasten, um das Gerät zu entsperren, aber nichts geschah. Der Akku war leer. Na klasse!

Dann stand er im Vorraum. Hinter einer Panzerglasscheibe saßen zwei Beamte, die ihn kritisch musterten. Dann schoben Sie ihm den Personalausweis über einen flachen Drehteller zu und drückten die Taste der letzten Tür, die ihn von der Freiheit trennte. Durch das Sicherheitsglas hindurch erkannte Kalle Bochums besten Anwalt.

»Guten Morgen, Herr Mager.«

»Morgen auch. Und besten Dank für Ihre Bemühungen!«

»Freuen Sie sich nicht zu sehr. So ganz ohne Rache hat Sie der Richter nicht entlassen.«

Nagel III öffnete seine Aktentasche. Im Hauptfach steckte seine sorgfältig gefaltete Robe, vorne entdeckte Kalle mehrere Schnellhefter. Aus dem ersten zog er ein graues Blatt heraus.

»Erstens: Sie haben sich jeden Tag um zwölf auf der Wache hier im Bochumer Präsidium zu melden. Heute schon und auch am Wochenende.«

»Was soll denn dieser Scheiß?«

»Falls Sie abhauen, kann man schneller nach Ihnen fahnden.«

»Aber vierundzwanzig Stunden – da komme ich locker bis Djakarta!«

»Und da warten am Flughafen genauso locker ein paar nette Leute auf Sie. Im Vertrauen: Ich wäre lieber ein Jahr hier im Knast als eine Nacht in Indonesien. Zweitens: Die Ordnungsstrafe wegen ungebührlichen Benehmens vor Gericht bleibt. Sie dürfen sie aber in drei Raten abstottern. Und ich rate Ihnen: Zahlen Sie rechtzeitig. Sonst landen Sie sofort wieder hier!«

Kalle nickte und nahm die Anordnung entgegen.

»Kann ich sonst noch etwas für Sie tun?«

»Ja. Erstens würde ich gerne auf Ihrem Handy in der Firma anrufen, damit mir jemand meinen Wagen bringt. Und zweitens bekomme ich noch acht Euro.«

»Die Pizza hat doch nur sieben gekostet!«

»Zinsen?«

»Zu hoch. Ich zeige Sie wegen Wuchers an«, grinste Nagel III und rückte sieben Euro und sieben Cent heraus. »Und zu Ihnen nach Hause wollte ich gerade.«

»Wunderbar.«

»Falsch. Ungebetener lästiger Besuch. Und wenn die Frau Bundesanwältin nichts findet, aber Sie entdeckt – dann kommt die nur auf blöde Gedanken.«

Zwanzig Minuten später hatte Kalle Mager die Bochumer City erreicht und rollte die Haupteinkaufsstraße von unten nach oben ab. Gegenüber dem Kaufhaus *Kortum* fand er den passenden Handy-Shop und kaufte sich ein Ladekabel: »Kann ich mal eben testen?«

»Ich versichere Ihnen, das funktioniert«, sagte der ausländische Kollege hinter dem gläsernen Verkaufspult.

»Ja. Aber ich weiß nicht sicher, ob nur der Akku leer oder das ganze Gerät geschrottet ist.«

»Ist es Ihnen auf den Boden gefallen?«

»Nein, ich komme gerade aus dem Knast!«

Schlagartig wurde es in dem schicken Laden still. Prüfend sah der Verkäufer in Kalles Augen. Der hielt dem Blick stand und bemerkte, dass der andere einen Schweißausbruch bekam. Hastig verband er das Handy mit einer Steckdose. Es dauerte nur Sekunden, dann zeigte das Display an, dass es noch lebte.

»Danke, alles klar!« Kalle zückte seine EC-Karte und prüfte nebenbei seinen Bargeldbestand. Für ein schönes Frühstück in Freiheit würde es reichen. Er steckte das neue Kabel in die Aldi-Tüte zu seinen müffelnden Klamotten, winkte dem immer noch irritierten Verkäufer zu und dampfte ab. Sein Ziel war jenes schöne Café, in dem er Simone zum ersten Mal getroffen hatte. Dort würde er sein Telefon aufladen und sie per SMS bitten, ihn in der Stadt aufzugabeln, nachdem er sich bei der Polizei gemeldet hatte.

Und während er, die Vormittagssonne auf der Haut, auf das *konkret* zulief, fand er das Leben plötzlich wunderschön.

58

Die *Schneider Bau GmbH & Co. KG* war die letzte Firma auf Hösels Liste der noch aktiven ›Dynamiteros‹ in Bochum und Umgebung. Das Betriebsgelände lag zwischen den Ruhrauen und dem südlichen Steilufer des Flusses auf historischem Boden. Hier hatten frierende Schafhirten einst die Brennbarkeit jener schwarzen Steine entdeckt, die in vielen Schichten unter Ruhr und Lippe hindurch bis weit ins Münsterland reichten: die Kohle. Sie, das Wasser des Flusses und die Erze aus dem nahen Sauerland waren die drei Grundelemente dafür, dass Generationen arbeitender Menschen das Ruhrgebiet zu einer mächtigen Industrieregion entwickeln konnten.

Dem Boss der Firma war diese Historie inzwischen völlig egal. Die alte Eisenbahnlinie zwischen Betrieb und Fluss, über die nur noch Museumszüge rollten, konnte ihm auch nicht mehr helfen. Und die schmale Landstraße am Vordereingang, ohnehin von Steinschlag gefährdet, brauchte er wohl nur noch, um auf der Flucht vor dem Finanzamt schnell auf die Autobahn zu gelangen.

»Die hier hat keiner vorgewarnt«, meinte Klemm, als sie vorsichtig die Schlaglöcher in der Einfahrt umkurvt hatte. Hardenberg nickte: Aufgeräumt und sauber sah anders aus. Mittig zwischen zwei Werkshallen lag ein zweistöckiges Wohnhaus, an dem bereits der graue Putz bröckelte. Ein Stück weiter rechts gab es eine größere Halle aus Stahlblech; durch das weit geöffnete Tor erkannte man ein paar Paletten mit Steinen und Fliesen. Auf der anderen Seite gab es links einen gemauerten Flachbau mit massiven Türen.

Der zweite Blick erhärtete den Unterschied zu der am Vortag besichtigten Firma. Zwischen den Gebäuden standen Ölfässer, Container und leere Paletten herum, auf dem geräumigen Vorplatz erhoben sich nach dem Zufallsprinzip abgekippte Sandhaufen.

Mehrere Baufahrzeuge hatte man einfach da stehen lassen, wohin sie noch im Leerlauf gerollt waren. Und in den Ritzen zwischen den schiefen Betonplatten auf dem Boden wucherten Gräser und Löwenzahn. Die drohende Pleite konnte man sehen und riechen.

Klemm stellte ihren Mazda gleich neben einem Kranwagen ab. Die Motorhaube war aufgeklappt und darunter sahen sie die Rückfront eines schwergewichtigen Typs in Blaumann und Holzfällerhemd, der in den Eingeweiden des Fahrzeugs herumstocherte. Als er die Geräusche in seinem Rücken hörte, drehte er sich um.

»Moin. Haben Sie sich verfahren?«

Der Bewuchs auf seinem Schädel war deutlich ausgedünnt, aber zum Ausgleich hatte er sich einen wilden Vollbart wachsen lassen. Einst mochten die Haare mal dunkelbraun gewesen sein, aber jetzt dominierten verschiedene Grautöne. Jenseits der sechzig, dachte Klemm und schaute genauer hin: Der Mann hatte eine fatale Ähnlichkeit zu diesem Kameramann, mit dem Lohkamp so dicke war.

»Nee«, sagte Hardenberg. »Wir suchen Herrn Schneider.«

Der Vollbart lachte: »Mein Schwiegervater ist im Altenheim. Ich bin sein Geschäftsführer. Lurich!« Er wischte seine mit Öl verschmierte Hand flüchtig am Latz seines Arbeitsanzugs ab und streckte sie den Polizisten entgegen, zog sie aber nach einem Kontrollblick auf die Finger wieder zurück: »Lieber doch nicht. Was gibt's?«

Der Lange wühlte in der Jackentasche nach seinem Dienstausweis: »Kripo Bochum. Kommissar Hardenberg, Oberkommissarin Klemm.«

»Freut mich. Soll ich Ihnen ein neues Präsidium bauen? Oder erst den alten Kasten wegsprengen?«

»Dann käme der Präses persönlich vorbei«, meinte Klemm. »Nein, wir sollen Ihre Sprengmittelvorräte überprüfen.«

Ein weiterer Pkw rollte auf den Platz und unterbrach das Gespräch. Einem schwarzen Audi entstiegen zwei Herren, die Lurich offenbar kannte: »Ihr schon wieder? Was soll die Scheiße? Ihr wart doch erst vor sechs Wochen hier. Und jetzt gleich mit der Kripo als Begleitschutz?«

Die beiden Kerle stellten sich den Polizisten vor. Einer kam vom Ordnungsamt, der andere von der Gewerbeaufsicht.

»Beruhige dich, Jürgen. Die Bochumer wollen mal ein wenig schnüffeln!«

»Was habe ich denn diesmal verbrochen?«

»Nichts, hoffe ich«, meinte Hardenberg. »Aber wir hatten da Anfang der Woche so ein kleines Feuerwerk.«

»Meinen Sie den Anschlag auf die Sonnenschein?«

Hardenberg nickte.

»Ihr spinnt ja! Mensch, wir haben diese Bude vor ein paar Jahren entkernt und den Innenausbau gemacht. Glauben Sie, ich jage etwas in die Luft, das ich selbst gebaut habe?«

»Das können Sie ja leicht beweisen«, lächelte Klemm, »Sie müssten uns bloß Ihre Bücher und die Vorräte zeigen.«

»Wenn's sein muss. Die Papiere zeigt Ihnen meine Frau. Die macht mir nämlich den Schreibkram. Gehen Sie ruhig rein und sagen ihr, was Sie wollen.«

Er zeigte auf das Wohnhaus, stapfte aber selbst ein paar Schritte auf die große Lagerhalle zu: »Vi-ta-li!«

Aus dem Halbdunkel tauchte ein breitschultriger Arbeiter auf. Graues Muskelshirt, gefleckte Militärhose, Halbstiefel. Neugierig blickte er herüber.

»Komma!«

Der Mann setzte sich, mit dem linken Bein leicht hinkend, in Bewegung. Dem verwitterten Gesicht nach mochte er auch schon auf die sechzig zugehen, aber seine blauen Augen waren jung geblieben – und seine Träume auch. Zumindest hatte Klemm diesen Eindruck, als er sie mit einem Lächeln von oben nach unten musterte.

»Kontrolle?«, fragte er erstaunt. Das gerollte R verriet, dass seine Heimat weit im Osten lag.

»Ja«, sagte sein Chef. »Nimm die Herren mit und zeig ihnen unsere Knallbonbons.«

»Das Fraulein nicht?«

»Frolleins gibt's nicht mehr«, grinste Klemm. »Aber ich muss ins Haus, wie es sich für Frauen gehört.«

Er lachte leise, hatte die Ironie offenbar kapiert.

»Was haben Sie eigentlich mit Ihrem Bein gemacht?«

»Gutes Auge«, lobte er. »Afghanistan. Scheißtaliban mit Ami-Gewehr.«

»Und?«

»Es war sein letzter Schuss.«

Es gibt ja doch noch richtige Kerle, dachte sie und machte sich, mit dem Hintern wippend, auf den Weg zum Haus. Die Männer sahen ihr hinterher. Und Hardenberg fragte sich, ob sie plötzlich wieder siebzehn geworden war.

»Gehen wir!«, sagte Lurich.

Vor der kleineren Halle beförderte Vi-ta-li einen Schlüsselbund aus der Beintasche seiner Hose, suchte sich die passenden Teile aus, tippte ein paar Zahlen in das Display der Alarmanlage und öffnete die beiden Schlösser. »Bitte!«

»Das Buch am alten Platz?«

»Na klarrr!«, dröhnte der Muskelmann und drückte auf die Lichtschalter neben der Tür. Die Halle war deutlich kleiner als das Lager auf *Karolinenglück* und die Vorräte überschaubarer. Die beiden Offiziellen schnappten sich eine dicke schwarze Kladde und ließen sich von dem Afghanistan-Veteranen herumführen. Zusammen mit Lurich blieb Hardenberg in der geöffneten Tür stehen: »Dieser Vitali, ist der Russe?«

»Ukrainer«, meinte der Blaumannträger und trennte dabei sorgfältig das A vom I. »Ich habe Korolenko aus Berlin mitgebracht.«

»Berlin?«

»Ja«, sagte Lurich. Er griff sich zwei Klappstühle, die innen an der Wand lehnten, und baute sie vor der Tür in der Sonne auf, setzte sich und bot Hardenberg mit einer Handbewegung den freien Platz an. Dann fischte er einen Billig-Zigarillo aus der Brusttasche seines Arbeitsanzugs.

»Berlin«, nannte Hardenberg das Stichwort.

»Da war ich zwölf Jahre lang«, begann der Bärtige und hörte die nächsten zehn Minuten nicht mehr auf zu erzählen. Er war Bauingenieur. Nach dem Studium hatte er zunächst mal hier und mal da gearbeitet und war schließlich bei Schneider gelandet. Hübsche Tochter, sie war auch interessiert und man kam sich näher: »Wie das so ist!«

Damals sei der Betrieb eher mittelprächtig gelaufen, aber in den Neunzigern habe er seine große Chance gesehen: In der Ex-DDR wurde alles abgerissen, was den ›Aufbau Ost‹ und seine Macher gestört habe.

»Viel marodes Bauwerk. Werkhallen, in denen keiner mehr malochte. Brüchige Brücken, wo man aus einer Landstraße eine Autobahn machen wollte. Leere Plattenbauten, die nicht renovierbar waren. Aber auch ziemlich neue Sachen. Wir haben sogar das DDR-Außenministerium in die Luft gejagt. Ziemlich neuer Bau, von den Schweden errichtet, mit allen Schikanen, aber dieser liberale Fatzke, der damals Außenminister war, wollte nicht in einem ›Kommunistenbau‹ sitzen. Und der dicke Kanzler hatte dafür volles Verständnis.«

Er spuckte aus, hing einen Moment seinen Gedanken nach.

»Tut einem Ingenieur in der Seele weh«, sagte er. »War aber lukrativ. Ich habe wirklich die halbe DDR gesprengt. Nur den *Palast der Republik*, da durfte ich noch nicht ran.«

»Und wieso waren diese Aufträge so attraktiv?«

Lurich lachte auf, halb bitter, halb schadenfroh wie ein schlauer Bauer, der jemanden übertölpelt hatte.

»Billige Arbeitskräfte. Ich habe zwei Dutzend Stasi-Leute auf der Gehaltsliste gehabt, die sonst keiner mehr wollte.

Fleißig, zuverlässig, sogar ein paar Sprengstoffexperten dabei. Und alle für Mindestlohn und noch darunter.«

Hardenberg hob das Kinn in Richtung Abstellplatz: »Wie's aussieht, sind die fetten Jahre vorbei.«

»Können Sie laut sagen. Ich habe nicht nur alle Stasi-Genossen wieder entlassen müssen, sondern auch eine Menge Stammarbeiter. Betriebswirtschaftliche Gründe!«

Er spuckte noch einmal aus, indem er den Speichel verächtlich durch die fast geschlossenen Lippen presste.

»Wissen Sie, was das heißt? Keine Aufträge, keine Arbeit. Während ich drüben abgesahnt habe, haben sich hier andere breitgemacht. Vor allem *Bleifinger & Thaler* haben uns die Aufträge vor der Nase weggeschnappt. Und seit Potthoff in Bochum Baurat ist, läuft schon gar nichts mehr. Ich halte jede Wette – der Mann ist gekauft!«

»Wäre doch ein wunderbares Mordmotiv«, grinste Hardenberg.

»Stimmt. Aber bei Potthoff ist ja nix explodiert.«

»Und hier, auf dieser Flussseite? Keine Aufträge in Witten und Hattingen?«

»Schwer. Ich war immer auf Bochum fixiert. Und hier sind die Claims schon lange abgesteckt.«

Klemm tauchte wieder auf und verstaute ein paar dicke Akten in ihrem MX5. Dann kam sie auf die beiden Männer zu, die vor dem Eingang der Sprengstoffhalle saßen: »Wenn wir die Ordner in zwei bis drei Tagen zurückbringen, können wir sie bei uns im Büro durchsehen. Einverstanden?«

Hardenberg staunte: So viel Entgegenkommen gab es selten.

»Wieso fragt sie überhaupt noch?«, wollte Lurich wissen. »Sie hat doch das Wörtchen ›Ober‹ vor dem Kommissar!«

»Hallo!«, meinte Klemm. »Sie können mich auch direkt fragen.«

»Okay, ich frage direkt!«

»Weil wir ein Team sind«, erklärte Kathrin. »Zusammen mit unserem Chef. Der kommandiert auch nicht nur herum.«

Hardenberg räumte seinen Platz, damit sich Kathrin setzen konnte, lehnte sich an den Türpfosten und blickte zu Lurich hinüber: »Noch mal zu Sonnenschein. Wie sind Sie überhaupt an den Auftrag gekommen? Wenn Potthoff ...«

Der Mann winkte ab: »Darauf hatte der Glatzkopf doch keinen Einfluss. War ein privater Auftrag. Und der lief über Beißner. Der hat die notariellen Sachen für den Firmenbesitz geregelt. Vorsorge dafür, dass ich nicht so viel Erbschaftssteuer zahlen muss, wenn mein Schwiegervater eines Tages ... Sie verstehen.«

Hardenberg verstand, aber etwas anderes nicht: »Sagen Sie, wie vereinbart sich das: Auf der einen Seite sind Sie Abrissspezialist, auf der anderen Seite machen Sie bei Sonnenschein und Beißner den Innenausbau.«

Lurich kratzte mit dem Nagel seines Zeigefingers in den Tiefen seines Vollbarts herum, fand offenbar, was ihn gejuckt hatte und schnippte das störende Objekt in das Gras neben dem Eingang.

Angeekelt verfolgte Klemm die Flugbahn des Geschosses und fragte sich, ob sie wirklich wissen wollte, was in diesem Bart so alles lebte.

»Spezialisierung ist effektiv, wenn die Firma groß genug ist«, erklärte Lurich endlich. »Aber in schlechten Zeiten muss man eben flexibel sein.«

Endlich waren auch die drei Männer in der Halle fertig. Der Ukrainer löschte das Licht und zog die Hallentür zu, schloss ab und rüttelte zur Sicherheit noch einmal an der Klinke. Dann stellte er die Alarmanlage wieder scharf und verstaute die Schlüssel am alten Platz.

»Und?«, fragte Hardenberg.

»War ja nicht viel. Alles in Ordnung.«

»Kein Dynamit?«

»Dinamit?«, fragte der Ukrainer. »Nix mehr da.«

»Was für Dynamit haben Sie denn genommen?«

»Alles«, erklärte Lurich. »Am billigsten war das russische.

Die armen Soldaten brauchten harte Währung, als es zurück nach Hause ging. Aber das Zeug haben wir komplett da drüben verballert. Mit tschechischem Plastiksprengstoff arbeitet es sich sicherer und besser. Formbar und deutlich effektiver. Nur eben ein wenig teurer.«

Eine Stunde nach der Ankunft saßen die beiden Polizisten wieder im Wagen.

»Enttäuscht?«, fragte Kathrin und ließ das Faltdach nach hinten gleiten.

»Geht so. Geschäftsverbindungen zu Sonnenschein. Aber lange macht es der Laden sicher nicht mehr. Und keine Spur von einem Motiv.«

»Sehe ich genauso«, sagte sie und startete, ließ den Wagen auf die Kreuzung am *Steinenhaus* zugleiten.

»Was meinst du? Sofort zurück – oder erst noch ein Eis oben in Blankenstein?«

»Lieber ein Eis«, sagte er und lächelte.

»Einverstanden«, sagte Klemm, ignorierte die Abfahrt nach Bochum und jagte den Wagen geradeaus den Berg hinauf. Steile Felsen links, die Ruhr tief unten rechts. Über ihnen ein Blätterdach.

»Schön hier«, schwärmte sie.

»Ja. Aber gleich kommt eine S-Kurve!«, schrie er zurück.

»Ich weiß!«, rief sie und gab noch etwas mehr Gas. Registrierte zufrieden, dass er die Füße gegen das Bodenblech stemmte und die rechte Hand in Richtung Türgriff schickte. Erbarmte sich endlich, nahm Tempo raus und lenkte durch die Kurve, ohne dass die Reifen jaulten. Ging wieder auf Fünfzig und dann auf die geforderten Dreißig. Als die beiden eine Minuten später ausstiegen, meinte sie: »Du kannst sagen, was du willst: Irgendetwas stinkt auch in diesem Laden.«

59

»Fassen wir zusammen«, sagte Bochums bester Anwalt und blickte auf seinen Spickzettel. »Hausfriedensbruch mit vorsätzlicher Körperverletzung, Verletzung der Dienstpflichten, unverhältnismäßiger Einsatz polizeilicher Mittel in Tateinheit mit schwerer Sachbeschädigung, Ver- und Behinderung journalistischer Arbeit sowie persönliche Beleidigung. Ist das korrekt?«

Susanne Ledig, Mager und seine Frau Karin nickten.

»Dann wollen wir mal sehen. Die Durchsuchung der Redaktionsräume wird jeder Richter für nicht strafwürdig halten. ›Gefahr im Verzug‹ ist Ermessenssache und gegen das Argument der Beweissicherung kommen wir überhaupt nicht an. Muss ich das erklären?«

Himmel, nein, dachte Mager und auch die beiden Frauen schüttelten den Kopf.

»Gut. Ganz anders sieht es bei der Durchsuchung der Wohnungen Ledig und Mager aus. Die standen nicht auf der Anordnung. Die Kopie haben wir hier, und da ist erst recht nicht von der Durchsuchung des Kinderzimmers die Rede.«

Er pflückte ein Blatt Papier vom Tisch, das oben mit einem Bundesadler verunstaltet war, und nahm es zu seinen Unterlagen.

»Insofern ist auch Ihr Sträuben, Frau Jacobmayer, den Beamten den Weg in Ihre Wohnung freizugeben, durchaus legitim, auch wenn man daraus den berühmten Widerstand gegen die Staatsgewalt konstruieren wollen könnte.«

Scheißjuristen, dachte Mager. Können die kein anständiges Deutsch?

»So, hier haben wir die Fotos von den Hämatomen an Ihrem Arm und einem Kratzer an Ihrer Wange. Außerdem das Attest des herbeigerufenen Notarztes. Wundert mich, dass er überhaupt gekommen ist, da Sie ja noch reisefähig waren. Aber egal.«

Bei dem Ausdruck ›reisefähig‹ war Karin versucht aufzubegehren, aber Susanne schüttelte rechtzeitig den Kopf. Die Rote beschränkte sich dann darauf, als Zeichen stillen Protests die Nase zu rümpfen.

»Kommen wir zur Behinderung journalistischer Arbeit. Hat die Polizei außer den PCs noch etwas mitgenommen?«

Mager nickt: »Die DVDs und CDs mit den Sicherungskopien, die Kamera ...«

»Dazu sämtliche Geschäftsunterlagen inklusive aller Quittungen – die monatliche Berechnung der Mehrwertsteuer wird dadurch unmöglich.«

Nagel III bewegte seinen Kopf sacht hin und her, als verfolgte er ein Tennisduell: »Sie sollten auf jeden Fall versuchen, mit dem Finanzamt zu reden.«

Die reden schon lange nicht mehr mit uns, dachte Susanne und lächelte bitter, versicherte aber laut: »Wir tun unser Bestes.«

»Nun zum Tatbestand der Beleidigung. Eigentlich ist das nicht automatisch ein Straftatbestand, sondern gehört in den Bereich der Zivilgerichtsbarkeit. Aber wenn Staatsdiener das in Ausübung Ihres Berufs äußern, müsste eigentlich ein sogenanntes öffentliches Interesse an der Verfolgung dieses Tuns bestehen. In welchem Zusammenhang, Frau Jacobmayer, hat man sie ›alte Fotze‹ genannt. Und wer war es?«

»Das war, als ich sie nicht in mein Haus lassen wollte.«

»Und wer genau war's? In welchem Zusammenhang wurden Sie so betitelt?«

»So ein langer, blasser Kerl um die dreißig, mit eiförmigem Kopf und rasiertem Schädel.«

»Können Sie ihn nicht etwas genauer beschreiben?«

»Ja, äh, nein. Das heißt, man wird ihn erkennen können. Der Mann mit der Bissverletzung. Die Hand muss garantiert genäht werden.«

»Wie das?«

»Er hat mich brutal am Arm gepackt und wollte mich von der Tür wegstoßen. Und als ich dann seine Finger im Gesicht spürte, habe ich einfach zugebissen. Reflexartig. Ich hatte das Gefühl, bis auf die Knochen zu kommen. Er hat ziemlich stark geblutet. Widerlich.«

Nagel III sog mit leicht geöffnetem Mund Luft ein. »Wird eine spannende Verhandlung. Wenn es überhaupt dazu kommt.«

»Wieso?«

»Die Staatsanwaltschaft in Bochum hat immer sehr viel Verständnis für behördliches Vorgehen.«

»Ja. Aber wir sind hier in Dortmund.«

»Ihre Hoffnung in Gottes Ohr! Aber okay. Ich schicke Ihnen meine Anzeige zum Gegenlesen per Mail, bevor ich sie einreiche.«

»Wie das?«, knurrte Mager. »Ohne Computer?«

»Holen Sie sich neue. Heute noch. Selbst wenn man Ihnen die Geräte bald zurückgibt – ich habe noch keinen Mandanten gehabt, bei dem anschließend nicht die Festplatte einen Knacks weg hatte oder der Prozessor beschädigt war.«

Er erhob sich, packte seine Unterlagen und gönnte seinen letzten Blick der Gattin des Kameramannes: »Frau Jacobmayer, Sie können sich jetzt endlich das rechte Auge kühlen. Die schönen Fotos und das Attest des Arztes dürften als Beweismittel ausreichen.«

Als Nagel III gegangen war, begann man schweren Herzens mit einer genaueren Bestandsaufnahme der Schäden und Verluste. Dorns Leute hatten jeden Schreibtisch und jeden Schrank durchwühlt. Man konnte zwar nicht behaupten, dass sie den Inhalt absichtlich auf den Boden geworfen hätten, aber dennoch war die Auslegware mit Papier, zerbrochenen Bleistiften, auseinandergeschraubten Kugelschreibern und den Scherben der Tassen übersät, die den Beamten ganz aus Versehen aus den Händen geglitten waren.

Auch in Magers Schreibtisch herrschte Leere. Sämtliche Papiere waren in den Taschen der Ermittler verschwunden oder lagen auf dem Boden verstreut. Aber dann machte sein Herz einen Freudensprung: Die Flasche mit dem teuren Calvados war noch da. Zwar hatte sie jemand umgestoßen, aber der Korken hatte gehalten.

»Wunderbar, Mädels. Kommt, lasst uns einen trinken!«

Im Geschirrschrank fanden sich sogar noch zwei leere Gläser und eine unbeschädigte rote Tasse mit dem weißen Schriftzug *ver.di*. Ohne zu zögern, füllte der Kameramann die Gläser für die Frauen mit einem doppelten und sich die Tasse mit einem dreifachen Quantum. Diesmal wies ihn niemand darauf hin, dass der Tag noch lange nicht vorüber war.

»Manno, wenn das Glas leer ist, bin ich voll«, bekannte Karin. »So viel Alk auf leeren Magen ...«

Susanne verstand das Signal und griff zum Telefon: »Pizza oder Reisplatte?«

Mager war eher für Pizza, wurde aber von den Frauen überstimmt. Er trug es mit Fassung, das war heute kein Tag, um über so etwas zu jaulen und zu jammern.

Bis das Essen geliefert wurde, beseitigte man in den Büros die größte Unordnung. Aber der Anblick der leeren Computerplätze und der herausgerissenen Kabel verursachte seelische Schmerzen.

»Nur gut, dass sie mein Filmarchiv nicht angerührt haben«, meinte Mager und brachte damit Susanne auf eine Idee.

»Sachma, wäre das nicht die Gelegenheit, das Zeug endlich in den Keller zu bringen?«

Der Bärtige blickte sie so fassungslos an, als hätte sie von ihm verlangt, nackt durch die Dortmunder City zu laufen. »Willst du Krieg? Die Filmrollen in ein anderes Klima bringen? Höhere Luftfeuchtigkeit, niedrigere Temperaturen? Das Zelluloid geht dabei kaputt. Nur über meine Leiche!«

Susanne setzte zu einer Entgegnung an, als das Telefon klingelte. Sie nahm den Hörer ab.

»Tenberge hier! Sind Sie noch am Bochumer Filz interessiert?«

Augenblicke später hockten alle um Susannes Schreibtisch und verfolgten das Gespräch über den Lautsprecher.

»Also, heute Abend hat der VfL ein Testspiel bei Adler Riemke. Auf dem Platz an der Elfenstraße, Beginn achtzehn Uhr.«

Geringschätzig verzog Mager das Gesicht: VfL Bochum. Und dann gegen Pleitegeier Riemke. DJK. Das hieß ›Deutsche Jugendkraft‹. Eigentlich ein Katholikenverein.

»Hören Sie, es wird jede Menge an Prominenz da auflaufen. Potthoff und Flessek auf jeden Fall, vielleicht auch Bleifinger.«

»Schön«, sagte Susanne, »aber was bringt uns das?«

»Das Spiel ist unwichtig. Aber das, was *danach* passiert. Die Kerle gönnen sich nach den Heimspielen des VfL immer einen Herrenabend. Wenn Sie verstehen, was ich meine.«

»Heißt im Klartext?«

»Die fahren zu einem Pärchenclub in Dortmund. Hat etwas von einem Luxuspuff.«

»Kommen Potthoff und Flessek da als Pärchen rein?«

»Unsinn. Die Frauen besorgt immer jemand anderes.«

Jetzt wird es spannend, dachte Susanne.

»Bleifinger. Aber wenn Sie die Kerle beobachten wollen, nehmen Sie Geld mit. Der Männer zahlen Aufnahmegebühren, Frauen kommen umsonst rein.«

»Und wie teuer ist der Spaß?«

»Tausend Euro.«

»Ach du Scheiße!«

»Ja. Der erste Abend ist dann frei, bei weiteren Besuchen zahlt man pro Person noch hundertzwanzig Euro und hat alles inklusive. Essen, Getränke, Disco.«

»Disco?«

»Ja, die machen richtig Party. Aber alles edel. Keine Spur von Ballermann. Also, ein paar Fotos, wie die Bochumer Herren da reingehen und mit wem …«

Sie musste diesen Satz gar nicht beenden – den Wert solcher Aufnahmen konnten die PEGASUS-Leute selbst einschätzen.

»Und woher wissen Sie das alles?«

Durch die Leitung erklang ein glucksendes Lachen: »Frau Ledig! Hat nicht jede Frau ein schmutziges Geheimnis?«

Selten war das PEGASUS-Team so euphorisiert gewesen wie nach diesem Telefonat. Dass man vor dem Club filmen und sich dafür schnellstens eine neue Kamera besorgen musste, war klar.

Mager hängte sich sofort an die letzte Strippe, die PEGASUS in diesem Augenblick mit der Welt verband. Der zweite Händler, den er erreichte, hatte eine schöne Panasonic auf Lager, die empfindlich genug war, auch bei matter Beleuchtung brauchbare Aufnahmen auf den Speicherchip zu bringen.

»Wie viel? Sechzehnhundert?«

Susanne verzog das Gesicht, als hätte sich ihr letzter Weisheitszahn gemeldet. Als Mager den Mann mit Verweis auf die diversen Großmärkte um zweihundert heruntergehandelt hatte, ging ihr Daumen zögernd nach oben.

»Leute«, sagte sie, »das wird der teuerste Drehtag der Firmengeschichte!«

Mager zog die Schultern hoch: »Aber nur, wenn wir jemanden finden, der in den Puff geht. Ich setze mich ja gerne mit der Kamera in den Wagen – aber da rein? Niemals. Und du, Karin?«

Seine Frau tippte mit einem Finger auf den schorfigen Kratzer in ihrem Gesicht: »In diesem Zustand? Auffälliger geht's doch gar nicht.«

»Ihr seid ja nur feige!«, sagte Susanne.

»Würdest du denn gehen?«

»Warum nicht? Ich muss ja da nichts machen, was ich nicht will, sondern kann einfach zugucken. Nur: Flessek kennt mich. Ich habe ihn doch schon mal interviewt.«

»Färb dir die Haare«, schlug Karin vor. »Ich habe noch genug Rot auf Lager«

»Würde ich ja machen. Aber mit wem soll ich da hin?«

»Nimm doch Kalle mit«, schlug Mager vor.

Die Rote schrie auf: »Du schickst deinen eigenen Sohn in den Puff?«

»Geliebte Gattin«, begann Mager, Spott und Schadenfreude in den Augen. »Darf ich dich an dieses schöne Hotel in Düsseldorf erinnern? Diese Promi-Absteige am Ende der Königsallee? Ich kenne da zwei Damen, die haben in etwas jüngeren Jahren dort aus Recherchegründen schon mal die ganze Nacht verbracht – auf dem Zimmer eines belgischen Waffenhändlers!«

Susanne lachte los, aber Karin starrte ihren Mann entgeistert an: »Das weißt du? Du warst damals doch in Thailand!«

»Stimmt. Aber Holger Saale war hier.«

»Dieser Verräter!«, entfuhr es Karin.

Einen Augenblick lang gedachten sie der wilden Zeiten, als das Haupteinsatzgebiet der Firma noch in Datteln gelegen hatte.

»Also«, sagte Mager schließlich. »Dann geht Susanne mit Kalle.«

»Überleg doch mal, Klaus: ich alte Frau mit dem jungen Kerl? Noch auffälliger geht's nicht. Aber warum fragen wir nicht Simone? Die ist bestimmt für ein Abenteuer zu haben!«

»Wer ruft an?«

»Ich«, sagte Susanne und wurde von Magers Handy unterbrochen, das den Eingang einer SMS meldete. »Guck schon nach!«

Mager gehorchte, überflog die Nachricht und sprang auf: »Beeilung! In einer Stunde gibt es in Bochum noch eine Pressekonferenz!«

60

»Igitt, warst du wirklich im Gefängnis? Du stinkst ja wie ein ganzer Streichelzoo!«, kreischte Simone, nachdem sie Kalle bei ihrem Wiedersehen umarmt hatte. »Durftest du dich nicht einmal waschen?«

»Klar, durfte ich. Aber ohne Handtuch? Sei froh, dass mein Alter mir gestern wenigstens eine neue Unterhose gebracht hat. Sonst würde mir ein Dutzend Straßenköter hinterherrennen. Aber sorry, tut mir leid.«

Ein wenig verlegen sah er ihr in die Augen und kam ihr plötzlich völlig hilflos vor: unrasiert und mit dunklen Ringen unter den Augen, das im Schlaf durchgeschwitzte T-Shirt und die Jeans mit dem Dreck aus Beißners Garten an den Knien, in der einen Hand die Aldi-Tüte mit der Schmutzwäsche und in der anderen – verdammt, da verbarg sich ein Blümchen im Papier!

»Für mich?«

Mit einem vorsichtigen Lächeln ließ er die Tragetasche fallen und löste das Papier, das den Blütenkopf verbarg: ein sonniges Gelb und ein warmes Orange. Eine einzelne Rose.

»Mensch, Kalle!«

Ein warmes Gefühl stieg in ihr auf. Die Erinnerung an die Tage in Holland, an ihre alte Vertrautheit und die wilden Nächte wurde wach und wischte alles weg, was in den letzten Jahren passiert war.

Ganz plötzlich hing sie an seinem Hals, küsste sein Ohrläppchen und flüsterte: »Gar nichts muss dir leid tun. Im Gegenteil: Du bist mein Held. Hast dich geopfert, damit die Bullen mich nicht erwischen. Ganz großes Kino!«

Sie drückte ihm noch einen Kuss auf die Wange, nahm ihm die Rose ab und hakte sich bei ihm ein: »Komm!«

»Wohin?«

»Nach Dortmund geht wohl nicht. Also zu mir. Warst du schon bei den Bullen?«

»Klar. Jetzt habe ich noch dreiundzwanzig Stunden frei.«

»Wunderbar. Die gehören uns. Komm, meine Karre steht am *Absinth*. Und zu Hause stecke ich dich erst einmal in die Wanne.«

Rund vierzig Minuten später bogen sie in die Varenholzstraße ein. Sim hatte am Morgen fünf Stunden Schule gehabt und musste unterwegs dringend ›ein paar Kleinigkeiten‹ einkaufen.

Mit zwei schweren Plastiktüten beladen, kehrte sie zum Wagen zurück und grinste: »Komisch, eigentlich wollte ich dir nur eine Zahnbürste besorgen. Aber was einen so alles anlacht, wenn man unterwegs zur Kasse ist …«

Gemeinsam trugen sie die Einkäufe zur Haustür. Auf dem unteren Balkon lauerte bereits der Hausdrachen auf Simone. Die Alte wartete ab, bis Simone aufgeschlossen hatte, verschwand dann in ihrer Wohnung und stand rechtzeitig im Hausflur, als die beiden die ersten Stufen erklommen: »Frau Olsok, zieht der junge Mann etwa hier ein?«

»Bitte?«

»Der ist immerhin schon das zweite Mal hier. Und wenn ich mir so ansehe, was sie alles anschleppen …«

Kalle beugte sich ein Stück vor: »Gute Frau, Ihnen können wir's ja verraten. Wir kommen gerade vom Frauenarzt. Simone ist schwanger. Im vierten Monat. Drillinge! Ist das nicht toll? Meine beiden Söhne und ich ziehen natürlich auch hier ein. Was meinen Sie, was hier für ein Leben in die Bude kommt!«

Die Frau mit der Kittelschürze stand noch sprachlos im Flur, als Simone und Kalle längst im zweiten Stock angekommen waren. Aber dann hatte sie den Schock überwunden: »So geht das nicht. Ich rufe sofort den Gregor an!«

»Wer ist Gregor?«, fragte Kalle, nachdem die Tür hinter ihnen ins Schloss gefallen war.

»Der Hauswirt. Jede Wette, der schreibt mir heute noch 'ne Mail. Aber du ziehst dich erst mal aus und gehst in die Wanne. Ich schmeiße deinen ganzen Kram in die Waschmaschine und koche uns dann was Schönes. Worauf wartest du? Ab ins Bad!«

Verlegen gehorchte Kalle und entledigte sich seiner Kleidung, die er mit dem Fuß durch einen Türspalt in den Flur schob. Er war keineswegs prüde, aber immerhin war es rund acht Jahre her, dass Sim ihn zum letzten Mal nackt gesehen hatte. Konnte er da so einfach ohne Hüllen durch die Wohnung laufen?

Simone klärte das Problem auf ihre Art. Während Kalle noch zögernd vor der Wanne stand, die sich langsam mit warmem Wasser füllte, kam sie, ohne anzuklopfen, herein und breitete einen Teil ihrer Einkäufe auf einer Ablage aus: »Zahnbürste, drei Unterhosen aus dem Tchibo-Regal und Rasierzeug. Kannst mein Shampoo und meine Seife nehmen. In Ordnung?«

Dann ging sie so weit auf Abstand, wie es das enge Badezimmer zuließ: »Lass dich anschauen! Boah, noch immer kein Gramm Fett. Und vorne? Dreh dich mal um! Noch alles dran? Toll. Und jetzt in die Wanne!«

Nachdem der erste Dreck abgeschrubbt war, wurde das Wasser erneuert. Simone stellte einen Stuhl vor die Wand, holte zwei Gläser mit kaltem Orangensaft und einen Aschenbecher aus der Küche und kletterte zu ihm in die Wanne, als wäre es das Selbstverständlichste auf der Welt. Es wurde verdammt eng, aber doch sehr gemütlich, nachdem sie Arme und Beine sortiert hatten.

Dann reichte sie ihm sein Glas und hob das andere an: »Prost!«

»Prost!«, erwiderte Kalle und nippte misstrauisch an der gelben Flüssigkeit.

»Boah, da ist Wodka drin!«

»Bist du Antialkoholiker geworden?«

»Nein. Aber …« Er musste erst seine Gedanken und Gefühle sortieren. Simone sah verdammt scharf aus, und ihr jetzt in dem warmen Wasser so nah zu sein …

Aber ging das nicht alles ein wenig zu schnell?

»He«, sagte sie und stupste mit dem großen Zeh seine Nasenspitze an. »Fühlst du dich überrumpelt?«

»Überrumpelt ist das falsche Wort. Aber …«

»Blödmann. Dann hättest du mir nicht die Rose schenken dürfen. Mir kommt es plötzlich so vor, als wäre Middelburg gerade mal eine Woche her.«

»Geht mir genauso. Und trotzdem …«

Sie beugte sich vor und sein Mund kam ihr entgegen. Die Berührung ihrer Lippen elektrisierte ihn, seine Hände umfassten ihre nackten, nassen Schultern. Aber irgendwann tat beiden das Kreuz weh und sie lehnten sich wieder zurück.

»Hör auf zu denken. Was passiert, das passiert. Und was nicht passiert, passiert eben nicht.«

Da war wieder dieses Funkeln in seinen Augen, dem frau einfach nicht widerstehen konnte. Ihr Blick fiel auf den Fahnenmast, der sich unter Wasser aufgerichtet hatte: »Dein ständiger Begleiter hat seine Wahl wohl schon getroffen.«

Kalle grinste: »Der kann gar nicht wählen. Dazu fehlt ihm das Gehirn.«

»Du verdrehst die Tatsachen. Er selbst ist bei den Männern das Gehirn!«

Kalle schwieg. Betrachtete diese Erhebung im Badeschaum, ließ seine Augen ein Stück weiter und höher gleiten: Kein einziges Härchen in ihrem Bermuda-Dreieck, ihre nackten Brüste mit den geschwollenen Knospen, dieses Lächeln, die Fältchen, die ihre Augen umschlossen wie ein edler Rahmen ein schönes Bild. Und er selbst seit einem halben Jahr ohne Sex.

»Alles!«, sagte er.

Das Schrillen des Telefons zerstörte seine romantischen Gefühle. Keiner rührte sich. Erst nach dem achten Klingeln, stemmte sich Sim aus der Badewanne und rannte los, hinter ihr eine feuchte Spur wie das Kielwasser eines Schiffes.

»Ja!«, hörte er ihre Stimme noch aus dem Wohnzimmer. Und mit jeder ihrer Bemerkungen kam die Stimme wieder näher. »Er ist hier. – Nein, es geht ihm gut. – Einsatz? – Gut. Wo? – Seid ihr verrü… – Nee, das glaube ich nicht! – Wirklich? – Natürlich bin ich dabei. Geile Sache. – Kalle? Ob er mitmacht?«

»Wobei?«, fragte er.

»Verfolgungsjagd«, sagte sie. »Flessek und Potthoff!«

Kalle nickte und Simone sprach wieder ins Telefon: »Kalle ist dabei. – Mailt mir auf jeden Fall Fotos von diesen Gangstern. – Ja. – Wir müssen uns aber noch vorbereiten. – Sechs Uhr in Riemke? – Abgemacht!«

Sie drückte das Gespräch weg, platzierte das Telefon auf der Ablage und grinste wie nach einem gelungenen Streich.

»Die Wolle in deinen Achselhöhlen muss weg!«

»Bitte?«

»Ja. Und nicht nur dort!« Sie zeigte auf seinen Penis, der inzwischen in Schieflage geraten und ins Wasser zurückgekehrt war: »Solch ein Gestrüpp habe ich schon lange nicht mehr gesehen. Geht gar nicht.«

»Bitte?«

»Keine Angst – ich mach das schon!«

»Aber wieso?«

»PEGASUS schickt uns in einen Edelpuff. Und Schamhaar ist da absolut out.«

61

Von Atemnot gepeinigt, hetzte Mager, die neue Kamera unter dem Arm, über den Platz vor dem Polizeipräsidium. Im Laden hatte er in zehn Minuten einen Schnellkurs im Gebrauch der neuen Nachrichtenwaffe absolviert und war wieder losgejagt. Und er konnte von Glück sagen, dass nirgendwo unterwegs eine Radarfalle aufgebaut war.

Susanne stand bereits vor der Sicherheitsschleuse und spürte in ihrem Magen ein ungewohntes Rumoren. War's bei ihr jetzt auch schon so weit? Bislang war sie auf der Jagd nach Sensationen immer eine der Coolsten gewesen. Aber die Schar der Kollegen, die sich diesen Stress noch antaten, wurde immer jünger. Mit fünfunddreißig war man entweder weit oben angekommen – oder raus. Nur PEGASUS bewegte sich trotz aller Mühen seit drei Jahrzehnten auf der Stelle. Ob ein Goldhamster in seinem Laufrad auch Depressionen bekam?

»Du spinnst«, flüsterte Mager, als sie ihm sagte, was ihr durch den Kopf ging. »Wir tun, was wir tun müssen. Depressionen bekomme ich erst, wenn keiner mehr unsere Filme haben will!«

Endlich wurden sie eingelassen. Einer der Tür-Sheriffs warf noch einen kurzen Blick in den Gerätekoffer und dann spurteten Susanne und Mager wieder los. Heute ging es um mehr als nur einen Clip, den der Sender akzeptierte und bezahlte: Dorn, diese arrogante Giraffe, sollte vor Wut platzen, wenn sie sah, dass PEGASUS nicht kleinzukriegen war. Heute – das war eine Frage der Ehre.

Vor dem Saal, in dem die Pressekonferenz stattfand, hielten die beiden noch einmal an.

»Sechzig Sekunden durchatmen«, keuchte Susanne. »Etwas runterkommen. Und dann gehen wir ganz gelassen da rein!«

Als sie die Tür öffneten, hatte die Bundesanwältin gerade mit ihrem Wort zum Wochenende begonnen. Susannes erster Blick galt dem Outfit der Frau: weißer Hosenanzug aus gekonnt zerknittertem Leinen, blaues Top, goldenes Halskettchen. Die Frau musste einen eigenen Hubschrauber für ihre Klamotten geordert haben.

»... hat das Landeskriminalamt inzwischen festgestellt,

dass der bei Hassan T. gefundene Sprengstoff mit dem Dynamit identisch ist, das am Montag bei dem Attentat vor dem Haus der Oberbürgermeisterin benutzt wurde. Damit ist die Beweiskette gegen den beschuldigten Hassan T. geschlossen. Er hat im Zusammenwirken mit dem ebenfalls festgesetzten Imam Ahmed D. das Attentat von Wiemelhausen begangen. Wir sind sicher, dass wir mit den vorhandenen Beweisen beide Täter ihrer gerechten Strafe zuführen können. Allen Kolleginnen und Kollegen meines Teams möchte ich für diese hervorragende Arbeit danken.«

»Läuft die Kamera?«, hauchte Susanne.

»Klar!«, zischte Mager.

»Hält der Akku?«

»'türlich. Der Händler hat ihn geladen, als ich noch unterwegs zu ihm war!«

So leise sie gesprochen hatten, Dorns Sensoren mussten ein verdächtiges Signal aufgespürt haben. Zumindest stockte sie kurz, ließ den Blick über die Köpfe der Anwesenden schweifen und stoppte beim PEGASUS-Team. Dann sprach sie weiter und ihre Stimme wurde um eine kaum hörbare Nuance lauter und höher.

»Unser Erfolg besteht nicht nur darin, dass wir ein geschehenes Verbrechen aufgeklärt haben. Mit dem Fund von sechs Stangen Dynamit wurden weitere Attentate verhindert und anderen Menschen das Leben gerettet. Dieser Sprengstoff ist seit gestern nicht mehr im Besitz von radikalen Islamisten, sondern in unserem Gewahrsam. Und damit unschädlich.«

»Wenn die Ziege nicht zu jung dafür wäre, könnte man meinen …«

Susannes Rippenstoß brachte Mager zum Schweigen. Sie beide wussten nicht, wie gut das Richtmikrofon der neuen Kamera war. Und in den Tiefen des neuen Speicherchips durfte auch nicht das leiseste Echo dessen zu finden sein, was der Kameramann gerade sagen wollte.

»Danke, Frau Bundesanwältin, und auch von unserer Seite einen Glückwunsch«, schleimte Gaius Stahl und übernahm wieder die Leitung der Pressekonferenz. Mager war sicher, dass er darunter litt, im Moment nicht selbst das große Wort führen zu können. »Wenn Sie, verehrte Kolleginnen und Kollegen, noch Fragen haben?«

Ein Journalist der schreibenden Presse zeigte auf: »Was hatten die beiden Beschuldigten mit dem aufgefundenen Sprengstoff vor? Gegen wen sollte er eingesetzt werden? Kennen Sie die weiteren Anschlagpläne?«

»Frau Kollegin?«

Das letzte Wort des Pressesprechers kommentierte Dorn mit einem kurzen, aber messerscharfen Seitenblick, als sie das Platzmikrofon heranzog und log: »Nicht alle. Hassan T. und der festgenommene Prediger müssen zu den Radikal-Islamisten gezählt werden. Wir haben beide in einem sehr vertraulichen Gespräch angetroffen. Doch die festgenommen Männer sind verstockt und verweigern jegliche Kooperation.«

»Laut WDR«, hakte der Kollege nach, »hat der Imam Hassan T. nur ermahnt, häufiger zum Gebet zu erscheinen!«

»Reine Schutzbehauptung.«

»Haben Sie dafür handfeste Beweise?«

Dorn lächelte geheimnisvoll: »Ich darf die weiteren Ermittlungen nicht gefährden. Aber beide Verdächtige sind offenbar darauf trainiert, sich in Vernehmungen nicht zu verraten. Gerade ihr hartnäckiges Leugnen ist für mich ein weiteres Indiz für ihre Schuld.«

Unter den versammelten Presseleuten entstand ein leises Raunen, das deutliche Zweifel verriet. Susanne meldete sich und Gaius Stahl erteilte ihr das Wort.

»Frau Dorn, es gibt starke Zweifel daran, dass Sie sorgfältig genug in alle Richtungen ermittelt haben. Alles, was Herrn Tarik entlastet, haben Sie ignoriert.«

»Das ist eine böswillige Unterstellung!«, fuhr Dorn auf.

»Frau Dorn, vielleicht leugnet Hassan T. ja auch deshalb, weil er unschuldig ist. Haben Sie seine Angaben überprüft? Der Mann hat Frau und Kind und verliert wegen dieser Verdächtigungen vielleicht seine Arbeit. Und das alles, weil …«

»Sind wir hier bei der Polizei oder beim Sozialamt?«

Gemurmel und Getuschel im Raum schwollen derartig an, dass Gaius Stahl sich gezwungen sah, die Notbremse zu ziehen. Mit seinem falschen Lächeln bedankte er sich für das Kommen und die konstruktiven Fragen der Presse und wünschte allen ein entspanntes Wochenende.

»Hast du das?«, fragte Susanne und schaute gespannt auf die Kamera.

»Moment!«

Mager ließ die Aufnahme ein paar Sekunden zurücklaufen und drückte auf *Play*. Sofort erschien Dorns genervtes Gesicht in Großaufnahme auf dem Kontrollmonitor: »… oder beim Sozialamt?«

»Wunderbar!«, strahlte Susanne und drückte Mager einen Schmatzer auf die Backe. »Dieser Satz wird die Ziege noch viele Jahre verfolgen!«

62

Auch Lohkamp hatte, in der letzten Reihe sitzend, Dorns Pressekonferenz verfolgt und dabei einen erstaunlichen Gefühlswandel durchlebt. Die selbstsichere Darstellung des Sprengstoffvergleichs hatte ihm spürbare Magenschmerzen beschert: Was war, wenn die Sphinx wirklich Recht hatte? Sein Gespür für Schuld und Lüge war dann nichts mehr wert. Peinlich, peinlich.

Doch Nachfragen aus dem Saal hatten bei Dorn Wirkung gezeigt wie bei einem Boxer, der unerwartet an Kinn oder Leber getroffen wird. Und die Entgleisung am Schluss machte Lohkamp wieder Mut. So etwas wäre Dorn nicht passiert, wenn sie wirklich alles in trockenen Tüchern gewusst hätte.

»Wir sind hier bei der Polizei«, murmelte er, als er beim Hinausgehen an Mager vorüberkam. Respekt, dass die Truppe es noch geschafft hatte, hier zu erscheinen. Und dass Susanne sie zu dem Vergleich mit dem Sozialamt provoziert hatte, war eine Glanzleistung. Dieser Satz würde der Karrierefrau noch lange wie eine elektronische Fessel am Bein hängen.

Fast schon vergnügt, steuerte er die Büros an, als er schnelle Schritte hinter sich hörte.

Dann hatte Dorn ihn eingeholt: »Wie können Sie es wagen, die Kamera ...«

»Ich? Welche Kamera?«

»Die hier!«

Sie stieß die Tür zu ihrer Schatzkammer auf und verstummte. Die beschlagnahmte PEGASUS-Ausrüstung befand sich noch da, wo man sie mittags deponiert hatte. Erst jetzt ging Lohkamp auf, was sie geargwöhnt hatte.

»Halten Sie mich wirklich für total meschugge?«, fragte er entgeistert. »Und glauben Sie, Ihre Truppe hätte mich mit dieser Ausrüstung da rausmarschieren lassen?«

Er öffnete sein eigenes Büro und war mal wieder richtig erleichtert darüber, nicht unter Dorns Aufsicht arbeiten zu müssen. Aber als er die Tür schließen wollte, drückte jemand von außen gegen das Holz. Die Sphinx schob sich herein, die Nase ziemlich hoch oben: »Geben Sie jetzt wenigstens zu, dass Sie mit Ihren Ermittlungen auf dem Holzweg waren?«

»Ich?«, fragte Lohkamp. Er konnte Dorns Panik fast riechen. »Warten wir doch ab, wer hier auf der falschen Fährte war. Der Fall ist noch nicht erledigt.«

»Richtig, Lohkamp. Und die Schuld dafür tragen Sie. Oder haben Sie den blauen Lkw endlich gefunden? Kann doch so schwer gar nicht sein.«

»Wir arbeiten dran«, lächelte er und deutete auf Klemms freien Stuhl. »Wie wär's mit einem Kaffee?«

Sie zog es vor, stehen zu bleiben, und sah von oben auf ihn herab. »Wenn ich Ihnen einen guten Rat geben darf: Statt ständig Kaffee zu kochen, sollten Sie lieber gründlicher ermitteln.«

»In Ordnung«, nickte Lohkamp. Er zog ein DIN-A4-Blatt aus der Schublade und den dicksten Filzstift, der ihm gerade in die Hände fiel. Dann schrieb er auf das Papier: *Weniger Kaffee – mehr ermitteln!*

Neugierig kam sie herum und schaute auf das Blatt: »Was soll das denn?«

»Den Zettel hänge ich über die Kaffeemaschine. Damit ich weiß, was ich seit über dreißig Jahren falsch mache!«

Ohne Gruß schob sie ab. Sie hatte zwar nicht gewonnen, aber Lohkamp dennoch die Laune verdorben. Am liebsten hätte er sich nach draußen in den Schatten gesetzt. Stattdessen fuhr er seinen Rechner hoch und drehte den Monitor so, dass die Sonne nicht voll hineinschien.

Dieser verdammte Pritschenwagen! Irgendwo musste er doch geblieben sein, nachdem diese Anstreicherwitwe ihn verscherbelt hatte!

Drei neue Mails. Die erste vom Straßenverkehrsamt: *Nach sorgfältiger Suche können wir nur mitteilen, dass der angefragte Lkw … abgemeldet und nach Lettland verkauft worden ist. Der Käufer war ein gewisser Valdis Lacis …*

Na, das war doch mal etwas Konkretes. Nun die nächste Mail – aus Riga. Mit großer Hoffnung öffnete Lohkamp die Datei und überflog sie. Ein einziger Satz ließ den Palast seiner Hoffnungen einstürzen wie eine Holzhütte: *Das gesuchte Fahrzeug ist in ganz Lettland niemals registriert worden.*

Verflucht! Lohkamp stellte sich ans Fenster, rauchte eine Zigarette an und sog so gierig daran, als hinge sein Leben davon ab. Solch ein Wagen kann doch nicht spurlos verschwinden, wir haben doch ein lückenloses Meldesystem!

Da geht kein Auto verloren. Irgendetwas habe ich übersehen. Aber was?

Erneut ließ er sich auf seinen Drehstuhl fallen. Die geschundene Federung quietschte zum Erbarmen. Eine Nachricht war noch übrig.

Bevor er sie anklicken konnte, hörte er vor der Tür laute Stimmen. Neugierig stand er auf und schaute nach. Vor dem Raum der Karlsruher stand Tariks türkische Anwältin, einige Papiere in der Hand, und verlangte nach der Sphinx.

»Frau Dorn ist beschäftigt«, erklärte einer der glatt rasierten Anzugträger und versperrte der Frau jeden Blick in den Raum. »Vielleicht kommen Sie besser am Montag wieder.«

»Die Sache duldet keinen Aufschub«, erklärte die Anwältin. »Und wenn Sie mich hier abwimmeln wollen, kassieren Sie eine satte Beschwerde wegen Behinderung anwaltlicher Tätigkeit. Macht sich nicht gut in Ihrer Personalakte.«

Der Dorn-Vertraute schwankte und suchte offenbar nach Ausreden, fand aber keine.

»Gut, geben Sie her!«

»Nix gebe ich her!«, versicherte Seminoglu. »Ich bestehe auf einer persönlichen Übergabe und einer Empfangsbestätigung.«

Dorn musste die Auseinandersetzung dicht hinter der Tür verfolgt haben. Jetzt tauchte sie selbst auf und sah auf die kleine Anwältin hinab: »Ach, Frau Seminoglu. Was gibt es denn Neues?«

»Ich habe hier drei Erklärungen an Eides statt. Drei Verwandte versichern, dass Hassan am letzten Wochenende zu einer Familienfeier in Berlin war und erst am Montag wieder zurückgefahren ist. Eine Kopie der abgestempelten Fahrkarte habe ich beigelegt. So etwas nennt man wohl ein Alibi. Mein Mandant kann den Anschlag vor Sonnenscheins Haus also nicht verübt haben.«

63

Irgendwie hatte sich Kalle den Nachmittag anders vorgestellt: gemütlich auf dem Balkon in der Sonne sitzen, Cappuccino schlürfen und darauf warten, dass seine Klamotten trocken würden. Und wenn sich das Warten als zu langweilig erweisen würde, fiele ihm und Simone sicher noch etwas anderes ein ...

Doch Kalle denkt – und Simone lenkt. In dem muffigen und feuchten Trockenraum im Keller hätte Kalles Kleidung selbst in diesem Sommer drei Tage gebraucht, ohne völlig trocken zu werden. Also hängte sie Jeans und T-Shirt über das Balkongeländer und wendete sie alle fünfzehn Minuten, als wollte sie die Teile auf allen Seiten gleichmäßig braun werden lassen: »Was in einer Stunde noch klamm ist, musst du eben am Körper fertig trocknen. Und jetzt, mein Lieber, kommt deine große Stunde!«

Unwillig stemmte er sich hoch und folgte ihr so langsam ins Bad, als wäre es eine Folterkammer. Mit einem spöttischen Lächeln präsentierte Simone ihm die Instrumente: Schere, Rasierschaum und ihren Lady-Shaver. Kichernd befahl sie: »Mach die Beine breit und halt still.«

Kalle tat, was sie wollte, und schaute halb ängstlich, halb interessiert nach unten. Simone setzte sich mit einem Hocker dicht vor ihn und betrachtete ausgiebig ihr Einsatzgebiet: »Irgendwie hat der Bursche mir schon immer gefallen. Und gleich sehen wir ihn in ganzer Pracht. Nur keine Angst!«

Sie griff zur Schere und begann in einem Tempo zu schnibbeln, als müsste sie wie eine Altenpflegerin nach der Stoppuhr arbeiten. Gleich büschelweise fiel die schwarze Wolle auf die Fliesen. Lieber Gott, dachte Kalle, lass ihre Hand nicht zittern!

»Schön«, sagte sie nach dem ersten Arbeitsgang und strich über die Stoppellandschaft unterhalb seines Bauchnabels. Dann fühlte er, wie sie den kühlen Rasierschaum auf seine Haut sprühte und das Vorgelände des Heiligen Grals in eine Rutschbahn verwandelte.

»Und jetzt die Feinarbeit!«

Dann setzte sie die Klinge des Lady-Shavers an und schabte los – mal mit dem Strich, mal gegen ihn. Und begleitete ihre Arbeit mit einem leisen, fröhlichen Summen.

Kalles Blick richtete sich derweil Hilfe suchend zur Zimmerdecke. Noch ertrug er die Qualen stumm, mit zusammengepressten Zähnen.

Aber als Simone auch noch die Innenseite seiner Schenkel hobelte, ereilte ihn akute Atemnot.

»So, du Memme. Das hätten wir schon mal.«

»Fertig?«

»Nee, das Schönste kommt erst noch!«

»Wie wär's dann mit einer kleinen Pause?«, fragte er.

»Okay, aber du musst hier unter dem offenen Fenster rauchen. Geh bloß nicht so auf den Balkon.«

»Verstehe. Die Nachbarn!«

»Ach, die sind mir egal. Aber du bist da unten jetzt so weiß, das gibt in fünf Minuten einen Sonnenbrand.«

Während sie auf dem Balkon Kalles Wäsche umschichtete, rauchte er hastig und blies den Qualm durch das geöffnete Dachfenster in den Nachmittagshimmel. Worauf hatte er sich da eingelassen?

»So – Pause vorbei. Jetzt geht's ans Eingemachte! Pass auf, wie lieb ich zu dir bin!«

Zwei, drei gekonnte Handbewegungen – genau da, wo er es am meisten mochte. Sekunden später hatte Kalle das Gefühl, seine Schwellkörper könnten wegen des gewaltigen Überdrucks platzen.

Simone zeigte sich ebenfalls begeistert: »Toll, mein Freund! Mit dieser Latte schicke ich dich zur nächsten

Weltausstellung! Und jetzt denk ganz intensiv an was Schönes – schlaffes Fleisch kann man schlecht rasieren.«

Kichernd verteilte sie den Rasierschaum rund um sein Begattungsinstrument und setzte wieder den Rasierer an: »In drei Minuten ist dein Freund so glatt wie ein Dauerlutscher!«

64

Mann, was war die Sphinx fertig! In zwei Minuten hatte die türkische Anwältin Dorns Beweiskette zerstückelt. Damit war der Bundesanwältin mehr als nur die Aussicht auf ein schönes Wochenende verdorben.

Mit neuem Mut kehrte Lohkamp an seinen Rechner zurück und öffnete die letzte eingegangene Mail. Was er dann las, elektrisierte ihn: *… erst heute von einer Geschäftsreise zurückgekehrt und habe die Zeitungsmeldungen der Woche überflogen. Den von Ihnen gesuchten Deutz-Kleinlaster habe ich mehrfach auf Baustellen hier in Witten-Heven gesehen, das letzte Mal etwa vor einem halben Jahr. Aufgefallen ist er mir, weil er noch die Aufschrift dieses Malerbetriebs trug, aber Baustoffe transportierte. Ich bin sicher, dass sein Kennzeichen nicht mit BO, sondern mit EN begann …*

»Verdammt!«

Er sprang auf und lief über den Flur zu den Räumen der Karlsruher Truppe hinüber. Von den Beamten war kaum noch jemand zu sehen, die waren bestimmt schon auf der Heimreise in den Wochenendurlaub. Aber Hardenberg und ein paar andere Bochumer saßen noch in ihren Büros, um Akten zu studieren oder Berichte zu verfassen.

»Ewald, kommst du mal rüber?«

Widerwillig stand der Lange auf und folgte ihm. Bei Lohkamps Bericht wurden seine Augen groß: »Das ist der Hammer!«

»Kannst du wohl laut sagen. Du hast den Wagen nicht zufällig bei diesem Fritzen in Herbede gesehen?«

»Nein, Chef.«

»Mist.«

Lohkamp dachte einige Augenblicke lang nach und malträtierte dabei mit der linken Hand seine Locken. »Aber zumindest gibt es eine Erklärung dafür, warum unser Straßenverkehrsamt den Wagen nicht mehr gefunden hat. Vielleicht war er ja in Witten oder Hattingen gemeldet.«

»Hattingen nicht«, meinte Hardenberg. »Das Gebiet zwischen dem *Steinenhaus* und Herbede gehört bereits zu Witten.«

»Dann ruf mal beim Straßenverkehrsamt in Schwelm an!«

»Schwelm?«

»Die Hauptstadt im Ennepe-Ruhr-Kreis. Kennzeichen EN. Europas Nieten. Und Witten gehört dazu ...«

Während der lange Kommissar die Tasten seines Telefons prügelte, ging Lohkamp ins Internet und suchte die Homepage der *Schneider Bau*.

Sehr unprofessionell und dürftig. Nur dürre Angaben zum Profil der Firma, als Kontaktadresse wurde Jürgen Lurich, der Geschäftsführer, benannt. Dazu ein großes Foto, das den Blick von der Einfahrt auf das Betriebsgelände zeigte: in der Mitte das Wohnhaus, zu beiden Seiten die unterschiedlich großen Hallen. Zwischen den Gebäuden schimmerte Buschwerk und im Hintergrund waren die dürren Birken zu erkennen, die den Damm der längst stillgelegten Eisenbahnlinie säumten.

Auf dem nächsten Foto waren ein paar Baumaschinen zu sehen, sorgfältig herausgeputzt und in Reih und Glied auf dem Platz abgestellt. Die beiden Lkws daneben waren deutlich größer als die Magirus-Deutz-Pritsche und stammten von anderen Herstellern.

»Chef«, meldete sich Hardenberg. »In Schwelm ist nur noch der Anrufbeantworter aktiv. Vor Montag werden wir keinen mehr erwischen, der uns was sagen kann.«

Lohkamp gab aber noch nicht auf und klickte bei Google auf die Option *Maps*. Die Beschaffenheit des Geländes war gut erkennbar, aber in der Anzeige der ansässigen Firmen auf der Karte war statt der *Schneider Bau* ein anderer Name eingetragen.

»Wie ist es mit Google Earth?«

»Haben wir nicht im System. So etwas Bescheuertes! Dabei könnten wir das gut gebrauchen.«

»Kein Problem – ich hole mein Laptop.«

Voller Ungeduld warteten sie darauf, dass der Rechner endlich hochfuhr. Hardenberg steckte einen Surfstick in den freien USB-Anschluss, meldete sich an und wartete auf die Freischaltung. Dann klickte er den richtigen Button auf seinem Desktop an und gab *Witten-Herbede* ein.

»Phantastisch!«

Auf dem Bildschirm war das ganze Dorf zu sehen und links oben die weit geschwungenen Auffahrten zur A 43. Langsam ließ Hardenberg die Aufnahme weiter nach links wandern. Als säßen sie in einem tief fliegenden Hubschrauber, folgten sie der Landstraße in Richtung Hattingen. Und ziemlich genau zwischen der Autobahnbrücke und dem *Steinenhaus* landeten sie bei *Schneider Bau*.

»Guck: alles, wie ich es gesehen habe. Die beiden Hallen, mitten zwischen ihnen das Wohnhaus mit dem Büro. Und hier die Baufahrzeuge.«

Sie zoomten das Gelände heran, aber nichts Blaues war zu sehen. »Geh mal noch näher ran!«

Hardenberg versuchte es, aber das Bild rutschte plötzlich weg und schaltete auf Bodensicht um. Doch mehr als die Ruhrwiesen hinter dem Betriebsgelände konnten sie nicht erkennen.

»Noch mal.«

Wieder flogen sie die Landstraße entlang, waren aber beim Zoomen vorsichtiger. Hatten die Landstraße in der Bildmitte und Lurichs Betriebsgelände in der oberen Hälfte.

»Schau mal hier«, flüsterte Hardenberg plötzlich und tippte auf einen Fleck unterhalb, also südlich der Landstraße. Schräg gegenüber von *Schneider Bau* lag ein kleineres Areal, offenbar umzäunt. Viel Grün, dazwischen das Dach eines Hauses und dahinter ein kugelförmiges Gebilde.

»Was ist das, Horst? Ein Tank für Heizöl?«

Der Hauptkommissar zog kurz die Schultern hoch und ließ sie wieder sinken: »Weiß nicht. Sieht eher aus wie ein Minibunker aus dem Zweiten Weltkrieg. Solche Dinger haben sich manche Leute neben ihr Haus bauen lassen, wenn ihnen der Weg zum nächsten öffentlichen Bunker zu weit war. Aber hier – halb unter dem Baum! Dieses blaue Ding!«

Beide starrten auf den Monitor. Und ganz vorsichtig zoomte der Lange das Bild noch einen Hauch näher heran. Beiden Männern stockte der Atem.

»Bingo«, krächzte Hardenberg endlich und wurde unruhig wie ein Jagdhund, der das Wild witterte. »Das ist keine Echtzeitaufnahme. Sie kann Wochen alt sein! Chef?«

»Ja?«

»Wenn der Wagen dort noch steht, dann kann das nicht unsere Pritsche sein. Aber wenn er weg ist …«

Sie sahen sich an und Hardenberg griff nach seinem Autoschlüssel: »Scheiß was auf Dorns Akten. Ich fahre sofort hin!«

65

»Prima!«, flüsterte Simone und begutachtete das Resultat ihrer Bemühungen rings um Kalles Fortpflanzungsorgan. »Fühlt sich an wie Samt. Und jetzt nur noch diesen kleinen, prallen Beutel. Das Gestrüpp drum herum verdirbt die ganze Optik!«

»Sei bloß vorsichtig!«

»Immer!«, versprach sie. »Aber andererseits …«

»Ja?«, hauchte er.

»Zwei kleine Schnitte an der richtigen Stelle befreien dich von mancher Sorge.«

Ihre Stimme übertraf den verführerischen Gesang der Sirenen, die einst Odysseus um den Verstand gebracht hatten.

»Soll ich nicht doch mal das Skalpell holen?«

»Wage es nur! Mein Alter bringt dich um! Der will noch Enkelkinder haben.«

»Wer sagt, dass du dafür sorgen musst? Theo ist doch auch noch da. Und jetzt halt still!«

In den nächsten Minuten wagte Kalle es kaum, richtig durchzuatmen. Dieses Einseifen und Herumschaben in seinem Hochsicherheitsgebiet – unglaublich. Und er wusste nicht, ob er sich schämen oder voll cool fühlen sollte. Das hatte noch keine Frau vor Sim getan.

»Alles klar! Prima!«

Kalle atmete durch und spürte, wie sein Adrenalinspiegel sank. Gleichzeitig fühlte er sich jetzt wirklich nackt.

Wie das wohl aussah?

»Warte«, flüsterte Sim. Sie wusch nun den Rasierschaum und die letzten Härchen weg, tupfte das Operationsgebiet mit einem Handtuch trocken, hauchte ihm einen Kuss hierhin und dorthin. All sein Unbehagen war mit einem Schlag wie weggeblasen. Wohlig stöhnte er auf: »O Gott! Mach weiter!«

Doch er hatte sich zu früh gefreut.

»Erstens bin ich nicht Gott, sondern Göttin. Und zweitens brauchst du noch Reserven für den Abend.«

»Och«, machte er.

»Keine falschen Versprechungen!«

Sie nahm ihn in den Arm und sah ihm mit einem triumphierenden Lächeln an. »Aber ich sag dir: Du siehst jetzt verdammt gut aus und genauso fühlt es sich auch an!«

»Freut mich«, flüsterte er und strebte mit weichen Knien zu dem Ganzkörperspiegel im Korridor. Vor ihm stand ein völlig anderer Mensch.

Während Kalle mit einem Handtuch um die Hüften auf dem Balkon eine Erholungszigarette rauchte, fuhr Simone ihr Laptop hoch.

»Was machst du?«

»Ich recherchiere.«

»Und was?«

»Die Kleiderordnung für heute Abend.«

»Hä?«

»Glaubst du etwa, du könntest mit deinem abgewetzten Schlüpfer da auflaufen? Wir müssen dir unterwegs auf jeden Fall noch ein geiles Büxken kaufen. Dazu ein cooles T-Shirt und ein paar schöne Lederschlappen.«

»Echt?«

»Willst du etwa in Turnschuhen da herumlaufen? Sexy sein ist angesagt!«

»Und du?«

»Warte.«

Er hörte, wie nacheinander mehrere Schubladen hastig aufgezogen und bald wieder geschlossen wurden, dann flogen ein paar Schlappen durch die Gegend und Sim tauchte in der geöffneten Balkontür auf: Auf dem Körper trug sie ein schwarzes Nichts aus Seide, das gerade noch ihre Pobacken bedeckte, an den Füßen leuchteten rote Sandaletten mit leicht erhöhtem Absatz: »Na, wie sehe ich aus?«

»Hinreißend!«, sagte er.

»Danke. Jede andere Antwort hätte dir ein Lebenslänglich eingebracht.«

»Frau Olsok!«, rief der Hausdrachen. Sie ließ den Aufnehmer in den Eimer mit dem Wischwasser zurücksinken und stemmte die Hände in die mageren Hüften. »Sie haben schon wieder auf dem Balkon Wäsche getrocknet! Das ist gegen die Hausordnung. Ich habe es gesehen und fotografiert! Die Mail an Gregor ist schon weg. Und das wird Folgen haben!«

»Ist das Foto schön geworden?«, fragte Simone mit ihrem freundlichsten Lächeln.

»Bitte?«

»Ob das Foto …«

»Habe ich schon verstanden. Aber was soll die Frage?«

»Ich gebe Ihnen morgen einen Zettel mit meiner E-Mail-Adresse. Schicken Sie mir auch eine Kopie? Nur so – zur Erinnerung an das Haus mit diesen netten Nachbarinnen. Fände ich äußerst nett von Ihnen.«

Als sie im Wagen saßen und Simone in der Einfahrt wendete, blickte Kalle kurz zurück: Der Drache stand noch immer sprachlos in der Tür.

»Gute Methode, Sim!«

»Ja. Aber am liebsten hätte ich ihr den Aufnehmer als Knebel in den Hals gesteckt!«

66

Als Hardenberg abgerauscht war, holte Lohkamp jene Akten von Klemms Schreibtisch, die sie sich bei der *Schneider Bau* geliehen hatte. Auch so etwas Komisches, dachte er. Wer leiht uns schon ohne richterliche Anordnung seine Unterlagen?

Er musterte die Beschriftungen auf den breiten Rücken der Ordner und nahm sich zuerst den über das Personal vor. Eine Abteilung darin enthielt eine Übersicht über die monatlichen Bruttolöhne und Sozialabgaben. Diese hatte man offenbar korrekt und pünktlich abgeführt, aber anhand der Bruttolöhne konnte man sehen, dass einige der Beschäftigten deutlich unter Tarif bezahlt worden waren.

Als Nächstes fiel Lohkamp auf, dass diese Listen in den beiden letzten Jahren deutlich kürzer geworden waren: 2004 hatte Lurich zehn Leute entlassen, im Vorjahr sechzehn und seit Januar schon wieder neun. Jetzt waren nur sechs Leute als Beschäftigte aufgeführt: Lurichs Ehefrau als Bürokraft, drei deutsche und ein algerischer Bauarbeiter sowie der Ukrainer, wobei Korolenko wohl so etwas wie den Platz- und Gerätewart darstellte.

Das Firmenschiff der *Schneider Bau* war leck geschlagen und niemand schaffte es, das hereinbrechende Wasser zu stoppen.

Sei froh, dachte Lohkamp, dass du einen krisenfesten Job hast, aus dem dich so leicht keiner rausschmeißen kann.

Er stand auf, dehnte und streckte sich ein wenig und ging nach unten, um eine Zigarette zu rauchen. Unter den Kollegen in Uniform, die in der Suchtecke herumalberten, befand sich auch Bochums bekanntestes Polizisten-Duo, das oft vom Fernsehen auf seiner Schicht begleitet wurde. Während der kleinere und dickere Lotto sich eine Gefilterte reinpfiff, lauschte er mit geheucheltem Wohlwollen den spitzen Kommentaren seines hoch aufgeschossenen Kumpels Larry: »Das ist schon die Dritte! Mann, noch eine Schachtel, dann erlebst du das Rentenalter nicht mehr.«

»Übt ihr für den nächsten Auftritt?«, fragte Lohkamp.

Einen Augenblick musterten sie ihn abschätzend, aber dann schalteten ihre inneren Alarmanlagen wohl wieder auf Grün. So leicht konnte ihnen auch keiner mehr an die Karre pissen.

»Nee, das ist keine Übung. Aber wir haben gleich noch einen Auftritt. Da brauche ich vorher noch eine kleine Nikotin-Vorrats-Speicherung.«

»Wieso?«

»Rauchen vor der Kamera ist doch streng verboten. Deutsche Polizisten haben keine Laster.«

»Sagt wer?«

Lotto grinste und zeigte mit ausgestrecktem Daumen über die Schulter nach oben.

»Ja, der kennt sich aus«, meinte Lohkamp und die Runde lachte.

Interessiert blätterte sich Lohkamp durch den Ordner *Verträge*. Zahl und Umfang der Aufträge hatten ebenfalls abgenommen. Mit fünf Leuten im Außeneinsatz konnte man keine Autobahnen bauen, sondern höchstens noch Löcher in Dorfstraßen stopfen. Im Moment war die Firma damit beschäftigt, zwei Terrassen teilweise in Wintergärten mit aufgesetzten Balkonen umzuwandeln. Weder eine Lebensaufgabe noch ein dankbarer Auftrag. Bei Flachdächern gab es, wie er aus Kantinengesprächen wusste, die meisten Reklamationen und lästige Prozesse.

Moment mal, dachte er und suchte eine Weile unter den älteren Verträgen. Dann hatte er den Auftrag für den Innenausbau des Sonnenschein-Hauses gefunden. Dreißigtausend Euro?

Er griff zum Telefon und rief Gabis Lieblingscousin an, der einige Jahre zuvor ein heruntergekommenes Haus in der Altstadt von Osnabrück erworben und mit viel Eigenarbeit modernisiert hatte: »Hi, sag mal, was hat dich der Ausbau deiner Bude gekostet?«

»Wieso interessiert dich das? Planst du was?«

»Nein. Ich brauche nur einen Vergleichswert für einen aktuellen Fall.«

»Pi mal Daumen vierzig. Und die meiste Arbeit habe ich …«

»Weiß ich doch. Danke für die Info!«

Dreißigtausend! Lurich hatte von Sonnenschein lediglich den Selbstkostenpreis verlangt. So etwas machte niemand ohne Gegenleistung. Und was kann einem eine Oberbürgermeisterin bieten? Bei all den Aufträgen gab es ganze zwei, die stark nach Schiebung rochen. Der Hinweis auf Potthoff, den Lurich dem langen Hardenberg gegeben hatte, konnte stimmen. Und eines war Fakt: dass in der Politik keiner eine saubere Weste hatte. Und auch Sonnenscheins schönste Bluse war wohl nicht makellos.

67

Zwanzig Minuten vor Spielbeginn erreichten Kalle und Simone endlich ihr Ziel. Die Suche nach einem passenden Abend-Outfit für ihn hatte länger gedauert als geplant, denn Kalle hatte sich hartnäckig geweigert, einen Stringtanga zu tragen. So waren bei ihrer Ankunft in der Feenstraße alle Parkplätze längst besetzt.

»Umdrehen, zum Marktplatz«, forderte Kalle, doch Simone hatte ihr Gehör auf Durchzug gestellt. Mit laufendem Motor wartete sie auf ihre Chance und hatte Glück: Punkt Viertel vor sechs öffnete sich die letzte Haustür vor der Sportanlage und ein festlich gekleideter Typ um die vierzig trat heraus, einen Blumenstrauß in der einen und den Autoschlüssel in der anderen Hand. Die Parklücke, die er frei machte, gehörte Sim.

»Mensch, Kalle, man könnte meinen, hier boxt der Papst!«, staunte Simone, als sie die Schlange vor dem Kassenhäuschen erblickte. Während die Adler aus dem Bochumer Norden sonst vor zwei- oder dreihundert Zuschauern spielen mussten, zog es nun fast zweitausend Neugierige auf den Platz. Auch vor der Würstchenbude und dem Getränkestand herrschte Hochbetrieb und der Schatzmeister des Bezirksligisten freute sich einen Ast.

Zwar würden die Jungs auf dem Platz gegen die Profis aus der Bundesliga eine satte Niederlage kassieren, aber der Verein auch eine Menge Geld. Zehn Euro von dieser Beute stammten von Kalle und Simone.

»Gib mir mal die Karte«, forderte Kalle und verstaute sie auch gleich. »Den Eintritt setzen wir von der Steuer ab. Und? Siehst du schon einen von unseren Freunden?«

»In dem Gedränge?«

»Wir müssen zum Vereinsheim. Da werden sich die Jungs doch sicher eine Gratiswurst und Freibier abholen.«

Doch vom Eingang aus gab es kein direktes Durchkommen zu dem Flachbau.

Also umkurvten sie den Platz, der so ganz anders aussah als ein Bundesligastadion. Keine Sitzplätze, kein Wassergraben, keine Gitter. Stattdessen bestand die Umrandung des Spielfeldes aus weißen Stahlrohren, die keinen Ball und keinen Menschen aufhalten konnten, aber auf denen sich die in der ersten Reihe Stehenden bequem abstützen konnten. Im Vergleich dazu war schon das Bochumer Ruhrstadion ein Hochsicherheitstrakt.

»Siehste?«

Direkt neben dem Vereinsheim hatten die Adler für die prominenten Gäste unter einem Sonnensegel mehrere Holztische und Sitzbänke aufgebaut und schleppten Bier, Kartoffelsalat und Würstchen heran.

Am ersten Tisch schlugen sich wohl die Offiziellen der beiden Vereine und ein paar Lokaljournalisten Bauch und Blase voll, am nächsten saßen die Promis aus der Politik: Flessek, Potthoff und noch ein Kerl, ihnen gegenüber scherzte Lina Tenberge mit Bochums Fernsehpolizisten Lotto und Larry.

»Was machen denn die Bullen hier?«

»Keine Ahnung. Wahrscheinlich führen die den Anstoß aus und hauen dann in ihren Schrebergarten ab.«

Verstohlen sah Simone auf die Fotos, die Susanne ihnen gemailt hatte: »Nicht dabei.«

»Wer?«

»Der Typ neben Potthoff!«

»Der mit dem Bärtchen? Den habe ich auf der Pressekonferenz gesehen – das ist der Herr Polizeipräsident.«

Simone drängte sich näher an Kalle heran und flüsterte ihm ins Ohr: »Hoffentlich fährt der auch nach Dortmund.«

»Wieso?«

»Ich habe schon immer davon geträumt, so einen Bullenboss mal nackt zu sehen!«

68

Für Klaus-Ulrich Mager und seine Chefin Susanne war der Nachmittag kaum weniger stressig als für die beiden PEGASUS-Kundschafter, die in der *Villa Eden* ermitteln sollten. Die Hauptschuld daran trug die Dorn-Truppe, die mit der gesamten Elektronik der Firma abgezogen war. So fuhr Susanne zunächst mit dem Rohmaterial über die Pressekonferenz zum Sender nach Dortmund-Brünninghausen, wo man ihr erst nach zähen Verhandlungen einen geeigneten Rechner zur Verfügung stellte, um den Bericht zu schneiden und zu kommentieren.

Ausnahmsweise, wie man es ihr mehr als ein Mal ins Gewissen schrieb.

Mager selbst hätte sich nach der Pressekonferenz am liebsten ein Stündchen auf die Couch gelegt, um zuzuhören, wie sein Bart wuchs. Allerdings roch er noch den Angstschweiß, den er bei den Aufnahmen am Mittag produziert hatte – nicht jeder Handgriff bei der neuen Panasonic hatte gesessen. Deshalb klemmte er sich mit einem extra starken Kaffee hinter den Schreibtisch und studierte ausführlich das Benutzer-Handbuch für das Gerät.

So weit die Theorie, dachte er, jetzt kommt der Praxistest! Mühsam stemmte er sich hoch und verzog sich samt Kamera in den muffigen Keller. Bei wechselnder Beleuchtung probierte er aus, was sein neues Schätzchen unter schwierigen Bedingungen zu leisten vermochte. Anschließend hoffte er inständig, dass der Parkplatz der *Villa Eden* abends nicht in völliger Dunkelheit lag.

»Klappt alles?«, fragte Susanne, als sie endlich aus Brünninghausen zurückkehrte und sich einen Kaffee einschenken ließ. Sie war blasser als sonst und die Fältchen auf ihrer Stirn waren deutlich tiefer geworden.

»Wird schon gehen. Aber willst du dich nicht erst ein Stündchen ausruhen?«

Überrascht blickte sie auf. Es kam selten vor, dass der Kameramann sich Sorgen um andere Menschen machte.

»Lass uns zuerst den Einsatz planen«, meinte sie. »Mist, dass diese Sauhunde uns ausgerechnet heute die Rechner geklaut haben! Wir müssen also noch mal los.«

»Warum?«

»Unser Einsatzgebiet erkunden.«

Auf Magers unrasiertem Gesicht ging plötzlich die Sonne auf: »Nicht nötig. Weißt du, was die Blödmänner heute Morgen gar nicht beachtet haben?«

»Sag's mir!«

»Dass auf dem Klingelschild für das Dachgeschoss zwar immer noch *Saale* steht, aber *Mager jr.* stehen müsste!«

Susanne sprang auf: »Genau. Da oben waren sie nicht. Hast du den Notschlüssel?«

Der Bärtige nickte.

Und so kam es dazu, dass PEGASUS und Lohkamp, ohne dass sie es voneinander wussten, fast gleichzeitig auf Google Earth zugriffen – und beide, jeweils einer anderen Not gehorchend, auf einem Laptop. Während der Hauptkommissar die Ausläufer der Ruhrhöhen bei Herbede auskundschaftete, erforschten Susanne und Mager deren Beginn im Dortmunder Süden.

»So. Da haben wir Dortmund-Syburg. Und jetzt müssen wir uns langsam nach Westen vortasten.«

Mager nickte und ließ das Bild weiter nach links wandern, immer an dem Bergrücken entlang, der die Ruhr daran hinderte, ihre Richtung zu ändern.

»Stopp. Da ist die Witbräucker. Und hier zweigt die Hohensyburger ab. Und genau diese gewundene Verbindungsstraße müsste es sein.«

Ganz langsam zoomten sie sich näher: »Ideale Lage für solch einen Club. Man kann zwar an beiden Enden locker sehen, dass jemand da hineinfährt. Aber es gibt da auch zwei unverfängliche Adressen, die man bei lästigen Nachfragen angeblich aufgesucht hat. Nur dieses große Haus liegt völlig allein. Riesiger Parkplatz, der von der Straße aus wohl nicht einsehbar ist.«

»Und das Wäldchen daneben – das ist unsere Chance«, flüsterte Mager. »Besser könnte es gar nicht sein!«

69

Der Lange tauchte erst weit nach fünf wieder auf. Er riss zuerst die Tür des Kühlschranks auf und goss sich eine halbe Tüte Orangensaft in den Schlund. Dann ließ er sich auf seinen Schreibtischstuhl sinken, wischte sich über die Lippen, lächelte.

»Was ist?«

»Merkwürdig. Die Sache mit dem Bunker stimmt. Von der Straße aus ist der übrigens nicht zu sehen. Und das Wohnhaus steht leer – sieht abbruchreif aus. Aber wer will schon in einer Bude wohnen, wenn einem da die dicken Lkws fünf Meter nur vor dem Küchenfenster vorbeidonnern?«

»Und du bist über den Zaun geklettert …«

»Über das Törchen. Nach hinten gibt es am Haus vorbei eine alte Fahrspur. Endet an einer großen Kastanie gleich neben dem Bunker. Und da steht nichts Blaues mehr! Kann sein, dass wir auf der richtigen Fährte sind.«

»Gut gemacht. Und ich glaube dasselbe wie du.«

»Warum?«

Lohkamp hob einige zusammengeheftete Papiere hoch: »Ein Kaufvertrag. Von Beißner beglaubigt. Gehört seit fünf Jahren – na, wem?«

»Ist schon klar. Rücken wir Lurich jetzt noch auf die Pelle?«

»Entscheide du!«

Hardenberg schnappte sich das Telefon und wählte. Zwanzig, dreißig Sekunden vergingen, niemand meldete sich. Enttäuscht legte er wieder auf.

»Lass gut sein, Ewald. Montag ist auch noch ein Tag.«

»Ja«, sagte der Jung-Kommissar, blieb aber, genau wie sein Chef, sitzen. Beide sahen sich, halb belustigt, halb lauernd, an. Schließlich sagte Hardenberg: »Du zuerst!«

»Okay. Aber nur, wenn du die Flasche aus deinem Schreibtisch holst. Ich stifte die Gläser.«

Es dauerte nur Sekunden, dann stand der Sambuca auf dem Tisch. Beide ließen zuerst den milden Duft von Anis und Süßholz auf sich wirken, ehe sie sich grinsend zuprosteten.

»Komisch, im Präsidium schmeckt der auch ohne Kaffeebohnen«, meinte Hardenberg. »Und jetzt sag, was Sache ist.«

»Na ja«, begann der Hauptkommissar. »Eigentlich wollte ich am Wochenende darüber nachdenken – aber wo wir schon mal hier sind.«

»Ja?«

»Wieso gibt uns Lurichs Gattin freiwillig diese Papiere mit? Ob es da doch etwas gibt, was ihn in den Knast bringt? Will sie ihn loswerden?«

Hardenberg verzog spöttisch das Gesicht: »Kann sein. Und ich könnte sie verstehen. Wenn der Typ das richtige Stichwort bekommt, redet er wie ein Wasserfall. Vielleicht will sie bloß für ein paar Jahre ihre Ruhe haben!«

»Vier minus«, erklärte Lohkamp und goss sich noch ein Tröpfchen Likör ein. »Bringt uns nicht weiter.«

»Hast du nichts Belastendes gefunden?«

»Nee, gar nichts. Und genau das irritiert mich.«

»Wir sind eben Bullen. Und denken so. Gehen inzwischen

bei jedem Menschen davon aus, dass er Dreck unter dem Teppich hat.«

»So ist es. Aber jetzt du!«

Hardenberg zögerte. Brauchte offenbar noch ein paar Augenblicke, um seine Gedanken zu sortieren. Schließlich verriet er: »Ich habe unterwegs noch mal nachgedacht. Sonnenschein, Beißner, Tenberge. Diese Fotogeschichte ergibt doch überhaupt keinen Sinn. Schon gar nicht die Spur, auf die Sonnenschein dich bringen wollte, dass Tenberge die Fotos gemacht haben soll. Völliger Quatsch.«

Lohkamp beugte sich vor und klickte noch ein wenig auf seinem Rechner herum, bis er den Ordner fand, in dem er die Nacktfotos abgespeichert hatte.

»Mann, Chef: Pornos auf dem Dienst-PC.«

Lohkamp brummte nur etwas Unverständliches, dann markierte er das erste Foto und drückte auf *Eigenschaften*: »Guck mal, das hier ist mit einer Nikon gemacht. Die Nächsten auch. Aber hier – die Fotos aus Beißners Schlafzimmer. Hast du schon mal was von einer *Octacam* gehört?«

»Nein. Hast du gegoogelt?«

Lohkamp verzog das Gesicht: »Ist wohl 'ne Generationsfrage. Wir alten Säcke …«

Dann verstummte er. Auf dem Bildschirm tauchte ein Foto auf, das einen Reisewecker zeigte. In zarten Pastellfarben. Fast baugleich mit dem, den Sonnenschein in ihrer Fotokiste hatte. Hier stand er unter der Rubrik *Spionagekameras*.

»Dieses Aas«, sagte Lohkamp, »hat mich eiskalt belogen!«

70

Mit ihrem Wunsch, den Polizeipräsidenten einmal nackt zu sehen, war Simone an diesem Nachmittag nicht allein. Während die meisten Prominenten sich nach dem Anpfiff erhoben hatten, um dem Spiel zuzusehen, blieben Potthoff und

Flessek mit Flenner an den Holztischen sitzen und redeten auf den Präses ein.

»Hömma, Elmar«, begann Potthoff. »Du hast doch so schon einen verdammt harten Job. Und jetzt hasse noch diese Tusse aus Karlsruhe am Hals und einen wie Lohkamp im Beritt, der sich einen Scheißdreck um das kümmert, was du von ihm verlangst.«

Flenner starrte stumm in sein Glas, das noch zur Hälfte mit Pils gefüllt war. Dieses Bochumer Heimatbier war für seinen Geschmack viel zu herb und er war überzeugt, dass die Einheimischen es nur tranken, weil es eben aus Bochum war. Und Lust, über seinen Job zu reden, hatte er schon gar nicht. Erst recht nicht hier, mit so vielen Leuten in Hörweite.

»Was Hartmut sagen möchte«, übernahm der Fraktionsvorsitzende nun die Arbeit, »dass du dringend echte Entspannung brauchst. Einen Abend, an dem du mal den ganzen Stress abschütteln und die Sau rauslassen kannst.«

Flenner sah auf: »Die Sau rauslassen? Ich? In meiner Position? Hier in Bochum?«

»Wer sagt denn, dass es hier sein muss?«, lächelte Flessek. »Wir kennen da einen wirklich niveauvollen Club in Dortmund. Gutes Essen, erlesene Getränke, klasse Disco mit Rock- und Pop-Musik.«

»Und jede Menge netter Mädels, die keinen Stress machen, weil sie sich auch nur mal richtig amüsieren wollen.«

Flenner versank wieder ins Grübeln. Sah sein spießiges Muster-Wohnzimmer vor sich, in dem man höchstens voller Andacht etwas Klassisches hörte. Versuchte, sich zu erinnern, wann er mit seiner Frau das letzte Mal ausgegangen war, um Spaß zu haben. Wusste es nicht mehr. Wusste aber auch nicht, an wem es lag. Vielleicht ja doch an ihm. Kam abends oft völlig platt nach Hause und war froh, wenn er sich einfach auf die Couch setzen und Mozart oder Schumann hören konnte.

Und ganz allmählich wurde er weich – Flessek sah es ihm an.

»Was ist?«

Achselzucken. Noch hatte der Präses ein paar Fragen, die ihm sein Gewissen als sparsamer und treu sorgender Familienvater diktierte: »Ich hab kein Geld für so etwas. Das Haus ist noch nicht abbezahlt und meine Kinder studieren.«

»Geld? Vergiss es. Wir sind Mitglieder in dem Club und freitags darf man Gäste mitbringen. Du bist Ehrengast.«

»Geht trotzdem nicht. Ich habe meiner Frau gesagt, dass ich nach dem Spiel komme. Da kann ich jetzt nicht einfach wegbleiben.«

Seine Gesprächspartner lachten nur: »Mann, zieh dein Handy blank und sag Bescheid. Potthoff feiert sein Amtsjubiläum und gibt einen aus. Oder so etwas. Und dass es etwas später werden kann. Notfalls kommst du mit einem Taxi nach Hause.«

Wenig später hatten sie ihn so weit. Er stand auf, angelte sein Mobiles aus den Tiefen seines Jacketts und rief zu Hause an.

Gut zwei Stunden später war das Spektakel vorüber. Die Profis hatten Gnade walten lassen und den Riemker Adlern in der neunzigsten Minute sogar noch den Ehrentreffer zum 1:5 gegönnt. Per Lautsprecher bedankte sich der Vereinsboss bei den Zuschauern für ihr Kommen und lud sie ein, noch ein wenig mitzufeiern. Doch die meisten Besucher schoben sich langsam in Richtung Ausgang.

»Uff«, machte Simone, als sich das Gedränge langsam lichtete. Sie hatten wieder freien Blick auf die Tische mit der örtlichen Prominenz. Lotto und Larry waren tatsächlich schon verschwunden und Lina Tenberge winkte den drei Herren zum Abschied huldvoll zu. Lüsterne Blicke verfolgten sie, bis sie in der Menge verschwand.

»Und jetzt?«, fragte Sim.

»Erst mal was Kaltes zu trinken holen. Und dann warten wir zwischen Vereinsheim und Ausgang auf die netten Jungs.«

Aber das Warten zog sich noch etwas in die Länge: Flessek, Potthoff und Flenner ließen sich Zeit. Erst gegen halb neun drängte es sie noch einmal zum Urinal, bevor sie in Richtung Feenstraße trotteten. Ihr Mercedes parkte zwar gleich hinter dem Zaun, aber Sim und Kalle waren schneller am Wagen als »diese alten Säcke«, wie Simone sie titulierte. Als der Wagen in Richtung Hauptstraße rollte, hatte die junge Frau ihren Fiesta längst gewendet und reihte sich hinter Potthoff und seinen Spießgesellen ein.

Wie erwartet, ging es zunächst über die A 43, den Mordsschnellweg, und die A 45 in Richtung Dortmunder Süden. Und sie ließen es wieder sehr langsam angehen.

»Der Laden macht erst um neun auf«, meinte Simone, die einige Infos über die *Villa Eden* gegoogelt hatte. »Langsam werde ich doch ein wenig kribbelig. Du nicht?«

Magers Sohn zuckte mit den Schultern: »Freiwillig würde ich nicht dahin fahren. Aber für PEGASUS – okay.«

»Und dass du fast nackt herumlaufen musst?«

»Tu ich in der Sauna doch auch.«

Sim schwieg eine Weile und ließ sich, den Wagen mit den drei Herren im Auge, noch ein Stück weiter zurückfallen.

»Aber bumsen werden wir beide da nicht«, bestimmte sie schließlich. »Ich brauche dabei keine Zuschauer.«

»Abgemacht«, grinste Kalle und legte seine Pranke auf ihr rechtes Bein. »Und du? Bist du aufgeregt?«

»Ja!«, sagte sie so fest, dass er sie verwundert anschaute. Was verbarg sich hinter der Coolness, die sie schon den ganzen Tag ausstrahlte?

»Warum?«

Sie kaute auf ihrer Unterlippe herum.

»Spuck's aus!«

»Ich … Ich habe wirklich eine Menge Schiss.«

»Du? Wovor? Dass wir Bekannte treffen? Wenn die etwas verraten, geben sie damit zu, dass sie selbst da waren. Keine Gefahr. He, da vorne rechts ab. Richtung Herdecke.«

Sie setzte den Blinker und schloss in der Kurve doch wieder etwas auf.

»Das ist es nicht«, erklärte sie schließlich. »Aber im Internet haben sie auch ein paar Fotos mit Besuchern gezeigt. Zwar nur von hinten oder von der Seite, aber …«

»Ja?«

»Junge Tussis mit Superfigur. Und ich daneben – ich weiß gar nicht, ob du mich dann noch magst.«

Kalle stöhnte leicht auf: »Was soll ich erst sagen? Sehe ich aus wie ein junger griechischer Gott?«

»Lenk nicht ab. Du bist ein kräftiger Kerl. Kein Fett am Bauch, muskulös. Siehst gut aus. Aber ich …«

»Simchen!«, sagte er und drückte ihr Bein etwas fester. »Was immer da an Tussis herumläuft: Du bist für mich die Schönste.«

»Schwör's!«

»Ich schwöre!«

71

Was der Dom für Köln und das Hermannsdenkmal für Detmold ist, das ist die Hohensyburg für Dortmund. Auf diesem Berg spukt und spinnt es um zwei deutsche Kaiser, hier finden sich Denkmale des Raubrittertums in Form einer Burgruine und eines ruinierenden Spielcasinos, hier kann man von einem Aussichtsturm bis weit ins Sauerland sehen oder im Biergarten tief ins Glas.

Abends um halb acht war vom üblichen Rummel wenig zu spüren. Ohne Stau erreichten Klaus-Ulrich Mager und Susanne Ledig den Abzweig in Richtung Syburg und bogen dort ab. Langsam weiterrollend suchten sie nach dem Beginn des Weges, der zum Paradies der Swinger führte. Hundert Meter weiter hielt die PEGASUS-Chefin auf dem leeren Seitenstreifen an.

»Okay?«

Mager nickte. Dann stiegen sie aus und öffneten den Kofferraum. Der Bärtige schnappte sich den Rucksack mit der Kamera und dem technischen Zubehör, Susanne schleppte warme Pullover, ein paar belegte Brötchen und heißen Kaffee mit.

Gemächlich wie zwei Wanderer, die eine längere Tour hinter sich hatten, schritten sie zum Anfang des Weges zurück und wurden von den abendlichen Schatten der Bäume verschluckt.

»Geht's?«, fragte Susanne, als sie Mager keuchen hörte.

»Ohne Rucksack wäre es leichter«, ächzte er.

»Ohne Bauch auch«, lästerte sie.

Die *Villa Eden* tauchte so plötzlich hinter dem Waldrand auf, dass es schon fast unheimlich war.

Sie blieben stehen, gönnten dem imposanten Haus aber nur einen kurzen Blick, beratschlagten scheinbar und kehrten um – ganz so, als sei ihnen klar geworden, dass sie sich verlaufen hatten.

Gute fünfzig Meter weiter schlugen sie sich bergauf in die Büsche. Es war gerade noch hell genug, um die Hindernisse auf dem Boden zu erkennen, aber immer wieder wischten ihnen Tannenzweige durchs Gesicht.

»Und jetzt nach links«, flüsterte er.

Behutsam tasteten sie sich in Richtung Waldrand vor, bis hinter der nächsten Baumreihe ihr Ziel auftauchte. Aus der Deckung heraus betrachteten sie das etwas tiefer liegende Gebäude: drei Stockwerke in herrschaftlichem Stil, ein paar Balkönchen und Erker, alle Fenster mit bemalten Läden verschlossen – Spanner hatten keine Chance.

»Schön protzig«, raunte Mager. »Warum macht man daraus kein Kinderheim?«

Susanne sparte sich die Antwort, Mager kannte sie ja selbst. Stattdessen analysierte sie die Gefechtslage: Die dezente Leuchtschrift an der Straßenseite war noch nicht eingeschaltet, lediglich über einem Seiteneingang funzelte eine kleine Lampe. Und auf dem großen Parkplatz, der mit Rasengittersteinen befestigt war und wohl für hundert Fahrzeuge reichen mochte, konnte sie von ihrem Platz aus nur zwei oder drei Pkws entdecken. Die Betreiber des Ladens und ein paar Angestellte bereiteten offenbar schon alles für die große Party vor.

»Bleiben wir hier?«

Mager schüttelte den Kopf: »Die Höhe ist gut. Aber wir brauchen freie Sicht auf den Besuchereingang. Und der muss hinten am Parkplatz sein.«

Mühselig kämpften sie sich ein Stück tiefer durch den Wald und bogen erneut in Richtung Parkplatz ab. Sie mussten aufpassen, dass sie nicht zu nahe an die bröckelnde Felskante gerieten, aber die Sicht war ideal: Auf der Rückseite des Gebäudes gab es eine breite Freitreppe, die von Laternchen flankiert wurde. »Toll. Unser neues Baby wird phantastische Aufnahmen liefern!«

»Gut. Wie spät?«

»Fünf vor.«

Mit einer Kopfbewegung wies Susanne in das Dickicht zurück: »Lass uns unter den Bäumen warten. Wenn wir die ersten Wagen hören, kommen wir hierher zurück.«

Ein Stück tiefer im Wald gab es eine freie Stelle, auf der Susanne eine Decke ausbreiten konnte. Als sie saßen, galt Magers erster Griff seinen Zigaretten, aber die Chefin hielt seine Hand fest: »Bist du verrückt?«

»Wieso? Ich mache die Zigarette im Rucksack an und halte sie im Ärmel versteckt. Niemand wird uns sehen.«

»Wir sind in einem Wald, du Idiot! Hier ist alles knochentrocken. Ein Funke genügt und wir stehen in der *BLUT am Sonntag*. Schlagzeile: *Tödlicher Einsatz*. Klar?«

»Ich habe einen Aschenbecher aus Metall mit!«

»Nein!«

Murrend fügte sich Mager in sein Schicksal.

»Was ist?«

»Wenn ich schon nicht rauchen kann, brauche ich zumindest was zu essen.«

Susanne packte die Brötchen aus und goss Kaffee ein: »Ehrlich, du hast eine Mentalität wie ein Kleinkind! Brauchst du auch noch einen Schnuller oder ein Wassereis als Belohnung?«

»Schnauze«, nuschelte er mit vollem Mund. »Aber ich liebe dich, Chefin.«

Die nächsten vierzig Minuten dehnten sich scheinbar endlos. Leichter Abendwind strich über das Wäldchen hinweg und sorgte für ein leises Knistern und Rauschen. Manchmal hörten sie in der Ferne die Geräusche der beiden Hauptstraßen oder Gesprächsfetzen von Leuten, die vorn am Weg an der Villa vorbeiliefen. Irgendwo brach ein Tier durchs Unterholz. Und ganz allmählich dimmte Petrus das Licht des Tages.

»Kannste dir vorstellen, wie unheimlich es mitten in der Nacht in so einem Wald ist?«

»Ich weiß es sogar«, meinte Mager. »Als Schüler habe ich hin und wieder nach einer Fete so eine Schnecke nach Hause gebracht. Zu Fuß natürlich. Straßenbahnen fuhren nicht mehr und Geld fürs Taxi hatte ich auch nicht. Und der kürzeste Weg zu mir nach Hause führte durch den Wald hinter dem Stadion.«

»Damals habt ihr Kerle euch für uns noch richtig aufgeopfert«, meinte Susanne.

Er sah ihr forschend ins Gesicht, das nicht verriet, ob dieses Lob ernst oder ironisch gemeint war. Schließlich zuckte er mit den Schultern: »Zu deiner Zeit hatte ich ja schon diesen alten Käfer.«

»Zu meiner Zeit«, wiederholte sie. Es war das erste Mal

seit vielen Jahren, dass einer von ihnen auf ihre gemeinsame Vorgeschichte zu sprechen kam. »Du Arsch!«

Mager überlegte noch, ob er antworten sollte, da stapften durch das Unterholz schwere Schritte heran. Geistesgegenwärtig packte er Susanne und zog sie heran, schob seine Hand hinten unter ihren Pullover und presste seinen Mund an ihr Ohr: »Wir tun so, als ob …«

»Was machen Sie denn hier?«

Mager richtete sich auf, versuchte, den Typen zu erkennen. Wanderschuhe, Kniebundhose, Lodenjacke und ein albernes Hütchen. Und an kurzer Leine parkte ein muskulöser Boxer in Wartestellung.

»Wonach sieht es denn aus, Meister?«

»Hat man es in Ihrem Alter noch nötig, sich für so etwas in den Wald zu legen?«

»Nein, Meister«, sagte Susanne. Sie zog demonstrativ ihren Pullover wieder nach unten und tat so, als richte sie ihre Haare. »Aber wir haben Jahrestag! Vor dreißig Jahren hat er mich zum ersten Mal geküsst. Genau hier, an dieser Stelle.«

Der Mann schien darüber nachzudenken, ob er diese Auskunft glauben könne oder nicht. Schließlich raunzte er: »Das hier ist mein Wald. Und in einer Stunde sind Sie hier weg. Komm, Botho!«

Er kurzer Ruck an der Leine und der Vierbeiner folgte seinem Gebieter stumm und ohne zu zögern. Susanne und Mager mussten die Luft anhalten und prusteten erst los, als von dem Ruhrpott-Tiroler nichts mehr zu hören war. In das Lachen hinein brummte der Motor eines Diesels – unten fuhr das erste Auto auf den Platz.

»Okay. Mach die Kamera klar. In Schussposition!«

Als hätte jemand ein Startzeichen durch den Äther gesendet, rollten unten die Besucher der paradiesischen Villa an. Der Parkplatz füllte sich. Autokennzeichen aus Hannover, Köln und Münster, sogar ein Holländer darunter. Der Laden schien einen besonderen Ruf zu haben.

»Erstaunlich«, flüsterte Mager. »Ich dachte, hier kämen nur geile alte Säcke hin. Aber die beiden da vorne: höchstens fünfundzwanzig. Und die Blonde da drüben. Gerade mal achtzehn. Mannomann.«

»Ja. Mach schon mal ein paar Schnittbilder!«

Susannes Handy meldete eine SMS. Sie sah nach: *Benz, dunkelblau, BO-CB noch was. 3 Mann. Pott, Fles u Flenner. 5 Min. Kalle.*

Gespannt warteten sie auf ihren Einsatz. Als der Wagen dann an der Villa vorbei auf den Parkplatz glitt, hätten sie ihn dennoch fast verpasst: Prozentual gab es hier mehr Kutschen der Luxusklasse als auf der Straße.

»Los!«

Mager verfolgte den Mercedes, bis er auf der gegenüberliegenden Seite anhielt. Die Männer stiegen aus, vertraten sich die Beine. Die neue Kamera zoomte ihre Gesichter messerscharf heran. Potthoff sah sich suchend um, danach ging das Trio zögernd auf die Freitreppe zu und blieb unten stehen.

»Wenn das ein Pärchenclub ist, brauchen die noch ein paar Weiber«, raunte Mager.

»Keine diskriminierenden Ausdrücke bitte! Aber da sind Kalle und Simone.«

Ihre beiden Kundschafter hatten gut zehn Plätze hinter Potthoffs Benz geparkt, waren aber rückwärts in die Bucht gefahren, damit sie besser sehen und schneller starten konnten. Vorerst blieben sie in Simones Wagen sitzen.

Kurz darauf wurden die drei einsamen Bochumer erlöst. Dicht neben dem Aufgang schien ein Platz für einen besonderen Besucher reserviert zu sein. Zumindest steuerte der schwarze Hummer, der jetzt erschien, zielstrebig auf diese Parklücke zu.

»Los!«, zischte Susanne, als drei Damen dem Wagen entstiegen. Alle höchstens fünfundzwanzig, die eine blond, die nächste brünett, die dritte schwarzhaarig.

»Für jeden Geschmack etwas dabei«, zischte Mager. Susanne sah ihn aufmerksam an: Schwang da eine Spur Neid mit?

Nun betrat der Fahrer des Offroaders die Szene: Mitte vierzig, leger gekleidet, ein Sunnyboy. Mit großzügiger Geste machte er die Männer und Frauen miteinander bekannt. Dann erklomm man gut gelaunt die Treppe.

»Haste?«

»Alles! Aber die haben einen Kerl zu viel!«

Susanne schüttelte den Kopf: »Freitags darf ein Pärchen einen zusätzlichen Gast mitbringen. Von denen muss keiner draußen bleiben.«

Im Schutze des Dickichts kontrollierten sie die gerade aufgenommenen Sequenzen. Mager und Susanne waren zufrieden.

»Bestens. Und jetzt einpacken und Rückzug.«

»Aber was ist mit Kalle und …«

»Die kommen auch allein zurecht«, sagte Susanne. »Und ich glaube nicht, dass die hier gefilmt werden möchten.«

72

»Der reinste Horror!«, flüsterte Kalle. Er und Simone lagen nackt in einem mit Vorhang verschlossenen Separee und konnten durch ein Einwegfenster beobachten, was sich in dem großen Raum vor und neben ihnen abspielte. Von einem schmalen, mit weichem Teppich ausgelegten Mittelgang abgesehen, war der gesamte Boden mit sauber bezogenen Matratzen ausgelegt. Indirekte Beleuchtung sorgte für mildes Dämmerlicht und aus unsichtbaren Boxen waberten romantische Easy-Listening-Klänge, die zumindest die leisen Geräusche unhörbar machten.

Direkt vor den beiden Spionen vergnügten sich Potthoff und Flessek in offenbar vertrauter Arbeitsteilung mit einer dunkelhaarigen jungen Frau. Der dicke Glatzkopf lag faul auf dem Rücken und ließ sich einen blasen, während seine Hände den Hinterkopf der Frau umfassten, um ihr den Takt und die Tauchtiefe vorzugeben. Der Fraktionschef stellte sich nun hinter Potthoffs Gespielin und suchte den Eingang zu der Grotte seiner Lust. Als er endlich hineinglitt, stöhnte die Frau laut auf – für den Fraktionschef das Startzeichen, seine Hände in ihren Hüften zu vergraben und loszurammeln wie ein Kaninchenbock.

»O Mann. Diese Bilder kriege ich nie mehr von der Netzhaut. Hält der ihr Gestöhne für echt?«, wisperte Kalle.

»Keine Ahnung«, kicherte Simone unterdrückt. »Aber ihm reicht wohl schon die Vorstellung, es könnte echt sein. Ist eben auch nur ein Mann.«

»Doofe Kuh!«

»Danke – aber guck mal da rüber. In der Ecke!«

Dort hatte sich eine Dame rücklings auf die Matratze gelegt. Ihr Partner versenkte seinen Kopf zwischen ihren Beinen und schien sich wirklich zärtlich und geduldig um ihr Vergnügen zu bemühen. Einen Meter daneben hatte sich ein anderer Mann ausgestreckt, der ihnen zuschaute und mit eigener Hand erledigte, was Potthoff gerade erledigen ließ.

Und dafür bezahlt er so viel Geld?, fragte sich Kalle. Bescheuert …

»Macht dich das alles hier an?«, flüsterte Simone.

Au Scheiße, dachte Kalle. Was will sie jetzt hören? Und zögernd sagte er: »Nicht wirklich.«

Simone pustete ihre Wangen auf, als wären es Luftballons. Dann schob sie ihre Hand unter seinen Körper und tastete sich zum Beweisstück für das Gegenteil vor: »Was bist du nur für ein dreckiger Lügner!«

Flenner trat ins Beobachtungsfeld – auch er so nackt wie alle anderen in diesem Raum, aber als Einziger nicht rasiert. Die schwarzen Haare sahen aus wie ein Knäuel aus Spinnenbeinen und Simone musste an sich halten, um nicht laut loszuschreien. Wieso hatten seine Kumpels ihn nicht vorher aufgeklärt? Oder war er spontan mitgekommen?

Etwas ratlos schaute der Präses dem Dreiergespann vor dem Separee zu, während seine Hände sich darum bemühten, seinen Polizeiknüppel in Bereitschaft zu halten. Meine Fresse, dachte Kalle, für solch ein Foto würde jeder Bochumer Bulle einen Hunni auf den Tisch legen.

Lange blieb Flenner nicht allein. Von hinten trat eine junge blonde Frau an ihn heran, schmiegte ihre kleinen Brüste an seinen Rücken und nahm ihm die Arbeit ab.

Im ersten Augenblick war der Präses wie ertappt zusammengezuckt, aber dann ließ er sich die Berührungen gefallen. Schließlich wandte er der Frau sein Gesicht zu und raunte ihr etwas ins Ohr. Sie nickte und folgte ihm. Genau vor dem Seitenfenster des Separees streckte er sich aus und beobachtete gespannt, wie sie sich auf ihm niederließ und dafür sorgte, dass sein Knüppel die richtige Hülle fand. Danach übernahmen ihre Hüften und die sehnigen Beine die nötige Arbeit.

»Das ist der Hammer«, flüsterte Sim. »Alles ohne Kondom!«

»Kostet sicher extra.«

Jetzt wurde es an der Kopfseite ihrer Kabine spannend: Langsam kam man zum Höhepunkt. Beide Männer begannen zu keuchen, die Bewegungen wurden hektischer, man stöhnte los und schließlich endeten die Qualen der beiden mit einem kaum gedämpften Aufschrei. Flessek verweilte noch einen Augenblick, das Gesicht verzückt, bevor er sich vorsichtig zurückzog, Potthoff blieb mit geschlossenen Augen erschlafft liegen. Die Frau erhob sich, lächelnd, und griff zu einem weißen Handtuch, um sich zu säubern.

Plötzlich Geräusche direkt vor ihrer Kabine. Simone und Kalle zuckten zusammen. Schlagartig verkümmerte seine Erektion zu einem Häufchen Elend, aber Sim griff ihm fast automatisch in den Schritt: Es würde so aussehen, als erkundete sie seinen heiligsten Besitz. Schon wurde der Vorhang ein wenig gelüftet und Flesseks schleimige Stimme kroch über die Schwelle: »Ihr beiden Hübschen, darf ich euch Gesellschaft leisten?«

Kalle lag wie angenagelt und glaubte zu ersticken, aber Simone wandte den Kopf zum Eingang und säuselte: »Später gerne, Schätzchen. Aber erst muss ich diesen Bubi noch allein vernaschen!«

Diskret zog sich der Fraktionschef zurück und schloss den Vorhang wieder. Kalle biss sich in den Handrücken, um nicht laut loszuschreien.

»Guck!«, hauchte Simone ihm ins Ohr.

Flessek stand nun neben der Frau mit dem Handtuch, lächelte sie an und zog sie mit sich, als er sich neben seinen erschöpften Kumpel bettete: »Komm, mach's mir mal so wie ihm.«

»He«, flüsterte Simone. »Der hat ja richtig Kondition!«

»Oder Viagra«, vermutete Kalle und beide glucksten los.

Nach einer guten Stunde hatten Kalle und Simone genug von diesem Live-Theater. Sie streiften ihr spärliches Swinger-Outfit über und gingen auf Entdeckungsreise durch die Villa. Da gab es noch einen schönen Whirlpool für acht Leute und den diskreten Hinweis *Bitte nicht im Wasser ejakulieren!* Daneben erspähten sie einen Raum mit zwei Schaukeln, dann Massageliegen, Duschen und überall dasselbe Bild: In der Mitte des Raums die Akteure und am Rand, mal sichtbar, mal hinter milchigen Wänden mit Sichtfenstern verborgen, die Voyeure.

Bei Kalle legte sich langsam das Gefühl, wie ein Spanner etwas Verbotenes zu tun. Die anderen wollten offenbar, dass man ihnen zusah, und empfanden das wohl als besonderen Kick.

»Noch nach oben?«

Simone lehnte ab: »Nee, lass mal. Sadomaso und Maschinensex – das wäre jetzt zu viel für mich.«

Sie kehrten ins Erdgeschoss zurück. Dort füllten sie sich an einem erlesenen Büfett die Teller und balancierten sie in den größten Raum des Hauses: ringsum kleine Tische und bequeme Sitzgelegenheiten, in der Mitte eine Tanzfläche. Ein DJ, dessen größtes Kleidungsstück eine Sonnenbrille war, legte heiße Rock- und Popmusik auf – Ballermann war hier garantiert verpönt.

»Dürfen wir?«, fragten sie ein Paar an einem Tisch, das bei einem Glas Wein den Tanzenden zuschaute. Eine gut gebaute Braunhaarige, die ihre straffen Brüste frei vor sich her trug, und ein sportlicher Typ in teuren schwarzen Boxershorts.

»Klar doch, setzt euch.«

Während Kalle an der Bar Getränke holte, musterte der andere Typ Simone. Nach einem Blick auf ihre kaum verhüllten Brüste sah er wieder in ihre Augen: »Seid ihr zum ersten Mal hier?«

Sim nickte: »Und ihr?«

Er lächelte: »Hin und wieder. Gefällt's euch?«

»Coole Sache«, meinte Simone und merkte erst jetzt, was diesen Saal ausmachte: Obwohl hier bestimmt zwanzig oder dreißig Leute rauchten, war die Luft klar und sauber und trotzdem so gut temperiert, dass niemand fror.

Der Sportliche nickte: »Daran haben sie hier lange getüftelt. Die Belüftungsanlage ist fast teurer gewesen als der ganze Bau!«

»Woher weißt du das?«

Die Frau an seiner Seite lächelte: »Knut gehört das Haus.«

Bescheiden hob er die Hand: »Michelle übertreibt. Ich habe es nur gekauft. Die Einrichtung und die Atmosphäre – das alles verdanken wir Jan und Julia.«

Er deutete auf ein Paar in den Dreißigern, das gerade einen waschechten Rock 'n' Roll auf die Tanzfläche legte.

»Ich habe sie inzwischen zu Teilhabern gemacht. Geniale Leute vergrault man nicht mit Pachtverträgen.«

Magers Sohn kam zurück und stellte zwei Gläser Rotwein auf den Tisch: »Shiraz magst du doch?«

Simone nickte mit einem kleinen Lächeln und die Braune rückte ein wenig, damit alle auf die runde Bank passten. Während sie aßen, begutachtete Michelle interessiert Kalles kräftig gebauten Körper. Und als sie fertig waren, wechselte sie einen kurzen Blick mit Knut, bevor sie fragte: »Wie ist das: Habt ihr Lust zu tauschen?«

Einen kleinen Augenblick stockte das Gespräch – dann begriff Kalle und errötete: »Danke für das Angebot. Du gefällst mir wirklich. Aber wir sind das erste Mal hier …«

»… und Kalle will mich noch auf der Schaukel verwöhnen. Mal sehen, wie wir danach drauf sind.«

Die beiden anderen nahmen die Ablehnung gelassen hin. Nicht umsonst lautete das Motto des Clubs: *Alles kann – nichts muss*.

Nach ein paar Minuten nickten sie den Neulingen höflich zu und setzten sich zu einem anderen Paar, das nach einem kurzen Wortwechsel freudige Zustimmung signalisierte und Knut und Michelle nach oben folgte.

»He, das war doch der Typ mit dem Hummer!«

»Ja. Ihm gehört der Laden. Was sagt uns das alles?«, fragte Simone.

»Pff!«, machte Kalle. »Erstens, dass es ein teurer Laden ist. Elegante Ausbremsung unerwünschten Publikums. Und zweitens: Flessek und Potthoff haben den PP jetzt am Angelhaken. Die Mädels, die dieser Knut mitgebracht hat, sind Luxushuren. Und damit kann man den PP erpressen.«

»Und drittens?«

»Knut heißt mit vollem Namen Bleifinger. Das ist der Glückspilz, der in Bochum die vielen tollen Aufträge bekommt. Das alles passt doch wunderbar zusammen.«

73

Die nächsten beiden Stunden verbrachten Susanne und Mager recht entspannt in einem nahe gelegenen Restaurant. Mit Kalle und Simone war vereinbart, dass diese sich rechtzeitig per SMS meldeten, wenn das Bochumer Promi-Trio erste Anzeichen von Erschöpfung und der Bereitschaft zum Aufbruch zeigte. Während sie sich an erlesenen Gerichten labten, stellten sie sich vor, wie es den beiden Kundschaftern auf ihrer Mission ergehen würde, und steigerten sich gegenseitig in das Ausmalen der abstrusesten Situationen hinein. Ihr Vergnügen war so groß, dass der italienische Geschäftsführer sie irgendwann diskret bat, doch etwas leiser zu lachen – andere Gäste hätten sich schon beschwert.

»Okay«, sagte Mager. »Wir gehen sowieso jetzt gleich. Tut uns leid.«

Zurück am Wagen, wienerten sie im schwachen Licht der Straßenlaternen noch einmal alle Fenster ihres Octavia – die schwierigen Nachtaufnahmen sollten nicht durch Schmutz auf den Scheiben verdorben werden. Dann nahmen sie Kurs auf die *Villa Eden*.

»Zuerst die Leuchtschrift vorne«, schlug Susanne vor und ihr Kameramann tat, was sie verlangte. Dann surrte der Wagen hinter das Haus. Der Parkplatz war jetzt gut gefüllt, doch es gab noch genügend Lücken. Nach einer Rundfahrt durch die Reihen entschieden sie sich für einen Platz, von dem aus sie die beleuchtete Freitreppe des Hauses schräg von vorn im Schussfeld hatten. Beide richteten sich auf langes Warten ein und Mager durfte ausnahmsweise bei geöffnetem Fenster im Auto rauchen.

Lange Zeit geschah gar nichts. Keiner kam, niemand fuhr weg. Die Fenster der Villa waren so gut abgedichtet, dass kaum ein Lichtstrahl nach außen drang. Nur manchmal wehte die Nacht die von Glas und Holz gedämmte Musik der Haus-Disco herüber.

»Warst du schon mal in solch einem Laden?«, fragte Susanne unvermittelt.

»Ich? Gott bewahre! Ich habe ein erfülltes Liebesleben.«

»Angeber.«

»Wieso?«

»Wo kommt dann dein Frust her, den du fast jeden Morgen an uns auslässt?«

Mager schwieg zunächst und suchte nach einer Antwort, die der Wahrheit halbwegs nahekam: »Also, Burn-out ist es nicht. Aber manchmal wünsche ich mir schon, ich könnte in Rente gehen.«

»Na gut«, antwortete sie. Auch wenn er stur nach vorne sah, hätte er schwören können, dass sie dabei lächelte. »Aber früher? Ich meine: während deiner Scheinehe mit Mechthild? Bevor es mit dir und Karin anfing?«

»In solch einen Laden gehen? Niemals! Eher hätte ich ...« Er verschluckte den Rest des Satzes und entschied sich, zum Gegenangriff überzugehen. »Und du?«

»Ja.«

»Wie bitte? Du? Darf ich dich daran erinnern, wie ...«

»Nein. Alles, woran du dich erinnern kannst, liegt viel zu lange zurück. Ich bin nicht mehr das kleine Mädchen, das der große Verführer Klaus mal ohne große Mühe aufreißen konnte.«

»Ist ja schon gut! Trotzdem seltsam, diese Vorstellung. Und mit wem?«

In diesem Augenblick wurde von außen an die Scheibe geklopft. Erschrocken sah Susanne hinaus. Eine dunkle, kaum erkennbare Gestalt.

Der Mann trat jetzt einen Schritt zurück, hielt seine Taschenlampe so, dass sie eine schwarze Uniform und das Abzeichen eines privaten Wachdienstes erkennen konnten.

Erleichtert ließ Susanne die Fensterscheibe nach unten gleiten.

»Entschuldigen Sie die Störung. Aber dies ist ein Privatparkplatz. Sind Sie Gäste des Hauses?«

»Nein. Aber wir warten auf Freunde, die wir gleich abholen sollen. Haben beide zu viel getrunken, als dass sie noch fahren könnten.«

»Ich muss das überprüfen. Wissen Sie, unter welchen Namen die sich an der Kasse haben eintragen lassen?«

Susanne erholte sich als Erste von dem Schreck und reagierte: »Versuchen Sie es unter ›Karl‹ und ›Simone‹. Oder ›Kalle‹ und ›Sim‹.«

Der schwarze Sheriff hielt seinen Unterarm an die Lippen und drückte mit der anderen Hand eine Taste: »Eine Überprüfung. Guck mal nach ...«

Es dauerte etliche Sekunden, bis die Antwort kam: »Karl-Friedrich und Sim.«

»Seltsame Kombination«, brummte der Wachmann. »Ist wohl in Ordnung. Aber der Wagen Ihrer Freunde kann hier nicht über Nacht stehen bleiben.«

»Darum sind wir ja zu zweit gekommen«, erklärte Susanne. »Und schön, dass Sie so aufmerksam sind.«

Im Weggehen winkte der Mann ihnen zu und Mager atmete erleichtert auf: »Gut, dass er nicht auf den Rücksitz geleuchtet hat.«

Susanne drehte sich um: Da lag die Kamera.

»Schwein gehabt.«

»Ja«, meinte Mager und erinnerte sich, welche Information er so dringend brauchte: »Und mit wem warst du im Club?«

Susanne kicherte: »Als ich noch mit diesem Typen vom Sender zusammen war – du weißt schon, Kalle hatte was mit dessen Tochter.«

Mager erinnerte sich nur zu gut an dieses Modepüppchen und schniefte verächtlich.

»Da haben wir uns mal solch einen Laden angesehen. Nur so, studienhalber.«

»Und?«

»Spannend.«

»Anderen Leuten beim Vögeln zusehen? Anstatt selbst ...«

»Wieso *anstatt*?«, gluckste Susanne. »Wieso nicht *während*?«

Erschüttert sah Mager seine Chefin an. Aber als er endlich Luft geschnappt hatte, meldete sich Susannes Handy: *In zwei Minuten!*

Magers Herz schlug höher. Jetzt kam es darauf an. Und er war bereit, aufs Ganze zu gehen: »Ist der Sheriff abgezogen?«

»Ja.«

Mager schnappte sich die Kamera und stieg aus. Stützte sich mit den Armen auf die Motorhaube und zoomte die Treppe heran. Es würde gehen. Also zog er das Objektiv noch einmal auf und filmte eine Totale, bevor er die Treppe ganz langsam heranzog. Wartete drei Sekunden und stoppte. Als er sich aufrichtete, schmerzte sein Rücken. Aber so würde es gehen.

»Und?«

»Okay.«

Lange Sekunden vergingen, dann traten sie endlich heraus: vier Männer und drei Frauen. Die Mädels verabschiedeten sich von Flessek und Potthoff mit Küsschen. Dann strich die Blonde über Flenners Haar: »Der arme Kerl. Bringt ihn gut nach Hause. Der vögelt so gefühlvoll, wäre schade, wenn er nicht mehr mitkäme.«

Lachend stiegen sie in den Hummer, dessen Fahrer sich von den Promis verabschiedete. Seine Worte drangen bis zum Octavia herüber: »Und wenn er nicht spurt, erinnert ihn daran: Drei fremde Frauen würde seine Alte ihm nie verzeihen!«

Samstag

74

»Habe ich dir nicht prophezeit, dass du in Teufels Küche kommst?«, kritisierte Gabi Lohkamp ihren Mann, als sie ihm am Morgen den Kaffee servierte. »Du hättest diesen Auftrag nicht annehmen dürfen.«

»Ja, nein, ich weiß nicht. Und eigentlich ist nicht viel passiert.«

»Überhaupt nicht!«, spöttelte sie. »Diese Frau aus Karlsruhe hat dich aus der Soko geschmissen und Flenner hat dir Scheuklappen verordnet. Das nennst du ›nicht viel passiert‹?«

»Ja und nein. Flenner will einfach nur Bochums guten Ruf verteidigen und Dorn aus Karrieregründen ihre Terroristenthese beweisen. Ich habe jetzt wieder freie Hand.«

»Wie bitte?«

»Klar. Beide wollten mich aufs Abstellgleis schieben …«

»Indem du dich um diesen blöden Lkw kümmerst?«

»Genau. Aber aufs Abstellgleis haben sie sich jetzt selbst manövriert – und ich bin auf der ICE-Strecke. Wer das Geheimnis des blauen Magirus klärt, löst den Fall. Und wer ist das? Dein armer alter Mann, an dem alle herummeckern. Sogar zu Hause habe ich keine Ruhe.«

»Armer Kerl, tust mir richtig leid!«

Sie wuschelte ihm durch die Locken.

»Aber was ist mit mir? Dauernd höre ich was von deinen Dienstpflichten – aber wie steht es mit deinen ehelichen Pflichten?«

»Gut, ich habe heute die Brötchen geholt!«

»Es geht mir eher ums Bettchen.«

Er schaute sie überrascht an und versuchte in Gedanken nachzurechnen, wie oft sie sich im letzten Jahr einen zärtlichen Abend gegönnt hatten. Vier Mal? Sechs Mal? Und jetzt gleich zwei Mal in einer Woche!

»Komm her, meine Gebieterin!«

Mit aufwallender Sehnsucht nach ihrer Körperwärme zog er sie an sich und küsste sanft ihren Hals, die Schulter und die verwundbare Stelle in ihrer Armbeuge. Sie ließ ihn einen Moment gewähren und genoss das Gefühl, auch nach dreißig Ehejahren noch begehrt zu werden. Doch dann brachte sie ihn wieder auf Abstand: »Der Tag ist noch lang. Bevor das jetzt ausartet, gehen wir erst mal zusammen auf den Markt!«

Von solchen Gemeinsamkeiten war Lohkamps Chef an diesem Morgen weit entfernt. Flenner saß grübelnd am Frühstückstisch und wagte es nicht, seine Frau anzusehen. Dass er volltrunken zu Hause abgeliefert werden musste, war ihm zuletzt vor zehn Jahren passiert. Das hatte am nächsten Morgen zwar Krach gegeben, aber seine Frau hatte sich bald wieder beruhigt. So etwas kam eben in den besten Familien vor. Auch diesmal glaubte Marie-Luise ja, sein Zustand wäre das Resultat einer ausgedehnten Kneipentour. Sie wusste ja nicht mal, dass es die *Villa Eden* überhaupt gab.

»Noch Kaffee?«

Er schüttelte den Kopf. Hatte er wirklich mit drei anderen Frauen geschlafen? Kaum zu glauben. Bei der Blonden hatte er ja noch ein schlechtes Gewissen gehabt, aber nach Ramonas wildem Ritt gab es kein Halten mehr. Wie konnte er nur alle Hemmungen verlieren? Wenn Marie-Luise davon erfuhr, war es aus mit ihnen.

Aber was sollte er tun? Er saß in der Falle. Marie-Luise würde von den anderen Frauen erfahren, wenn er nicht spurte. So benebelt er zum Schluss auch gewesen war, in seinem

Kopf spukte noch die Stimme Potthoffs herum: »Du gehörst jetzt zu uns, Elmar. Und schaffst uns den Lohkamp vom Hals.«

Sie haben mich am Haken, dachte er. Und ich komme nicht mehr los. Muss Dinge tun, die ich nicht will.

»Wo willst du hin?«, fragte seine Frau, als er jäh die Serviette vom Hals riss und aufstand.

»Kleiner Spaziergang«, sagte er. Er kleidete sich fertig an und verließ das Haus in Richtung Ruhrtal. Wie konnte er nur? Bloß weil du schwach geworden bist, sagte sein Gewissen. Weil du deine Frau betrogen hast. Weil du Hurerei betrieben hast. Weil …

Jeder Schritt hämmerte einen neuen Vorwurf in sein Gehirn. Quälte ihn. Es war kaum auszuhalten.

Drei Querstraßen weiter drehte er um und keuchte jetzt bergauf. Bis zum Kloster hatte er noch einen guten Kilometer zu kraxeln. Aber egal. Es war schon viel zu lange her, dass er gebeichtet hatte.

Lina Tenberge ging es im Vergleich zu Flenner beinahe gut. Sie saß im Bikini auf der Terrasse hinter ihrem Haus, trank zum Frühstück einen frisch gepressten Orangensaft mit einem winzigen Schüsschen Sekt und zog in Gedanken Bilanz.

Das Beißner-Abenteuer war gründlich schiefgegangen. Ihr Plan, über Lukas an belastende Informationen über ihre Konkurrentin zu kommen, war verweht. Im Gegenteil: Irmhild musste etwas geahnt haben und hatte ihr eine Falle gestellt. Mit den Fotos hatte sie nicht nur diesen Windhund Lukas an die Kandare genommen, sondern sich auch ein Druckmittel gegen sie selbst verschafft. Irmhild war zum Kampf gerüstet und ihre, Linas, Chancen standen schlecht.

Ob sie ihrem Mann diese Affäre beichten sollte? Wäre dumm, wenn Jürgen davon aus der Zeitung oder aus dem Fernsehen erführe. Er war schließlich auch kein Kind von

Traurigkeit und würde sich schon wieder beruhigen. Aber nein, besser nicht. Sie hatte ihren Teil des Deals mit dieser Fernsehkrähe eingehalten. Vielleicht hielt die sich ja auch an ihre Abmachung. Es war besser, erst mal abzuwarten.

Jürgen Tenberge war ausnahmsweise zu Hause. Er saß seiner Frau gegenüber und las die Zeitung, stellte aber dennoch fest, dass Lina viel schweigsamer war als sonst.

»Sorgen?«, fragte er. »Irgendetwas, wobei ich dir helfen kann?«

Sie schüttelte den Kopf: »War einfach nur eine schwere Woche – nach dem Attentat. Und bei dir?«

»Nichts Neues, Schatz. Diese Edelbürokraten in Brüssel sind ein Krebsgeschwür.«

Er schniefte und tat so, als läse er weiter. Auch er hatte harte Tage hinter sich. Seine blonde belgische Sekretärin hatte ihm nicht nur persönlich den Laufpass gegeben, sondern auch die Stelle gekündigt. Und dann war das Biest mit offener Bluse zu einem spanischen Abgeordneten übergelaufen, der ihr das Doppelte zahlte. Für alles. Aber das war auch nicht gerade ein ideales Gesprächsthema für seine Frau.

Inzwischen war es Mittag geworden. Potthoff hatte nach einem einsamen Frühstück das Bedürfnis nach Bewegung verspürt, den Rasen gemäht, die Kanten seiner Wiese auf Linie gebracht, den gesamten Schnitt in Säcke verpackt und zur nächsten Deponie gekarrt. Erst danach hatte er geduscht und saß nun mit einem Fläschchen Pils im Schatten. Genüsslich ließ er die Erlebnisse der letzten Nacht an sich vorüberziehen. Gut gegessen, getrunken und gefickt – wie in alten Tagen. Und obendrein frisst Flenner mir jetzt aus der Hand. Ich bin ein Glückspilz.

Inzwischen war auch Marlene aufgestanden. Sie hantierte in der Küche herum, kam dann mit ein paar Scheiben Toast und einem Tee heraus, küsste ihn auf den kahlen Schädel und setzte sich zu ihm.

»Alles gut, Hartmut?«

»Ja, schöner Abend. Und bei euch? Erfolgreich?«

Sie lächelte und er grinste zurück. Was für eine Frau! Schon fünfzig und immer noch unternehmungslustig. Phantastisch in Form. Mit ihm einer Meinung darin, dass man eine gute Ehe nicht mit einem Leben in Einzelhaft verwechseln dürfe. Wenn er auf Tour ging, zog sie mit ihrer Schwester los. Und musste – im Gegensatz zu ihm – für die ihr erwiesenen Wohltaten nicht mal bezahlen.

»Ja, doch. Wir haben richtig abgetanzt und am Ende zwei nette Jungs abgeschleppt. Sehr fleißig die beiden.«

»Schön für euch.«

Sie kniff leicht die Augen zusammen und musterte ihren Gatten. »Sag mal – bist du schon wieder fit? Ich meine …«

»Ich weiß, was du meinst. Jaaaa. Wieso?«

Ihr nackter Fuß tastete sich unter dem Tisch an ihn heran und berührte sein rechtes Bein: »War wirklich nett gestern, aber irgendwie hätte ich glatt noch Lust auf mehr.«

»Mit mir?«, fragte er und ließ die Augen über ihren Morgenmantel gleiten. Wie üblich, wenn sie allein waren, hatte sie sich die Mühe gespart, den Gürtel zu verknoten.

»Sonst noch jemand hier?«

Wieso nicht, dachte er und spürte weit unten dieses Ziehen. Nach all diesem jungen Gemüse …

Doch zum Dessert kam es nicht mehr. Der Türgong dröhnte quer durch das ganze Untergeschoss zu ihnen heraus. Mehrfach, laut, fordernd.

Schwer atmend drückte sich Potthoff hoch: »Ich geh schon!«

Vor der Tür stand Uebermuth, zerzauste Mähne, grimmige Miene, ein paar Papiere in der Hand: »Ich muss dich sprechen, Hartmut. Sofort – und allein!«

Der Glatzköpfige verdrehte die Augen. Dieser Stimmungskiller hatte ihm noch gefehlt! Aber der Chef der Montagsrunde würde sich nicht abwimmeln lassen.

»Wenn's sein muss, gut. Lass uns ins Esszimmer gehen.«

Dort legte ihm Uebermuth ohne Umschweife die Kopie einer E-Mail auf den Tisch: »Wie konnte das passieren, Hartmut?«

»Was denn?«, fragte Potthoff und kramte nach seiner Brille, doch die Jacke, in der sie stecken musste, hing auf der Terrasse.

»Diese Mail wolltest du eigentlich an Knut Bleifinger weiterleiten. Aber du hast aus Versehen auf *Antworten* geklickt.«

»Na und?«

»Die Mail stammt von der *Schneider Bau*. Lurich hat sich auch um die Asbestsanierung dieser Grundschule in Wiemelhausen beworben.«

»Ja, ist ärgerlich. Aber was ist daran schlimm?«

»Dass du vor dem Absenden noch einen Kommentar für Knut reingetippt hast!«

»Und der lautet?«, fragte Potthoff. Doch in dem Augenblick, da er es aussprach, regte sich in seinem Hirn eine dumpfe Erinnerung.

»*Lieber Knut*, steht da, *das hier solltest du locker unterbieten können*.«

Potthoff griff endlich nach dem Blatt Papier, ließ den Arm ausgestreckt und starrte mit zusammengekniffenen Augen auf den Text. Es stimmte.

»Ach du Scheiße! Aber die Mail ist eine Woche alt! Wieso kommt der jetzt erst damit angeschissen?«

»Weil er erst mal abwarten wollte. Gestern Nachmittag hat deine Vorzimmertippse ihm auf Nachfrage erzählt, dass der Auftrag anderweitig vergeben ist. Und mit dieser Auskunft kam er dann zu uns in die Mitgliederversammlung. Habe ihn gerade noch davon abhalten können, die Mail laut vorzulesen.«

»Und jetzt?«

»Du weißt, was du zu tun hast. Entweder bekommt Lurich den Auftrag doch noch …«

»Geht nicht. Die Verträge sind unterschrieben und Knut wird auf keinen Fall den Deal rückgängig machen.«

»Kann Lina ihm keinen anderen Auftrag in Aussicht stellen?«

»Keine Chance. Montag ist Irmhild wieder im Amt.«

»Woher weißt du das denn?«

»Hat mir Flessek gestern im Stadion erzählt.«

Einige Sekunden lang hörten sie dem Pendelschlag der altertümlichen Standuhr zu, die zwischen den beiden Fenstern des Speisezimmers thronte. Potthoffs Kreislauf hatte schon bessere Stunden erlebt.

»Dann musst du abdanken, Hartmut. Bevor Lurich an die Presse und zur Staatsanwaltschaft geht. Es ist aus. Und ohne dich beschuldigen zu wollen, nur für alle Fälle: Wäre verdammt dumm, wenn vorher noch mal eine Bombe explodierte!«

Am fröhlichsten ging es an diesem Samstag bei PEGASUS zu. Karin Jacobmayer und Susanne Ledig hatten Kuchen gebacken und eine Obsttorte belegt, während Mager Campingtische und Balkonstühle auf den Hof schleppte. Als die Nachmittagssonne die Giebel der Vorderhäuser umkurvt hatte, traf man sich zum Kaffeeklatsch.

Kalle und Simone tauchten als Letzte im Hof auf. Sie hatten in Kalles Mansarde übernachtet, um nicht mehr spätnachts bis nach Wattenscheid fahren zu müssen. Sie kamen Arm in Arm und mit einem verräterischen Strahlen in den Augen aus dem Haus. Ein Blick reichte Mager, um zu dem Schluss zu kommen, dass sie nach dem Besuch der *Villa Eden* selbst zur Tat geschritten waren.

»Warst du denn wenigstens pünktlich bei der Polizei?«, fragte Mager.

»O je«, heuchelte der Sohn. »Vergessen. Gleich kommt eine Kompanie Bullen. Ob der Kuchen dann noch für alle reicht?«

»Arsch«, knurrte Mager.

Nachdem Theo zwei Stücke Marmorkuchen verdrückt hatte, zog er ab, um mit den Jungs aus dem Nachbarhaus in deren Hof Fußball zu spielen.

Das schuf eine gute Gelegenheit, die Lage nach den nächtlichen PEGASUS-Recherchen zu diskutieren. Nur ungern hätte Mager seinem jungen Sohn erklären wollen, was ein Swingerclub war.

Nach dem Kaffeetrinken verschwand man für zehn Minuten im Büro, um sich auf Kalles Laptop den Clip anzusehen, den Mager in der letzten Nacht auf den Speicherchip gebannt hatte. Der hilflose Flenner war der Hit des Tages.

»Leute«, sagte Susanne, als sie wieder draußen saßen. »So schön der Film ist – ich bin gespannt, was die Juristen des Senders dazu sagen. Was ist, wenn die kalte Füße bekommen? Kann ja sein, dass Potthoff und Co. zu ihren Anwälten laufen, um Schmerzensgeld einzuklagen.«

»Flenner haben die Schmerzen aber richtig gut gefallen«, kicherte Simone los.

»Kann sein. Aber was machen wir mit dem Film, wenn er nicht gesendet wird? Wir haben eine Menge Geld dafür ausgegeben. Unsere teuerste Produktion überhaupt.«

»Wir können ihn ja dem Presseamt der Stadt für ihr Jahresrückblick-Video 2006 anbieten«, schlug Mager vor, aber Susanne winkte ärgerlich ab: »Ich meine es ernst, Klaus. Wenn's schlecht läuft, haben wir eine Menge Geld verbrannt.«

»Von der Steuer absetzen können wir den Clip in jedem Fall«, sagte Kalle. »Und wenn wir schon kein Geld einnehmen, dann sorgen wir eben nur für Bambule im Bochumer Rathaus.«

»Wie das?«, fragte Karin.

»Wir schicken den Clip an Sonnenschein. Oder an deren Parteivorstand. Oder gleich an die Staatsanwaltschaft!«

»Und was machen die damit?««

»Zwei Sachen sind brisant: erstens, dass Bleifinger mit drei Nutten anrückte, und zweitens der letzte Satz beim Abschied. Damit wird doch deutlich, dass Bleifinger alle drei Kerle bestochen hat oder zumindest unter Druck setzen kann. Und im Zusammenhang mit den Ermittlungen in der Bombensache ...«

»Mal sehen«, sagte Susanne noch immer skeptisch.

»Mensch, stell dir nur vor, der Film fällt ganz zufällig ein paar Bullen in die Hände!«, schwärmte Mager. »Flenner, dieser Arsch, ist dann weg – und die anderen vielleicht auch.«

»Und Sonnenschein ruft in Bochum die Weltrevolution aus«, spottete Karin. Sie stand auf und zog Simone mit ins Haus. Man hörte Glas klirren und dann kehrten die Frauen mit zwei Flaschen Sekt zurück. »Wie auch immer – diese Erfrischung haben wir uns wirklich verdient.«

»Du warst doch gar nicht dabei«, grinste Mager.

»Ja, aber nur weil ich diese blöde Schramme im Gesicht habe. Sonst hätte ich mich natürlich heldenhaft für diesen Auftrag geopfert.«

Auch Kathrin Klemm nutzte den freien Tag, um etwas Schönes zu unternehmen, und trat mit ihrem neuen Freund zu einer ausgedehnten Wanderung durch den Bochumer Süden an. Mit dem Bus fuhren sie zur Ruhr hinunter und wanderten rund um den Stausee. An Tagen wie diesen war es das reinste Überlebenstraining, da Fußgänger und Skater auf derselben Piste gegeneinander antreten mussten. Doch sie überstanden die Tour unversehrt und zogen weiter, hoch ins Lottental, wo sie sich im Schatten uralter Kastanien Kaffee und Kuchen gönnten.

Ein wenig träger ging es weiter bergauf bis zu der Querstraße, die zur Königsallee zurückführte. Schon träumte ihr Freund von der nächsten Bushaltestelle, da hatte Kathrin eine Idee: »Ich muss mir unbedingt noch was ansehen!«

Der Freund, inzwischen wunden Fußes, maulte: »Selbst bei der Bundeswehr war nach fünfzehn Kilometern Schluss.«

Klemm lächelte: »Aber jetzt hast du weder Rucksack noch Gewehr dabei. Komm mit.«

Sie zog ihn zwischen zwei Häusern in einen engen Nebenweg, der talwärts scheinbar nur zu Kuh- und Pferdeweiden führte. Doch dann ging es in Windungen bergauf, der Weg mauserte sich nach und nach zu einer Straße. Und plötzlich bog nach links eine andere ab: der Charlottenweg.

»Du willst du mir jetzt doch nicht etwa das Haus mit dem Bombenschaden zeigen, oder?«

»Nein, Süßer«, sagte Kathrin und hängte sich erst einmal, Trost spendend, an seinen Hals. »Geht gar nicht. Das hier ist das andere Teilstück – und da bin ich noch nie gewesen.«

Sie zerrte ihn weiter. Der Hang rechts war zugebaut. Mäuerchen und Hecken versperrten die Sicht auf geräumige Grundstücke mit teuren Eigenheimen, links sah man über ein grünes Tal hinweg. Und dann gelangten sie an das tote Ende des Weges, das in U-Form von Gebäuden umarmt wurde, die nicht zum sozialen Wohnungsbau gehörten.

»Und was willst du hier?«

»Nur mal gucken.«

Klemm ging auf jede Haustür zu, bis sie die Namen der Bewohner von dezenten Klingelschildern ablesen konnte: »Kuckma, hier wohnt der Tippscheinkönig, der deinen ollen Fußballverein sponsert.«

Der Freund lächelte gequält: »Toll. Mit diesem Wissen kann ich beruhigt sterben.«

»Ruhig, Brauner«, lächelte Klemm und tätschelte dem Gestressten den Hals wie einem ungehorsamen Gaul. »Nur noch das letzte Haus, das da quer im Weg steht.«

Auch dieses Gebäude war alles andere als ein Reihenhaus mit fünfeinhalb Metern Breite und brauchte den Vergleich mit den anderen protzigen Kästen der Straße nicht zu scheuen.

»Bin nur neugierig, wer hier wohnt.«

Den Weg durch den Vorgarten konnte Kathrin sich sparen, denn der Hausbriefkasten hing an einem der Pfeilerchen, die den Vorgartenzaun stabilisierten.

»Verdammt!«

»Was ist denn?«

»Lass uns lieber gehen.«

Erst zwanzig, dreißig Meter weiter drehte sie sich um, blickte zu dem besagten Haus zurück und flüsterte: »Dieses Attentat am Montag – vielleicht war das nur eine Verwechslung.«

»Wieso?«

»Wenn man einem, der die Ecke nicht kennt, mit der Autobombe in den Charlottenweg schickt, um das letzte Haus in die Luft zu jagen, und wenn dieser Mensch dann die falsche Einfahrt wählt, dann landet er gar nicht bei der Sonnenschein.«

»Sondern?«

»Bei Potthoff, diesem Baudezernenten. Vielleicht war er ja das eigentliche Ziel!«

Sie zog ihr Handy und suchte eine Nummer heraus.

»Wen willst du anrufen?«

»Lohkamp.«

Sanft entwand er ihr das Telefon: »Kathrin, wenn du jetzt deinen Boss anrufst, kannst du das freie Wochenende vergessen. Bitte!«

Kathrin Klemm rang mit sich und ihr Liebster schickte ein gutes Argument hinterher: »Der Mann wohnt Montag bestimmt auch noch hier.«

»Also gut – du hast Recht!«

Sonntag

75

Der Sonntag brachte den von der Dauerhitze gepeinigten Menschen endlich etwas Erleichterung. Grauer Himmel überzog das Ruhrgebiet, die Temperatur fiel unter die Zwanzig-Grad-Marke und am späten Vormittag begann der Regen, den Staub von den Straßen zu spülen. Bäume, Blumen und Kleingärtner gerieten in Verzückung und durch die stickige Dachstube im PEGASUS-Hauptquartier wehte ein angenehm kühles Lüftchen.

»Komm, Kalle, steh auf. Frühstück bei Karin und Klaus!«

Mühsam öffnete Magers ältester Sohn die Augen. In den beiden letzten Nächten war sein Schlafbedarf eindeutig zu kurz gekommen. Es war doch Sonntag und eigentlich hatte er richtig ausschlafen wollen.

Doch dann wurde er hellwach. Simone hatte sich zum Wecken noch einmal eng an ihn gekuschelt. Frisch geduscht roch ihre Haut so verlockend, dass alles andere nebensächlich erschien. Seine Hand tastete nach ihrer Brust, aber Sim glitt wieder aus dem Bett: »Dafür ist später noch genug Zeit!«

Als er merkte, dass sie sich nicht erweichen ließ, verschwand er unter der Dusche und erledigte alles Notwendige im Schnelldurchgang.

Zehn Minuten später spazierten sie mit nassen Haaren über den Hof zum Nachbarhaus und setzten sich an den gedeckten Tisch.

»Endlich!«, rief Theo, der hinter seinem vorbereiteten Teller saß. »Ich habe solch einen Hunger, aber ich durfte ohne euch nicht anfangen.«

Gierig griff er nach seinem Brötchen. Das Backwerk war mit einer solch dicken Schicht Schokostreuseln bedeckt, dass man damit den ganzen Hinterhof hätte teeren können. Doch die Hälfte von ihnen rieselte bereits beim ersten Bissen auf den Küchenboden hinab.

»Theo, pass doch auf«, mahnte Karin. »Wenn die Streusel immer im Staubsauger landen, müssen wir alle drei Tage eine neue Schachtel kaufen.«

Dieses Problem kümmerte Magers Jüngsten aber nicht im Geringsten. Stattdessen fixierte er Simone, als wollte er sich jede Einzelheit ihres Gesichts einprägen. Als das erledigt schien, fragte er: »Bist du jetzt Kalles Frau?«

Simone lächelte und wählte von allen denkbaren Antworten die zweitkürzeste: »Nein.«

»Aber du hast doch oben bei ihm übernachtet!«

Mager atmete hörbar durch – der Wissensdurst des Sohnes kannte noch keine Schamgrenzen.

»Stimmt. Aber dazu muss ich nicht mit Kalle verheiratet sein«, erklärte Sim.

»Der Pastor in unserem Kindergarten hat aber was ganz anderes gesagt!«

Simone sah Mager fragend an.

»Er ist im evangelischen Kindergarten. Und jeden Freitag kommt der Pfaf…«

»Klaus!«, mahnte Karin.

»… kommt der Pastor«, korrigierte sich Mager, »und erteilt den Kindern den Freitagssegen. Völlig egal, ob sie christlich, muslimisch oder jüdisch sind. Der Typ glaubt nicht nur an Gott, sondern auch daran, dass er der Papst von Lütgendortmund ist.«

»Gruselig«, befand Simone. »Gibt es hier keinen städtischen Kindergarten? Oder einen von der AWO?«

»Die hatten alle keinen Platz mehr frei«, erläuterte der Bärtige düster. »Aber die kirchlichen Kindergärten nehmen diese Quotenheiden gerne auf.«

»Um sie zu bekehren?«

»Vielleicht. Aber das Wichtigste sind wohl die städtischen Zuschüsse. Die gibt es nur, wenn sie auch Andersgläubige nehmen.«

»Und ich bin das einzige Heidenkind«, trompetete Theo. »Darum betet der Pastor auch jeden Tag für mich!«

»Warum das denn?«, wollte Simone wissen.

»Der Gott soll auf mich aufpassen, sagt er. Weil mein Papa so oft unterwegs ist.«

Nach dem Frühstück fuhr Kalle allein zur täglichen Gesichtskontrolle nach Bochum. Simone hatte ihn zwar begleiten wollen, aber Theo hatte die Nicht-Frau seines großen Bruders bereits anders verplant: Er wollte mit ihr unbedingt Autorennen fahren. So hockte sie nun auf dem Boden des Kinderzimmers und steckte mit dem Kurzen die Fahrspuren zusammen. Es würde dauern, bis die kleinen Flitzer zu ihrer ersten Runde starten konnten.

Karin räumte derweil mit Magers Hilfe den Tisch ab und genoss danach ein völlig unerwartetes Stündchen der Ruhe. Statt erneut eine Diskussion über den Stand ihrer Ehe zu beginnen, zog sich ihr Gatte in sein Filmarchiv zurück.

Eigentlich hatte er ausrechnen wollen, wie viel Geld PEGASUS noch brauchte, um sämtliche Schäden der Durchsuchungsaktion am Freitag zu beseitigen. Doch der Anblick der leeren Regale und des abgeräumten Arbeitstisches ließ ihn zunächst in einen Zustand der Antriebslosigkeit fallen. Hatte das alles noch Sinn, was sie da trieben? Noch solch ein Polizeiüberfall und sie konnten den Laden dichtmachen. Zwanzig Jahre Maloche wären für die Katz und ihn würde mit vierundfünfzig Jahren sowieso niemand mehr einstellen.

Seufzend blickte er auf die runden Blechbehälter, in denen er seine alten 16-mm-Filme aufbewahrte. Lange her, dass er die Protestaktionen gegen die Fahrpreiserhöhungen der Dortmunder Straßenbahnen mit seiner alten Arriflex gefilmt hatte. 1971 musste das gewesen sein. Damals fuhren die

Bahnen noch alle oberirdisch und Hunderte von Menschen hatten die wichtigsten Straßenkreuzungen in der City blockiert. Zeitweise ging gar nichts mehr, nur hilfsbereite Autofahrer mit einem roten Punkt an der Windschutzscheibe nahmen an den Ausfallstraßen bedenkenlos Tramper mit, deren Straßenbahnen nicht mehr durchkamen. Achtzehn war er damals gewesen. Verdammt lange her – lange genug auch dafür, dass sich Dorns Schnüffler nicht dafür interessierten. Moment …

Das Wort ›Straßenbahn‹ hatte in seinem Gehirn eine Assoziationskette in Gang gesetzt. Diese Kette endete aber nicht beim ›roten Punkt‹, sondern führte jetzt weiter zu dem Wort ›Explosion‹. Die alte Straßenbahnbrücke an der Unistraße! Da hatten auch irgendwelche Heinis viel zu viel Dynamit verbraucht. Und er hatte diesen Wumms aufgenommen! Aber wo war dieses Filmchen geblieben?

Bei den Zelluloidstreifen nicht. So lange war diese Sprengung noch nicht her. Da war er schon auf Videokameras umgestiegen. Vor den neuen Speicherchips arbeiteten die noch mit Kompaktkassetten. Aber wo waren die eigentlich geblieben?

Er dachte nach und kam zu dem einzig möglichen Ergebnis. Au, verdammt! Das würde nicht einfach sein …

Eine Zigarette und einen Schnaps später stand er vor dem Hinterhaus und drückte den Klingelknopf. Lange Sekunden später hörte er drinnen Schritte. Sie hielten an und die Plastikklappe, mit der Mechthild von innen den Spion zu verschließen pflegte, schabte über das massive Holz.

»Was willst *du* denn hier?«

»Tag auch! Sag mal, stehen im Keller noch ein paar alte Kisten, die ich nicht abgeholt habe?«

Lange Pause. Mach schon, dachte er und lächelte in das Glasauge, durch das sie ihn mit Sicherheit intensiv beobachtete. »Ist wichtig.«

»Ach, auf einmal? Seit Jahren steht das Zeug da herum und jetzt plötzlich brauchst du es?«

»Tut mir leid«, rief er und versuchte, seinem Gesicht den Ausdruck von Reue und Zerknirschtheit zu verleihen. »Aber können wir uns nicht direkt unterhalten statt durch die geschlossene Tür?«

Keine Antwort. Der Bärtige überlegte. Am liebsten hätte er die Hände gehoben und geschrien: »Ich bin unbewaffnet!« Aber für solche Späße hatte seine Exgattin noch nie Verständnis gehabt.

Endlich wurden die Stahlriegel verschoben, mit denen die Tür oben und unten gesichert war. Mechthilds Angst vor nächtlichen Überfällen wuchs von einem Geburtstag zum nächsten immer weiter an. Sekunden später stieß Metall auf Metall und das superteure Hochsicherheitsschloss wurde geöffnet. Ein letztes Zögern, dann zog Mechthild die Tür auf.

»Tag«, sagte er und musterte sie unwillkürlich. Sie hatte eine Häkelstola um die Schultern geschlungen, trug ein dunkles, fast bodenlanges Kleid aus samtartigem Stoff, der mit bunten bulgarischen Folkloreapplikationen gesäumt war, lilafarbene Wintersocken und weiße Gesundheitslatschen, um die Jesus sie beneidet hätte. »Schön, dich zu sehen.«

»Spar dir deine Lügen«, konterte sie. Ihre Stimme klang noch härter, als er sie in Erinnerung gehabt hatte, und ihre Augen blickten kalt. »Geh in den Keller und hol dir das Zeug. Aber mach voran!«

Das tat er auch, denn falls sie die Geduld verlöre, würde sie ihm die Tür vor der Nase zuschlagen, bevor er alles oben hatte.

»Danke«, sagte er, als er drei schwere Umzugskisten vor ihre Tür geschleppt hatte. Dann beeilte er sich, sie durch den Nieselregen ins Vorderhaus zu tragen. Ächzend wuchtete er sie in sein Filmmuseum. Ließ sich, in Schweiß gebadet, auf den Drehstuhl sinken und betrachtete die Beute: zugestaubt, mit Spinnweben behaftet, die nach dem kurzen Transport durch den Regen an den Außenwänden der Kartons klebten. Einen Calvados später begann er zu suchen.

Nach einer guten Stunde schaute Karin nach, ob ihr Gatte noch lebte. Mager saß auf dem Boden, um ihn herum stapelten sich die alten Videokassetten.

»Wo hast du die denn ausgegraben?«

»Bei Mechthild.«

»O je – war's schlimm?«

»Es ging. Sie hat mir weder das Gesicht zerkratzt noch hundert Euro Lagergebühren verlangt.«

»Und was suchst du, verflixt noch mal? Wir würden dich gerne heute noch mal zu Hause sehen.«

Er nickte, beugte sich über die nächste Kiste und zog triumphierend einen Stapel CDs heraus: »Genau die habe ich gesucht!«

»Und was ist da drauf?«

»Die alten Fernsehberichte. Warte. Neunzig, einundneunzig, zweiundneunzig – ja!«

Er sprang auf und warf Kalles Laptop an. Karin stand ungeduldig daneben und unterdrückte mühsam eine Explosion. Der Sonntag sollte Familientag sein. Aber wenn Klaus-Ulrich das Jagdfieber gepackt hatte, half gar nichts mehr.

Jetzt drückte er das CD-Fach auf und schob die Scheibe hinein. Der Rechner rödelte vor sich hin, dann tauchte auf dem Monitor eine Dateienliste auf. Mager fräste sie mit dem Cursor von oben nach unten durch und ließ die Maus endlich zuschlagen. Einen Wimpernschlag später präsentierte der Bildschirm eine Brücke, die über eine vierspurige Straße führte. Rechts dahinter erkannte Karin einen mehrstöckigen Ziegelbau und von weit links hinten schimmerte in Blau und Orange ein Betonmassiv herüber.

»Mensch, ja, die Universitätsstraße! Die Brücke über die Markstraße. Der *Grunewald*. Und das Papageienhaus. Was suchst du?«

»Siehst du sofort!«

Streifenwagen, Polizisten, rot-weiße Flatterbänder. Schnitt. In Großaufnahme zwei Hände, die Dynamitrollen in Bohrlöcher stopften. Mehrere Kabel, die sich zu einem Strang vereinigten, der über die Straße auf den Betrachter zulief. Ein Schaltkasten, aus dem ein T-förmiges Griffstück ragte. Dieselben Hände in Arbeitshandschuhen, die sich um die Griffe klammerten. Und dann wurde der Hebel nach unten gedrückt.

Schnitt.

Eine riesige Staubwolke erhob sich über der Universitätsstraße, Steine flogen durch die Gegend, aufgeregte Schreie aus dem Off. Schnitt.

»Und jetzt kommt es«, versprach Mager. »Hier, gleich neben dieser Studentenkneipe.«

»Dem *Grunewald*«, präzisierte Karin.

»Genau. Und das ist der Parkplatz daneben.«

»Ja«, bestätigte Karin. »Noch ohne den Aldi im Anbau.«

Die Kamera zoomte die dort abgestellten Fahrzeuge heran. Und dann schrien Mager und seine Frau gleichzeitig auf. Zwischen zwei grauen Lieferwagen stand ein blauer Magirus-Deutz.

Der zweite Montag

76

Der Morgen war wider Erwarten schön. Der Sonntagsregen hatte den Staub aus der Luft gewaschen, die Hitze war einer angenehmen Wärme gewichen, die Bäume waren grüner und die Blumen bunter als vor dem Wochenende. Und jetzt schien noch einmal die Sonne.

Diese Wetterfrösche wissen auch nicht alles, dachte Anna. In bester Laune holte sie ihr Fahrrad aus dem Keller, warf sich den bunten Rucksack über und stieg aufs Rad. Das Schuljahr war noch jung und an diesem Montag hatten sie zuerst zwei Stunden bei dieser coolen jungen Lateinlehrerin, die sie auf Anhieb so sehr mochte.

»Tschüss, Mama!«, rief sie noch, stieg auf und fuhr los.

Das erste Stück war das beschwerlichste: Auf der Wiemelhauser Straße ging es zunächst rund zweihundert Meter weit heftig bergauf, bevor sie nach links zu den Kleingärten abbiegen konnte.

Von hier aus wurde es leichter: Der plattierte Weg, der an Lauben und Gemüsebeeten vorbeiführte, neigte sich sanft in Richtung Königsallee. Dort begann die Schussfahrt zur Stadtmitte und die Strecke bis zur Kreuzung war der schönste Abschnitt. Beide Fahrbahnen wurden von einer Reihe hoher Platanen und einem breiten Radweg gesäumt. Sie würde unter diesem wunderschönen Blätterdach fahren und, wenn die Ampel auf Grün stand, bis zur Schule durchrollen.

Kurz bevor das Mädchen die Allee erreichte, sauste auf dem Radweg ein anderes Fahrrad vorbei. Tief über den Lenker gebeugt, trat ein Junge in die Pedalen. Sein rot-gelbes Shirt und die Baseballkappe auf dem Kopf leuchteten für einen Augenblick zu dem Mädchen herüber.

Mike, dachte sie in aufwallender Zärtlichkeit. Mike war der süßeste Junge ihrer Klasse und sie kannte kein Mädchen, das nicht für ihn schwärmte. Sie selbst hatte sich oft vorgestellt, wie schön es wäre, mal mit ihm ein Eis zu essen oder auf die Kirmes zu gehen.

Aber Mike war nur höflich zu ihr und allen anderen Mädchen – viel mehr interessierten ihn Fußball, Skaten, die NBA und komplizierte Matheaufgaben. Dennoch wollte Anna die Erste sein, die nach dem Wochenende mit ihm gesprochen hatte.

Die Kurve am portugiesischen Restaurant war heftig und Anna bremste rechtzeitig ab. Auf der Straße selbst war wieder die Hölle los. Eine lange Kette von Lastwagen blockierte die rechte Fahrspur und die Fahrer warteten darauf, kurz vor der Unterführung zu der großen Baustelle abbiegen zu können, wo man mit Volldampf diesen Büropark weiter ausbaute.

Das Bremsmanöver hatte Annas Chancen verschlechtert, Mike noch vor der Schule einholen zu können. Er hatte einen Affenzahn drauf und bereits das vorletzte Haus vor der Baustelleneinfahrt erreicht. Das Mädchen trat trotzdem heftiger in die Pedalen. Vielleicht stand die Ampel an der Wasserstraße ja auf Rot.

Und dann passierte es.

Kurz bevor Mike die Lkw-Zufahrt erreicht hatte, setzte sich ein langer, schwerer Sattelschlepper in Bewegung. Die beiden Schüler sahen ihn erst, als er hinter der langen Baumreihe hervorkam und sich über den Radweg schob. Anna ging unwillkürlich sofort in den Rücktritt, aber was tat Mike? Auch er schien zu bremsen, aber es war viel zu spät. Sein Hinterrad brach seitwärts aus, das Rad kippte und Mike flog aufs Pflaster. Direkt vor die zwei Paar Zwillingsreifen, die den Auflieger hinten abstützten. Er konnte nicht mal mehr schreien.

Umso lauter schrie Anna. Sie sprang vom Rad, ließ den Rucksack nach hinten fallen und lief los. Mike, der süße Mike! Das konnte doch nicht sein wahr sein! Mike, du musst leben!

Fassungslos starrte sie auf das, was einmal ein vierzehnjähriger Junge gewesen war. Und von ihm weg führte eine doppelte Blutspur über das platte Fahrrad hinweg in Richtung Baustelle.

»Nein! Nein! Nein!«

Einige Lkw-Fahrer aus der Warteschlange hatten bemerkt, was passiert war. Ein dröhnendes Hupkonzert setzte ein. Autotüren knallten, Schritte kamen näher. Zwei kräftige

Arme packten das Mädchen und hoben es hoch, eine entsetzte Männerstimme rief: »Komm weg, Kleine, das da musst du nicht sehen!«

Doch, sie musste es sehen. Es ging gar nicht anders. Ich will nicht weg, ich will bei Mike bleiben!

Anna schrie, strampelte, schlug den großen Mann ins Gesicht, so heftig, dass er sie loslassen musste. Und wieder starrte sie durch ihre Tränen hindurch auf diesen Brei aus Blut und Knochen. Schrie, schrie, schrie.

Auch der Fahrer des Unglückswagens hatte gemerkt, dass etwas gegen seinen Wagen geprallt war. Er hatte angehalten, kam heran, sah zuerst das schreiende Mädchen, dann das platt gewalzte Fahrrad – und danach das Allerschlimmste überhaupt.

77

Der Videoclip von der Brückensprengung an der Universitätsstraße war der Hit beim PEGASUS-Frühstück. Mehrfach ließ Mager den 90-Sekunden-Streifen ablaufen und erklärte den anderen begeistert, was es mit dieser Aktion auf sich hatte: »Das liegt einfach daran, dass diese bekloppten Bochumer nicht weit genug im Voraus denken. In Dortmund haben die Straßenbahnen eine Normalspur, also rund hundertvierzig Zentimeter, aber die Kleingeister in Bochum, Gelsenkirchen und Recklinghausen sind von Anfang an auf einer Meterspur gefahren.«

»Komm, Klaus, etwas kürzer bitte!«

»Ja, doch. Äh, als die Bochumer Uni ausgebaut war, konnte die Straßenbahn mit ihren Schmalspurwaggons die Studentenströme zur Uni nicht mehr bewältigen. Also hat man die U-Bahn von Herne zum Bochumer Hauptbahnhof nach Süden verlängert. Die U 35 hat nämlich eine breite Spur für Großraumwagen. Aber die waren für die bestehende Brücke zu schwer. Und darum musste man das alte Ding wegsprengen und in jede Richtung eine neue bauen – für die Autos und jeweils ein Gleis.«

Kalle musterte seinen Vater mit einem Anflug echten Respekts. Mit den neuen Techniken hatte er ja manchmal seine Probleme, aber dafür hatte er eine Menge anderer Sachen drauf. Chapeau, Alter!

»So, und jetzt zu dem blauen Magirus. Die Schrift auf der Seitenwand ist nicht zu sehen, dafür aber das hier!«

Er zoomte das Standbild heran und alle konnten es erkennen: Es war das Kennzeichen für den Ennepe-Ruhr-Kreis.

»Europas Nieten«, zitierte Mager das weit verbreitete Vorurteil. »Ist was dran. Die haben nämlich so viel Dynamit verballert, dass die Steine bis zum *Grunewald* flogen und ein paar Fensterscheiben zu Bruch gingen.«

Susanne unterbrach ihn: »Das Kennzeichen. Hast du es Lohkamp schon gemailt?«

»Noch nicht.«

»Und warum?«

»Das siehst du sofort!«

Mager ließ das Standbild auf dem Monitor ein wenig nach rechts wandern. Ruckelnd tauchte nach und nach ein VW-Bulli auf. Der Lieferwagen stand quer und auf dem grauen Blech prangte in sattem Blau der Name des Ladens, der für die Sprengung der Brücke verantwortlich war: *Schneider Bau*. Und darunter waren die Postleitzahl und der Standort der Firma benannt: *Witten-Herbede*.

»Den Betrieb gibt es sogar noch«, sagte Mager und legte einen Zettel auf den Tisch. »Hier. Das ist die Adresse, die im Telefonbuch steht.«

»Schön«, sagte Susanne, »aber das erklärt noch nicht …«

Sie verstummte. Die Antwort war doch klar. Wenn sie Lohkamp die Infos und den Clip zu früh schickten, war er vor PEGASUS in Herbede. Und dann kamen sie mit der Kamera wohl nicht mehr aufs Gelände. Aber ohne ein Interview mit dem Boss oder den Mitarbeitern war der Beitrag nur die Hälfte wert.

»Kapiert. Worauf warten wir noch?«

Kalle sprang auf: »Ich packe alles ein. In zehn Minuten sind wir startklar!«

Im Weggehen steckte er noch ein halbes Brötchen in den Mund und grinste die beiden an.

»Gute Arbeit«, sagte Susanne zu Mager. »Schade, dass ich das nicht schon gestern wusste.«

»Wo warst du überhaupt? Ich habe am Nachmittag sofort bei dir angeklingelt.«

Sie druckste herum und auf ihrem blassen Gesicht breitete sich ein Hauch Rosa aus.

»Hat dich unser Besuch bei der *Villa Eden* auf andere Gedanken gebracht?«, fragte er und bemühte sich darum, dass es nicht spöttisch klang.

»Könnte man sagen«, wich sie aus. Wie immer hielt sie ihr Privatleben ihm gegenüber unter Verschluss. Es ging ihn nichts mehr an. »Sag mir lieber, wie wir Lohkamp informieren?«

»Karin kann ihm den Clip ins Büro schicken, wenn wir angekommen sind.«

»Müsste reichen. Klärst du das mit ihr?«

Er nickte, schnappte seine Jacke und kehrte noch einmal ins Nachbarhaus zurück. Theo matschte in seinem Bananen-Haferflocken-Brei herum und hatte offenbar keine Lust auf den Kindergarten. Karin saß geduldig daneben und las Zeitung: Bis neun hatten sie noch jede Menge Zeit.

»He, eine Bitte«, sagte Mager. »Wir fahren jetzt nach Herbede und löchern die Leute mit dem blauen Lkw. Kannst du Lohkamp den Clip mit der Brückensprengung schicken, wenn du Theo abgeliefert hast? Bis dahin haben wir genug Vorsprung.«

Sie nickte, sah ihn an, kam mit vor die Tür.

»Wir müssen reden«, sagte sie dort. »So kann es nicht weitergehen.«

Darf es auch nicht, dachte er. Aber das lässt sich nicht zwischen Tür und Angel bereden. Wir brauchen Zeit dafür.

»In Ordnung«, sagte er und strich ihr kurz übers Haar. »Ich …«

»Vatta!«, schrie Kalle herüber, die geöffnete Tür des Skoda in der Hand. »Neuer Einsatz! Es eilt wirklich!«

»Wir reden später!«, sagte Mager und rannte los.

Karin sah hinter ihm her und spürte ein merkwürdiges Würgen im Hals. Immer dasselbe, dachte sie.

78

Lohkamp ging die neue Woche mit zuversichtlicher Anspannung an. Die Karlsruher waren erst einmal damit beschäftigt, Tariks Alibi zu überprüfen. Und wenn der blaue Fleck auf dem Google-Luftbild von Witten-Herbede sich tatsächlich in den mysteriösen Lkw verwandelte, war der Hauptkommissar der Lösung des Falles sehr nahe – auch wenn gleich wieder neue Fragen auftauchten. Die wichtigste davon galt der Klärung des Tatmotivs. Welchen Grund sollte Lurich haben, ausgerechnet Sonnenschein in die Luft jagen zu wollen?

»Klingt wirklich unwahrscheinlich, Chef«, bestätigte Hardenberg. »Dass die OB ihm nicht genug Aufträge zuschanzen konnte, lag ja wohl nicht an ihr, sondern an diesem Bauamtsleiter. Lurich hätte doch eher dem Potthoff eine Autobombe …«

»Gutes Stichwort!«, fiel ihm Kathrin Klemm ins Wort. »Chef, ich habe mit meinem Freund am Wochenende einen Spaziergang gemacht und mir dabei das östliche Teilstück des Charlottenweges angeschaut.«

Lohkamp spürte plötzlich ein Kribbeln im Nacken, das ihm wie ein Kälteschauer an der Wirbelsäule hinablief.

»Das Grundstück ganz am Ende gehört Potthoff.«

Schweigen.

Dann schlug Lohkamp ein paar Mal mit der Faust auf den Schreibtisch: »Was sind wir doch für Idioten! Wir wälzen alle möglichen Theorien, aber an eine Verwechslung hat noch keiner von uns gedacht.«

»*Hypothesen* heißt das«, grinste Hardenberg, fand jedoch sofort den Widerspruch: »Aber Lurich kannte zumindest Sonnenscheins Haus. Wenn Potthoff das Ziel des Anschlags war – dieser Baumensch hätte sich nicht in der Adresse geirrt.«

Lohkamp zog eine Karteikarte und einen Filzstift aus dem Schreibtisch: »Wir müssen das jetzt mal sortieren!«

»Nimm lieber ein großes Blatt!«, empfahl Klemm. »In der Mitte zwei Kästchen nebeneinander: Potthoff und Sonnenschein. Obendrüber jeweils mögliche Täter und ihre Motive und unter den Kästchen die Namen derjenigen, die es nicht gewesen sein können.«

»Meinst du so etwas, was die Fernsehkommissare jetzt immer machen? Tapetenrolle an die Wand?«

»Oder eine Mindmap auf einer Malerstaffelei!«, kicherte Klemm. »Wir haben so ein Teil im großen Besprechungsraum. Aber bleibt sitzen – ich komme mir vor wie in der Schule. Meiner Nichte haben sie solch ein Gerät ins Kinderzimmer gestellt.«

»Und meine Lehrer haben alles einfach mit Kreide an die Tafel geschrieben«, warf Lohkamp ein. »Vielleicht habe ich deshalb in Mathe so wenig begriffen.«

In den nächsten Minuten bastelten die drei eifrig an einem Schaubild über das Beziehungsgeflecht der beiden möglichen Opfer. Das Ergebnis ihrer Überlegungen war mehr als ernüchternd.

»Also«, fasste Lohkamp zusammen. »Motive, gegen Sonnenschein vorzugehen, hätten vor allem politische Konkurrenten: Potthoff, Flessek, Tenberge. Potthoff deshalb, weil die OB ihn gerne gefeuert hätte. Und bei Tenberge könnte es noch Eifersucht und Wut geben. Wegen der Nacktfotos und der Tatsache, dass Beißner die Beziehung zu ihr aufgeben musste.«

»Wenn alles stimmt, was uns die Leute gesagt haben«, warf Hardenberg ein. »Und wir müssten klären, wer für diese Kandidaten Sprengstoff besorgen und das Attentat ausführen konnte. Oder heißt es ›hätte können‹, Frau Kollegin?«

Die beiden anderen nickten.

»Potthoff würde immer jemanden finden, der ihm eine Stange Dynamit besorgt. Aber als Täter kämen außer Lurich noch ein oder zwei Dutzend anderer Firmenchefs infrage. Und wenn wir alle Auftragsvergaben der letzten Jahre untersuchen müssten …«

Sie brauchte gar nicht weiterzureden: Das Wälzen dieser Akten und die Überprüfung aller Alibis wären der reinste Horror für jeden Ermittler.

»Außerdem«, fuhr Lohkamp fort, »steht bei allen noch die Frage nach den Tätern. Wer kannte sich zwar mit Sprengstoff, aber nicht mit der Geografie des Charlottenweges aus?«

»Warum brauchen wir mehrere Täter?«, fragte Klemm.

»Täter A fährt den Magirus zum Ziel, Täter B holt A wieder von da unten ab, damit er nicht zu Fuß laufen muss. Denk an den wegfahrenden Pkw, den der alte Mann aus dem Nussbaumweg in der Nacht gehört haben will.«

Ein leises »Ping« meldete den Eingang einer Mail auf dem Computer des Hauptkommissars.

Ein wenig genervt griff Lohkamp zur Maus und öffnete sein Outlook. Absender: mager@pegasus-video.com Die Büroklammer in der Übersicht machte ihn neugierig: *Noch mehr Nacktfotos?*

Sehr geehrter Herr Lohkamp, stand in der Mail, *an dem beigefügten WDR-Beitrag aus dem Jahre 1993 dürften für Sie die letzten fünf Sekunden von besonderem Interesse sein. In der*

Hoffnung, den Ermittlungen in der Mordsache Beißner damit weiterhelfen zu können, grüßt Sie …

»Ihr seid doch sonst per Du«, warf Hardenberg spöttisch ein.

»Klappe!«, sagte Lohkamp und ließ den Clip laufen. Gebannt starrten die drei Polizisten auf den Monitor. Als die Dynamitstangen zu sehen waren, die mit der Zündeinrichtung verkabelt wurden, schnippte Klemm mit den Fingern: »Guckt mal!«

»Sch«, machte Hardenberg. Und dann kam der Schwenk zu den Fahrzeugen der Firma, die den Brückenabbruch durchführte. Alle drei schrien auf.

»Genug gegrübelt«, sagte Lohkamp und sprang von seinem Stuhl auf. »Kommt mit! Das könnte der Durchbruch sein!«

Der Geschäftsführer der *Schneider Bau* war völlig überrascht, als der fremde Focus in der Einfahrt seines Firmengeländes auftauchte und quasi auf der Schwelle stehen blieb. Eilig verließ Lurich sein Büro und lief auf die drei Menschen zu, die gerade aus dem Wagen kletterten: »He, da können Sie doch nicht einfach …«

Jetzt erkannte er Klemm und Hardenberg und sein Ton wurde etwas sanfter: »Was soll denn der Unsinn? Und weshalb haben Sie Verstärkung mitgebracht?«

»Die Verstärkung ist unser Chef«, erklärte Klemm und stellte Lohkamp vor.

»Meine Güte – jetzt auch noch ein Hauptkommissar! Wie komme ich zu dieser Ehre?«

»Die Blumen kommen später«, lächelte Hardenberg. »Vorher müssen wir doch ein paar Fragen stellen. Und je nachdem, wie die Antworten ausfallen …«

»Sind wir hier beim Quiz?«, nahm Lurich den Scherz auf, während sich die Beamten auf dem Platz umsahen. Ein Bagger, ein Bulldozer, ein kleiner Kranwagen, eine Teerwalze – alle in Gelb. Offenbar hatte die *Schneider Bau* ihre Firmenfarbe aufgepeppt. Grau war nur noch ein älterer Volvo, der direkt vor dem Büro stand. Und gar nicht ins Bild passte der blaue Peugeot 206, der neben den Baufahrzeugen abgestellt war.

»Sie hatten doch noch einen Wagen in Blau, Herr Lurich. Diese Magirus-Deutz-Pritsche. Wo ist die denn?«

Wenn der bärtige Mann mit dem schütteren Haupthaar verunsichert war, ließ er sich das kaum anmerken. Aber das leichte Zucken in seinen Augen entging Lohkamp nicht.

»Dieses alte Möhrchen?«, fragte er zurück. Auf Lohkamp wirkte das wie reine Zeitschinderei. »Der steht jetzt in Hamburg, im Hafenmuseum!«

Was immer an Ausflüchten hätte kommen können, mit dieser Auskunft hatte Lohkamp nicht gerechnet. Doch Hardenberg sprang ein: »Seit wann?«

»Noch nicht lange. Neun oder zehn Tage? Moment!« Lurich sah sich suchend um. Dann schrie er: »Vitali!«

Der Ukrainer trat, wie am letzten Freitag, aus der großen Halle ans Tageslicht und wischte sich die ölverschmierten Hände an einem Knäuel Putzwolle ab. »Was ist, Chef? Ach, die Polizisten sind wieder da. Und das Fraulein Klemm! Was kann ich fur Sie tun?«

Leicht hinkend kam er näher, lächelte die beiden Besucher vom vergangenen Freitag an, aber versuchte es erst gar nicht, seine immer noch verschmutzte Hand auszustrecken. Danach nickte er Lohkamp zu: »Ich bin Korolenko.«

»Vitali, wann hast du die Pritsche nach Hamburg gebracht?«

»Pfff«, macht Korolenko. »Vorletzte Woche, am Samstag.«

»Und da steht er jetzt?«, wollte Lohkamp wissen.

»Muss wohl sein«, meinte der Ukrainer und zog die Schultern hoch.

»Haben Sie die Telefonnummer?«

»Im Büro«, sagte Lurich. »Kann ich Ihnen gleich geben. Aber ich wette, dass Sie da heute niemanden erreichen.«

»Wieso?«

»Montags sind alle Museen in Deutschland geschlossen.«

Mist auch, dachte Lohkamp und brauchte einen Moment, um diesen Tiefschlag zu überwinden: »Nun gut, wir prüfen das morgen nach!«

»Tun Sie das. Aber warum ist das so wichtig?«

Kommt verdammt spät, diese Frage, fand Lohkamp, aber es gab noch etwas anderes zu klären: »Sagen Sie – woher haben Sie den Wagen eigentlich?«

Lurich grinste: »Schnäppchen! Eigentlich hatten zwei geschäftstüchtige Jungs den Wagen ins Baltikum bringen wollen. Aber sie sind ein paar Kilometer hinter dem Kamener Kreuz mit Motorschaden liegen geblieben. Und da ich auf dem Weg nach Berlin zufällig vorbeikam ...«

»Und warum haben Sie die Beschriftung auf der Seite nicht übermalt?«

»Hat sich bei dem Möhrchen nicht mehr gelohnt.«

»Und wie steht es mit der Anmeldung beim Straßenverkehrsamt?«

»Na ja, wir sind hier in der Gegend noch eine Weile mit dem Überführungskennzeichen rumgefahren.«

»Um Steuern zu sparen.«

»Ja«, bekannte Lurich.

Lohkamp sah ihn an. In den Augen des Abrissspezialisten glänzte die Bauernschläue gepaart mit der Sorge, noch einiges an Kfz-Steuern nachzahlen zu müssen.

»Noch etwas anderes. In Ihren Unterlagen habe ich gesehen, dass Sie das Grundstück schräg gegenüber gepachtet haben. Wir würden das gerne sehen.«

»Da ist doch nix. Steht leer.«

»Wir möchten uns trotzdem gerne dort umschauen.«

»Ich könnte jetzt nach dem Durchsuchungsbeschluss fragen«, setzte Lurich nach und lächelte.

»Den kriegen wir ohne Probleme. Aber jetzt bitte ich Sie ja nur, uns zu helfen.«

Der Geschäftsführer schien einen Moment lang versucht zu sein, die ganze Sache zu erschweren, doch dann nickte er. »Vitali, hast du die Schlüssel bei dir?«

Korolenko nickte. Er kramte in den Taschen seines Arbeitsanzugs und fischte einen großen Metallring mit sechs oder sieben Schlüsseln heraus. Drei Griffstücke waren mit kleinen bunten Plastikfassungen markiert: »Einer für das Tor, dieser für das Haus und der dritte …«

»Für den Bunker?«, fragte Klemm.

Korolenko zuckte nicht mal mit den Wimpern: »Gut geraten, Fraulein Klemm!«

»Ja!«

»Gehst du mit?«, fragte Lurich seinen Angestellten.

»Chef – die Hinterachse. Liegt alles offen rum!«

»In Ordnung. Mach weiter!«

Lurich ging den Polizisten voran auf die Straße zu. Als sie an dem Focus vorbeikamen, fragte er mit einer Kopfbewegung: »Können Sie den nicht ein Stück zur Seite fahren? Ich bin ja bei Ihnen. Und so viele Kunden habe ich nicht mehr. Wenn jetzt einer nicht auf den Platz fahren kann, ist er weg. Draußen kann man nicht parken.«

Lohkamp stieg ein und löste die Bremse, ließ den Wagen einen Meter weiter rollen. Sein Bauch grummelte etwas von einem Fehler, aber sein Herz konterte mit dem Hinweis auf die schlechte Lage der Firma und dem bösen Wort ›unsozial‹.

So ließ er den Wagen, wo er jetzt stand, und folgte den anderen an den Straßenrand. Dichter Verkehr mal von der einen, mal von der anderen Seite. Scheißampelschaltung, dachte Lohkamp. Dann öffnete sich doch eine kleine Lücke im Fahrzeugstrom und sie spurteten auf die andere Seite.

Ohne zu zögern, ging Lurich auf das Flügeltor zu und suchte den passenden Schlüssel. Er ließ sich auf Anhieb drehen, die rechte Seite der vergitterten Sperre schwang auf. Nichts knirschte, nichts quietschte, alles war gut geölt. Jemand hielt hier drüben die Technik in Ordnung.

Vernachlässigt war hingegen die Natur: Vor dem Haus und auf dem Weg nach hinten wucherten Blumen, Gräser und allerlei Unkraut wild durcheinander.

»Wohin?«

»Zum Bunker!«, bestimmte Lohkamp.

Sie folgten den Reifenspuren, die zu der Kastanie führten. Auch hier wuchs Gras – der Weg wurde selten genutzt.

»Früher haben wir hier Dynamit gelagert«, erklärte Lurich. »Nicht ganz nach Vorschrift, aber weit genug von allem weg.«

Als er den Schlüssel drehte, entstand unten an der Straße Lärm: Mehrere Fahrzeuge bremsten und hupten, aber ein einzelner Motor heulte in höchster Beschleunigung auf. Die Polizisten drehten sich um: Der blaue Peugeot hatte sich wohl in den laufenden Verkehr gequetscht und raste in Richtung Autobahn davon.

»Verdammt noch mal!«, schrie Lohkamp. Sein Bauch hatte Recht gehabt.

79

Die Polizisten, die zuerst am Unfallort auftauchten, ergriff ein solches Entsetzen, dass sie nur noch mit Mühe bis auf den Mittelstreifen der Königsallee ausweichen konnten, um dort ihr Frühstück auszukotzen. Wenn sie damit fertig waren und schon glaubten, jetzt eingreifen zu können, packte es sie von Neuem und sie blieben, die Hand auf den Magen gepresst, wie versteinert dort stehen.

Die lange Reihe der alten Platanen, die längs der Fahrbahn standen, versperrte den in der Schlange wartenden Lastwagenfahrern die Sicht auf den Unfallort, sodass sich die Nachricht über die Tragödie nur langsam verbreitete. Dann kam einer der Männer mit einer großen Plastikplane heran und deckte sie mit abgewandtem Gesicht über den Leichnam.

Doch bald krochen rote Rinnsale unter der Schutzfolie hervor und suchten sich einen Weg über den Bürgersteig.

Anna stand immer noch da. Am liebsten wäre sie weggerannt, aber sie konnte den Blick nicht von der Plane und dem Blut abwenden und ihre Füße ließen sich nicht bewegen. Nach endlos scheinenden Minuten liefen zwei Frauen aus dem Büro eines Pflegedienstes herbei, der neben dem Unfallort untergebracht war. Sie kauerten sich neben das Mädchen und redeten besänftigend auf das Kind ein. Irgendwann nickte Anna und ließ sich ins Haus führen, während die andere Frau ihr Fahrrad und den Rucksack barg.

Rund um die Königsallee herrschten inzwischen Chaos und Verwirrung. Durch eine Kettenreaktion bildete sich ein Stau nach dem anderen. Zuerst war die Königsallee oberhalb der Unglücksstelle auf allen Spuren verstopft, danach auch die Ausweichstrecken. Einem dieser Staus fuhr PEGASUS entgegen und näherte sich dem Punkt, an dem nichts mehr weiterging.

»Scheiße«, rief Kalle. »Wo kann man denn hier parken?«

»An der Ampel drehen!«, schrie Mager. »Da drüben ist eine Haltebucht für den Bus.«

Mit Warnlicht, Scheinwerfer und Hupe schaffte Kalle die Wende und kämpfte sich dreist bis in die Haltebucht vor. Susanne klappte die Sonnenblende mit dem WDR-Aufkleber herunter und dann hetzte das Team zurück bis zur Kreuzung, dann nach links in die Königsallee. Quer vor ihnen eine alte Bahnlinie, die auf einer Brücke die Straße überquerte.

Ein Polizist versperrte ihnen den Weg: »Weiter dürfen Sie wirklich nicht.«

»Können Sie uns denn sagen, was da passiert ist?«

Er seufzte und blickte auf Magers Kamera: »Ist die aus?«

»Ja. Das Mikro auch.«

»Hinter der Unterführung ist ein Kind unter einen Sattelschlepper geraten. Voll beladen. War sofort tot. Sieht schrecklich aus.« Nun musste auch er einen dicken Frosch herunterschlucken. »Wäre gut, wenn Sie im Fernsehen nicht alles zeigen würden. So, wie dieser Junge jetzt aussieht – so will niemand sein Kind sehen!«

»Versprochen«, nickte Mager und hob seine Kamera. »Wir haben aber einen Job.«

Wie abwesend blickte der Beamte zur Seite und verfolgte mit den Augen den schmalen Weg, der nach oben zu den Bahngleisen führte: »Okay?«

»Danke«, sagte Susanne. »Kommt, Jungs!«

Keuchend erreichten sie die Gleise, die einst vom Bochumer Nordbahnhof über Weitmar nach Dahlhausen geführt hatten. Doch seit der letzten Zugfahrt hatten Büsche und Bäume die Schienen überwuchert. Die dreißig Meter Schotterstrecke zurück zu der alten Brücke waren nicht leicht. Zweige, die ihnen ins Gesicht peitschten, verrostetes Gerümpel und Baumwurzeln, die sie zum Stolpern brachten. Dann waren sie am Ziel.

Dicht unter ihnen stand noch immer der Sattelschlepper mit den Stahlträgern, die Fahrertür weit offen, die Warnblinker eingeschaltet. Die tiefen, lehmigen Fahrspuren, denen der Truck folgen sollte, führten zu einem halb hochgezogenen Neubau am Rande des Büroparks. Eingezwängt zwischen Bahndamm und dem Haus mit dem Pflegedienst war der improvisierte Weg so schmal, dass immer nur ein Fahrzeug passieren konnte.

»Noch ein Stück weiter!«, kommandierte Susanne und stolperte los. Als der Bürgersteig der Königsallee genau unter ihnen lag, hatten sie freie Sicht. Auf den Notarztwagen. Das platt gefahrene Mountainbike. Das Blut. Die Plane. Die immer noch entsetzten Blicke der Polizisten und Lastwagenfahrer. Und einen Mann im Arztkittel, der danebenstand und reglos auf irgendetwas wartete.

»Mensch, Susanne«, würgte Mager. »Das – das können wir doch nicht ...«

»Doch!«, quetschte sie zwischen den zusammengebissenen Zähnen heraus, das Gesicht versteinert, die Augen ganz weit.

»Susanne – ein Kind!«

»Mach endlich!«

Und Mager machte. Führte die Kamera nach ihren Anweisungen. Zuerst die wartenden Lkws, dann den langen breiten Bürgersteig mit dem Radweg und den Platanen, dann den Sattelschlepper mit den Stahlträgern, das Rad, das Blut, die Plane, das Entsetzen.

»Mensch, Vatta, was tun wir hier?«, flüsterte Kalle. »Das dürfen wir doch nicht!«

Mager setzte die Kamera ab, wischte sich durchs Gesicht, schniefte und vergaß den Griff nach seinen Zigaretten.

»Jetzt hört mal zu!« Susannes Stimme war so hart, dass sie schmerzte.

»Guckt euch das genau an. Nirgends ein Warnschild am Radweg! Diese Spur hier unten und der tief eingedrückte Bordstein. Kuckt mal, wie die Lkws hier wieder rausgefahren sind: Der Grünstreifen in der Straßenmitte ist von den Rädern zerwühlt. Denn der Winkel hier unten am Damm ist viel zu spitz, als dass die Laster sich nach rechts in den Verkehr einreihen konnten – die mussten quer über die erste Fahrbahn auf die nächste und dann nach links wegziehen. Seht ihr irgendwo eine Ampel? Einen Einweiser mit Kelle in einer orangenen Jacke? Glaubt ihr, dass das hier erlaubt ist?«

Klaus und Kalle schwiegen. Grübelten. Suchten. Fanden nichts.

»Ja, das da unten ist schrecklich. Aber wir machen hier keinen Film über einen rücksichtslosen Lkw-Fahrer. Der konnte das Fahrrad nicht kommen sehen. Der hatte die Bäume im Rückspiegel. Und die Kiste ist so breit – der konnte sich nicht mal weit genug vorbeugen, um auf den Radweg zu sehen. Das wird kein Film über einen Unfall, sondern über ein Verbrechen!«

Mager atmete tief durch, aber Susanne war noch etwas aufgefallen.

»Guckt mal nach links. Der Büropark da ist schon fast fertig. Aber ausgerechnet dieses schwer erreichbare Haus wird als letztes gebaut. Und warum fahren die Lkws hierher? Weil die nicht den schönen Teil des Büroparks beschmutzen sollen. Das könnte Kunden abschrecken. Und der Lärm würde die Manager bei ihrer wichtigen Arbeit stören. *Deshalb* musste das Kind da unten sterben.«

80

»Dynamit?«

Jürgen Lurich starrte ungläubig auf die geöffnete Holzkiste, die in dem kleinen Rundbunker kühl und trocken abgestellt war.

»Hören Sie, Herr Lohkamp: Diese Kiste habe ich noch nie gesehen. Unsere alten Vorräte waren alle aufgebraucht. Vor Jahren schon. Von diesem Zeug hier hatte ich wirklich keine Ahnung.«

Wirklich – diese Beteuerung war in den meisten Vernehmungen ein Indiz dafür, dass der Verdächtige log oder doch zumindest etwas verschwieg, was ihn belasten konnte. Hardenberg nahm deshalb eine der Stangen heraus und hielt dem Bauingenieur die Beschriftung unter die Nase: »Können Sie das lesen? Ich zwar nicht, aber da steht bestimmt nicht ›Frühlingsrolle‹ drauf. Ist nämlich nicht Vietnamesisch, sondern Russisch.«

»Russisch stimmt zufällig. Aber die Bulgaren haben dieselben Buchstaben. Das ist Kyrillisch.«

Die Beiläufigkeit, mit der Lurich diesen Hinweis gab, und der spöttische Unterton ließen zwei Schlüsse zu: völlige Unschuld oder hohe Schauspielkunst. Lohkamp tendierte in diesem Moment eher zu der zweiten Möglichkeit und sah dem Baumenschen in die Augen: »Was meinen Sie: Wie kommt das Zeug hierher?«

»Weiß nicht. Mir fällt nur eine Erklärung ein: Korolenko. Hat in Afghanistan gegen diese Idioten gekämpft, die Lesen und Schreiben für Teufelskunst halten. Er hat immer gute Verbindungen zu den russischen Soldaten gehabt, die uns vor dem Abzug aus dem Osten dieses Zeug verkauft haben.«

»Und Sie waren nie hier im Bunker?«

»Wieso? Vitali ist ein zuverlässiger Mann«, sagte er und verzog schmerzlich das Gesicht. »Dachte ich zumindest. Er hat die Schlüssel gehabt und sich um das Grundstück gekümmert. Möchte nicht wissen, wer hier zwischendurch alles gewohnt hat.«

»Hauptsache, die Miete hat gestimmt?«

Lurich schaute Lohkamp beleidigt an und sparte sich eine Antwort.

»In Ihren Büchern sind die Mieteinnahmen jedenfalls nicht verzeichnet«, bohrte der Hauptkommissar nach.

»Kleckerbeträge.«

Alles Kinderkacke, dachte Lohkamp. Aber jetzt brauchen wir diesen Ukrainer.

»Okay. Geben Sie uns das Kennzeichen des Peugeot!«

»Kann ich Ihnen sagen, Chef«, grinste Hardenberg und rasselte die Buchstaben und Ziffern eines Bochumer Kennzeichens herunter. »Stimmt's?«

Lurich nickte.

»Baujahr?«

»Zweizwei oder zweidrei. Juri hat den Wagen letztes Jahr gebraucht gekauft.«

»Fahndung, Chef?«, fragte Hardenberg.

»Ja. Gib alles durch. Besondere Aufmerksamkeit auf der A 2 nach Berlin.«

Der lange Kommissar zog sein Mobiles und ging hinaus, um zu telefonieren. Die Tür in diesem Beton-Iglu war so niedrig, dass Hardenberg seinen Kopf einziehen musste. Als er weg war, holte Lurich Luft – so tief, dass sich sein T-Shirt über dem Brustkorb spannte.

Glaub ja nicht, dass du raus bist, dachte Lohkamp.

Klemm schaltete sich ein: »Chef, vielleicht ist der Ukrainer ja erst einmal in seine Wohnung gefahren. Der braucht doch Pass und Geld, wenn er nach Kiew will.«

»Ushgorod«, korrigierte Lurich. »Nie gehört, was? Liegt ganz im Westen, am Ende der Slowakei zwischen Ungarn und Polen. Wenn er clever ist, fährt er über Dresden und Prag oder Wien und Bratislava.«

Diese Streckenauswahl machte die Fahndung nicht leichter. Ein Blick auf Klemm, den Daumen in Richtung Ausgang gestreckt, und sie ging los, um Hardenberg diese Infos nachzureichen.

»Und wo wohnt er hier?«

»Nicht weit weg. Auf der anderen Ruhrseite, im Lottental. Da stehen so ein paar alte Mietskasernen, die noch von der Zeche *Klosterbusch* stammen. Liegen so tief im Tal, dass man da unten statt eines Sonnenbrands eher Rheuma bekommt.« Er putzte sich umständlich mit einem Stofftaschentuch die Nase. »Aber Vitali ist nicht in seine Wohnung gefahren.«

»Woher wollen Sie das wissen?«

»Weil der Schlüssel da vorne in der Tür steckt«, grinste Lurich.

»Trotzdem. Ewald?« Lohkamp sah hinaus, wo Hardenberg gerade das Kennzeichen durchgab. »Fordere noch einen Streifenwagen an. Die Leute sollen Korolenkos Wohnung sichern. Wir fahren rüber, wenn wir hier fertig sind.«

»Sind wir das nicht?«, wollte Lurich wissen.

»Im Gegenteil – wir fangen erst an. Aber draußen. Hier drin bekomme ich langsam Platzangst.«

»Was meinen Sie, wie sich mein Schwiegervater als Kind in dem Bunker gefühlt hat, wenn draußen die Bomben krachten.«

»Bomben? Hier?«

»Die ganze Ruhr entlang. Jede Menge Kleinbetriebe, die für die Kriegsproduktion wichtig waren. Und dann diese Bahnlinie hinter unserem Gelände. Kohle aus Essen für die Stahlkocher in Witten.«

Vor dem Betonhügel wartete Hardenberg schon auf sie: »Fahndung läuft. Eine Streife war ganz in der Nähe und müsste schon im Lottental sein.«

»Prima. Du gehst jetzt mit Herrn Lurich ins Büro und lässt die alten Sprengstoffbücher heraussuchen. Seit 1993. Wir kommen gleich nach. Herr Lurich, ich brauche aber Korolenkos Schlüssel.«

Widerwillig drückte Lurich sie dem Hauptkommissar in die Hand und stiefelte davon, dicht gefolgt von Hardenberg, der ihn nicht aus den Augen ließ. Gemeinsam liefen sie zur anderen Straßenseite hinüber und verschwanden in der Einfahrt zum Betriebsgelände.

»Hoffentlich trickst er den Ewald nicht aus und haut auch ab«, meinte Kathrin.

»Glaube ich nicht. Er hat uns ja diesen Vitali zum Fraß vorgeworfen. Ohne den kommen wir vielleicht gar nicht weiter. Und er ist aus der Hauptschusslinie raus.«

»Wenn seine anderen Angaben stimmen, ist er vielleicht ganz raus.«

»Kann sein. Ruf die Fährtenleser. Die sollen den Bunker und das Häuschen checken. Das volle Programm. Ach ja, und Hösel soll den Sprengstoff abholen und zum LKA schicken. Ich schau mir schon mal diese Bruchbude an. Wenn du fertig bist, gehen wir rüber und drehen Lurich noch etwas durch den Wolf.«

»Mit Vergnügen. Der riskiert hier 'ne ganz schön freche Lippe.«

»Siehst du – und das muss bestraft werden.«

81

»Warum tun die da unten denn nichts?«, fragte Kalle, als er wieder normal reden konnte. »Die lassen das Kind da einfach liegen.«

»Die Spurensicherung muss erst alles dokumentieren. Und der Krankenwagen darf sowieso keine Toten mitnehmen«, erklärte Mager.

»Wieso?«

»Keine Ahnung. Ist Vorschrift. Für Tote muss ein Leichenwagen kommen.«

»Und was machen wir?«

»Was schon? Warten …«

Zwei Zigarettenlängen später fuhr unten ein kleiner Transporter vor, dem mehrere Leute entstiegen. Alle trugen diese weißen Anzüge, die es verhindern sollten, dass die Kriminaltechniker ihr eigenes Genmaterial an Tatorten hinterließen.

»Kommt«, sagte Susanne, »schauen wir uns erst mal diesen Büropark an!«

Sie stolperten bis zu der Stelle zurück, an der sie auf das Gleis geklettert waren. Als Susanne auf den bequemen Weg wechseln wollte, der nach unten führte, hielt Mager sie am Ärmel fest: »Ich weiß was Besseres.«

»Und zwar?«

»Wir können hier oben bleiben. Hundert Meter weiter können wir direkt in den Büropark filmen.«

»Und wie kommen wir wieder hier herunter?«

»An der nächsten Brücke. Die führt schräg über die Wasserstraße.«

Unentschlossen blickte Susanne den Damm entlang. Auch dort blühte zwischen den Schienen der Dschungel. »Ganz schön mühsam hier oben.«

Genervt verdrehte Mager die Augen, aber Kalle lächelte der Chefin zu: »Okay. Geh unten entlang und warte an der nächsten Brücke auf uns.«

Verbissen kämpften sich Vater und Sohn weiter voran. Sie zogen Ast um Ast beiseite und stolperten über das im Grün versteckte Gerümpel.

»Still!«, sagte Mager plötzlich. Rechts unter ihnen, auf dem Baugelände, näherte sich langsam ein Wagen mit einem starken Motor. Kein Lkw – aber was?

Der Kameramann schob sich zwischen zwei Büschen hindurch näher an den Rand des Bahndamms. Ein schwerer Offroader quälte sich heran. Die von den zahlreichen Lastwagen gezogenen Furchen waren so tief, dass sie selbst für einen Hummer eine Herausforderung bildeten.

»Kalle, kuckma!«

Der Sohn blieb stehen und spähte durch das Blätterwerk. Der Wagen stoppte, der Fahrer sprang heraus und bewegte sich ein paar Schritte in Richtung Unfallstelle.

»Bleifinger«, zischte Kalle.

»Der vom Freitag?«

»Genau.«

Jetzt lief ein Typ mit Anzug und rotem Schutzhelm auf den Unternehmer zu. Noch vor seiner Ankunft wurde er mit Vorwürfen überschüttet: »Was ist los? Was soll die Scheiße? Wo bleiben die Stahlträger? Muss ich mich denn selbst um alles kümmern?«

Intuitiv riss Mager seine Kamera hoch, fing die beiden Männer ein und zoomte sie heran, während der Wortwechsel weiterging. Hoffentlich filterte das Richtmikrofon den laufenden Motor des Geländewagens wirklich weg!

»Ein Unfall, Chef!«

»Und warum erfahre ich das erst jetzt?«

»Weil Ihr Handy ausgestellt ist!«

Bleifinger zog sein mobiles Telefon, drückte ein paar Tasten und steckte es wieder ein. Offenbar hatte der Behelmte

Recht – aber eine Bestätigung brachte sein Boss nicht über die Lippen: »Also: Was ist los? Warum fährt der Sattelschlepper da vorne nicht weiter? Achsenbruch?«

»Schlimmer, Herr Bleifinger. Ein Kind …«

»Und?«

»Es ist tot. Und der Fahrer steht unter Schock.«

Bleifinger blickte noch einmal in Richtung Königsallee, machte aber keine Anstalten, sich dem Unglücksort zu nähern.

»Kann kein anderer den Schlepper weiterfahren?«, fragte er schließlich.

»Die Kripo ist da. Die müssen erst alles aufnehmen.«

»Was gibt es da aufzunehmen? Wenn der Fahrer nicht aufgepasst hat, sollen sie sich an den halten. Das ist sein Problem. Aber jetzt verbrennen sie da vorne mein Geld!«

»Herr Bleifinger!« Der Mann mit dem Helm hob seinen Kopf. Er musste, schien es, seinen ganzen Mut zusammennehmen: »Diese Behelfseinfahrt taugt nichts. Ich war von Anfang an dagegen.«

Bleifinger trat an den Mann heran: »Wenn ich auf jeden Hellseher hören würde, wäre ich schon pleite.«

»Da liegt ein totes Kind!«

»Ja – aber die Kripo macht es auch nicht mehr lebendig!« Er bohrte dem Mann den Zeigefinger in die Brust: »Sorg dafür, dass der Nachschub wieder rollt. Dafür bezahle ich dich schließlich!«

82

Der kurze Rundgang durch das leer stehende Häuschen an der Landstraße brachte nicht viel.

Die kleine Küche mit dem alten Kohleofen war nur mit dem Allernotwendigsten ausgestattet, der Kleiderschrank im Schlafzimmer leer und die Betten so dreckig, dass sich kein Schäferhund mit einem Rest von Würde hineingelegt hätte.

Im Wohnzimmer sah es kaum besser aus. Die übliche Sitzgarnitur, Sessel und Couch alt und abgenutzt, auf der verschrammten Tischplatte eingetrocknete Ringe, die von Bierpullen oder Wodkaflaschen stammen konnten. Der dreiteilige braune Schrank mit dem Glasfenster in der Mitte musste mal ein Schmuckstück gewesen sein, aber jetzt war eine Scheibe gesprungen und dahinter langweilten sich nur ein paar Tassen und Gläser. Das Transistorradio auf dem Beistelltisch funktionierte sogar, doch der große Fernseher übertrug auf allen Kanälen dasselbe Schneetreiben.

Kathrin öffnete die Tür zu Nasszelle. Dreckkrusten versteinerten im Waschbecken, der Toilettentopf war ein schwarzes Loch und auf den Wänden blühten Schimmelkulturen. Dieser Raum war eher ein Fall fürs Gesundheitsamt als für die Spurensicherung.

»Widerlich«, sagte Klemm. »Dass Leute so hausen können!«

»Gibt noch Schlimmeres«, meinte Lohkamp. »Musst dir mal die Baracken auf Großbaustellen ansehen. Bei der letzten Razzia in Bleifingers Büropark haben die Ärzte gleich ein paar Wohncontainer dichtgemacht. Außen schick, innen die Cholera. Aber hier«, sagte er mit einem letzten Rundblick durch den Hausflur, »hat dieser Korolenko oder jemand anders zumindest den verderblichen Müll entsorgt.«

Er schloss ab und lief mit Klemm zur Straße. Wenn es in der Elendshütte noch echte Sensationen gab – die Techniker von der Spurensicherung würden sie entdecken.

Hardenberg und Lurich saßen bei einer Tasse Kaffee scheinbar einträchtig im Büro des Geschäftsführers, wo es eine recht bequeme Sitzgruppe für vier Personen gab.

Der Lange blätterte gerade einen grauen Aktenordner durch und der Bauingenieur lieferte die nötigen Erläuterungen, wenn der Polizist mit dem Zeigefinger auf diese oder jene Stelle tippte.

»Und?«, fragte Lohkamp.

Hardenberg klappte den Ordner zu und deponierte ihn bei den drei anderen, die auf dem kleinen Tisch in der Mitte lagen.

»Rein arithmetisch«, sagte er nach einem Blick auf den Rechner seines Nokia-Handys, »kann ich so auf die Schnelle nichts finden. Aber Hösel muss sich noch mal die Einzelposten ansehen. Sieht so aus, als wäre man hier früher mit Dynamitstangen auch auf Mückenjagd gezogen.«

»Mit Verlaub«, wandte Lurich ein, »das können doch nur Spezialisten beurteilen.«

»Keine Bange«, meinte der Kommissar und lächelte spöttisch, »wir haben welche.«

Die Tür öffnete sich und Lurichs Frau balancierte ein Tablett mit zwei gut gefüllten Kaffeetassen herein, Milchtöpfchen und Zuckerdose daneben. Tadelnd blickte sie auf ihren Gatten: »Dass du den beiden hier keinen Platz anbietest! Bitte, Herr Lohkamp, setzen Sie sich. Und Sie auch, junge Frau.«

Bei der Anrede zuckte Kathrin leicht zusammen. Gewöhnlich nutzten junge Kassiererinnen diese Worte, wenn sie älteren Damen bei der Suche nach Centstücken im Portemonnaie helfen wollten. Aber die Lurich durfte es sich wohl leisten, sie musste die Mitte der Fünfzig erreicht haben.

Ihr Mann wartete ab, bis der Hauptkommissar ein paar Tropfen von seiner Tasse abgetrunken hatte, dann sagte er, während er demonstrativ die Anzeige seiner Armbanduhr prüfte: »Herr Lohkamp, mit diesen Akten sind wir wohl vorerst durch. Wäre schön, wenn Sie meine Arbeitszeit nicht unnötig in Anspruch nehmen. Was möchten Sie noch wissen?«

Der Hauptkommissar rümpfte die Nase: »Da draußen sieht es im Moment nicht so aus, als bliebe viel Arbeit liegen.«

Der Bärtige zog es vor, diesen Satz nicht zu kommentieren.

»Wo waren Sie in der Nacht vom 23. auf den 24. Juli?«

Lurich sah überrascht auf: »Vorletztes Wochenende? Von Sonntag auf Montag?«

Lohkamp nickte.

»Mann! Das war der Montag, an dem die Bombe hochging. Wo schon? Wahrscheinlich im Bett bei meiner Frau.«

»Wahrscheinlich – oder sicher?«

»Fragen Sie Doris. Die kennt meine Termine besser als ich.«

Kathrin stand auf und huschte ins Vorzimmer, wo Lurichs Frau inzwischen wieder das tote Telefon bewachte. Nach zwei Minuten kam sie zurück und nickte nur.

»Gut. Nehmen wir mal an, dass Sie geschlafen haben. Ihrem Laden hier geht es beschissen, wie Sie es meinem Kollegen am Freitag erzählt haben.«

»Wenn Sie es so nennen wollen.« Lurich würgte irgendeinen Krümel herunter, der sich in seine Speiseröhre verirrt hatte. »Aber es stimmt. Kaum Aufträge, viele Entlassungen. Korolenko habe ich auch schon die Kündigung überreicht – Ende September wäre Schluss gewesen.«

»Aber warum dann die Bombe bei der OB und nicht bei Potthoff?«

Lurich fuhr auf: »Jetzt ist aber gut. Woher soll ich das wissen? Ich habe mit dieser Attentatsgeschichte nichts zu tun. Und gegenüber Sonnenschein hatte ich kein Motiv.«

»Gegenüber Potthoff aber?«

»Ich hätte nicht getrauert, wenn es ihn erwischt hätte. Aber damit wäre ich in Bochum und Umgebung nicht allein gewesen. Der Mann ist korrupt wie eine alternde Hure. Trotz allem: Mord ist nicht mein Ding.«

»Aber das Dynamit auf Ihrem Gelände da drüben stammt aus Russland. Das LKA wird es mit den Spuren vergleichen, die wir vor Sonnenscheins Haus gefunden haben. Was, wenn es übereinstimmt?«

»Herr Lohkamp, noch mal: Ich hatte von dem Zeug im Bunker keine Ahnung.«

»Gut, dann bleibt nur Korolenko. Kann es sein, dass er zwei Häuser verwechselt hat? Dass ihm jemand gesagt hat: Charlottenweg, ganz am Ende, das quer stehende Haus. Und er ist in den falschen Teil der Straße gefahren? Vielleicht sollte er ja doch Ihren Freund Potthoff erledigen?«

»Wieso? Unser Hauptkonkurrent ist nicht Potthoff, sondern Bleifinger!«

»Aber Potthoff vergibt die Aufträge.«

»Ja – und? Die Bombe ging aber nicht da hoch!«

»Eben, bei der OB. Tragisch, denn Sie hatten doch Geschäftsbeziehungen zu ihr.«

»Ja. Wir haben ihr das Haus umgebaut. Entkernt und saniert. Und ich kann es nur wiederholen: Ich jage keine Hütte in die Luft, die ich selbst hergerichtet habe. Und zweitens …«

»Aber wir haben nur eine Rechnung über Materialkosten gefunden. Welche Gegenleistungen haben Sie erwartet?«

Lurich hielt die Lippen geschlossen.

»Mann, reden Sie doch. Ich bin von der Mordkommission und nicht vom Finanzamt. Ich will nur verstehen, was hier passiert ist.«

»Nein, kein Wort mehr!«

Hardenberg brach das einsetzende Schweigen: »Chef, Sie haben Herrn Lurich eben unterbrochen. Eigentlich wollte er unter ›zweitens‹ noch etwas sagen!«

»Ja? Doch, stimmt. Tut mir leid, was ist noch?«

»Korolenko kann das Haus nicht verwechselt haben.«

»Warum nicht?«

»Er hat auch in Sonnenscheins Haus malocht.«

Jetzt war es an Lohkamp, tief Luft zu holen. Verdammt noch mal, jede Erklärung, die sie fanden, hatte einen Haken.

»Dann stellt sich die Frage, wer ein Motiv hatte, Frau Sonnenschein oder Beißner umzubringen. Was meinen Sie? Und falls es doch Korolenko war – wer hatte einen so guten Draht zu ihm, dass er ihn überhaupt auf einen Bombenanschlag ansprechen konnte?«

»Mann, soll ich Ihre Arbeit machen? Ich habe einfach keine Ahnung.«

83

Als das PEGASUS-Trio aus dem Gewerbepark an die Königsallee zurückkehrte, hatte sich der Verkehrsstau aufgelöst und die Lkws fuhren mit dem Baumaterial jetzt über die Wasserstraße und durch den fertigen Teil des Büroparks. Die Spurensicherung hatte den Unfallort verlassen und die Leiche des Jungen befand sich auf dem Weg zur Rechtsmedizin in Essen. Auf dem Bürgersteig zurück blieben die Kreidestriche, mit denen die Umrisse des Toten nachgezeichnet waren, und mehrere Flecken getrockneten Blutes. Die Behelfseinfahrt war mit rot-weißen Gittern abgesperrt.

»Guckt mal«, flüsterte Kalle und zeigte auf ein niedriges Mäuerchen, das Bleifingers Reich von dem ersten Wohngrundstück hinter der Eisenbahnbrücke abtrennte. Auf den Steinen standen die ersten Gläser und Vasen mit Blumen. Und dann löste sich ein Junge aus der schweigend dastehenden Gruppe von Anwohnern und stellte ein Pappschild auf. In noch etwas ungelenken Buchstaben stand da: *Ich habe dich nicht gekannt, aber alles gesehen. André.*

»Interviews mit den Nachbarn?«, fragte Kalle, als sein Vater die Kamera absetzte und sich wieder über die Augen wischen musste.

Susanne schüttelte den Kopf: »Wir haben genug. Und den Bleifinger-Anschiss für den Bauleiter kann man sowieso nicht toppen.«

Selten waren sie so bedrückt nach Dortmund zurückgekehrt wie an diesem Mittag. Eigentlich hätten sich alle drei am liebsten in ihren Wohnungen verkrochen, aber es wartete eine Menge Arbeit auf sie.

Vor allem Kalle musste sich beeilen, um sich noch halbwegs pünktlich im Bochumer Präsidium zu melden, aber an diesem Tag interessierte es dort niemanden, dass er eine halbe Stunde zu spät kam.

Karin hatte einen neuen Rechner besorgt, auf den sie erst noch die wichtigsten Programme installieren mussten, um den Beitrag für den Sender fertigzustellen. Nach einem Telefonat mit der Chefin vom Dienst bekamen sie diesmal zweieinhalb Minuten und selbst Mager hatte an Susannes Kommentar nicht eine Silbe auszusetzen. Erst nach drei Uhr konnte Kalle wieder in seinen Golf steigen, um die DVD mit dem fertigen Film zum Sender zu bringen. Mager zog sich wortlos nach Hause zurück.

»Was ist?«, fragte Karin, als sie sein Gesicht sah.

»Ach, Scheiße. Manchmal hasse ich meinen Job.«

»Was ist passiert?«

»Ich habe mal wieder gesehen, wie kurz das Leben ist.«

»Und?«

»Auf jeden Fall viel zu kurz, um sich und andere unglücklich zu machen.«

»Erzähl.«

»Sofort. Haben wir Kaffee?«

Sie nickte. Mit zwei Bechern Kaffee setzten sich nebeneinander auf das Mäuerchen vor ihrer Haustür.

Stockend gab er die Bilder des Tages wieder. Aber noch mehr als der Auftritt Bleifingers beschäftigten ihn die Plane und die blutigen Flecken – und am meisten das selbst gemalte Plakat, das der unbekannte Junge zu den Blumen gestellt hatte.

Karin hörte zu, ohne ein Wort zu sagen. Aber irgendwann war ihr linker Arm wie von selbst um seine Schultern gewandert und diese Berührung tat ihm ungeheuer gut.

»Weißt du«, flüsterte er, »dieser kleine Junge hat mir was gezeigt.«

»Was?«

»Dass es so, wie es ist, bei uns nicht weitergehen kann. Wir haben dieses Haus, wir kommen mit unserer Kohle hin und wir haben einen tollen Sohn. Eigentlich könnten wir es doch richtig gut haben. Aber – mir war bis heute nicht wirklich bewusst, welch ein Glück ich mit euch habe.«

Sie schwieg. So wie jetzt hatten sie seit Ewigkeiten nicht mehr zusammen gesessen. Und so hatte er noch nie geredet.

»Hömma«, sagte er plötzlich, »dieser Job an der Uni – willst du ihn wirklich?«

Au, verdammt, dachte sie. Jetzt wird's heikel.

»Ja«, sagte sie. »Ich habe bei dem Prof angerufen und noch ein paar Fragen zu den konkreten Aufgaben gestellt.«

»Dein Eindruck?«

»Ganz nett. Und die Arbeit schaffe ich.«

»Kannst du den Job haben?«

»Das entscheidet er doch nicht alleine. Ich muss mich erst einmal ordentlich bewerben. Und ob der Personalrat auf die Körbchengröße achtet …«

Er musste lachen – der Stich saß. Ein letztes Zögern, dann sagte er: »Bewirb dich.«

»Bist du sicher, dass du das willst? Mit allen Konsequenzen?«

»Ja.«

»Und warum?«

»Vielleicht – ich möchte nicht, dass du unglücklich bist.«

Auch Kalle war froh, dass er diesen Arbeitstag hinter sich hatte. Vorsichtig scherte er in die Fahrzeugkolonne ein, die sich langsam in Richtung Westen schob. Seit sie begonnen hatten, die große Brücke zwischen Westfalenhalle und Universität umzubauen, gab es oft kein Durchkommen mehr. Und es würde noch Jahre dauern, da alles bei laufendem Verkehr passieren musste. Die B 1 konnte man einfach nicht durch die Vororte umleiten.

Ein Blick auf die Uhr – vier vorbei. Simone musste schon zu Hause sein. Mal sehen, ob sie Zeit hat. Diesen Abend wollte er nicht allein in seiner Dachstube verbringen. Vorsichtig tastete er nach der Brusttasche seiner Jeansjacke – nichts. Wo steckte das verdammte Handy?

Zehn Minuten später – und gerade mal einen Kilometer weiter – war ihm klar, dass sich sein Telefon nicht im Golf befand. Wo, verdammt noch mal, hatte er es liegen lassen? Nach und nach schälte sich aus der Dämmerung seiner Gehirnwindungen die Erkenntnis, dass es im Büro auf seinem Schreibtisch liegen musste. Fuck!

Weitere zwanzig Minuten später konnte er die B 1 endlich verlassen, passierte zwei Ampeln bei Kirschgelb, fegte die Steinhammer Straße entlang, fand die Durchfahrt zum Hinterhof und ließ den Wagen in der Mitte ausrollen. Er stieg aus und was er sah, verschlug ihm einen Augenblick die Sprache.

Dann stürzte er ins Büro: »Susanne?«

»Hier!«

»Hast du das gesehen?«

»Was?«

»Klaus und Karin sitzen auf dem Mäuerchen – und rauchen.«

»Wie bitte?«

»Ja, beide!«

Susanne stürzte mit ihm zur Haustür und spinxte vorsichtig über den Hof. Es stimmte.

Karin rauchte die erste Zigarette seit dem Lungenschuss, den sie sich vor acht Jahren in Holland eingefangen hatte.

»Du weißt, was das bedeutet?«, fragte sie dann.

Kalle nickte.

Susanne atmete tief durch: »Endlich. Die Krise ist vorbei.«

»Freust du dich wirklich?«, fragte er und hielt den Atem an – über so etwas Persönliches hatte er noch nie mit ihr gesprochen.

»Ja«, sagte sie und sah Kalle offen an.

»Ohne Beigeschmack, ohne Nadelstich?«

»Ja.«

Er nahm sie in die Arme, küsste ihre Stirn, murmelte etwas von einer »tollen Frau« und verschwand in Richtung Bochum.

84

»Und was meint ihr?«, fragte Lohkamp, als er mit Klemm und Hardenberg in Richtung Autobahn fuhr.

»Ich glaube ihm«, sagte Hardenberg. »Einerseits ist er sicher ein Menschenschinder. Wie er diese Ossis behandelt hat – unfair ist kein Ausdruck. Andererseits hat er die Hosen ganz schön weit runtergelassen. Das Wasser steht ihm bis zum Hals. Aber den Mord traue ich ihm nicht zu.«

Lohkamp nickte düster: »Dieses ganze Baugewerbe ist ein Schlachtfeld. Mit Haken und Ösen und ohne Genfer Konvention.«

»Und du, Kathrin?«, fragte Hardenberg.

»Ich tippe auf Korolenko. Charme hat er ja. Aber er gehört zu den armen Schweinen, die für die anderen die Drecksarbeit erledigen müssen.«

»Und es dann auch gnadenlos tun«, sagte Lohkamp.

»Ja«, seufzte Kathrin. »Leider.«

Schon an der Ausfahrt verließen sie die A 43 und bogen zum Kemnader See ab. Von Westen her zog das nächste Wolkenfeld heran und von dem Freizeit-Gedränge, das hier am Wochenende herrschte, war nichts mehr zu spüren. Nur ein paar hartgesottene Jogger waren noch unterwegs.

Rechts ab ins Lottental. Viel Wald. Die Universität auf dem Bergrücken versteckte sich noch hinter den exotischen Bäumen des Botanischen Gartens.

»Da vorne!«

Die Senke, durch die sie fuhren, erweiterte sich zu einem kleinen Talkessel, in dem vor Jahrzehnten Kohle geschürft worden war. Die wenigen Wohnhäuser, die das Ende des

Bergbaus überlebt hatten, sahen so aus, wie Lurich sie beschrieben hatte: rheumatisch.

»Komisch«, sagte Klemm, als sie neben dem Streifenwagen der Bochumer Polizei ausstiegen. »Vor zwei Tagen bin ich noch hier durchgewandert. Diese Steinkästen haben mir schon vorgestern nicht gefallen.«

Lohkamp trat an den abgestellten Omega mit der Blaulichtanlage heran. Ein Kollege in Grün döste hinter dem Steuer vor sich hin und schrak auf, als der Hauptkommissar an die Scheibe klopfte.

»Kripo?«

»Ja. Wo ist dein Kollege?«

Der Streifenwagenmann verzog das Gesicht. Wieder so ein arroganter Kripomann, der glaubte, er könne alle Uniformträger einfach duzen. Aber dann öffnete er doch den Mund: »Ist 'ne Kollegin. Langweilt sich oben vor der Tür. Können wir gleich abhauen?«

»Sicher. Irgendetwas Besonderes?«

»War keiner da. Und wenn Steffi da oben nicht von der Hauskatze gebissen wurde ...«

Das Treppenhaus war sauber, aber eng und düster. Auf dem letzten Absatz saß eine junge, hübsche Polizistin und schmuste tatsächlich mit einer rostroten Katze.

Als die drei Kriminaler näher kamen, hörte das Tier auf zu schnurren und verwandelte seinen Rücken in einen Brückenbogen.

»Und wir dachten schon, dass dein Fahrer dich schutzlos hier oben zurückgelassen hat«, lachte Kathrin.

Die Polizistin lächelte zurück: »Seid vorsichtig. Der hier stammt direkt vom Säbelzahntiger ab.«

Vorsichtig ließ sie den Kater auf die Stufen gleiten und das Tier verschwand. »Wie ist das? Braucht ihr noch Unterstützung?«

»Irgendjemand da oben drin?«

»Nein. Nichts gehört, nichts gesehen.«

»Ich glaube, dann schaffen wir es zu dritt. Danke für das Wacheschieben.«

Während die Kollegin die Treppe hinablief, kletterte Lohkamps Team neun Stufen höher. An der einen Tür stand *Möcklinghoff*, an der anderen gar nichts. Lohkamp zog den Schlüsselbund und wandte sich zu der Tür ohne Namen: »Versuchen wir es hier.«

Er drückte auf den Klingelknopf und Hardenberg griff unwillkürlich nach der Pistole, die er an der rechten Seite in einem Holster trug. Klemms Waffe steckte wohl wie immer in der Handtasche und die *Sauer P6* des Chefs ruhte dort, wo sie seit Langem austrocknete: in seiner Schreibtischschublade.

Als sich auch nach dem dritten Klingeln in der Wohnung nichts rührte, zog Lohkamp den Schlüsselbund heraus, den Lurich ihm überlassen hatte: »Nun denn!«

Im Gegensatz zu dem Häuschen unten an der Landstraße sah Korolenkos Wohnung penibel aufgeräumt und gepflegt aus. Nur wenige, auf das Notwendigste beschränkte Möbel, kein Schnickschnack auf den Regalen und Fensterbrettern, die sorgfältig gestrichenen Raufasertapeten ohne röhrende Hirsche, aber über dem militärisch akkurat ›gebauten‹ Bett ein Madonnenbild.

»Ein frommer Mörder«, schloss Kathrin.

»Das hier sieht weniger fromm aus«, rief Hardenberg aus der Wohnstube.

Kathrins Erwartung, er hätte das Bild einer hüllenlosen Playboy-Schönheit entdeckt, wurde enttäuscht. Sorgfältig gerahmt hing da das Schwarz-Weiß-Foto eines sowjetischen Schützenpanzers auf einer staubigen Straße, im Hintergrund mit Schnee bedeckte Berge, ganz vorne Korolenko. Er war deutlich jünger, als sie ihn gesehen hatten. Lässig lehnte er an der Seitenwand des Panzerfahrzeugs, eine Kalaschnikow neben sich an eines der großen Räder gelehnt, eine Zigarette im Mundwinkel.

»Auf geht's«, sagte Lohkamp, streifte sich die unvermeidlichen Plastikhandschuhe über und begann im Wohnzimmer, Klemm nahm sich das Schlafzimmer vor und Hardenberg die Küche. Eine halbe Stunde lang fanden sie nichts von Bedeutung.

Lohkamp hatte sogar die altertümlichen Holzbohlen unter ihren Füßen nach Hohlräumen abgeklopft. Aber sie fanden nichts. Kein verstecktes Waffenlager, keine Geheimakten, sogar die übliche Pornosammlung fehlte. Die zwei Dutzend Bücher schienen eher militärischer Natur oder Romane zu sein – lesen konnten sie keines.

Einen kleinen Erfolg hatte lediglich Kathrin zu verbuchen. Im Badezimmer befand sich ein runder Korb mit Schmutzwäsche, der fast leer war. Zwei T-Shirts, zwei Slips, eine ziemlich abgenutzte Arbeitshose.

Als sie diese fünf Teile wieder in den Behälter zurückstopfte, glaubte sie, ein kleines metallisches Geräusch zu hören. Also kippte sie alles wieder aus und durchsuchte die blaue Hose. Im ersten Zugriff – Fehlanzeige. Aber dann stülpte sie die Taschen nach außen. In ihre Hände fiel ein Metallring, etwa so groß wie ein altes Fünf-Mark-Stück, an dem zwei kleine Schlüssel blinkten.

»Ich suche mal seinen Briefkasten und seinen Keller«, rief sie und verschwand treppab, kehrte aber schon nach zwei Minuten enttäuscht zurück: »Die passen nirgends.«

Am Ende trafen sie sich wieder im Wohnzimmer und jeder fand für sich, dass die anderen schwer deprimiert aussahen. Alles umsonst?

»Das wär's wohl«, sagte Klemm und suchte ihr Mobiltelefon, um ihrem Freund zu melden, dass der Feierabend nahe sei. Nach dem Entsperren stopfte sie das Gerät jedoch in ihre Schultertasche zurück: »Jungs, wir haben in der ganzen Wohnung kein Telefon gefunden.«

Ohne Begeisterung gingen sie wieder auf die Suche und Kathrin entdeckte, was sie vorher übersehen hatte: das Telefon. Auf den ersten Blick kaum sichtbar, hatte Korolenko es mit der Basisstation halb unter das Bett geschoben.

»Und wo ist die Steckdose?«

Kathrin folgte der Schnur und dann fand sie, was sie suchte: »Hinter dem Nachttisch. Verdammt!«

Sie zog die ganze Anlage unter dem Bett hervor. Das Display zeigte zwei Nachrichten an; beide waren offenbar alt, da kein Lämpchen blinkte.

»Mach!«, sagte Lohkamp.

Klemm drückte auf *Play*. Die erste Nachricht war über zwei Wochen alt. Eine Frauenstimme, sehr warm, sehr emotional – aber auf Russisch oder Ukrainisch.

»Die Übersetzer werden sich freuen«, meinte Hardenberg. »Los, mach weiter!«

»Zweite Nachricht, Donnerstag, 20. Juli.« Ein Knacken, dann eine Männerstimme, Deutsch: »Hallo, Vitali. Der dicke Mann aus dem Charlottenweg hat mir erzählt, dass Lurich dir die Kündigung geschickt hat. Ich hätte Verwendung für dich. Eine gut bezahlte Stelle im Bochumer Norden. Aber vorher musst du mir einen kleinen Dienst erweisen. Ruf mich doch an ...« Und dann folgte eine lange Handynummer.

»Noch mal zum Mitschreiben«, flüsterte Hardenberg. »Das war vier Tage vor dem Attentat!«

85

Die Zusammenkunft der Montagsrunde nahm an diesem Abend einen denkwürdigen Verlauf. Sie begann damit, dass Carlo Uebermuth – noch mit Hut und Mantel – den Versammlungsraum durcheilte und den Fernseher einschaltete, der in der hintersten Ecke des Raumes aufgebaut war: schön hoch, damit man bei Fußballübertragungen auch auf den entfernten Plätzen jedes Foulspiel mitbekam.

»Was ist los mit dir, Carlo?«, witzelte Flessek, die Moderatorin der *Lokalzeit Ruhr* übertönend. »Der VfL ist aufgestiegen. Und montags spielt nur die zweite Liga.«

»Tolle Information«, knurrte Uebermuth. »Aber jetzt haltet mal die Klappe!«

Diese Aufforderung war überflüssig: Auf dem Bildschirm tauchte Bochum auf. Genauer gesagt: die Königsallee, die eigentliche Prachtstraße der Stadt. Aber die Bilder, die dort gezeigt wurden, konnten niemandem gefallen: das Verkehrschaos am Vormittag, der Sattelschlepper mit den Stahlträgern, die Plane über der Leiche, die Blutflecken auf dem Bürgersteig und der Wortwechsel zwischen Bleifinger und seinem Bauleiter.

»Dieser Zynismus ist doch nicht zu überbieten!«, meldete sich einer der Leute aus dem Vorstand der Stadtbank. »Wenn …«

»Scht!«, machte Uebermuth.

»Selbstverständlich«, verkündete die Moderatorin nun, »müssen wir im Sinne einer ausgewogenen Berichterstattung auch die andere Seite hören. Am Telefon begrüße ich Herrn Bleifinger in Bochum. Sie haben den Beitrag soeben zu Hause mitverfolgt. Möchten Sie den Bericht kommentieren?«

»Das muss ich sogar«, versicherte der Gefragte, während ein Archivfoto eingeblendet wurde. »Ihr Beitrag ist völlig tendenziös zusammengeschnitten. Natürlich bedaure ich den Zwischenfall zutiefst und habe der Familie des Kindes bereits mein Beileid übermitteln lassen. Mein Bauleiter hatte den klaren Auftrag, die Zufahrt verkehrstechnisch einwandfrei abzusichern. Das ist, wie wir bedauerlicherweise feststellen müssen, unterblieben. Damit hat mein Angestellter das in ihn gesetzte Vertrauen irreparabel untergraben, sodass ich die Zusammenarbeit mit ihm fristlos beendet habe. Vielen Dank aber an den Sender für die Fairness, mir diese Stellungnahme zu ermöglichen. Guten Abend!«

»Mann, ist der abgebrüht«, platzte Klotzeck heraus und es

entstand eine peinliche Stille. Jedem war klar, welche Rolle Bleifinger in der Stadt spielte. Und die Ersten grübelten bereits, wie ein Danach aussehen könnte.

»Wo ist denn der Genosse Potthoff eigentlich?«, fragte der Alt-OB Trübes plötzlich. »Mal wieder verspätet?«

»Glaube ich nicht«, verkündete Flessek und Uebermuth meinte, einen schadenfrohen Unterton herauszuhören. »Der hat Irmhild heute Nachmittag sein Rücktrittsgesuch überreicht.«

»Wie bitte?«

»Er hat heute Morgen eine schlechte ärztliche Diagnose bekommen und braucht jetzt alle Kraft, um seine Gesundheit wiederherzustellen. Deshalb kann er das Amt als Stadtbaurat nicht mehr ausführen. Sagt er.«

»Und?«

»Na ja«, Flessek grinste jetzt offen, »das Löckchen hatte ihn schon lange auf dem Kieker. Und dass er ihr seinen Kopf nun höchstselbst auf einem Silbertablett überbracht hat ...«

»... stellt ein biologisches Wunder dar«, ergänzte Lina Tenberge mit einem leisen Lächeln.

Misstrauisch blickte Flessek zu ihr hinüber und vergaß sogar nachzuschauen, wie weit sie ihre Bluse an diesem Montag aufgeknöpft hatte.

»Carlo«, fragte der Sprecher der Stadtbankfraktion, »du weißt doch sonst immer alles! Was ist los?«

Der Stadtarchivar holte erst einmal tief Luft. Dann log er: »Mich hat seine Krankheit auch überrascht. Er wirkte ja immer sehr, ähm, vital.«

In der Runde kam leises Gelächter auf. Potthoffs Privatleben war ein offenes Geheimnis.

»Jetzt sag schon«, beharrte Otto Trübes. Sein längliches, abgemagertes Gesicht wirkte noch grauer als sonst. Offenbar litt er darunter, dass er in diesem Fall nicht mit dem üblichen Informationsvorsprung auftrumpfen konnte. »Was ist es? Krebs?«

Uebermuth wehrte mit einer sanften Kopfbewegung ab: »Selbst wenn ich es wüsste – Hartmut hat nichts Genaueres gesagt. Und das sollten wir alle doch respektieren.«

Die Tür öffnete sich. Erschrocken schauten alle auf, aber es war der Wirt. Mit einem geschäftsmäßigen Lächeln trug er ein Tablett mit Getränken herein und verteilte sie.

Kaum hatte er das letzte Glas abgesetzt, folgte ihm eine junge Kellnerin. Sie schob einen Servierwagen vor sich her und verteilte die Teller. Ein Geruch von Sauerkraut erfüllte den Raum und Lina Tenberge rümpfte leicht die Nase, während Flessek der jungen Frau begeistert auf das T-Shirt schaute.

Warte es ab, du geiler Sack, dachte Lina und lauerte weiter auf ihre Chance.

Als Wirt und Kellnerin wieder verschwunden waren, dominierte zunächst das Klappern der Bestecke den Raum. Klotzeck und ein Stadtbankmensch unterhielten sich leise über den neuen Kader des VfL. Diese holländische Torwartlegende war endgültig in Rente gegangen und von den potenziellen Nachfolgern hatte sich einer bereits am Sonntag mit etlichen Patzern blamiert – ausgerechnet gegen Wattenscheid.

»Wie ist das eigentlich«, setzte einer der sonst eher stillen Leute aus der Runde das Gespräch wieder in Gang, »bekommt Potthoff Überbrückungsgeld? Und was ist mit seinen Pensionsansprüchen? Hat er überhaupt schon welche?«

Flessek zog die Schultern hoch: »Bin ich Jesus? Hatte noch keine Zeit, die Stadtsatzung und seinen Arbeitsvertrag zu vergleichen.«

»Aber etwas anderes müssen wir hier klären«, sagte Uebermuth. »Wen wollen wir als Nachfolger haben?«

»Na ja«, sagte Klotzeck, »die Stelle wird ja wie üblich öffentlich ausgeschrieben.«

Lautes Gelächter – dass dies nur eine Farce war, wussten alle.

»Ich finde, das sollte jemand machen, den wir kennen und der sich bewährt hat.«

Beifälliges Nicken, aber kein Vorschlag. Da lehnte sich Flessek in seinem Sessel zurück, schaute sich um und sagte dann: »Nun, wenn keiner will – ich könnte mir durchaus vorstellen, den Posten als Fraktionsvorsitzender aufzugeben.«

Das folgende Schweigen belegte zweierlei: erstens, dass niemand ihn wollte, und zweitens, dass keiner sich traute, das auch laut zu sagen.

Lina Tenberge räusperte sich. Dann griff sie zu ihrer Aktentasche und zog ein Notebook heraus: »Wartet mal, ich habe hier etwas auf der Festplatte, das uns weiterhelfen könnte.«

Trübes und Flessek wechselten einen irritierten Blick, Uebermuth schaute geduldig an die Decke des Raums, die dringend einen neuen Anstrich vertragen konnte, der Rest sah gebannt zu Tenberge hinüber.

Als es so weit war, klickte Lina Tenberge eine avi-Datei an, vergrößerte das Bild auf Monitorformat, stellte den Ton auf die höchste Stufe und postierte den Rechner so ans Kopfende des Tisches, dass alle alles sehen konnten.

Am Anfang strahlte die Leuchtschrift *Villa Eden* auf. Dann fuhr ein Benz vor, dem drei Männer entstiegen, die allen bekannt waren. Ein Raunen bei den Zuschauern, das sich noch steigerte, als der Hummer ins Bild kam und Bleifinger sowie drei professionelle Damen ausspuckte – und laute Schreie begleiteten die Schlusssequenz mit dem betrunkenen Polizeipräsidenten in der Mitte.

»Woher hast du das denn?«, fragte Uebermuth schließlich.

»Kam per Mail von einer anonymen Adresse«, sagte Lina Tenberge. Dann blickte sie in Richtung Flessek: »Was meinst du, Dieter: Sind das alles Doppelgänger?«

86

Eisenach, die Raststätte mit den alten DDR-Kontrollgebäuden. Er hatte getankt, sich einen Kaffee und eine Currywurst geholt und zwei Schachteln Kippen. Jetzt stand er etwas abseits von der Tankstelle, aber noch nicht so tief im Dunkeln, dass er sofort auffiel.

Der Kaffee würde ihn wach halten und das Fleisch seinen Magen besänftigen. Pissen ging er am besten auf einem dieser Parkplätze mit dem kaum kaputtbaren Interieur, in denen es keinen Klomann und keine Klofrau gab – und auch keine Videoüberwachung.

Drei Stunden Nachtfahrt lagen hinter ihm, drei weitere würde er noch schaffen.

Kurz vor Dresden hatte er mal gelegen und ein paar Leute aus seinem Regiment waren dort hängen geblieben. Kolja war von allen der Zuverlässigste gewesen. Sein Fahrer auf dem BTR 70, mit dem er Soldaten durch halb Afghanistan gekarrt hatte, bevor es ihn beim Aussteigen am Knie erwischt hatte.

Kolja – ja, der würde ihn den Tag über bei sich aufnehmen, damit er selbst und sein Auto von der Straße kamen. Er könnte ausschlafen. Und wenn Kolja sich nicht gerade einen neuen Audi gekauft hatte, würde er den Wagen tauschen können, damit ihn nicht jeder Bulle zwischen Dresden und Ushgorod sofort erkannte.

Kolja würde nicht so eine Enttäuschung sein wie Sergej in Hagen. Obwohl sie den Peugeot sofort in die Garage gestellt hatten, litt Sergej den ganzen Tag unter Muffensausen. Er hatte ihm zwar in der Stadt eine ordentliche Hose und eine neue Jacke besorgt, damit er endlich den Blaumann ausziehen konnte, und sogar ein neues Handy. Aber als Korolenko bei Einbruch der Dunkelheit wieder losgefahren war, hatte der Feigling sich wohl zuerst den Angstschweiß weggewischt und drei Kreuze geschlagen.

Hol ihn der Teufel, dachte Korolenko, während er den Wagen erneut startete. Und hol der Teufel auch diesen Idioten Potthoff, der seinen Namen an Bleifinger weitergegeben hatte. Dieser Rosstäuscher! Nur einen kleinen Gefallen tun, damit er einen neuen Job bekam. Mal eben eine kleine Sprengfalle mit dem alten Lastwagen legen. Und dann noch die Dynamitstangen in den Keller dieses Ägypters schmuggeln. Wer weiß, wie viele weitere dieser kleinen Gefallen noch auf ihn gewartet hätten.

Wieso habe ich das nur gemacht?, fragte er sich und dachte an die Zustände in seiner Heimatstadt. Legale Arbeit gab es da wenig. Aber in diesem Vierländereck zwischen Romania, Polska, Slovakia und Ukraina wäre er nicht verhungert. Gab genügend halb legale Jobs dort, die gut bezahlt wurden und fast ungefährlich waren. Hätte jede Nacht bei Tanjuschka liegen können. Hätte …

Er steckte sich eine an, wedelte den aufsteigenden Rauch mit einer Handbewegung aus seinem Gesichtsfeld, konzentrierte sich wieder auf die Straße. Aber bald wurde er fünfundfünfzig. In diesem Alter waren all die Schmugglerdeals doch langsam zu anstrengend. So war er für ein paar Euro mehr in Deutschland geblieben, wo er zwar nie heimisch geworden war, aber doch einen ruhigeren Job schieben konnte. Und wie konnte er nur diesem Bleifinger glauben, dass die Bullen nie auf ihn kommen würden, weil niemand ihn mit Sonnenschein oder diesem Ägypter in Verbindung bringen würde.

Einfach idiotisch!

Eine weitere Zigarette später raste er schon an Gotha vorbei. Wenn es nur nicht wieder anfing zu regnen. Nachts auf nassen Straßen – das war eine Qual. Aber er musste zumindest bis Dresden kommen. Hinter sich hatte er eine Spur gelegt, der die Polizei auch ohne Spürhund folgen konnte:

Geld abheben in Hagen, Tanken in Lüdenscheid, Nachtanken in Eisenach. Wenn er doch nur genug Bargeld in der Tasche gehabt hätte! Aber er war froh, zumindest das Portemonnaie bei sich zu haben, und sein Pass klemmte sowieso immer im Auto unter dem Fahrersitz.

Erfurt. Vor ihm zwei Vierzigtonner, die sich ein Elefantenrennen lieferten – der eine fuhr 79, der andere 81. Der Schnellere konnte froh sein, wenn er bis Leipzig wieder auf die rechte Spur schwenken konnte.

Als er ganz links an den Lkws vorüberhuschte, sah er aus den Augenwinkeln, dass vor den Trucks ganz gemächlich ein blau-silberner Streifenwagen herzockelte. Er hatte sich gut genug im Griff, um nicht sofort in die Eisen zu treten. Nein, er nahm einfach nur etwas Gas weg, um langsam herunterzukommen. Und blieb links außen, damit sein Kennzeichen schwerer lesbar war. Mit etwas Glück – aber er hatte keines.

Als er gut drei- oder vierhundert Meter Vorsprung gewonnen hatte, blitzte hinter ihm zum ersten Mal das Blaulicht auf.

Fick deine Mutter! Selbst wenn sie ihn nur wegen der Geschwindigkeit anhielten, würden sie sein Kennzeichen durchgeben und umgehend hören, was für ein Tier ihnen da in die Falle gelaufen war. Und eins hatte er sich schon vor vielen Jahren geschworen: Ins Gefängnis gehst du nie!

Die Scheinwerfer der Lastwagen waren im Rückspiegel kaum noch zu erkennen, aber das Blaulicht kam näher und bald leuchtete schon die rote Spiegelschrift auf ihrem Dach auf: *Bitte anhalten. Polizei!*

Wastunwastunwastun …

Selbst wenn er das Letzte aus seinem Franzosen herausholte, gegen die Polizisten kam er nicht an.

Dann hatte er sich entschieden.

Er setzte den Blinker und bremste sacht ab, fuhr rechts ran, ließ den Wagen ausrollen. Und als die Türen an dem Streifenwagen aufgestoßen wurden, schlug er das Lenkrad ein und gab Gas. Die Reifen des Wagens jaulten auf, aber drei Fahrspuren reichten für die 180-Grad-Kurve. Der geschundene Motor heulte, das Getriebe ächzte, dann auf die außen gelegene Spur.

Und da waren auch schon die Frontlichter des vorderen Lkws. Keine Angst, Junge, da oben auf dem Bock passiert euch nicht viel.

Los, Vitali, die Spur halten! Nicht feige sein!

Tschuss Tanja, tschuss Kolja, tschuss Fraulein Kle…

Der zweite Dienstag

87

Kathrin Klemms erstes Ziel an diesem Morgen war nicht das Büro, das sie mit Lohkamp und Hardenberg teilte, sondern der Raum gegenüber, den die Karlsruher seit einer Woche besetzt hielten.

»Was gibt es, Frau Klemm?«, fragte einer der Bartlosen. Die Benutzung von Nassrasierern oder Heißwachs gehörte anscheinend zur Corporate Identity dieser Truppe – und diese männlich herben Aftershaves hatten sie vermutlich zu besten Konditionen im Großhandel erworben.

Kathrin zog den Plastikbeutel heraus, in dem sich der kleine Schlüsselring aus Korolenkos Wäschekiste befand. Der BKA-Mann brauchte weniger als drei Sekunden, um zu kapieren, was sie wollte: »Tariks Kellerschloss?«

»Na ja – wem es gehört, klären wir, wenn es passt«, sagte Klemm und sah zu, wie der Mann gezielt auf eine große grüne Aufbewahrungskiste zusteuerte. Unterwegs streifte er sich Plastikhandschuhe über, die er in der rechten Hecktasche seiner Jeans aufbewahrte; das große C darauf verriet, dass dieses Höschen ein wenig teurer war als alles, was Klemm an diesem Morgen angezogen hatte.

»Na, da ist es doch!«

Mit einem leichten, beinahe um Verzeihung bittenden Lächeln präsentierte er ihr seinen Fund: Da man das Schloss nicht gewaltsam knacken wollte, hatte man einfach den Haken, an dem es hing, aus dem morschen Holz der Kellertür gezogen und beide Teile zusammen eingetütet.

»Probieren wir's«, sagte er. Er betrachtete die Schlüssel auf dem Ring – beide waren identisch.

Vorsichtig steckte er einen den Schlüssel in die dafür vorgesehene Öffnung und das Schloss sprang so plötzlich auf, dass der Bügel zu Boden fiel.

»Perfekt. Und wo haben Sie die Schlüssel gefunden?«

Sie sagte es ihm und er zog die auf schmal getrimmten Augenbrauen hoch.

»Gut, dann hat Ihr Chef ja doch Recht gehabt.«

»Und der Tarik die Wahrheit gesagt.«

Der Mann nickte.

»Und wann lassen Sie ihn laufen?«

»Noch vor dem Mittagessen. Das schmeckt ihm bei uns sowieso nicht.«

Das geht ja verdammt schnell, dachte Klemm und fand das Haar in der Suppe: »Und – was wird Frau Dorn dazu sagen?«

Er blickte sie aus seinen großen, dunklen Augen ausdruckslos an: »Frau Dorn hat sich gestern krankgemeldet. Ich vertrete sie bis zum Abschluss der Ermittlungen.«

Klemm stieß die Tür zum Büro Lohkamp so heftig auf, dass die beiden Männer erschrocken aufblickten: »Was wollt ihr zuerst hören? Die gute Nachricht oder die sehr gute?«

»Guten Morgen, liebste Kollegen, sagt man hierzulande wohl«, erwiderte Hardenberg. »Und mit der schwierigen Frage, die Sie gestellt haben, wenden Sie sich bitte an meinen Vorgesetzten.«

»Idi«, sagte sie und Lohkamp signalisierte ihr, dass ihm das aufgeworfene Problem völlig gleichgültig war.

»Also«, sagte sie, »die kleinen Schlüsselchen aus Korolenkos Wohnung …«

»Mach's nicht so spannend!«, flehte Hardenberg.

»… passen zu dem Schloss an Tariks Keller!«

»Wow!« Beide Männer brauchten erst einige Zeit, um die Neuigkeit zu verdauen. Aber die Erleichterung auf ihren Gesichtern war unübersehbar.

»Was sagt denn meine Freundin von gegenüber dazu?«, fragte Lohkamp.

»Nichts.«

»Warum? Ist sie stumm geworden?«

»Nein, aber krank.«

»Im Klartext: Sie hat kapituliert. Ist es so?«

»Keine Ahnung. Der Typ mit dem Sintflut-Vergleich hat jetzt das Sagen. Und er will Tarik noch heute Morgen rauslassen.«

»Wenn's nicht so früh wäre«, sagte der Hauptkommissar, »würde ich ja jetzt einen Cocktail ausgeben.«

»Dürfen wir nach Feierabend auf das Angebot zurückkommen, Chef?«

Lohkamp nickte und die beiden anderen gaben sich die Fünf. Die Freude über die guten Nachrichten dauerte nicht allzu lange: Auf Lohkamps Rechner lief eine Meldung der Autobahnpolizei Thüringen ein, die in sechs dürren Zeilen mitteilte, dass Korolenko sich der drohenden Festnahme durch Selbstmord entzogen hatte.

»Mist!«, schlussfolgerte Lohkamp. »Jetzt kann sich Bleifinger herausreden und einen ganz harmlosen Auftrag erfinden, den er Korolenko geben wollte.«

»Bestell ihn doch trotzdem mal!«

»Rufst du an, Kathrin?«

Die Oberkommissarin nickte. »Und wir wollten noch klären, ob der blaue Lkw in Hamburg angekommen ist.«

Hardenberg griff sofort zum Telefon. Er musste sich erst bei mehreren Stellen im Hamburger Hafen durchfragen, bis sich endlich jemand mit dem Zusatz ›Hafenmuseum‹ meldete und der lange Kommissar sein Anliegen vortragen konnte.

»Ja«, sagte der Museumsmann, »der blaue Transporter sollte am vorletzten Samstag gebracht werden. Wir haben früher mehrere dieser Wagen im Hafen eingesetzt.«

»Aber?«

»Am Samstagnachmittag meldete sich jemand und sagte, der Wagen hätte unterwegs einen Motorschaden erlitten. Man werde sich wieder melden. Aber bis jetzt haben wir noch nichts Neues gehört.«

»Wer hat denn angerufen? Haben Sie den Namen verstanden?«

»Irgendetwas mit -enko am Ende. Tiefe Stimme, slawischer Akzent.«

»Vielen Dank. Sie haben uns sehr geholfen.«

Hardenberg legte auf: »Korolenko hat seinen Boss ausgetrickst.«

»Dann hat Lurich sich also auch weitgehend an die Wahrheit gehalten.«

»Jetzt bin ich gespannt, wie Bleifinger sich herauslügt.«

Bleifinger selbst tat gar nichts. Spät am Nachmittag kam einer der Bochumer Anwälte, die sich wohl weniger um die Wahrheit bemühten, als darum, ihre Honorarvorstellungen nach und nach auf USA-Niveau hochzuschrauben. Er verlangte zunächst die Ermittlungsakte und studierte ausführlich, wozu man seinen Mandanten befragen wollte. Dann sagte er: »Ich glaube kaum, dass Herr Bleifinger wegen dieses vagen Verdachts einer polizeilichen Ladung folgen wird. Und ich bin sicher, dass es für diesen mysteriösen Anruf eine harmlose Erklärung gibt. Ich schicke Sie Ihnen zu, sobald ich sie habe. Guten Tag auch!«

»Aalglatt, der Typ«, ärgerte sich Klemm.

»Stimmt. Aber mit solchen Leuten wirst du immer wieder zu tun haben – ein ganzes Polizistenleben lang.«

»Viel schlimmer ist, dass wir nicht mehr erfahren werden, was Bleifinger wirklich von Korolenko wollte.«

»Das ist doch klar«, meinte Lohkamp. »Wir werden es aber nicht beweisen können. Und was mich noch interessieren würde: Wieso hat Dorn so lange gewartet, bis sie Tariks Keller durchsuchen ließ? Und wieso konnte Bleifinger diese Frist nutzen, um das Dynamit deponieren zu lassen?«

Klemm griff nach ihrer Jacke: »Chef, ich habe einen Zeugen!«

»Wofür?«

»Dafür, dass jemand einen Cocktail ausgeben wollte. Und nach dem dritten oder vierten Glas machen wir Brainstorming. Jede Wette: Dann fällt uns ein, was Dorn und Bleifinger miteinander zu tun haben.«

Der zweite Freitag

88

»Ins *Haus am Park?*«, staunte Susanne. »Habt ihr im Lotto gewonnen?«

Karins Wangen nahmen die Farbe ihrer Haare an: »Ich habe doch zum Geburtstag von meinen Eltern einen Gutschein bekommen. Zweihundert Euro.«

»Trotzdem: Lest die Speisekarte lieber von rechts nach links und nehmt einen Hunderter mehr mit. Für zwei Personen …«

»Wir sind zu viert«, hauchte Karin. Es war ihr jetzt schon richtig peinlich, Susanne von dem Plan erzählt zu haben.

»Oh, wer kommt denn noch?«, fragte Mager.

»Wirst du schon sehen.«

Mager fühlte sich in dem *Haus am Park* vom ersten Augenblick an unwohl. Er trug seine besten Jeans sowie ein feines Sakko und hatte seine allerbesten Lederschuhe auf Hochglanz poliert – bis auf das dunkelrote Seidenhemd mit dem geöffneten Kragen alles in seiner Lieblingsfarbe Schwarz.

»Sie hatten reserviert?«, näselte sie ein schlanker Oberkellner an. »Ach ja, das Ehepaar Jacobmayer mit zwei Gästen. Wenn ich Sie an Ihren Platz bringen darf ...«

Tonfall und Wortwahl weckten bereits Magers Misstrauen: Vornehmere Gäste hätte dieser Eintänzer wahrscheinlich zum Platz »geleitet« und Karin hatte zumindest eine Anrede vom Typ »gnädige Frau« verdient.

Sie ließen sich an einem der großen Fenster nieder, die einen entzückenden Ausblick auf den Stadtpark boten, wenn er nicht gerade, wie an diesem Abend, im Dauerregen versank.

Mager blickte sich um. Gut besucht sah anders aus. Zwei, drei Paare im Nichtraucherbereich und zwei Tische von ihnen entfernt eine Vier-Personen-Gesellschaft, bei der schon die Frisuren den Chefarztzuschlag und die Professorengattin verrieten. Diese Leute waren nicht nur von einem dieser grauen Weimaraner begleitet, die schon von Aldi-Hundefutter Magenkrämpfe bekamen, sondern trugen ein absolut legeres Freizeitoutfit in den Farben der Saison. Von overdressed konnte bei Klaus sicher keine Rede sein, er hatte nur voll ins Kleidungsklo gegriffen.

»Darf ich Ihnen schon ein Getränk reichen? Wir haben da als Aperitif einen ...«

»Zwei Glas Sekt, bitte. Trocken!«

»Unser Haus führt nur trockene Sektmarken«, wurde Karin aufgeklärt – in einem Ton, der ihr zeigen sollte, dass sie das Haus und das Personal zutiefst beleidigt hatte.

»Kotzbrocken«, flüsterte sie, während ihr Gatte nach seinen Zigaretten griff. Etwas lauter als sie sagte er: »Stimmt. Der Typ redet sich beim Blick in den Spiegel wohl selbst nur mit Majestät oder Hochwürden an.«

Das Gespräch bei den Jagdhundbesitzern geriet für eine Sekunde ins Stocken, bevor man sich dazu entschloss, nichts gehört zu haben.

Mager grinste leicht. Ein paar Züge aus der Zigarette hatten seinen Hormonhaushalt wieder halbwegs in Ordnung gebracht.

»Eigentlich könntest du mir ja nun verraten …«

»Überraschung!«, tönte es hinter ihm und eine kräftige Hand krachte auf sein Schultergelenk.

Er fuhr herum und sah in Lohkamps bartloses Gesicht: »Mensch, ihr seid's! Das ist mal eine gelungene Überraschung! Und klasse, dass wir endlich auch deine Frau kennenlernen.«

»Ganz meinerseits«, versicherte sie und reichte zuerst Karin die Hand: »Gabi. Wenn diese Männer sich schon duzen.«

Kaum saßen die Frauen und Männer einander gegenüber und hatten die Stühle zurechtgerückt, da schwebte schon wieder das Butlergesicht heran und kredenzte die Speisekarten. Die schweren Lederhüllen trugen das Bochumer Stadtwappen und waren fast so schwer wie der Kronleuchter über dem Tisch.

»Stopp«, kommandierte Mager, als Lohkamp sein Exemplar des Küchenzettels öffnen wollte: »Mögt ihr Meeresfrüchte?«

»Ja, gern.«

»Lamm?«

»Ebenfalls«

»Curry-Allergie?«

»Aber nein!«

»Ausgezeichnet. Dann schlage ich vor, das absolute Highlight zu bestellen. Ihr seid eingeladen – und wenn du protestierst, Horst, schießen wir das unten am Teich aus.«

Zum Schein tastete Lohkamp seine Taschen ab und mimte Zerknirschung: »Mist. Ich bin mal wieder unbewaffnet unterwegs. Du hast gewonnen.«

»Schön«, sagte Mager und sah den hochwohlgeborenen Mundschenk an, der mit versteinertem Gesicht zugehört hatte: »Dann nehmen wir bitte viermal das Sechs-Gänge-Menü.«

»Vier – mal – die – sechs – Gänge?«, fragte der Mann hölzern und musterte den Bärtigen, als könnte er an der Länge der Haare dessen Bonität abchecken.

»Genau«, bestätigte Karin. »Viermal sechs sind vierundzwanzig. Wenn Sie das nicht alleine tragen können …«

Der Mann verschwand ohne ein weiteres Wort.

»Mädels«, sagte Mager, »seid nicht böse, wenn wir einen Teil des Gesprächs dem jüngsten Bochumer Kriminalfall widmen.«

Gabi zog ihre Schultern hoch: »Nichts anderes habe ich befürchtet. Aber wenn das Essen gut genug ist, werde ich nicht herumzicken.«

»Dann bist du dran«, sagte Mager und der Polizist nickte.

»Also: Tarik ist wirklich unschuldig. Er und der Imam sind wieder raus. Das Dynamit hat ihm ein Bauarbeiter aus der Ukraine in den Keller geschmuggelt, der dafür einen neuen Job bekommen sollte. Es war dasselbe Zeug, das in der Autobombe verwendet wurde, aber ist nicht identisch mit den Krachern, mit denen sein Arbeitgeber die halbe DDR in die Luft gejagt hat. Der Mann hatte wohl noch gute Kontakte zu anderen Afghanistan-Veteranen. Und wir vermuten, dass er die OB töten sollte, weil sie Potthoff auf der Abschussliste hatte.«

»Bleifinger?«

»Genau.«

»Habt ihr ihn einkassiert?«

»Negativ«, gestand Lohkamp. »Der Attentäter ist geflüchtet und hat sich umgebracht, weil er nicht verhaftet werden wollte. Es gab da ein nebulöses Jobangebot auf seinem Anrufbeantworter mit der Bedingung, für Bleifinger eine Kleinigkeit zu erledigen. Aber der hat sich damit herausgeredet, er hätte nur eine Kopie der Auftragsbücher seines derzeitigen Chefs haben wollen. Dazu sei es aber gar nicht gekommen.«

»Taugt die Ausrede etwas?«

»Sie ist hirnrissig. Korolenkos Chef stand kurz vor der Pleite. Aber seinen eigentlichen Auftrag können wir nicht beweisen. Was bleibt, ist also die reine Absicht, jemanden zu einer Art Wirtschaftsspionage anzustiften – und die ist nicht strafbar.«

Ein diskretes Räuspern unterbrach die Unterhaltung. »Wenn die Herrschaften gestatten …«

Alles lehnte sich zurück und der Frackträger kredenzte jedem der Gäste einen Suppenteller, der groß genug war, dass ein Eisbär darin baden konnte. Dann griff er zu einer Kelle mit dem Fassungsvermögen eines Eierbechers und schöpfte jedem aus einem mitgebrachten Töpfchen dreimal eine dickflüssige Tinktur auf das Porzellan – hell und heiß.

»Das ist eine Rahmsuppe von Süßkartoffeln und Zitronenblättchen mit einem Garnelentatar. Unser Küchenchef hat dafür zweieinhalb Löffel im *Schlemmeratlas* erhalten. Gesegneten Appetit, die Herrschaften!«

Einen Augenblick lang sah man sich verblüfft an, dann meinte Gabi Lohkamp: »Was bin ich froh, dass wir hier vier ganze Löffel bekommen haben.«

»Volltreffer«, kicherte Karin und die Damen klatschten einander ab.

»Und warum zum Teufel ist Potthoff zurückgetreten?«, fragte Mager.

»Keine Ahnung. Die Gerüchteküche tobt, aber ich weiß nichts Genaues. Vielleicht aus demselben Grund wie Flessek und heute unser Polizeipräsident.«

»Bitte? Der ist auch weg?«

Magers Verblüffung amüsierte den Polizisten: »Sag mal, wem habt ihr das Video über den Besuch im Puff denn zugespielt?«

»Och«, tat Mager völlig harmlos, »nur dir, der OB und Tenberge.«

»Hat ja wohl gereicht«, konstatierte Lohkamp. »Auf jeden Fall dreht sich im Rathaus jetzt das Personalkarussell. Und für den Film könntest du bei eBay Rekordsummen einfahren.«

Er hob sein Glas und stieß mit Mager an. Das dezente Klirren der Sektkelche rief wieder den dienstbaren Geist des Abends herbei.

»Beim nächsten Gang möchten wir Sie mit gegrilltem Hummer an einem Apfel-Curry-Couscous verwöhnen, für das unser Haus drei *Michelin-Bestecke* bekommen hat. Wenn ich Ihnen dazu einen sehr trockenen Weißwein empfehlen dürfte? Es handelt sich um einen *Sauvignon Vigneti delle Dolomiti*, den wir direkt vom Erzeuger beziehen. Wer von den Herren möchte kosten?«

»Das machen bei uns die Damen«, beschied ihn Lohkamp. Der Mann entfärbte sich schlagartig so sehr, dass Karin bereits in ihrer Handtasche nach einer Koffeintablette kramte.

Doch James wankte nur, fiel aber nicht. Ganz unauffällig stützte er sich an der nächsten Stuhllehne ab und hauchte noch ein »Sehr wohl« herüber, bevor er sich schwankend entmaterialisierte.

»Langsam gefällt es mir hier«, bekannte Mager und erntete – zumindest an ihrem Tisch – die vollste Zustimmung. Die Hundegesellschaft drei Meter weiter reagierte überhaupt nicht mehr, sondern begann eine philosophische Diskussion über die Vor- und Nachteile einer Einteilung des Volkes in verschiedene Kasten, wie es wohl noch in Indien üblich war.

»Welche der Damen ist denn so freundlich?« Statt der Bohnenstange im Gehrock, die um die Wiedergewinnung ihrer männlichen Ehre kämpfte, war nun eine junge Dame erschienen: deutlich kleiner, ein wenig füllig in den Hüften, aber sehr adrett gekleidet. Gekonnt öffnete sie die Flasche Sauvignon und reichte Gabi Lohkamp den Korken zu einer

Duftprobe – doch diese zog ihre Nase erschreckt aus der Gefahrenzone: »Befürchten Sie etwa, dass der Wein nach Korken schmeckt?«

»Oh, gewiss nicht!«, versicherte die Schürzenträgerin und füllte zwei Fingerhütchen des hellen Rebensaftes ins Glas. »So etwas kommt bei uns nicht vor.«

Was für eine dreckige Lügnerin, dachte Karin, während Gabi sich Zeit ließ und erst nach einer Minute zu einem positiven Urteil kam. Mit leicht zusammengekniffenen Lippen schenkte die Dame ein.

Auch die vierte Etappe der ›Tour de Cuisine‹ erwies sich als eine Kreation vom Feinsten, sodass man von dem Weißwein auf einen *Mas de la Garrigue* umsteigen musste. Der »Lammrücken mit Minz-Brioche überbacken und Bratwirsing an warmem Kartoffelpudding und schwarzer Pfeffersauce« beeindruckte nicht nur durch den Geschmack. Er hatte, wie man erfuhr, der Küche drei *Varta-Diamanten* eingebracht.

Nach dem letzten Bissen lockerte Karin unverhohlen den Gürtel um eine Lochbreite: »Nur gut, dass sie wirklich Pfeffersauce genommen haben.«

»Was denn sonst?«, fragte Mager.

»Batterieflüssigkeit.«

Anschließend hatten die Damen und Lohkamp ernsthafte Probleme, das Maronenparfait im Baumkuchenmantel zu bewältigen, obwohl das Volumen dieses Desserts kaum mehr als drei oder vier gut gewachsene Kastanien übertraf. Auch hier standen Menge und Tellergröße in einem umgekehrt proportionalen Verhältnis. Wäre das trapezförmige Geschirr statt aus Porzellan aus Filz geformt gewesen, hätte das Material mindestens für zwei englische Admiralshüte gereicht.

»Diesmal kein Preis in einem Restaurantführer?«, fragte Mager, der nur schwer der Versuchung widerstand, den leer geschabten Teller mit seiner Zunge zu säubern.

»Vielleicht«, meinte Lohkamps Frau, »drei Hosenröcke bei einer Koch-Olympiade im Bundeskanzleramt?«

Die Rache des Bedienpersonals traf sie, als der dünne Kellner eine große Holzplatte mit sechs gut portionierten Käseproben heranschleppte. Immerhin hatte er sich von seinem Schwächeanfall so weit erholt, dass sein Gesicht schon wieder das morbide Weiß eines *Twilight*-Vampirs erreicht hatte.

»Von diesen sechs Edelkäsen möchte ich Ihnen gerne die drei servieren, die Ihnen am besten munden«, versicherte er. Ohne das geringste Stocken verband er alle sechs Namen zu einem gregorianischen Choral, der sich so anhörte, als spielte man eine Langspielplatte mit doppelter Geschwindigkeit ab.

Die Gäste waren mächtig beeindruckt und Lohkamp fand die salomonische Lösung: »Diese Entscheidung fällt uns zu schwer. Wir überlassen die Auswahl deshalb ganz Ihrem Sachverstand: jeweils einen milden, einen mittleren und einen würzigen.«

Ein verachtungsvolles Lächeln stahl sich auf die Lippen des Mannes, als er drei Käsestücke auf einen anderen Teller schob und diesen in die Tischmitte stellte. Da die Damen streikten, mussten Lohkamp und Mager diese Aufgabe allein bewältigen. Sie ließen keinen Krümel übrig.

»Jetzt einen Calvados!«, stöhnte der Kameramann und der Polizist schloss sich diesem Wunsch an. Während sie an den kleinen Glaskelchen mit dem Apfelschnaps nippten und ihre Verdauungszigaretten rauchten, fielen ihnen die immer noch ungeklärten Fragen wieder ein.

»Wer hat diesem Korolenko in der Nacht des Attentats geholfen, wieder ungesehen wegzukommen?«

»Wissen wir noch nicht. Aber er hat auf der Flucht mit seiner eigenen EC-Karte in Hagen Geld abheben lassen – von einem anderen Mann. Dessen Foto hat die Bank gespeichert und die Kollegen in Hagen suchen ihn.«

»Und wie haben Bleifinger und Flessek das alles überstanden?«

»Unterschiedlich. Flessek war amtsmüde. Man munkelt, er wolle auch seinen Sessel im Rat der Stadt abgeben und sich etwas Neues, Bequemeres suchen. Aber wir müssen ihn nicht bedauern. Typen wie er finden immer ein warmes Plätzchen.«

»Und Bleifinger?«

»Der smarte Lukas macht weiter seine Geschäfte. Er hat sich ja nicht nur bei uns, sondern auch im Fernsehen so fein herausgeredet ... Ihm wird nichts passieren. Auch wegen des Unfalls nicht. Aber dieses arme Schwein von Lkw-Fahrer – den werden sie verknacken.«

Nach dem Calvados wurde nun allen noch ein Espresso serviert.

»Tut gut«, sagte der Hauptkommissar nach dem ersten Schlückchen. »Aber ich habe auch noch eine Frage. Es muss eine Verbindung zwischen Dorn und Bleifinger geben. Anders ist es nicht zu erklären, dass sie so lange gezögert hat, Tariks Keller zu filzen, bis Korolenko das Dynamit dort versteckt hatte. Selbst bei Google haben wir keine Antwort gefunden.«

Jetzt konnte Mager auftrumpfen: »Tja, wir haben nicht nur gegoogelt – wir haben auch bei Xing nachgeguckt.«

»Was hat Dorn mit Xing zu tun? Als Beamtin?«

»Vielleicht will sie sich den Weg in die freie Wirtschaft offenhalten? Da würde sie mehr verdienen.«

»Gut. Und was habt ihr gefunden?«

»Das Banalste von der Welt. Den Geburtsort. Beide sind in Homberg an der Ohm geboren.«

»Wo liegt das denn?«

»Gleich hinter Marburg. Rund viertausend Einwohner in der Kerngemeinde. Wir haben uns dann ein wenig am Ort umgehört. Die beiden sind verwandt. Cousin und Cousine!«

»Wow!«, macht Lohkamp. »Aber deswegen konstruiert sie doch keinen Fall, der sie um den Job bringen kann.«

»Man munkelt, er habe ihr das Studium bezahlt. Vielleicht war das der Preis.«

»Vielleicht …«

Schweigen. Am Nachbartisch rüstete man bereits zum Aufbruch und der Weimaraner wartete, mit dem Schwanz wedelnd, auf den Abmarsch. Auch Mager überkam langsam der Wunsch nach einem gemütlicheren Platz zum Verdauen. Er hatte bei diesem Essen garantiert kein Milligramm an Gewicht verloren.

»Und wie macht ihr beide weiter?«, fragte Lohkamp.

»Wenn ich ihn bekomme, nehme ich den Job an der Uni an. Oder suche etwas anderes.«

»Schön. Aber da musst du dich schwer umstellen, Klaus, was?«

Der Dicke grummelte leise vor sich hin, bewegte aber sein Kinn von oben nach unten und wieder zurück.

Gabi schloss Karin in den Arm: »Sei froh, dass du keinen Polizisten geheiratet hast. Meiner war anfangs auf dem Karrieretrip und ich ans Haus gefesselt.«

»Grausam. Ich würde eingehen. Hoffe nur, dass mein Bärtiger hält, was er verspricht. Männer sind in solchen Fragen ja sehr wankelmütig.«

»Was für eine Hexe!«, begehrte Mager auf.

Sie küsste ihn zärtlich und begab sich zum Tresen, um die Rechnung zu begleichen. Sie belief sich samt einem angemessenen Trinkgeld auf über vierhundertvierzig Euro.

»Würden Sie mir noch eine ordentliche Quittung ausdrucken?«

»Fürs Finanzamt?«

Karin sparte sich eine Erwiderung, kehrte an den Tisch zurück und ließ sich von ihrem Gatten in den Mantel helfen. Der Kellner kam heran und wartete mit einem süffisanten Grinsen darauf, dass er den Tisch abräumen konnte. Als der Trupp sich in Bewegung setzte, nickte er Karin zu und sagte: »Bis zum nächsten Gutschein!«

Arsch, dachte Mager und suchte nach einer passenden Antwort. Aber da drehte sich Gabi Lohkamp um und zupfte dem entgeisterten Knaben – ganz beiläufig und ohne ihm ins Gesicht zu sehen – ein paar Stäubchen vom Frack: »Jungchen, wenn ich meinen Papi richtig bitte, schenkt er mir diese Bude zu Weihnachten. Und du stehst danach auf dem Parkplatz und hältst den Gästen die Autotüren auf!«

Die Frauen hakten sich unter und steuerten kichernd auf den Ausgang zu, doch Lohkamp stoppte plötzlich und fasste Magers Ellenbogen: »Guck doch mal!«

Der Kameramann folgte seinem Blick. Ganz hinten in der Nichtraucherecke saßen ein Mann und eine Frau, die sich lächelnd mit einem Glas Champagner zuprosteten. Knut Bleifinger – und Lina Tenberge.

»Siehst du«, sagte Lohkamp, »wenn in Bochum die Achse zwischen Rathaus und Wirtschaft mal bricht, wird sofort eine neue eingebaut!«

Fuck!, dachte Mager. Aber für alle Fälle haben wir noch ein paar schöne Fotos.